Der Flötenspieler

ECON Historischer Kriminalroman

Im ECON Taschenbuch Verlag sind in den Anthologien *Von Mönchen, Mägden und Gesindel* (TB 25114), *Götter, Sklaven und Orakel* (TB 25124) und *Morde hinter Klostermauern* (TB 25133)bereits Erzählungen von Bernhard Hennen erschienen.

Zum Buch

Ptolemaios XII. flieht im Jahre 58 v. Chr. von Ägypten nach Rom. Dort wird an seinem Hofschreiber ein grausamer Ritualmord begangen, und es scheint, als folge der Fluch des Gottes Seth dem Pharao. In der Hoffnung, weitere Verbrechen verhindern zu können, begibt sich die Isispriesterin Šamu auf die Suche nach den Mördern. Bald schon zeigt sich, daß die Schwestern Berenike IV. und Kleopatra VI., die ihren Vater vom Thron vertrieben haben, auch in Rom mächtige Freunde haben. Je tiefer Šamu in das verwirrende Gespinst der Intrigen eindringt, desto klarer wird ihr, daß die Feinde des Pharaos auch vor dem Mord an einer Priesterin nicht zurückschrecken würden. Schließlich flieht sie mit der jungen Prinzessin Kleopatra VII. nach Pompeji, wo sie im Kampf gegen die Mörder einen unerwarteten Verbündeten findet ...

Zum Autor

Bernhard Hennen wurde 1966 geboren. Er studierte Germanistik, Geschichte und Vorderasiatische Altertumskunde. Er lebt in Köln und arbeitet für verschiedene Radiosender als Filmkritiker und Autor wissenschaftlicher Beiträge zur Geschichte der Archäologie.

Bernhard Hennen

DER FLÖTENSPIELER

Ein Kriminalroman aus der Zeit Kleopatras

ECON Taschenbuch Verlag

Veröffentlicht im ECON Taschenbuch Verlag
Originalausgabe

Umschlaggestaltung: Init GmbH, Bielefeld
Titelabbildung: Complete Encyclopedia of Illustration Park Lane, New York 1979
Lektorat: Gisela Klemt
Gesetzt aus der Charlemagne und Stone Serif
Satz: HEVO GmbH, Dortmund
Druck und Bindearbeiten: Ebner Ulm
Printed in Germany
ISBN 3-612-25123-6

Einer verlorenen Liebe gewidmet

1. KAPITEL

So als zürnten die Götter jener Stadt, die sich zur Herrin der Welt aufgeschwungen hatte, verdunkelte sich der Himmel an diesem Morgen über Rom. Dabei hatte der Tag mit strahlendem Sonnenschein begonnen, und das, obwohl die Zeit der Herbststürme angebrochen war. Fröstelnd zog Šamu ihren schweren Wollumhang um die Schultern und dankte der Göttin für die Ahnung, die sie am Morgen bewogen hatte, das unschöne, aber warme Kleidungsstück doch noch mitzunehmen.

Gemeinsam mit ihrem nubischen Leibwächter Batis war sie vor dem Regen in eine Taverne geflohen. Im engen Schankraum roch es nach Rauch und abgestandenem Essen. Šamu spürte, wie sie von einigen Männern, die sich beim Würfelspiel die Zeit vertrieben, verstohlen gemustert wurde. Ungewaschene Gestalten in schmuddeligen *tuniken*. Doch keiner wagte es, sie anzusprechen, denn sie war der Göttin ergeben. Šamu trug das weiße, vor der Brust geknotete Gewand der Isispriesterinnen. Ein goldener Reif, der sich wie eine Schlange wand, zierte ihren rechten Arm. Dies war ihr einziger Schmuck außer der wie ein Vogel geformten Brosche, die ihren Mantel hielt. Šamu war klein und von zierlicher Statur, ihr Gesicht dunkel und ebenmäßig geschnitten. Das lange schwarze Haar reichte ihr bis über die Schultern und war sorgfältig frisiert. Ihre Augenlinien hatte sie mit einem Kohlestift nachgezogen, eine Sitte, die die meisten vornehmen Römerinnen erschaudern lassen würde. Doch Šamu schätzte die Wirkung der Schminke. Ihre Augen erschienen so größer und eindringlicher.

Jedesmal, wenn sie demonstrativ den Kopf zu den Tagelöhnern drehte, wichen sie ihrem Blick aus, feierten grölend einen geglückten Würfelwurf und bemühten sich nach Kräften, den Anschein zu erwecken, daß sie nicht die mindeste Notiz von ihr nahmen. Es galt nämlich als gefährlich, den Zorn einer Priesterin auf sich zu ziehen. Auch wenn nicht die Göttin selbst die Frevler strafte, so mochte schon allein der Blick einer ihr ergebenen Frau Fluch und Unglück bringen.

Šamu belächelte insgeheim die Furcht der Würfelspieler. Wüßte das Volk, daß sich die größte Macht der Priester im Aberglauben begründete, so wären in diesen Tagen wohl nicht einmal die *Vestalinnen* sicher gewesen.

Es gab zwar auch Männer und Frauen, die tatsächlich Wunder wirken konnten, doch meistens entsprangen sie einfach dem Wissen um Kräuter und Drogen, das nur an Auserwählte weitergegeben wurde. Auch wenn *Isis* viele Dienerinnen hatte, so waren nur die wenigsten würdig, als »Gefäße« ihrer göttlichen Macht zu wirken.

In Gedanken versunken, schaute Šamu auf die verregnete Straße, wo zwei Männer in erdfarbenen Kapuzenmänteln vorüberhuschten. Sie war in melancholischer Stimmung. Wie

lange würde das Schicksal sie in dieser fremden Stadt gefangen halten, in der man ihrer Göttin mit Angst und Zorn begegnete?
Erst ein Jahr war es her, daß der Mob der Straße die Altäre von *Isis*, *Serapis*, *Harpokrates* und dem schakalköpfigen *Anubis* gestürzt und die Standbilder der Götter zerschlagen hatte. Seither trafen sich auch die Anhänger der *Isis* heimlich. Einige der mächtigsten Frauen Roms huldigten der Göttin, und doch war es nicht möglich, ihr in der Ewigen Stadt einen Tempel oder auch nur einen Schrein zu eröffnen.
Šamu haßte das große, schmutzige Rom. Hier wurden nur Unheil und Zerstörung gezeugt. Außer der Armee gab es nichts, was typisch römisch war. Ihre Götter hatten die Römer von den Griechen, auch wenn sie ihnen andere Namen gaben. Sogar die Tempel waren nur schlechte Kopien griechischer Vorbilder. Und wenn man einmal etwas sah, das nicht griechisch wirkte, so konnte man sicher sein, daß es zur Beute aus einem der unzähligen Kriegszüge römischer Legionen gehörte.
Die Herrin der Welt oder *Roma aeterna* nannte dieses Volk von Dieben stolz seine Hauptstadt. Ein spöttisches Lächeln spielte um Šamus Lippen. Was für eine Herrin ...!
Eigentlich sollten sie es besser wissen. Rom, dessen Hunger nach neuen Eroberungen unstillbar schien, herrschte von Syrien bis zu den Ländern der goldhaarigen Barbaren im Norden. Von den Säulen des Herakles bis ins ferne Colchis. Die Straßen fast aller bedeutenden Städte dieser Welt hallten wider von den genagelten *caligae*, den Sandalen römischer Legionäre. Das stolze Athen hatten sie genommen, und erst vor wenigen Jahren hatte Pompeius die reichen Städte Phrygiens und Kilikiens erobert. Städte, die vor weißem Marmor strahlten und deren Geschichte so alt war wie die Welt.
Als Šamu Athen einige Wochen nach dem *Navigium Isidis*, dem Fest, mit dem die Isispriester das Ende der Winterstürme feiern, verlassen hatte, war sie noch gespannt gewesen,

jenes Rom endlich zu sehen, vor dessen Macht sich alle anderen Städte verneigten. Doch welche Enttäuschung! Die Herren der Welt wohnten in schmutzigen Holzhäusern. Die meisten Straßen Roms waren ungepflastert, so daß man nach einem Regenschauer bis zu den Knöcheln im Schlamm versank, und es stank bestialisch. Wenn der Wind drehte und die Ausdünstungen der Gerbereien in die Stadt blies, konnte man ohne ein Tuch vor dem Mund nicht mehr atmen.
Aus Stein oder Ziegeln waren nur wenige Häuser erbaut, und der einzig bemerkenswerte Ort der Stadt war das *capitol* mit seinen Tempeln. Doch wie armselig wirkten selbst diese gegen das *serapeum* in Alexandria oder die von himmelhohen Säulen getragenen Tempel Thebens! Nichts, was sie bislang gesehen hatte, konnte sich auch nur im entferntesten mit Ägypten messen. Und dennoch war der göttliche Ptolemaios Auletes, der *Neue Osiris* und König von Ägypten, ausgerechnet nach Rom geflohen, um hier Hilfe zu erbitten.
Šamu schüttelte den Kopf. Sie konnte diesen Widerspruch einfach nicht begreifen. Ägypten war das reichste Land der Welt. Um seine Tempel und Schätze rankten sich Legenden, – und sein König kam als mittelloser Bittsteller nach Rom. Vom Thron verstoßen von seinen eigenen Töchtern Kleopatra Tryphaina und Berenike.
Es hatte aufgehört zu regnen. Mißmutig musterte Šamu den aufgeweichten Schlamm in der Gasse. Hätte sie doch nur das Angebot von Herakleus angenommen! Der Hausverwalter des Pompeius hatte sie gefragt, ob sie nicht in einer Sänfte in die Stadt gebracht werden wollte. Doch sie haßte diese engen, schwankenden Verschläge und hatte abgelehnt. Außerdem wollte sie auf dem *forum* einige Einkäufe erledigen, und dabei in einer Sänfte durch die von Menschen überfüllten Märkte getragen zu werden, hatte ihr widerstrebt. Sie wollte die Kräuter, die sie einkaufte, selbst begutachten und nicht hinter bunten Vorhängen verborgen einem Sklaven zurufen, was zu besorgen sei.

»Lass' uns aufbrechen, Batis.«
Der nubische Krieger nickte stumm und klemmte sich die bunt bemalte, hölzerne Kiste unter den Arm, die er auf dem Boden abgestellt hatte. Dann griff er nach dem schweren Stab aus dunklem Holz, der an der Wand lehnte, und schnitt eine Grimasse.
Šamu lächelte. Es hatte lange gedauert, dem Krieger klarzumachen, daß es innerhalb des *pomeriums*, der alten, von Romulus festgelegten Stadtgrenze, verboten war, Waffen zu tragen. Nur ihr ausdrücklicher Befehl hatte ihn dazu bringen können, seine Axt schließlich in der Villa des Pompeius zu lassen.
Dabei war Šamu der Meinung, daß ein Krieger wie Batis kaum Waffen benötigen würde, um römische Straßenräuber davon abzuhalten, sich mit ihm anzulegen. Die meisten Männer überragte er um mehr als Haupteslänge, und seine schier übermenschliche Kraft lieferte unerschöpflichen Stoff für mehr oder weniger erfundene Geschichten, die unter den Hofdamen die Runde machten. Bekleidet war der Nubier nur mit dem Fell eines Leoparden, das er um die Hüften geschlungen trug. Seine Muskeln waren mit Öl eingerieben und glänzten matt im grauen Licht des wolkenverhangenen Himmels.
Batis runzelte mürrisch die Stirn. Dann folgte er Šamu zögernd durch die verschlammte Gasse, sorgsam darauf achtend, nie mehr als zwei Schritt hinter ihr zu gehen.

* * *

Es dauerte eine Weile, bis Šamu in dem unübersichtlichen Gewirr von kleinen verwinkelten Gassen das Haus des *proconsul* Aulus Gabinius gefunden hatte. Ein junger, an den Torstein geketteter Sklave öffnete ihnen. Wortreich erklärte er, daß sie im *atrium* warten müßten, da sein Herr gerade wichtigen Besuch habe.
Der Innenhof der kleinen Villa war von einem alten Oliven-

baum überschattet, aus dessen Geäst noch immer schwere Regentropfen fielen. Šamu musterte gerade neugierig das Bodenmosaik, das *Neptun* umgeben von *Nereiden* zeigte, als hinter dem Stamm des Olivenbaums ein Mann hervortrat.

»Du bist also diese ägyptische Wunderheilerin.« Der Fremde war kaum größer als Šamu. Sein Gesicht wurde von einem sorgfältig gepflegten, schwarzen Bart gerahmt, und unter seinen buschigen Brauen verbarg sich ein unruhiges Augenpaar, das sie fixiert hielt. Der Mann trug eine schlichte, weiße *toga*, die ihn als römischen Bürger auszeichnete. Unter den linken Arm hatte er ein sorgfältig gefaltetes Leinentuch geklemmt.

Der Fremde war ihr unangenehm. Šamu hatte das Gefühl, von ihm wie eine Sklavin gemustert zu werden, die auf dem Markt zum Verkauf geboten wurde. Doch vielleicht war er ja ein Vertrauter des *proconsul*? Sie zwang sich zu einem Lächeln.

* * *

Mißtrauisch musterte Philippos die dunkelhäutige Frau. Die Geschichten, die man sich um Ptolemaios und seine Zaubermeister und Lustsklavinnen erzählte, gehörten zur Zeit neben den Skandalen um die schöne Clodia zum beliebtesten Tratsch in Rom. Hübsch war sie zugegebenermaßen schon, diese Priesterin. Aber wer hatte je gehört, daß eine Frau mehr als eine Hebamme war? Vermutlich beruhten ihre Heilungen allein auf irgendwelchen zweifelhaften Zaubertränken und dem Feuer, das ihr Anblick in einem Männerkörper zu entfachen vermochte. Wenn da nicht dieser baumlange, rabenschwarze Leibwächter wäre …

Die Priesterin nickte ihm lächelnd zu. »Mit wem habe ich das Vergnügen?«

Einen Moment lang war der Arzt erstaunt. Sie sprach lateinisch! Doch sofort hatte er sich wieder unter Kontrolle. Sich auch nur im geringsten über irgend etwas erstaunt zu zeigen,

war mehr Ehre, als diese Hexe verdient hatte. »Man kennt mich als Philippos, wahrscheinlich hast du schon von mir gehört.« Ohne ihre Antwort abzuwarten, fuhr er in selbstgefälligem Ton fort: »Ich bin der berühmteste Arzt der Stadt und behandele die Reichen und Mächtigen. Als ich hörte, der *proconsul* sei krank, bin ich sofort in sein Haus geeilt. Doch man will mich nicht zu ihm vorlassen. Der Türsklave hat mir erzählt, daß sein Herr sich von dir behandeln lassen möchte ...«
Natürlich war diese Geschichte erfunden. Philippos kannte zwar den *proconsul* aus seiner Zeit bei den Legionen, doch daß er in Wahrheit erst vor kurzem in Rom angekommen war und seitdem mit allen Mitteln versuchte, wenigstens einen Senator als Patienten zu gewinnen, ging diese *Hetaire* nichts an. Ursprünglich hatte er gehofft, als Arzt in den städtischen Thermen arbeiten zu können, doch obwohl er fast sein ganzes Erspartes als Bestechungsgeld aufzubieten bereit gewesen war, hatte er keine dieser lukrativen Stellen bekommen können. Ja, fast hatte er das Gefühl, sein Aufenthalt in Rom stünde unter einem ungünstigen Stern. Und jetzt kam ihm auch noch diese Priesterin in die Quere. Warum beim *Zeus* mußte sie ausgerechnet zu Gabinius kommen?
»Es tut mir leid, wenn ich Eure Geschäfte störe. Vielleicht können wir dem Kranken ja gemeinsam helfen.« Die Priesterin lächelte und zeigte dabei zwei Reihen makellos weißer Zähne. Doch er würde sich nicht von ihrer Schönheit einlullen lassen!
»Hältst du mich wirklich für so dumm, daß ich auf ein solches Angebot eingehen würde? Glaubst du, ich wüßte nicht, daß du in Wahrheit nur darauf aus bist, meine Geheimnisse zu stehlen, ägyptische Hexe.«
In seinem Zorn war Philippos noch näher an die Priesterin herangetreten. Am liebsten hätte er diese Aufschneiderin mit einem Knüppel aus dem Haus getrieben. Doch so, als könne er Gedanken lesen, stellte sich der Leibwächter im Nu vor die Priesterin und bedrohte Philippos mit seinem wuchtigen

Wanderstab. Erschrocken riß der Arzt seine Arme hoch und zischte: »Weiche von mir, *Daimon*! Zurück hinter die Pforten des *Hades*!«
Doch statt zu weichen, verpaßte der Leibwächter Philippos einen leichten Stoß mit seinem Knüppel, der ihn ein wenig zurücktaumeln ließ.
Für einen Augenblick war der Grieche wie versteinert. Dann beeilte er sich, in die hinterste Ecke des *atrium* zu flüchten. »Ruf dieses schwarze Ungeheuer zurück! Es ist ein Frevel, Hand an einen Arzt zu legen. Wir sind unberührbar ...«
Ein Wink der Priesterin genügte, und der Nubier trat hinter sie zurück. »Ihr müßt entschuldigen, aber mein Leibwächter schätzt es nicht, wenn man in unverschämtem Tonfall zu mir spricht oder mir zu nahe kommt. Wenn Ihr diese beiden Regeln berücksichtigt, wird er Euch nichts zuleide tun.«
Philippos legte den Kopf schief und musterte den Nubier. Die Worte der Priesterin überzeugten ihn nicht recht, und er zog es vor, das Gespräch vom anderen Ende des Hofes aus weiterzuführen.
»Wie willst du den edlen Herren denn behandeln? Wirst du ihm ein Klistier setzen oder ihn vielleicht zur Ader lassen?«
»Ich muß den *proconsul* erst einmal sehen, bevor ich entscheide, wie ich ihn behandele. Man hat mir gesagt, er leide unter Leibkrämpfen.«
»Richtig! Also muß man Gabinius zur Ader lassen und die giftigen Säfte aus seinem Körper ableiten! Vorher wird es ihm nicht besser gehen. Ich verwende diese Therapie immer mit großem Erfolg.«
»Das heißt, Ihr schneidet einem Mann, der über Bauchweh klagt, in den Arm?«
»Nein, allerverehrteste Wunderheilerin, ich sehe, du hast wirklich nicht die geringste Ahnung von der Arbeit eines richtigen Arztes. Schließlich habe ich in Athen und im Tempel des *Aesculapius* auf der Tiberinsel Medizin und Philosophie studiert. Keinem Arzt, der den Eid des Hippokrates ge-

schworen hat, würde es jemals einfallen, einen Patienten zu verletzen. Der Schwur verbietet ausdrücklich das Schneiden mit dem Messer.« Philippos räusperte sich wichtigtuerisch. In Wahrheit hatte er weder in Athen noch im Tempel des *Aesculapius* studiert, sondern sein Handwerk in den Legionslagern und auf den Schlachtfeldern der Republik erlernt, aber was spielte das schon für eine Rolle? Schließlich ging es hier darum, die hehre Medizin gegen die Anfechtungen einer Hexe zu verteidigen!
Die Ägypterin schüttelte den Kopf. »Ihr habt doch gerade noch gesagt, daß Eure erfolgreichste Methode sei, den Patienten zur Ader zu lassen. Wie bringt Ihr das fertig, wenn Ihr ihn nicht verletzt? Und was das Ableiten von Säften angeht ... Ist es nicht so, daß Hippokrates die Lehre der vier Säfte verworfen hat? Und hat er nicht das Schneiden mit dem Messer verboten, um diesem unsinnigen Blutabzapfen, das einige Ärzte eine Therapie nennen, endgültig ein Ende zu setzen?« Die Priesterin blickte Philippos, dem alle Farbe aus dem Gesicht gewichen war, triumphierend an. »Wißt Ihr, mein Guter, auch ich habe mein Handwerk lange studiert. Meine Jugend verbrachte ich im Isistempel von Philae. Dort lehrte man nicht nur die altüberlieferten Beschwörungen und die Kunst, mit Kräutern und Drogen die Leiden der Kranken zu mindern, sondern man hat auch etliche Lehren der griechischen Medizin übernommen. Dank der Gunst des *Neuen Osiris* fand ich sogar Gelegenheit, die Bücher des Hippokrates zu studieren, denn seine sämtlichen Schriften befinden sich in der berühmten Bibliothek nahe dem Großen Hafen. Leider bleibt den meisten meiner Schwestern der Zutritt zur Bibliothek verwehrt, weil die Philosophen keine Frauen um sich dulden. Statt dafür zu sorgen, daß das Wissen, das sie gesammelt haben, seinen Weg in die Welt findet, hüteten sie ihre Schätze eifersüchtig. Ich denke, auch Ihr gehört zu den Gelehrten, die der Überzeugung sind, daß Frauen nicht klar denken können und das Lesen von Büchern den unrei-

fen Verstand nur noch weiter verwirren würde. Oder sollte ich mich irren?« Die Priesterin hatte ein herablassendes Lächeln aufgesetzt und blickte den Arzt herausfordernd an.
Philippos brauchte einen Moment, um die Fassung wiederzufinden. Der Wortschwall des Weibes hatte ihn regelrecht gelähmt. Eine typisch weibliche Strategie, vor der er nicht kapitulieren würde! Wenn sie ihm überheblich kam, bitte, das konnte er auch.
»Mein liebes Kind, du bist zwar hübsch anzuschauen und hast sicher brav deine Zaubersprüche im Tempel gelernt, doch über Hippokrates und die Kunst der Ärzte wirst du doch wohl nur vom Hörensagen wissen.« Der Grieche räusperte sich erneut, jetzt würde er ihr demonstrieren, was es hieß, ein Arzt zu sein! In Grund und Boden würde er sie reden! »Niemand zweifelt am überragenden Wissen des Hippokrates, was die Heilung von Brüchen aller Art angeht. Und was die Lehre der vier Säfte betrifft, so hat er diese lediglich berichtigt. Glaubten unsere unwissenden Urahnen, die Gesundheit und Krankheit würde auf dem Verhältnis der trockenen und feuchten, warmen und kalten Säfte zueinander beruhen, so hat Hippokrates richtig erkannt, daß sich der Körper des Menschen aus dem Blut, dem Schleim, der gelben und der schwarzen Galle zusammensetzt. Jede Krankheit gründet sich auf diese vier Stoffe, die den Menschen ausmachen. Je nachdem, wie das Übel geartet ist, kann man die Säfte regulieren, indem man den Patienten zum Erbrechen bringt, ihm ein Klistier setzt oder aber ihn zur Ader läßt.« Philippos machte eine rhetorische Pause. »Und falls du behaupten willst, ich würde meinen Eid brechen, wenn ich einen Patienten zur Ader lasse, so weise ich dich darauf hin, daß ich diese Arbeit selbstverständlich einem Sklaven überlasse.«
»Verstehe ich Euch richtig? Ihr habt jahrelang die Kunst des Heilens studiert und drückt dann einem Sklaven das Messer in die Hand, damit er die Operation durchführt?« Die Priesterin lächelte. »Ist das kein Paradoxon, Grieche?«

Philippos schnitt eine ärgerliche Grimasse. So viel Dummheit gepaart mit Dreistigkeit war kaum zu ertragen. »Ich bin natürlich derjenige, der Kraft seines Wissens die Entscheidung zur richtigen Behandlung fällt. Der Sklave tut nur das, was die Bestimmung eines Sklaven ist. Er führt meine Befehle aus. Allerdings kann man für solche Arbeiten nicht jeden Beliebigen nehmen.« Philippos warf einen abfälligen Blick auf Batis. »Dein Herakles da hinten wäre für so etwas völlig ungeeignet. Doch was kannst du eigentlich? Ich möchte dir ja nicht zu nahe treten, aber von Isispriesterinnen habe ich bislang nur gehört, daß sie talentierte Kupplerinnen sind.« Philippos warf einen raschen Blick auf den Leibwächter. Bisher hatte er mit der Priesterin auf lateinisch gestritten, einer Sprache, die dieser Riese offensichtlich nicht verstand. Trotzdem brachte der Arzt seine Beleidigungen im allerhöflichsten Tonfall vor. Schließlich wollte er kein unnötiges Risiko eingehen! Für den Leibwächter mußte es sich ganz so anhören, als würde er der Priesterin ein Kompliment nach dem anderen machen. Philippos lächelte den Krieger an. Ein weiterer Triumph des Geistes über rohe Gewalt!
»Wie verträgt sich Euer Genie eigentlich mit der Tatsache, daß Ihr die Gunst des *proconsul* Aulus Gabinius verloren habt? Eure angeblich so unfehlbaren Heilmethoden scheinen sein Mißfallen erregt zu haben. Sonst hätte er wohl kaum nach mir rufen lassen. Oder wäre es vielleicht möglich, daß Eure Kunst so unbedeutend ist, daß er Euch einfach vergessen hat? Schließlich ist er zum ersten Mal wieder in Rom, seit man ihn zum *proconsul* in Syrien ernannt hat.«
Der Arzt zog die Augenbrauen zusammen, so daß sie wie ein durchgehender, dunkler Strich aussahen. Mit dieser Vermutung war die Priesterin der Wahrheit schon ziemlich nahe gekommen. Vielleicht wäre jetzt der Zeitpunkt, sich einfach aus dem Streit zurückzuziehen? Warum sollte er sein Genie noch länger an dieses Weib verschwenden? Wenn er ihr seine Überlegenheit allzu deutlich machte, würde sie aus Rache

vielleicht gar ihren Leibwächter auf ihn hetzen ... »Es ist meiner nicht würdig, mich mit einer orientalischen Hexe zu streiten.«

Ohne die Priesterin auch nur eines weiteren Blickes zu würdigen, ließ sich Philippos auf einer der kleinen Marmorbänke im *atrium* nieder und betete zu *Aesculapius*, daß der *proconsul* weise genug sein möge, sich nicht in die Hände dieser Hexe zu begeben.

Verstohlen blickte er dabei zu der Ägypterin und dachte an den Ruf, den Gabinius genoß. Cicero hatte den Gabinius unlängst einen verräterischen, diebischen, verweichlichten, kraushaarigen Tänzerknaben genannt. Hatte es überhaupt einen Sinn zu hoffen, daß so jemand sich für einen kompetenten Arzt entscheiden würde, wenn er nicht wirklich sterbenskrank war?

Philippos blickte zum wolkenverhangenen Himmel. Er durfte die Hoffnung noch nicht aufgeben. Gabinius war der einzige berühmte Mann, den er in seinem Leben bislang getroffen hatte. Bestimmt würde er sich noch an ihn erinnern und diese ägyptische *Hetaire* davonjagen!

* * *

Im ersten Moment war Šamu wütend darüber, daß der Grieche sich einfach aus dem Gespräch davonstahl. Bei einem Mann hätte er das sicher nicht gewagt! Doch was brachte es ihr, ihren Sieg über diesen Ignoranten noch weiter auszukosten!

Statt sich also ihrem Zorn hinzugeben, dachte sie an das Fest, das Lucius Licinius Lucullus am vorangegangenen Abend zu Ehren des Ptolemaios Auletes gegeben hatte. Šamu hatte den König dorthin begleitet, sich aber an der Völlerei des ausschweifenden Mahls nicht beteiligt.

Der reiche Lucullus hatte es sich, nachdem er auf den Feldzügen gegen Mithridates ein Vermögen zusammengerafft hatte, zur Lebensaufgabe gemacht, einen Luxus und eine

Pracht zu entfalten, wie man sie bis dahin noch nicht in Rom gesehen hatte. Šamu mußte sich eingestehen, daß Lucullus selbst den *Neuen Osiris* in der Präsentation exotischer Genüsse übertraf.
Auch der *proconsul* Gabinius war bei dem Fest zugegen gewesen, und Šamu war sich sicher, daß hier die Ursache seiner plötzlichen Erkrankung lag. Ptolemaios hatte während des Banketts damit geprahlt, welche außergewöhnlichen Fähigkeiten seine Priesterin habe und daß er ihre Behandlung der eines jeden griechischen Arztes vorzöge.
Šamu waren seine Worte peinlich gewesen. Sie wußte, daß Ptolemaios von nicht minder robuster Natur als ein Flußpferd war. Ein Vergleich, dachte sie schmunzelnd, der allein in Anbetracht seines Körpervolumens schon zutreffend war. Noch nie hatte sie etwas anderes als eine Unpäßlichkeit nach einem Gelage bei ihm behandeln müssen. Gelegentlich verhalf sie Ptolemaios auch durch gewisse Tränke, seine Manneskraft auf eine Weise auszuleben, die man bei seinem Alter nicht mehr erwartet hätte.
Daß der *Neue Osiris* ihre Dienste jemand anderem als einem Mitglied der königlichen Familie zur Verfügung stellte, war bislang noch nicht vorgekommen. Das zeigte, in welch erbärmlicher Lage er war. Er brauchte Freunde hier in Rom. Jeder wußte, daß Ptolemaios nur durch die Macht römischer Waffen wieder zu seinem Thron gelangen konnte. Doch dazu war ein Senatsbeschluß erforderlich, und um eine Mehrheit im Senat zu bekommen, würde er sehr, sehr viel Bestechungsgeld zahlen müssen. Wahrscheinlich sah er in der Krankheit des Gabinius eine Gelegenheit, preiswerter an eine Stimme zu kommen. Außerdem war der *proconsul* Kommandant der Legionen im benachbarten Syrien. Wenn der Senat sich entschließen sollte, Ptolemaios Hilfe zu schicken, so wären es vermutlich die Männer des Gabinius, die in Ägypten einmarschieren würden. Das hieß, daß Šamu auf gar keinen Fall versagen durfte.

Noch einmal ging sie im Geiste die Rituale und Beschwörungsformeln durch, die sie im Tempel gelernt hatte. Sie war unsicher, ob die Göttin es zulassen würde, daß ihre Macht zum Bestandteil politischen Kalküls wurde. Doch stand nicht *Isis* jedem Kranken bei?

Ein junger Soldat trat, von einem Sklaven begleitet, ins *atrium*. Der Mann trug die Rüstung eines Reiteroffiziers, einen kurzen Umhang und einen Kettenpanzer nach gallischer Art. Unter seinem Arm klemmte ein prächtiger Bronzehelm mit wallendem Federbusch. In der Rechten hielt der Offizier mehrere *Papyrus*rollen.

Flüchtig lächelte er Šamu zu. Er mochte vielleicht etwas mehr als zwanzig Jahre alt sein und hatte ein hübsches, von vollem schwarzem Haar gesäumtes Gesicht.

»Mein Herr erwartet Euch jetzt.« Der Sklave, der den Offizier ins *atrium* gebracht hatte, war neben Šamu getreten. »Wenn Ihr mir bitte folgen wollt.«

»Sag deinem Herren, daß ich auch gekommen bin, um ihm meine Aufwartung zu machen.« Philippos war von seinem Sitz aufgesprungen und durch den Hof geeilt.

»Wenn mein Herr sich entschließen sollte, Euch zu empfangen, werde ich nicht versäumen, es Euch wissen zu lassen. Bis dahin möchte ich Euch darum bitten, das *atrium* zu verlassen. Der *janitor* hatte kein Recht, Euch durch das Tor zu lassen. In der Zeit, in der mein Herr abwesend war, hat die Disziplin in diesem Haus leider sehr gelitten. Man wird den Torsklaven für seine Eigenmächtigkeit noch zur Verantwortung ziehen.

Philippos gab sich geschlagen. Mit hängenden Schultern verließ er das *atrium*, und in diesem Moment tat es Šamu leid, nicht ein wenig freundlicher mit dem Griechen umgegangen zu sein.

* * *

Gabinius hatte sich in einen kleinen Raum zurückgezogen, dessen Wände mit Jagdszenen bemalt waren. Er ruhte auf einer Liege, als Šamu eintrat. Ihr Leibwächter und der Haussklave, der sie durch die Villa des *proconsul* hierher gebracht hatte, warteten respektvoll vor der Tür.
»Sei mir willkommen, schöne Priesterin! Wenn deine Kunstfertigkeit auch nur halb so groß ist wie das Lob des Flötenspielers, kannst du dich mit dem göttlichen *Aesculapius* messen.«
Šamu zuckte innerlich zusammen. Sie haßte es, wenn man den *Neuen Osiris* mit dem Spottnamen bedachte, der seinen Weg aus den Straßen Alexandrias bis nach Rom gefunden hatte. Man nannte ihn Flötenspieler, weil er sein Liebeswerben stets mit dem Spiel auf einer Rohrflöte zu eröffnen pflegte. Seine Kunst hatte er so sehr vervollkommnet, daß er sich mit den besten Flötenspielern Ägyptens messen konnte und dies gelegentlich vor versammeltem Hofstaat auch tat.
»Was habt Ihr für Beschwerden, *proconsul*?« Šamu gab sich betont kühl, während der Römer sie aufmerksam musterte.
»Seit ich vom Festmahl des Lucius Licinius zurück bin, quälen mich Leibschmerzen. Ich möchte nur sicher gehen, daß nicht vielleicht einer seiner Sklaven ein langsam wirkendes Gift in meine Speisen gemischt hat.«
»Hätte der edle Lucullus denn Anlaß zu einer solchen Tat?«
Gabinius lächelte spöttisch. »Er hätte Anlaß, den halben Senat zu vergiften. Ich sehe schon, daß du mit den Einzelheiten unserer innenpolitischen Verhältnisse nicht sonderlich vertraut bist.«
Wenn er aber so viele Feinde hat, warum sollte er ausgerechnet Euch vergiften, *proconsul*?«
»Ich habe als Volkstribun vor zehn Jahren dafür gesorgt, daß Lucullus das Kommando im pontischen Krieg entzogen wurde. So hat Pompeius den Lorbeer für den Sieg über Mithridates erhalten, der eigentlich ein Verdienst des Lucullus war. Außerdem hat Pompeius sehr viel Gold aus den asiatischen

Provinzen geholt, das Lucullus hätte zufallen müssen. Ich bin sicher, daß mir Lucius Licinius das niemals vergeben wird, obwohl er in letzter Zeit sehr viel Wert darauf legt, als ehrlicher und unpolitischer Mann zu gelten.«

Šamu nickte. Auch wenn sie erst wenige Wochen in Rom war, so hatte sie doch schon gelernt, daß die Machtkämpfe, die sich unter den einflußreichen Familien der Stadt abspielten, die Intrigen am Hofe des Ptolemaios noch um einiges übertrafen.

»Würdet Ihr Euch bitte entblößen, *proconsul?*«

Mit einem anzüglichen Lächeln kam Gabinius ihrem Wunsch nach.

Vorsichtig tastete sie über seinen Hals und Nacken und suchte nach Schwellungen, die auf eine Vergiftung hinwiesen. Dann massierte sie seinen Bauch, um festzustellen, ob die Krämpfe zu Verhärtungen geführt hatten.

»Man erzählt sich hier in Rom, daß die Diener der *Isis* auch als Kuppler tätig sind. Stimmt das?«

»In Alexandria geht das Gerücht um, daß die Frauen aller mächtigen Männer in Caesars Bett gelegen haben und daß Eure Schulden so groß sind, daß selbst der Schatz des Darius nicht ausreichen würde, Eure Gläubiger auszuzahlen. Doch ich denke, das ist genauso wahr wie das, was man sich hier über die Göttin erzählt.«

Gabinius hatte aufgehört zu lächeln. Mit durchdringendem Blick musterte er Šamu.

Der *proconsul* war ein kräftig gebauter Mann, der bald sein vierzigstes Lebensjahr erreichen würde. An den Schläfen war sein lockiges Haar bereits schlohweiß geworden. In seinen Augen brannte das Feuer des Fanatikers, der sich sicher war, noch lange nicht am Ende seiner politischen Möglichkeiten angekommen zu sein.

Seinem Körper waren die Strapazen der Kriegszüge in Judäa anzusehen. Eine frische Narbe zog sich über seinen linken Arm, und die Schwielen an seiner rechten Hand verrieten,

daß er sich nicht scheute, selbst an der Seite seiner Soldaten zu kämpfen.
»Daraus, daß Ihr noch lebt, *proconsul*, läßt sich schließen, daß es sich um kein gewöhnliches Gift handeln kann, falls Ihr tatsächlich vergiftet worden seid.«
»Was soll das heißen?«
»Es ist mehr als vierzehn Stunden her, daß Ihr an dem Gastmahl von Lucius Licinius teilgenommen habt. Die meisten Gifte hätten Euch in dieser Zeit getötet. Ich kenne nur sehr wenige Gifte, die so langsam wirken. Es besteht natürlich die Möglichkeit, daß man Euch ein eigentlich tödliches Gift in kleinen Dosierungen verabreicht. So werdet Ihr langsam dahinsiechen, und jeder wird glauben, daß Euch eine geheimnisvolle Krankheit, die Euch im Orient befallen hat, dahinrafft.«
Gabinius stand jetzt der Angstschweiß auf der Stirn. Offensichtlich mangelte es nicht an Neidern, denen er einen solchen Mord zutrauen würde.
»Habt Ihr unter Euren Sklaven jemanden, dem Ihr nicht traut? Oder habt Ihr in den letzten Tagen einen Sklaven erworben, der sich in Eurer Nähe aufhält und die Möglichkeit hätte, Gift in Eure Speisen zu mischen?«
»Nein.« Der *proconsul* schüttelte entschieden den Kopf. Jeglicher Hochmut war aus seiner Stimme gewichen. »Ich bin erst seit drei Tagen wieder in Rom, und auf meiner Reise hierher haben mich nur Sklaven begleitet, die meinem Haus schon seit Jahren angehören.«
»Gut, dann können wir diese Möglichkeit wohl ausschließen. Im allgemeinen ist dies auch eine Methode des Giftmordes, die an orientalischen und griechischen Höfen bevorzugt wird.«
Gabinius wirkte ein wenig erleichtert.
»Erinnert Ihr Euch noch, was Ihr beim Fest gegessen habt?«
Stockend begann der *proconsul* die kulinarischen Extravaganzen aufzuzählen, mit denen Lucullus seine Gäste ver-

wöhnt hatte. Šamu wurde immer klarer, was die Ursache für das Leiden des Gabinius war. Es schien, als habe er fast keinen der mehr als zwanzig Gänge ausgelassen. Freilich hatte er von den meisten Gerichten, so wie es allgemein bei diesen Gelagen üblich war, nicht mehr als nur einige Bissen probiert, doch um dies über Stunden durchzustehen, bedurfte es schon einiger Übung.

Obwohl Šamu sich jetzt fast ganz sicher war, daß Gabinius nur unter einer gewöhnlichen Magenverstimmung litt, durfte sie die Möglichkeit nicht außer acht lassen, daß er vielleicht doch vergiftet worden war.

»Habt Ihr Euch in der Nacht erbrochen?«

Gabinius nickte kurz.

»Das ist gut. Damit hättet Ihr einen Teil des Giftes schon von Euch gegeben. Welcher Art sind die Schmerzen, die Euch plagen?«

»Seit den frühen Morgenstunden haben mich immer wieder in kurzen Abständen heftige Bauchkrämpfe befallen.«

»Und wie geht es Euch jetzt?«

»Ich fühle mich schwach. Doch die Krämpfe haben nachgelassen. Wie du gesehen hast, war ich bereits in der Lage, meinen *praefectus equitum*, Marcus Antonius, zu empfangen.«

»Ihr seid wohl ein sehr pflichtbewußter Mann, wenn Ihr Eure Offiziere sogar noch an Euer Krankenlager bestellt.«

»Morgen ist ein wichtiger Tag. Ich muß im Senat über die Kämpfe berichten, die ich in Judäa gegen den aufrührerischen Aristobul geführt habe.« Gabinius zögerte einen Moment, bevor er fortfuhr. »Glaubt Ihr, daß es vielleicht doch nur ein vorübergehendes Unwohlsein sein könnte?«

»Traut Ihr Lucullus zu, viel Geld für Euren Tod auszugeben, und hat er gute Verbindungen in den Orient?« Šamu durfte auf gar keinen Fall zulassen, daß der *proconsul* auf den Gedanken kam, daß er ihre Hilfe nicht nötig hatte. Damit wäre ihre Mission gescheitert, und sie würde vielleicht die Gunst des Ptolemaios verlieren.

Gabinius ging sofort auf ihre Frage ein.
»Lucullus ist neben Licinius Crassus der reichste Mann in der Stadt. Was für andere ein Vermögen wäre, ist für ihn nur eine Kleinigkeit. Außerdem dürfte Lucullus aus der Zeit des pontischen Feldzuges noch über gute Verbindungen in Asia verfügen.«
Šamu wiegte bedächtig den Kopf. »Ich kenne einige Skorpiongifte, die in der richtigen Dosierung eine Wirkung haben können, die den Beschwerden entsprechen, die Ihr mir geschildert habt. Die meisten dieser Gifte entfalten ihre tödliche Kraft nur, wenn sie sich mit dem Blut vermischen. Manche vermögen es aber auch, die Eingeweide eines Menschen langsam zu zerfressen. Ein schrecklicher Tod, der sich über viele Tage hinzieht.«
Gabinius schluckte. »Und gibt es kein Mittel dagegen?«
»Da Ihr meine Göttin und ihre Diener verächtlich macht, befürchte ich, daß sie Euch nicht helfen wird, *proconsul. Isis* liebt es nicht, wenn man ihre Priester Kuppler nennt.«
»Das ist doch nur das Gerede von der Straße.« Gabinius wedelte abwehrend mit der Hand.
Jetzt hatte Šamu ihn dort, wo sie ihn haben wollte. Sie hatte nicht die geringsten Gewissensbisse, mit der Angst des Römers zu spielen. Schließlich war die List die schärfste Waffe der *Isis*, wenn sie sich gegen ihre Feinde durchsetzen mußte, deshalb würde die Göttin es ihr nachsehen, wenn sie die Angst des Römers nutzte, um dem *Neuen Osiris* zu dienen.
»Wird die Göttin mir verzeihen?« Gabinius hatte sich halb auf der Liege aufgerichtet und starrte sie jetzt in banger Erwartung an.
»Ihr wißt, daß Ptolemaios sich der *Neue Dionysos* nennt? In Ägypten glaubt man, daß *Dionysos* nur ein anderer Name für *Osiris*, den Geliebten der *Isis*, ist.«
Der *proconsul* nickte.
»Der *Pharao* wünscht mit Euch zu sprechen, nachdem Ihr im Senat wart. Erweist ihm die Gunst und besucht ihn, und

ich bin sicher, *Isis* wird in ihrer Großmut übersehen, daß Ihr über die Dienerin der Göttin gelästert habt.«
»Das ist Erpressung!«
»Nein, *proconsul*, Ihr selbst habt Euch in diese Lage gebracht. Ganz egal, ob Ihr dem *Neuen Osiris* einen Besuch erstatten werdet oder nicht, ich werde auf jeden Fall meine Kunst bemühen. Da die Heilung jedoch nicht erfolgreich sein kann, wenn ich nicht mit einem Zauber die Kraft der Göttin beschwöre, liegt es nicht an mir, ob Ihr genesen werdet oder nicht.«
Der Römer zögerte. Er schien zu erwägen, welche Dimensionen die Intrige annehmen könnte, in die er hineingezogen werden sollte.
»Besteht die Möglichkeit, daß ich gar nicht durch Lucullus, sondern durch einen Sklaven des Ptolemaios vergiftet worden bin?«
Šamu runzelte die Stirn. »Ihr habt Euch also entschlossen, nicht nur die Göttin, sondern auch den *Neuen Osiris* zu beleidigen? Ihr spielt leichtfertig mit Mächten, die über den Hochmut der Römer nur lachen! Glaubt Ihr vielleicht, die Kraft der *Isis* würde nicht über die Grenzen Ägyptens hinausreichen? Wenn dies Eure Meinung ist, so werdet Ihr meiner Hilfe nicht bedürfen. Vielleicht solltet Ihr dann lieber nach diesem Philippos rufen lassen.«
Šamu hatte sich umgedreht und schritt auf die Tür zu.
»Warte!« Gabinius erhob sich. »Ich soll deinen König nur besuchen?«
Betont langsam drehte sich Šamu um. »So ist es.«
»Und du glaubst, *Isis* könnte mir vergeben?«
Šamu zögerte die Antwort hinaus. Einen Augenblick lang sollte der Römer ruhig noch die Qualen des Zweifels erleiden.
»Ich werde für Euch beten, *proconsul*. Doch nun begebt Euch zurück zu Eurem Lager. Ihr müßt ruhig liegen und gleichmäßig atmen, wenn mein Zauber seine volle Macht entfalten soll.«

Gabinius gehorchte ihren Anweisungen. Dann rief Šamu nach Batis, der die bemalte Holztruhe mit den Kräutern und Tränken hereinbrachte und sich sogleich wieder entfernte.
Noch einmal betastete die Priesterin den Hals des Römers. Leichte Schwellungen wären ein Hinweis darauf, daß Gabinius mit einem Gift oder der Macht böser Daimonen, die seinen Körper auszehrten, rang. Doch sie konnte nichts Auffälliges feststellen.
»Ihr werdet nun einen Trank bekommen, der alle Schmerzen vertreibt und Euch Eure Sorgen vergessen läßt. Er wird Euch die Ruhe geben, die Ihr in dieser Nacht missen mußtet.«
Šamu träufelte ein wenig von einer hellgrünen Flüssigkeit in eine flache Schale und reichte sie dem *proconsul.* Es war ein Sud aus weißem Opium, das die Händler aus dem fernen Babylonien brachten, der Milch einer jungen Kuh und einigen Kräutern, die im fruchtbaren Nildelta gediehen. Sollte Gabinius nur unter Krämpfen leiden, so würde der Trank seine Schmerzen besiegen und ihm einen erholsamen Schlaf schenken. Doch wenn er tatsächlich vergiftet worden war … Šamu mochte gar nicht daran denken. In diesem Fall hätte der Sud lediglich die Macht, dem *proconsul* die Qual des Todeskampfs zu erleichtern. Wie *Re* würde Gabinius zum Abend die Reise in die Unterwelt antreten, doch im Gegensatz zu dem Gott gäbe es für ihn keine Rückkehr mehr.
Der Römer roch mißtrauisch an der Flüssigkeit.
»Was gibst du mir da? Was ist das?«
»Es hieße, die Mysterien des Tempels verraten, wenn ich diese Frage beantworten würde. Vertraut mir, Gabinius! *Isis* ist die große Mutter, und sie wird ihren Kindern kein Leid zufügen.«
»Wenn das so ist, wird es dir sicher nichts ausmachen, auch einen Schluck von deinem Trank zu nehmen.«
Mit tadelndem Blick nahm Šamu die Schale und trank ein wenig von dem würzig duftenden Sud. »Ihr beleidigt schon

wieder die Göttin. Ich hoffe, Ihr ahnt, welcher Gefahr Ihr Euch damit aussetzt.«

Wortlos nahm der Römer die Schale entgegen und leerte sie mit einem Zug. Dann legte er sich zurück.

»Ich werde nun mit der Anrufung der Sieben Skorpione beginnen. Sie begleiteten *Isis* in die Wüste, als die Göttin auf der Flucht vor dem mächtigen *Seth* war. In ihren Stacheln tragen sie die tödlichsten aller Gifte. Sprecht mir die Formel nach, mit der ich ihre Macht zu bannen versuche, und seid gewiß, wenn das Gift von Skorpionen Euch martert, werden schon bald alle Schmerzen verfliegen.«

Gabinius nickte schläfrig.

»Petet, der du gehst vor der Göttin, wisse, ich kenne deinen Namen und banne deine Macht!«

Langsam, jedes Wort betonend wiederholte Gabinius den Bannspruch. Šamu fuhr fort:

»Tjetet, der du gehst vor der Göttin, wisse, ich kenne deinen Namen und banne deine Macht!
Matet, der du gehst vor der Göttin, wisse, ich kenne deinen Namen und banne deine Macht!
Mesetetef, der du schreitest unter der Sänfte der Göttin, wisse, ich kenne deinen Namen und banne deine Macht …!«

Noch bevor Šamu den Beschwörungszyklus zum zweiten Mal vollendet hatte, war Gabinius eingeschlafen. Sieben Mal, so wie es die geheimen Schriften des Tempels geboten, wiederholte sie die Beschwörung der Skorpione. Dann lauschte sie auf den Atem des Römers. Er war ruhig und regelmäßig. Šamu war sich jetzt sicher, daß der *proconsul* gesund erwachen würde.

Leise räumte sie die Schalen und Tiegel in ihre kleine Truhe zurück und verließ den Raum.

Vor der Tür warteten noch immer Batis und der Leibsklave des *proconsul*.

»Wie geht es meinem Herrn?«
»Er wird viele Stunden schlafen. Wenn er erwacht, bereite ihm einen Sud aus diesen Kräutern.« Šamu reichte dem jungen Mann ein kleines Leinenbeutelchen. »Sie werden ihm neue Kräfte geben und helfen, das Schwächegefühl, das dem langen Schlaf folgt, zu vertreiben.«
Der Sklave verneigte sich ehrerbietig. »Ich danke Euch, Herrin.« Unter Lobreden auf die Macht der Göttin geleitete er sie durch das *atrium* zum Tor, und Šamu machte sich auf den Rückweg zur Villa des Pompeius, um dort ihrem König vom Erfolg der Mission zu berichten.

2. KAPITEL

Verfluchte ägyptische *striga*! Philippos trat wütend gegen einen der angenagten Knochen, die auf dem schlammigen Weg lagen. Wie konnte sich ein intelligenter Mann wie Gabinius einer solchen Frau anvertrauen? Eine Frau als Ärztin, wo hatte man dies je gehört. Hebammen, schön … Kräuterweiber, gut, aber Ärztinnen! Nein, das war undenkbar. Der Aufenthalt in Syrien mußte Gabinius verwirrt haben. Früher hätte sich ein Mann, ein ehemaliger Konsul wie er, nicht auf so etwas eingelassen.
Vielleicht sollte er das ganze als einen Wink des Schicksals betrachten, überlegte Philippos. Nicht ganz zwei Monate war es her, daß er die Legion verlassen hatte. Gerade noch rechtzeitig, wenn man von den blutigen Kämpfen in Gallien hörte. Womöglich wäre er in dieses kalte Barbarenland verlegt worden.

Der Arzt dachte an die zwanzig Jahre, die er in der Armee verbracht hatte, an all die Feldzüge und Schlachten … Ärgerlich schüttelte er den Kopf, um die düsteren Erinnerungen zu vertreiben. Er hatte genug sterbende Legionäre auf seinem Tisch liegen gehabt. Was er jetzt wollte, waren reiche *Patrizier*, die sich bei einer Orgie überfressen hatten, und hübsche Damen mit harmlosen Zipperlein.
Doch das Schicksal schien sich gegen ihn verschworen zu haben! Erst sein Pech in den *thermen*, dann tauchte auch noch diese ägyptische Hexe auf! Gabinius zu behandeln, das hätte der Anfang seiner Karriere als seßhafter Arzt werden können. Philippos kannte ihn noch von früher und hatte gehofft, der Konsul würde sich noch an ihn erinnern. Schließlich hatte er Gabinius vor Jahren einmal während des Feldzugs in Spanien eine böse Platzwunde vernäht. Aber diese Reichen waren alle gleich! Sie hatten kein Auge für die einfachen Männer um sie herum.
Römische Barbaren! Vielleicht sollte er diese Stadt verlassen! Rom war doch ohnehin nur ein riesiges Drecksloch. Eine der verkommensten Städte, die er jemals gesehen hatte. Jedes Legionslager war da besser organisiert. Philippos dachte an seine Jugend in Athen, die prächtigen weißen Tempel auf der Akropolis und das wunderbare Meer. Was hielt ihn hier eigentlich? Er hatte sein Diplom als entlassener Legionsarzt und das Bürgerrecht. Er konnte gehen, wohin er wollte. Vielleicht war es ein Fehler gewesen, ausgerechnet hierher zurückzukommen.
Ein drohendes Knurren schreckte ihn aus seinen Gedanken auf. Aus einer der Gruben nahe dem Weg war ein großer, grauer Hund geklettert und kam steifbeinig auf ihn zugestelzt. Erschrocken tastete Philippos nach dem gefalteten Leinentuch, das er unter den Arm geklemmt hatte. In das Tuch hatte er seine chirurgischen Instrumente eingeschlagen.
Wäre er nur nicht über den *Esquilin* gegangen, fluchte Philippos stumm. Er wußte genau, welche Gefahren auf diesem

Hügel lauerten. Es war einzig seine Bequemlichkeit, die ihm diesen Ärger eingebracht hatte. Die paar hundert Schritt, die er weniger zu laufen hatte, wenn er über diesen verfluchten Hügel ging! Bei Nacht wäre ihm diese Idee erst gar nicht gekommen, aber jetzt war ja nicht einmal Mittag, und die Sonne stand hoch am Himmel.
Seine Finger ertasteten die kalte Klinge eines seiner Chirurgenmesser. So lange er es nur mit *einem* Hund zu tun hatte, brauchte er sich keine Sorgen zu machen. Vorsichtig blickte der Arzt sich um, doch abgesehen von einigen wohlgenährten Raben war nichts Lebendiges zu sehen.
Der Hund blieb stehen und knurrte wieder. Vielleicht würde es ausreichen, wenn er den Weg verließ und einen weiten Bogen schlug, überlegte Philippos.
Langsam zog er das schlanke, leicht gebogene Messer aus dem Leinentuch. Sollte er nur kommen, dieser räudige Straßenköter. Einige Augenblicke lang verharrten sie beide. Dann trat der Arzt ein wenig zur Seite. Vorsichtig am Rand einer der langen Gruben entlangbalancierend, versuchte er einen weiten Bogen um den Hund zu machen.
Der Gestank, der Philippos entgegenschlug, war entsetzlich. Diese römische Barbaren, dachte er angewidert. Wie unter einem Bann mußte er in die Grube hinabblicken. Ein Fluch der Toten vielleicht, die wollten, daß er ihr Elend sah?
Er blickte in das grausig entstellte Gesicht einer halb verwesten Frau. Sie war nicht sehr alt geworden, höchstens dreißig ... Ihre Glieder waren dünn und ausgemergelt, so als sei sie an einer Krankheit gestorben. Vielleicht war sie auch ein Mordopfer, das man einfach in die Grube geworfen hatte. Nicht einmal ein schlichtes Leinengewand war ihr geblieben, das im Tod ihre Blöße bedeckt hätte.
Dicht neben ihr lag der Kadaver einer Katze, deren Balg durch den Regen aufgedunsen war, so daß ihr die Beine steif wie Stöcke vom Leib abstanden. Angeekelt wandte sich Philippos ab. Der Hund belauerte ihn noch immer. Warum nur,

wo es hier doch reichlich Aas gab? Auf den *Esquilin* schleppten die Römer die Leichen all jener, die zu arm waren, um sich ein Begräbnis leisten zu können. Achtlos, ohne daß man sich auch nur die Mühe machte, sie mit ein wenig Erde zu bedecken, wurden sie in die Gruben gestoßen. Auch Müll und die Kadaver von Haustieren brachte man hier hinauf. Was war das nur für ein Volk, das eine solche Barbarei duldete! Wie hatten sie nur jemals über das edle Griechenland triumphieren können?
Der Hund war ein paar Schritt näher gekommen. Plötzlich sprang er mit einem Satz in die Grube hinab. Erschrocken riß Philippos das Messer hoch, doch statt anzugreifen knurrte die Bestie noch einmal und machte sich dann am Leichnam der Frau zu schaffen. Gierig schlug er ihr seine Fänge in die Schulter und begann mit solcher Kraft an ihr zu zerren, daß der schlaffe Körper hin- und herschlingerte. Einen Augenblick lang sah es so aus, als würden ihre pendelnden Arme Philippos zuwinken.
Eine Tote, die ihm zuwinkte! Mit einem Schreckensschrei auf den Lippen drehte er sich um und begann zu laufen, wie er in seinem Leben noch nicht gelaufen war. Ohne weiter auf den Weg zu achten, hetzte er über die Hügelkuppe hinweg, strauchelte auf dem rutschigen Lehmboden und raffte sich wieder auf, getrieben von kopfloser Angst.
Erst als er die belebten Gassen der *subura* erreichte, verlangsamte er sein Tempo und blieb schließlich vor einer billigen Weinbude stehen. Was für ein schauerliches Omen! Die Tote hatte ihn sicherlich zu sich ins Grab herabwinken wollen. Erst die ägyptische Hexe und jetzt das! Er sollte diese Stadt so schnell wie nur möglich verlassen. In Rom würde er niemals sein Glück machen. Hier erwartete ihn nichts als Verderben!

* * *

Schon als Šamu den Garten jener prächtigen Villa betrat, in der Pompeius den Pharao untergebracht hatte, konnte sie das melancholische Flötenspiel hören, das Ptolemaios seinen Spottnamen eingebracht hatte. Sie wußte, daß es dem *Neuen Osiris* nun gleichgültig sein würde, ob sie Erfolg gehabt hatte oder nicht. Würde sie jetzt seine Gemächer betreten, müßte sie sich an den Liebesspielen des Hofes beteiligen, doch stand ihr danach nicht der Sinn.
Im *atrium* entließ sie Batis, und der Nubier verschwand in Richtung Küche. Ihr selbst war nicht nach Essen zumute. Obwohl sie von dem Trank, den sie Gabinius gegeben hatte, nur einen winzigen Schluck genommen hatte, fühlte sie sich müde und ein wenig schwindlig.
In Gedanken versunken blieb Šamu im *atrium* stehen. Es gab hier einen kleinen Brunnen und Marmorbänke, die zum Verweilen einluden. Der Boden war mit einem prächtigen Mosaik ausgelegt, das Alexander den Großen zeigte, wie er an der Spitze seiner Reiter eine Formation von Kriegselefanten angriff. Das Portrait des Königs der Makedonier war äußerst gelungen. Wer immer das Mosaik gelegt hatte, war ein Meister seines Fachs gewesen. Man konnte sehen, wie der Wind in die Haare Alexanders fuhr, und sein Blick war von erschreckender Intensität. Der Blick eines Mannes, der kein Maß fand und keine Grenze akzeptieren konnte. Die Amunpriester von Sekhetam hatten ihm offenbart, daß seine maßlose Art zu leben seinen Körper vernichten würde und daß ihm, auch wenn er der Sohn *Amuns* war, ein früher Tod gewiß sei.
Das rötliche Licht der Abenddämmerung ließ die blutige Schlachtszene auf beklemmende Weise realistisch erscheinen. Es schien, als habe sich der Schleier der Vergangenheit gehoben, um Šamu zur Zeugin des Sterbens Tausender Soldaten zu machen. Immer intensiver wurde der Eindruck, so daß sie sogar glaubte, das Klirren der Waffen und die Schreie der Verwundeten zu hören. Das Bild begann sich zu

verändern. Sie sah jetzt einen Hafen und makedonische Soldaten, die gegen Fremde kämpften, über deren Köpfen goldene Adler mit ausgebreiteten Schwingen schwebten. Dann waren überall Flammen, und sie hatte das Gefühl, die Hitze des Feuers durch die dünnen Ledersohlen ihrer Sandalen zu spüren. Einer der Soldaten löste sich aus dem Schlachtgetümmel und kam auf sie zu. Mit hämischem Lächeln hob er seinen Speer und zielte ...

Etwas berührte Šamus Arm. Erschrocken schrie sie auf.

»Entschuldige. Ich wollte dich nicht ängstigen.«

Die Stimme klang vertraut. Verschwommen nahm sie wahr, daß ein Mann vor ihr stand.

»Ich hatte den Eindruck, daß die Magie des Mosaiks einen schlechten Einfluß auf dich hat.«

Die Vision von Tod und Zerstörung verblaßte, und Šamu erkannte jetzt Rechmire, den Schreiber des *Pharao*. Rechmire war ein etwas beleibter, alter Mann mit einem offenen und freundlichen Gesicht. Wie bei fast allen höheren Beamten des *Pharao* krönte eine kunstvoll geknüpfte, nicht ganz schulterlange Perücke aus Pferdehaar sein Haupt. Obwohl es recht kühl war, trug er nur einen knielangen, weißen Rock. Schon die Tempelbilder von Schreibern aus den ersten Dynastien zeigten sie in dieser Tracht, und manchmal hatte Šamu bei Rechmire das Gefühl, er sei so zeitlos und unvergänglich wie das Gewand des Schreibers. Solange sie am Hof des Ptolemaios verkehrte, kannte sie ihn, und seine Güte und Weisheit waren ihr immer vorbildlich erschienen.

»Sag mir, was du gesehen hast.« Väterlich legte er ihr den Arm um die Schulter und führte sie zu einer der Marmorbänke des *atrium*.

»Das Mosaik ... es schien mir plötzlich so lebendig.« Šamu war noch immer ganz verwirrt, und es fiel ihr schwer, ihre Eindrücke in Worte zu fassen. »Ich hörte plötzlich den Lärm des Kampfes, und dann veränderte sich das Bild. Alexander sah aus wie Achillas, der Offizier, der im Palast in Alexandria die Wache kommandiert. Er wirkte nur älter … und er kämpfte gegen Römer. Es war ein blutiger Krieg. Feuer erhellte den Nachthimmel Alexandrias … und dann schien das ganze Reich des *Neuen Osiris* in Flammen zu stehen!«

Rechmire nickte. »Auch mich hat das Mosaik schon erschreckt. Der Mann, der es geschaffen hat, war mehr als nur ein Künstler. Siehst du, in welch seltsamer Linie dem Bukephalos das Haar in die Stirn fällt?«

Der Schreiber zeigte auf das Pferd Alexanders. »Es erinnert mich an ein persisches Zauberzeichen. Wenn du das Mosaik genau betrachtest, wirst du noch mehr solcher verborgener Zeichen finden.«

»Wozu dient dieser Zauber?«

»Ich glaube, er ist im Grunde harmlos. Er soll das Mosaik interessanter erscheinen lassen und den Blick des Betrachters fesseln. Es kann aber auch passieren, daß empfindsame Menschen in einer besonderen Stimmung, wenn das Licht des *Re* der Dunkelheit weicht, ganz in den Bann des Mosaiks geraten. Bei einem Schlachtbild keine angenehme Erfahrung.«

»Du sprichst, als sei dir selbst schon Ähnliches widerfahren.«

Rechmire lächelte. »Ich glaube, es war doch etwas anders. Vor ein paar Tagen, nachdem ich auf einem der Empfänge ein wenig zu viel von dem kretischen Wein getrunken hatte, hat auch mich das Bild erschreckt.«

»Und was hast du gesehen?«

»Mir kam es einen Augenblick lang so vor, als habe Alexander plötzlich den Kopf von Pompeius.«

Šamu lachte leise. »Das solltest du Pompeius erzählen. Für dieses Omen würde er dich sicher reich entlohnen und es dann von seiner Klientel schnellstens in ganz Rom verbreiten lassen.«

Rechmire blieb ernst. »Das ist kein Spaß. Es ist sicher kein Zufall, daß Pompeius ausgerechnet ein Mosaik mit einer Alexander-Schlacht in dieses *atrium* hat legen lassen. Einer der älteren Sklaven hat mir erzählt, daß unser Gastgeber diese Arbeit kurz nach dem Ende des pontischen Krieges in Auftrag gegeben hat. Er ließ dazu extra einen Künstler aus Halikarnassos anreisen.«

»Glaubst du, Pompeius träumte damals nach seinem Sieg über Mithridates davon, so wie Alexander in den Osten zu ziehen?«

»Genau das glaube ich. Das Mosaik zeigt Alexanders Schlacht gegen Poros, und ich bin sicher, Pompeius träumt auch heute noch davon, die Parther zu besiegen und die Grenzen des römischen Reiches bis nach India auszudehnen. Er ist besessen von der Idee, ein ebenso bedeutender Feldherr wie Alexander zu sein. Das ist auch der Grund, warum er Ptolemaios so großzügig in dieser Villa aufgenommen hat und dafür sorgt, daß der *Neue Osiris* so viel Gold bekommt, wie er braucht, um den Senat dazu zu bringen, ihn mit einem Heer nach Ägypten zu schicken.«

»Und du glaubst, Pompeius würde dieses Heer befehligen?«

»Ganz bestimmt. Das ist sein nächstes Ziel. Du weißt doch, bevor Alexander Darius endgültig besiegte, kam er nach Ägypten, und die Priester haben ihn freundlich empfangen und zum *Sohne Amuns* erklärt.«

Rechmires Ausführungen waren von erschreckender Logik. Trotzdem mochte Šamu nicht daran glauben. Würden die Römer Ägypten zu einer Provinz machen, wäre dies das Ende der äonenalten Geschichte des Pharaonenreichs. Das würden die Götter nicht zulassen! Doch als ihr Blick wieder auf das Schlachtenbild fiel, kam ihr ein schrecklicher Verdacht.

»Du denkst doch nicht etwa, Pompeius wird Ptolemaios ermorden, wenn er erst einmal in Ägypten ist, um dann selbst *Pharao* zu werden?«

Rechmire schüttelte den Kopf. »Nein, nein, Šamu. Ich sehe, du hast die Feinheiten römischer Politik noch nicht begriffen. Die Römer sind nicht wie Alexander oder die Ptolemäer.

Pompeius würde sich niemals zum *Pharao* oder gar zum *Neuen Osiris* ausrufen lassen. Alexander hatte schon Schwierigkeiten mit seinen Soldaten, als er sich vergöttlichen ließ. Römer würden das niemals dulden. Außerdem ist Ptolemaios schlau genug, sich nicht mit einem Mann einzulassen, der ihn vielleicht eines Tages ermorden würde. Pompeius genügt es, wenn römische Truppen Ägypten besetzt halten und er unser Gold bekommt. Das ist das nächste, was er für seine Pläne braucht. Sehr viel Gold.«

Rechmires Worte klangen überzeugend. Als Schreiber war er bei jeder Verhandlung anwesend, die der *Neue Osiris* führte. Außer dem Eunuchen Potheinos gab es wohl niemanden, der so gut über die Politik des *Pharao* informiert war wie Rechmire.

Šamu war empört darüber, daß Ptolemaios plante, sein Reich an Pompeius zu verpfänden, nur um wieder auf dem Thron in Alexandria zu sitzen. Sie hätte niemals vermutet, daß der König sich in seiner Herrschsucht so sehr erniedrigen würde. Schließlich war er der *Neue Osiris*! Wie konnte der *Pharao*, der von göttlicher Abstammung war und der von der gesamten Priesterschaft unterstützt wurde, einen so gemeinen Verrat an Ägypten planen? Obwohl Šamu dies kaum glauben mochte, erschienen ihr doch Rechmires Worte über jeden Zweifel erhaben.

Inzwischen war es dunkel geworden. Hinter einigen Fenstern der Villa leuchtete das warme Licht von Öllampen. Das Flötenspiel war verstummt, und allein das leise Plätschern des Brunnens und das Gebell eines Hundes irgendwo in der Ferne störten die Ruhe der Nacht.

»Diese Finsternis hat uns *Seth* geschickt«, brummte Rechmire, und es schien, als spräche er mehr zu sich selbst als zu Šamu. »Das *Auge des Horus* verbirgt sich hinter Wolken. Eine Nacht für Mörder und Diebe.«

»Glaubst du, der *Pharao* ist in Gefahr?«

Rechmire zuckte mit den Schultern. »Man hört schlimme

Dinge aus Alexandria. Berenike will einen Partherprinzen heiraten, um so zu verhindern, daß die Römer unser Land nehmen. Es gibt aber auch Gerüchte, daß sie mit Crassus paktiert. Ich fürchte, allein die Götter wissen, was davon wahr ist.«

Šamu versank in tiefes Grübeln. Wenn Berenike ihre Macht noch weiter festigte, dann würde sie selbst niemals in den Isistempel von Philae zurückkehren können. Seit Šamu sich einmal geweigert hatte, der Prinzessin einen Trank zuzubereiten, der in hoher Dosierung wie ein tödliches Gift wirkte, verfolgte die zweitälteste Tochter des Ptolemaios sie mit ihrem Zorn. Diese Abneigung basierte durchaus auf Gegenseitigkeit. Šamu hatte das launische, flatterhafte Wesen Berenikes nie gemocht. Einmal hatte die Prinzessin einen Sklaven zu Tode prügeln lassen, nur weil er versehentlich bei einem Bankett etwas Wein auf ihr Gewand geschüttet hatte.

»Du sorgst dich wegen Berenike, nicht wahr?«

Šamu blickte Rechmire verwundert an. Konnte er in ihren Gedanken lesen? Oder war es ihr so deutlich anzusehen gewesen, an wen sie gedacht hatte?

»Berenike wird nicht lange regieren. Die Priesterschaft lehnt sie ab. Die Hohepriester würden lieber sehen, daß Kleopatra Tryphaina alleine herrscht. Sie ist weiser und vor allem nicht so blutdürstig wie ihre Schwester. Doch leider läßt uns das Schicksal nur allzu selten den einfachsten Weg gehen, und wir werden wohl noch eine Weile mit Berenike und ihren Ränkespielen leben müssen.« Rechmire hatte sich bei den letzten Worten erhoben.

»Entschuldige mich jetzt. Es ist nicht gut für einen alten Mann, seine Nächte in einem kalten *atrium* zu verbringen. Auch muß ich noch einen Brief vollenden, bevor ich mich zur Ruhe lege. Ich hoffe, ich habe dich mit meinem Gerede nicht allzusehr gelangweilt.«

Šamu hob abwehrend die Hände. »Es war mir eine Freude, an deiner Weisheit teilhaben zu dürfen.«

Rechmire lächelte. »Und ich habe mich gefreut, jemanden gefunden zu haben, mit dem ich über die Sorgen eines alten Mannes reden konnte, der vielleicht zu viel über Politik nachdenkt.«
Ohne sich noch einmal umzudrehen, verschwand Rechmire in der Villa. Šamu blieb noch eine Weile im *atrium* und grübelte über die Worte des Hofschreibers. Fast hatte sie den Eindruck, er wünsche sich, daß Ptolemaios nie mehr nach Ägypten zurückkehren würde. Das wäre Hochverrat. Doch wenn Ptolemaios plante, sein Reich den Römern auszuliefern, war die einzig ehrenhafte Entscheidung, ihn zu verraten.
Šamu hatte das Gefühl, keinen klaren Gedanken mehr fassen zu können. Morgen wollte sie noch einmal mit Rechmire sprechen. Vielleicht hatte sie ihn falsch verstanden. Es war doch nicht möglich, daß der Schreiber, der einst zu den wenigen gehört hatte, denen es gestattet war, die Orakelsprüche im Isisheiligtum von Philae zu lesen, zum Verräter an Ptolemaios wurde! Sicher hatte das Opium des Heiltranks ihr die Sinne verwirrt.
Erschöpft begab sie sich zu ihrem Zimmer. Ihr war ein kleines Gemach im ersten Stock des großen Hauses zugewiesen worden, das direkt an das Zimmer der Kleopatra Philopator grenzte, der zweiten Tochter des Ptolemaios, die diesen Namen trug. Šamu war damit beauftragt, die Prinzessin in die Mysterien des Isiskultes einzuweihen. Sie warf einen kurzen Blick in das Zimmer des Mädchens, doch Kleopatra lag nicht in ihrem Bett. Vermutlich hatte der König sie gerufen, damit sie seinen Vergnügungen beiwohnte.
Müde legte Šamu ihren schweren Umhang auf die Truhe, die neben dem Fenster stand. Das silberne Licht des *Horusauges* hatte die Wolken durchbrochen und erhellte die kleine Kammer.
Sie streifte den Schlangenarmreif ab und legte ihn auf den Schminktisch unter dem Fenster. Dann löste sie den Knoten,

der ihr langes Gewand zusammenhielt, und ließ es zu Boden gleiten.
Aus dem Garten hörte sie ein Geräusch. Sie kniff die Augen zusammen, spähte in die Finsternis und erkannte die kleine, gedrungene Gestalt des Schreibers im Garten. Rechmire schlich zu dem dichten Gebüsch nahe der Gartenmauer. Vermutlich mußte er sich erleichtern. Müde drehte sich die Priesterin um und stieg über einen Fußschemel in das hohe, römische Bett. Sie war froh, daß dieser verwirrende Tag endlich zu Ende war.

3. KAPITEL

Šamu fuhr aus dem Schlaf hoch. Sie glaubte, einen Schrei gehört zu haben. Irgend etwas ging unten im Haus vor sich. Aufgeregtes Stimmengemurmel drang an ihr Ohr. Hastig sprang sie aus dem Bett und schlüpfte in ihr Gewand. Die Sonne war gerade erst aufgegangen.

Als sie aus ihrem Zimmer trat, konnte sie von unten lautes Wehklagen hören. Was mochte nur geschehen sein? Barfuß eilte sie die schmale Treppe zum Erdgeschoß hinab und sah, daß sich etliche Sklaven vor der Tür zu Rechmires Zimmer drängelten. Energisch befahl sie, den Weg freizugeben, und mürrisch brummend traten die Hausklaven des Pompeius zur Seite.

Rechmire lag mit dem Gesicht nach unten am Boden. Eine kleine Blutlache umgab ihn. Šamu kniete nieder und tastete nach seinem Hals. Der Körper des Schreibers war kalt, das

Blut in seinen Adern pulsierte nicht mehr. Man hatte ihm die Kehle durchgeschnitten!
»Macht Platz für den *Pharao*!« erklang Batis' gebieterische Stimme.
Ptolemaios tauchte im Türrahmen auf.
»Was ist hier geschehen?« Hilfesuchend schaute er sich um, bis sein Blick an Šamu hängenblieb. »Was ist mit Rechmire?«
»Euer Schreiber, Majestät.« Šamu fiel es schwer, die Fassung zu wahren. »Man hat ihn ermordet.«
»Und wer ist der Mörder?« Ptolemaios runzelte die Stirn. »Wer betritt einfach unser Haus, um unseren Schreiber zu töten? Weiß das jemand?« Die Stimme des *Pharao* klang kalt und abweisend, ganz so, als ließe ihn der Mord unberührt.
Einige Atemzüge lang war es totenstill. »Finde es heraus, Šamu! Und unterrichte uns, wenn du weißt, wen unser göttlicher Zorn zerschmettern soll. Du bist nur uns allein Rechenschaft schuldig und wirst nur uns berichten. Und nun kümmere dich darum, daß Rechmire ein Begräbnis bekommt, das seinem Stand entspricht. Wir werden uns zurückziehen und um unseren treuen Schreiber trauern.« Ohne ein weiteres Wort drehte sich der *Pharao* um und verließ, gefolgt von seinem Leibwächter und einigen Sklaven, den Ort des Verbrechens.
Nachdem sie einen Augenblick wie erstarrt dagestanden hatte, sah Šamu sich im Zimmer um. Sie versuchte zu erkennen, ob es Spuren eines Kampfes gab oder irgend etwas, was auf den Täter hinweisen konnte. Doch sie konnte nichts Ungewöhnliches entdecken. Schließlich wandte sie sich wieder der Leiche zu.
Die Perücke war Rechmire vom Kopf gerutscht und lag neben ihm. Šamu bückte sich danach, hob sie auf und erblaßte. Unter der zerzausten Perücke waren mit dem Blut des Toten zwei Schriftzeichen auf den Steinfußboden gemalt. Der Tapir und der sitzende Gott, die zusammen den Namen des

Seth, des Todfeindes der *Isis* und Mörders ihres Göttergemahls *Osiris*, bezeichneten.
Wer mochte den Toten auf diese makabre Art verhöhnt haben? Oder war etwa Ptolemaios, der *Neue Osiris* gemeint? War der Mord eine Drohung an den *Pharao* und Rechmire war nur zufällig zum Opfer geworden? Šamu untersuchte die Zeichen näher. Die Linien waren zittrig und offenbar mit unsicherer Hand gezogen. Doch vielleicht rührte dies auch nur von der Aufregung des Mörders her.
Rechmire konnte nicht so liegenbleiben. Man mußte ihn waschen und aufbahren.
Šamu drehte sich um und gab den Sklaven, die im Zimmer geblieben waren, einige Befehle. Dann winkte sie einen blonden, kräftig gebauten Mann herbei, von dem sie wußte, daß er die schweren Hausarbeiten zu erledigen hatte. »Hilf mir, den Toten auf sein Bett zu tragen.«
Der Sklave schlug ein Schutzzeichen mit der Linken und blieb stehen, als hätte er sie nicht verstanden.
»Hörst du nicht, du sollst mir helfen!«
»Ich … Ich kann nicht.«
»Was soll das heißen?«
»Einen Toten zu berühren, bringt Unglück. Ich …«
Šamu schüttelte ärgerlich den Kopf. Sie vergaß immer wieder, daß die Römer ein völlig anderes Verhältnis zum Tod hatten als die Ägypter. Sie fürchteten sich, einen Verstorbenen auch nur flüchtig zu berühren, bevor nicht Priester die Totenweihe vorgenommen hatten.
Resignierend bückte sich Šamu und versuchte, Rechmire wenigstens auf den Rücken zu drehen, wenn sie schon keine Hilfe bekam, um ihn auf sein Lager zu heben.
Sie packte ihn an der Schulter und rollte ihn herum.
Als sie in das Gesicht des Schreibers blickte, schlug auch sie hastig ein Schutzzeichen gegen böse Mächte. Der blonde Sklave an ihrer Seite fing laut an zu beten.
Rechmire war nicht bloß ermordet worden. Man hatte ihn

regelrecht hingerichtet. Obwohl Šamu der Anblick von Toten vertraut war und sie auch schon mehrfach dem Ritual des Einbalsamierens beigewohnt hatte, dauerte es doch eine Weile, bis sie ihre Fassung wiederfand.
Der Mörder hatte Rechmire beide Augen ausgestochen. Eine große, blutige Wunde klaffte in seiner linken Brusthälfte. Vorsichtig fuhr Šamu die Wundränder mit ihren Fingerspitzen ab. Man hatte dem Schreiber das Herz aus dem Leib geschnitten. Wenn *Anubis* Rechmire vor das Gericht des *Re* führte und der Schreiber kein Herz mehr besaß, dann war er verloren. Das Herz mußte vor den Augen der Götter auf die Totenwaage gelegt werden. Nur so konnte Rechmire beweisen, ein göttergefälliges Leben geführt zu haben. Konnte er diesen Beweis nicht erbringen, dann würde er den zweiten Tod im Rachen der *Großen Schlingerin* sterben und wäre auf immer verloren.
Wieder blickte Šamu auf den blutigen Schriftzug am Boden. Waren es vielleicht Priester, die den Schreiber getötet hatten? Kein normaler Mörder würde einen solchen Aufwand betreiben. Doch wenn Priester hinter dem Mord steckten, stellten sich nur noch mehr Fragen. Für welches Verbrechen hatten sie Rechmire gerichtet, der doch selbst einst ein hohes Amt in der Isispriesterschaft bekleidet hatte? Und vor allem, woher waren sie gekommen? Soweit Šamu wußte, gab es in ganz Rom keinen Schrein des *Seth*, ja vermutlich nicht einmal in ganz Italien. Der schreckliche Gott hatte doch selbst in Ägypten nur noch wenige Anhänger.
Resigniert wandte sie sich ab und machte sich auf die Suche nach einigen der ägyptischen Sklaven, die Ptolemaios mit nach Rom gebracht hatte. Sie sollten ihr dabei helfen, den Toten zu waschen und auf sein Bett zu legen.

* * *

»Du willst *was?*« Philippos hatte seine Reisekiste wieder abgestellt und sich breitbeinig vor den riesigen *insularius* gestellt, der ungefragt in seine Wohnung gekommen war. Der hünenhafte Hausmeister war mehr als einen Kopf größer als der Arzt und hatte einen Rücken, so breit, als sei er einmal Faustkämpfer oder gar Gladiator gewesen.

»Ich denke, ich habe mich klar ausgedrückt!« Der Riese bedachte Philippos mit einem überheblichen Lächeln. »Es ist üblich, die vollständige Miete zu entrichten, wenn man seine Wohnung aufgibt. Wenn du bis Sonnenuntergang das Geld heranschaffst, werde ich großmütig darüber hinwegsehen, daß du verschwinden wolltest, ohne auch nur einen Sesterz Miete gezahlt zu haben.«

»Was du verlangst, grenzt an Halsabschneiderei! Warum sollte ich für ein Vierteljahr zahlen, wenn ich nicht einmal fünf Wochen hier gewohnt habe? Überhaupt ist diese *insula* eine Zumutung. Das Dach hat einen Brandschaden, und in den Läden im Erdgeschoß gibt es nicht weniger als fünf Schlachter. Wie soll ein Kranker Vertrauen zu einem Arzt fassen, wenn er auf dem Weg zu dessen Praxis an einem halben Dutzend Barbaren mit blutigen Messern in den Händen vorbei muß und ...«

»Das reicht!« Der *insularius* packte Philippos am Halsausschnitt seiner *tunica* und zog ihn zu sich heran. »Hat dich Crassus vielleicht gezwungen, hier einzuziehen? Entweder du zahlst, Grieche, oder dich wird noch vor Sonnenaufgang ein großes Unglück treffen. Crassus unterhält eine halbe *centurie* ausgemusterter Legionäre, die nichts anderes zu tun haben, als sich um Querulanten wie dich zu kümmern. Du warst doch selbst mal bei den Legionen. Ich brauch dir also nicht zu erzählen, wozu diese Kerle fähig sind.« So schnell und überraschend, wie der *insularius* zugepackt hatte, ließ er Philippos nun wieder los.

Er hätte das Fenster zum Hinterhof verhängen sollen, dachte der Arzt wütend. Sicher hatte ihn einer der netten Nachbarn beim *insularius* gemeldet! Eine halbe Stunde später, und er wäre auf und davon gewesen ...

»Damit du nicht auf dumme Gedanken kommst, werde ich jetzt deine Truhe mitnehmen.« Der Hüne machte schon Anstalten, sich nach der Reisekiste zu bücken, als Philippos ihm in den Arm fiel. In der eisenbeschlagenen Kiste hatte er neben seinen wenigen Habseligkeiten auch sein ganzes Geld verstaut. Nur die Götter mochten wissen, was er davon jemals wiedersehen würde, wenn die Kiste erst einmal in den Händen dieses Tyrannen gelandet war!

»Laßt mich meine Schuld lieber jetzt begleichen. Ich möchte doch nicht, daß du oder dein Herr mich in schlechter Erinnerung behalten.«

Der Hausmeister runzelte die Stirn. »Du hast dein Geld hier? Wie leichtfertig ...«

»Aber nein, ich weiß doch, daß das Haus unter deiner Obhut steht und ich hier so sicher wie in einem Legionslager bin.«

Septimus lächelte zufrieden. Wie die meisten schlichten Gemüter war auch er ganz offensichtlich anfällig für Schmeicheleien.

»Wo zwei so kräftige Arme wie die deinen für Ordnung sorgen, was sollte da wohl passieren?«

Der Hausmeister nickte zufrieden. »Das hast du ganz richtig erkannt, Philippos. Hier in dieser *insula* hat es noch nie Ärger gegeben. Jeder weiß, daß der Wohnblock unter dem Schutz des Crassus steht. Sich mit ihm anzulegen, ist fast schon so, als würde man *Jupiter* herausfordern.«

Philippos musterte Septimus aus den Augenwinkeln, während er in dem kleinen Lederbeutel an seinem Gürtel nach dem Schlüssel für die Truhe kramte. Männer wie diesen Septimus würde er niemals begreifen. Obwohl der Hausmeister selbst nur ein Unfreier war, schien er Crassus geradezu anzubeten. Dabei war Crassus der größte Sklavenschlächter der ganzen Stadt! Nachdem er zusammen mit Pompeius den Aufstand des Spartakus niedergeschlagen hatte, war es Marcus Licinius Crassus gewesen, der den Befehl zur Kreuzigung

von Tausenden der aufständischen Sklaven entlang der *via appia* gegeben hatte.
Muskeln und Hirn waren zwei Dinge, die selten zusammengingen, dachte Philippos schmunzelnd. Dann öffnete er den Deckel der Truhe und zählte von dem Geld, das er in seiner Zeit als Legionsarzt angespart hatte, die Summe ab, die er Septimus schuldig war.
Kritisch drehte der Hausmeister die silbernen Denare zwischen den Fingern und musterte jede einzelne Münze. Ja, eine ließ er sogar zu Boden fallen, so als könne er aus dem Klang auf die Reinheit des Silbers schließen.
»Du kannst mir ruhig trauen«, brummte Philippos verärgert. »Es stammt alles aus den Soldtruhen der Legionen.«
Septimus ließ sich durch den Einwand nicht aus der Ruhe bringen. Erst als er jede Münze geprüft hatte, ließ er das Geld in seiner Lederbörse verschwinden. »Du scheinst ein reicher Mann zu sein.«
Philippos konnte förmlich sehen, was hinter der Stirn des Sklaven vor sich ging. Vermutlich dachte er daran, einige seiner Spießgesellen zusammenzurufen und ihm die Kiste rauben zu lassen. Bei den unsicheren Zuständen auf den Straßen der Stadt wäre das ein ganz alltägliches Verbrechen. Es gab nur einen Weg, ihn davon abzuhalten.
»Möchtest du dir wohl etwas verdienen?«
Septimus legte den Kopf schief. »Womit?«
»Nun, ich bräuchte vielleicht jemanden, der mich ein Stück die *via appia* hinab begleitet. Nicht weit ... Kaum eine Meile. Wenn du mir meine Truhe tragen könntest, würde ich dich reich entlohnen. Vor Sonnenuntergang wärest du längst wieder zurück.«
»Wieviel zahlst du?«
Philippos knabberte nervös an seiner Unterlippe. Diese Art von Verhandlungen haßte er. »Wieviel verlangst du?«
»Du machst das Angebot!«
Störrisch wie ein alter Esel, dachte Philippos wütend. Wie-

viel mußte er Septimus wohl überlassen, damit er keinen Ärger machte? »Nun, ich bin kein pontischer Fürst«, fing der Arzt zögerlich an. »Trotzdem sollst du mich nicht als kleinlich in Erinnerung behalten. Ich denke, ein Denar wäre eine angemessene Bezahlung.«

»Ein Denar!« Septimus lachte lauthals. »Dafür mach' nur selbst deinen Rücken krumm.« Der Sklave wandte sich zur Tür und wollte offensichtlich gehen.

»Halt, warte!« Philippos packte ihn bei der Schulter. »Das war doch nur ein Spaß.«

»Mir ist aber nicht nach Späßen zumute, Krämerseele. Entweder du machst mir ein vernünftiges Angebot, oder du schleppst deine Kiste allein.«

Der Arzt ballte wütend die Fäuste. Er konnte seine Kiste durchaus allein tragen! Der einzige Grund, warum er diesen erpresserischen Schurken nicht einfach hinauswarf, war, daß er nicht genau wußte, welches Gesindel zu Septimus' Freunden gehörte. Wenn er irgendwelche Verbindungen zu den Straßenbanden von Clodius oder Milo hatte, würde er mit seiner Kiste wohl niemals die *via appia* erreichen.

Philippos mußte wieder einmal an das schreckliche Omen vom Vortag denken. Die Tote, die ihm zugewinkt hatte. Vielleicht würden ihn ja irgendwelche Halsabschneider wegen seines Geldes umbringen? Nein, jetzt war wirklich nicht der Zeitpunkt, geizig zu sein!

»Was ist nun?« knurrte der *insularius* ärgerlich. »Ich habe nicht den ganzen Tag Zeit ...«

»Ich biete dir ...« Das Wort wollte Philippos einfach nicht über die Lippen. Er mußte daran denken, wie mühsam er sich sein bescheidenes Vermögen As für As zusammengespart hatte.

»Was bietest du?«

»Nach reiflicher Überlegung ... Da du den stolzen Namen Septimus trägst ...« Der Arzt hatte das Gefühl, daß ihm ein Daimon die Kehle zupreßte. Er räusperte sich. »Also, ich

würde dich mit der fürstlichen Summe von sieben Denaren entlohnen, wenn du mich bis zur Stellmacherei des Telemachos an der *via appia* begleitest.«
»Sieben Denare!« Septimus stieß einen leisen Pfiff aus. »Nun, ich denke, für eine solche Summe werde ich dir diesen kleinen Freundschaftsdienst durchaus erweisen können.«
»Ich wußte doch, daß ein treues Herz in deiner Brust schlägt!« Philippos mußte sich zusammenreißen, um nicht allzu ironisch zu sprechen. Sieben Denare! Das war der Wochenlohn eines Handwerkers! Und dann noch die Unkosten für die Reise ... Wenn er so weiter machte, wäre er in kürzester Zeit ruiniert. Sein einziger Trost war, daß das Leben billiger wurde, wenn er Rom erst einmal hinter sich gelassen hätte.

* * *

Šamu war gerade damit beschäftigt, Rechmires Kinn mit einer Leinenbinde zu fixieren, als eine ganze Gesandtschaft römischer Würdenträger ins *atrium* eintrat. Soweit sie das durch die offene Tür der Totenkammer erkennen konnte, trugen sie fast alle die *toga praetexta*, das mit einem Purpurstreifen geschmückte Ehrengewand der Priester und Staatsbeamten. Der einzige unter den Römern, den sie zumindest vom Sehen her kannte, war Gnaeus Pompeius Magnus, ihr Gastgeber. Ob es ihm wohl gelungen war, im Senat die Bitte des Ptolemaios um militärische Unterstützung durchzusetzen?
Ohne sich um das Hofzeremoniell zu kümmern, das der oberste Eunuch des *Pharao* auch unter den eingeschränkten Möglichkeiten der nicht allzu weitläufigen Stadtvilla aufrechtzuerhalten versuchte, durchquerten die Römer das *atrium*. Selbstbewußt machten sie nicht die geringsten Anstalten, darauf zu warten, daß der *Neue Osiris* ihnen eine Audienz gewährte.
Fast hatten sie schon das gegenüberliegende Ende des Hofes erreicht, als Pompeius plötzlich mitten im Schritt verharrte und dann ein wenig zur Seite auswich.

Neugierig reckte Šamu den Hals. Was mochte das zu bedeuten haben? Auch die anderen Römer folgten dem unerklärlichen Schwenk ihres Anführers.
Mit festem Schritt eilte Pompeius dann den kleinen Flur am *tablinum* vorbei geradewegs auf die Gemächer des *Pharao* zu. Während seine senatorischen Gefolgsleute feingeschnürte Sandalen aus rotgefärbtem Leder bevorzugten, trug er als einziger eisenbeschlagene *caligae*, die Stiefel eines Soldaten.
Als die Gesandtschaft außer Sichtweite war, trat Šamu ins *atrium* und erkannte, wer den Römern Einhalt geboten hatte. Es war der Welteroberer Alexander. Offensichtlich hatte sich Pompeius gescheut, auf das Mosaikbild des Makedonen zu treten. Lag Aberglaube oder Respekt hinter diesem Verhalten?
Šamu mußte an die Worte Rechmires denken: *Pompeius träumt noch heute davon, die Parther zu besiegen und die Grenzen des römischen Reiches bis nach India auszudehnen. Er ist besessen von der Idee, ein ebenso bedeutender Feldherr wie Alexander zu sein.* Was für ein Mann war das nur, in dessen Hände der göttliche Ptolemaios sein Schicksal gelegt hatte?

* * *

Zufrieden umrundete Philippos den *Circus Maximus* und genoß die letzten Strahlen der spätherbstlichen Sonne. Den Groll über das Vermögen, das er Septimus überlassen mußte, hatte er fast vergessen. Der Unfreie hatte ihn dafür sicher aus der Stadt hinaus begleitet und die ganze Zeit über die schwere Holzkiste getragen.
Außerdem, so dachte Philippos, hatte er aus seinem Fehler gelernt. Lächelnd streichelte er über den kleinen Siegelring an seiner Hand. Nachdem Septimus gegangen war und man die Kiste in der Stellmacherei eingelagert hatte, war Philippos noch einmal in die Stadt zurückgekehrt. Dort hatte er fast seine ganze Barschaft bei einem *argentarus* hinterlegt

und dafür ein Dokument erhalten, das er gemeinsam mit dem Siegelring bei einem Kollegen des Bankiers in Pompeji vorlegen sollte, um dort dann eine entsprechende Summe Geldes ausgehändigt zu bekommen. So brauchte er auf der Reise in den Süden nicht um seine Barschaft zu fürchten. Er hatte gerade noch soviel dabei, wie er zum Leben brauchte.

Noch fünf oder sechs Tage und er wäre in Pompeji, der Stadt, in der sich sein ehemaliger Mentor Quintus Aurelianus niedergelassen hatte. Alles, was er war, verdankte Philippos diesem Mann. Er hatte ihn in Spanien unter den einfachen Legionären ausgewählt, um ihm bei der Behandlung der Verletzten und Kranken zu helfen. Und da Philippos sich als geschickter erwiesen hatte als andere, brachte Aurelianus ihm alles bei, was er über die Heilkunst wußte, ja er ließ ihn zum Schluß sogar die wenigen kostbaren Bücher lesen, die er besaß.

Wie es dem alten Kerl wohl ergangen war, dachte Philippos. Acht Jahre lang hatte er von Quintus nichts mehr gehört. Er wußte nur, daß der Arzt sich in Pompeji niederlassen wollte, weil er dort Verwandte hatte. Sicher könnte Quintus ihm auch diesmal helfen. Die Bucht von Neapolis war auf jeden Fall bedeutend schöner als das schmutzige Rom. Dort würde er einen neuen Anfang machen, und sein Schicksal würde sich wieder zum Guten wenden!

Ganz in der Stimmung, ein paar Asse für Honiggebäck auszulegen, schlenderte Philippos über den Platz vor dem *Circus Maximus* und betrachtete die Auslagen der verschiedenen Stände, die auf dem Markt aufgebaut waren. Bauern aus der Umgebung versuchten, ein paar Scheffel Korn an den Mann zu bringen, fliegende Händler stapelten Öllämpchen, Teller und andere Haushaltsgeräte auf ihren schmalen Tischen, und ein Barbier pries lauthals seine sichere Hand, die angeblich noch niemals das Blut eines Kunden gesehen hatte. Ein kleines Zelt aus fadenscheinigem grünen Stoff erweckte Philippos besondere Aufmerksamkeit. Das Tuch war über und über mit magischen Symbolen, Schutzzeichen und den Namen von Göttern und Daimonen bestickt. Es stand ein wenig abseits, und Philippos wunderte sich, daß sich überhaupt schon wieder Hexen und Wahrsager in die Stadt wagten. Soweit er wußte, hatten die *aedilen* erst vor weniger als einem halben Jahr alle Angehörigen dieser zweifelhaften Zünfte aus den Grenzen des *pomeriums* verbannt.

Neugierig strich der Arzt um das Zelt. Nahe dem Eingang saß eine Frau in mittleren Jahren mit einem kantigen, fast abweisenden Gesicht. Philippos hatte das Gefühl, daß auch sie ihn beobachtete. Schließlich erhob sie sich, gab ihm einen Wink und verschwand dann, ohne sich noch einmal nach ihm umzusehen, im Inneren des Zeltes, so als sei sie sich völlig sicher, daß er ihr folgen würde.

Unsicher blickte sich Philippos um. Außer ihm war niemand in der Nähe, dem diese Geste gegolten haben konnte. Sollte er? Vielleicht konnte er sich mit Hilfe der Hexe an der Isispriesterin rächen? Seitdem er diese verfluchte Ägypterin getroffen hatte, schien das Unglück nicht mehr von seiner Seite weichen zu wollen.

Schließlich faßte Philippos sich ein Herz und trat in das dunkle Zelt. Nur eine einzige Öllampe, deren Docht weit zurückgeschnitten war, erhellte das Zwielicht. Die Hexe hockte ganz am hinteren Ende des Zeltes, dort wo es am dunkelsten war, und blickte in eine flache, mit Wasser gefüllte Bronzeschale. Der schwere Duft getrockneter Kräuter lag in der Luft. Einige erkannte Philippos am Geruch, doch die meisten waren ihm fremd.

Eine ganze Weile musterte der Arzt die Hexe. Sie schien nicht die geringste Notiz von ihm zu nehmen. Vorgebeugt hockte sie auf ihrem niedrigen Schemel, und die Haare fielen vor ihr Gesicht, so daß er nicht in ihren Zügen lesen konnte. Die Frau trug ein schlichtes, rotes Gewand und einen schweren Mantel aus grüner Wolle, der von einer kunstvoll geschmiedeten Bronzespange gehalten wurde. Arm war sie offensichtlich nicht! Wenn sie Geld hatte, mußte sie wohl auch erfolgreich sein, überlegte Philippos. Für ihren Einfluß sprach auch, daß sie die einzige war, die hier einen Stand hatte. Sicher gab es einige reiche *Patrizier*, die schützend ihre Hand über sie hielten. Ja, vielleicht besuchte sie sogar der eine oder andere *Senator*?

Philippos räusperte sich leise, um die Frau auf sich aufmerksam zu machen, doch nichts geschah. Noch immer hockte sie mit gesenktem Kopf über der Bronzeschale. Ob sie ihn vielleicht als Kunden ablehnte? Aber sie hatte ihm doch zugewunken! Er räusperte sich ein zweites Mal. Diesmal ein wenig lauter. Vergebens! Offensichtlich wollte sie nichts mit ihm zu tun haben. Resignierend drehte sich Philippos um und wollte das Zelte verlassen.

»Du bist dem Tod begegnet, nicht wahr?« Die Stimme hinter ihm klang dunkel, fast ein wenig rauh und hatte einen Akzent, den der Arzt nicht zuordnen konnte. Überrascht blickte er sich um. Die Hexe hatte den Kopf erhoben und gab ihm ein Zeichen, vor ihr auf einem Schemel Platz zu nehmen.

Einen Augenblick lang überlegte Philippos, ob er nicht einfach das Zelt verlassen sollte. Die Art, wie diese Frau ihn behandelte, war ihm unheimlich. Ihre Selbstsicherheit, ihr mysteriöses Verhalten ... Sprachen durch ihren Mund wirklich Daimonen und Götter, oder war sie nur eine geschickte Betrügerin? Noch nie zuvor hatte er eine Hexe aufgesucht.

»Nun?« Die Frau legte den Kopf schief und blickte ihn mit ihren dunklen Augen herausfordernd an. Spürte sie seinen Zweifel, seine Unsicherheit?

Der Arzt reckte sein Kinn vor und trat einen Schritt auf die Hexe zu. Er hatte diese Sache begonnen, er würde sie auch zu Ende führen! Er ließ sich auf dem Schemel nieder und begann zu erzählen, was ihm in den letzten beiden Tagen an Unglück widerfahren war.

Nachdem er geendet hatte, sah die Hexe ihn lange Zeit schweigend an, so als könne sie in seinen Augen sein

Schicksal lesen. Wie ein Fels lastete ihr Schweigen auf Philippos' Gemüt. War seine Zukunft denn so schrecklich, daß sie keine Worte dafür fand? Und dieser Blick! Er empfand ihn fast wie eine Berührung, ja schlimmer sogar, ihm war, als könne sie in die verborgensten Abgründe seiner Seele blicken. Nervös begann er, mit der Rechten am Saum seiner *tunika* herumzufingern. Wäre er doch bloß nie in dieses Zelt gekommen! Was hatte er sich dabei nur gedacht? Ärzte und Hexen, das paßte nicht zusammen, das waren zwei verschiedene Welten!

»Gegen die Priesterin werde ich dir nicht beistehen. Sie dient auf ihre Art der Großen Göttin, was uns fast zu Schwestern macht. Auch kann ich nicht erkennen, welches Unrecht sie dir zugefügt hat. Du hättest gestern nicht das *atrium* des Gabinius betreten dürfen. Ich fühle, daß dieser Besuch noch für lange Zeit dein Schicksal bestimmen wird. Ein Schatten liegt über dir, Philippos, und du wirst dem Tod nicht davonlaufen können, denn wohin du dich auch wendest, er wird dir folgen. Gestern auf dem *Esquilin* ruhte der Blick der Götter auf dir. Als du vorhin in mein Zelt getreten bist, konnte ich im Wasser einen nackten Mann mit einem Hundekopf sehen, er streckt seine Hand nach dir aus. Außerdem sind da zwei goldene Adler, die miteinander kämpfen. Ihre Beute ist ein dritter Adler, der mit gebrochenen Flügeln auf einem bunten Steinboden sitzt, vielleicht auf einem Mosaik.«

Philippos wich erschaudernd vor der Frau zurück. Was für verrücktes Geschwätz! Männer mit Hundeköpfen! Er hätte niemals hierherkommen dürfen!

»Du warst doch einst bei den Legionen, oder irre ich mich, Fremder?«

Woher wußte diese Hexe das?

Die Zauberin schüttelte lächelnd den Kopf. »Das hat nichts mit Magie zu tun. Ich habe die Narben auf deinem rechten Arm gesehen. Sie sehen aus wie die von Schwertern oder Dolchen. Dein linker Arm hingegen, an dem du deinen

Schild getragen hast, blieb unverwundet. Wie ein Gladiator oder einer der Schläger, die die Straßen unsicher machen, siehst du aber nicht aus. Also mußt du bei den Legionen gewesen sein. Auch dein Alter paßt zu dieser Vermutung. Wahrscheinlich bist du erst vor wenigen Monaten aus dem Dienst entlassen worden.«

»Das stimmt!« Philippos blickte die Frau mit großen Augen an. Eine solch schlüssige Kette logischer Folgerungen, die obendrein auch noch zu einem richtigen Ergebnis führten, hätte er vielleicht bei einem Philosophen oder Rhetoriker erwartet, nicht aber bei einer Hexe. Oder war es vielleicht möglich, daß sie ihn kannte? Er musterte sie scharf, doch fand er an ihrem Gesicht nichts Vertrautes. Nein, er hatte diese Frau noch nie in seinem Leben gesehen!

»Wieviel bin ich dir schuldig?« Philippos hatte es eilig, von der Hexe wegzukommen.

»So viel, wie dir mein Rat wert ist. Wenn du klug bist, solltest du zum *Esquilin* zurückkehren und dafür sorgen, daß jene, die dir winkte, ein angemessenes Begräbnis bekommt. So wirst du den Geist der Toten besänftigen und vielleicht noch für eine Weile der Aufmerksamkeit des *Aïdoneus* entgehen.«

»Du glaubst wirklich, daß ...« Philippos hütete sich, den Namen des *Hades*, den die Hexe nur bei seinem Beinamen – *der nicht Sichtbare* – genannt hatte, in den Mund zu nehmen. Mit solchen Leichtfertigkeiten machte man den Gott nur vor der Zeit auf sich aufmerksam. »Du glaubst, daß *Er* schon auf mich wartet?«

Die Hexe zuckte mit den Achseln. »Man kann das Zeichen, das du erhalten hast, tatsächlich so deuten.«

Der Arzt schluckte. Sein Mund war plötzlich trocken wie Staub, und blanker Schweiß stand ihm auf der Stirn. Mit zitternden Händen griff er nach seiner Geldkatze und reichte der Hexe eine Handvoll Sesterzen. »Ich werde deinem Rat folgen.« Philippos' Stimme klang rauh wie das Krächzen eines Raben.

Hastig stand er auf und eilte dann aus dem Zelt, so als säßen ihm die *Erinnyen* im Nacken.

***

Erst als das *Auge des Horus* schon hoch am Himmel stand, fand Šamu Gelegenheit, allein bei dem Leichnam Rechmires zu trauern. Ohne den alten Schreiber fühlte sie sich noch verlorener in diesem fremden Land. Es gab niemanden mehr im Gefolge des *Pharao*, mit dem sie so offen sprechen konnte, wie sie es mit Rechmire getan hatte. Der Schreiber hatte sich, so weit sie wußte, nie in die Palastintrigen eingemischt. Sie hatte ihn gekannt, seit sie vor vielen Jahren aus dem Tempel auf Philae nach Alexandria gekommen war. Welchen Grund mochte es nur geben, einen Mann wie ihn zu ermorden?

Wütend ballte sie die Fäuste. Der *Pharao* hatte ihr befohlen, sich um den Toten zu kümmern. Wie *Isis*, die die Teile des von *Seth* zerstückelten *Osiris* überall auf der Welt gesucht hatte, würde auch sie nicht ruhen, bevor sie die verschwundenen Teile von Rechmires Leichnam wiedergefunden hatte. Und sollte ihr dies nicht gelingen, so würde sie zumindest den Mörder entlarven und dem Gericht des Ptolemaios übergeben. Der Pharao würde dem Mörder ein nicht minder grausiges Ende bereiten, als Rechmire es erfahren mußte.

Erst bei der Totenwaschung hatte Šamu das volle Ausmaß des Frevels entdeckt, den man an dem Schreiber begangen hatte. Nicht allein sein Herz war herausgeschnitten worden, auch seine Genitalien waren abgetrennt und verschwunden. Die Wunde an seinem Hals war so tief, als hätten die Mörder versucht, auch noch seinen Kopf mitzunehmen. Als sie die tödliche Verletzung näher untersuchte, hatte sie dicht über dem klaffenden Schnitt eine dünne blaue Linie gefunden. Offensichtlich war der Schreiber zunächst mit einer Lederschlinge gewürgt worden, so daß er nicht mehr in der Lage war, um Hilfe zu rufen. Womöglich hatten die Meuch-

ler ihm dann bei lebendigem Leib das Herz herausgeschnitten.
Wer würde so etwas tun? Und was hatte das Zeichen des *Seth* zu bedeuten? Waren es Priester, die Rechmire ermordet hatten?
Sie versuchte, sich noch einmal an die Einzelheiten des Schreckensfundes zu erinnern. Rechmires Perücke hatte über dem mit Blut geschriebenen Götternamen gelegen. Die Mörder hatten die alte Tempelschrift benutzt. Nur wenige vermochten die Bilderschrift der Alten noch zum Sprechen zu bringen. Auch das wies darauf hin, daß die Mörder aus einem Tempel stammten. Außer ihr selber waren nur wenige Angehörige aus dem Gefolge des Ptolemaios in der Lage, diese Zeichen zu lesen.
Ungewöhnlich war auch, wie wenig Blut trotz der schrecklichen Wunden Rechmires auf dem Fußboden zu sehen gewesen war. Šamu hatte einmal erlebt, wie ein Soldat aus der Palastwache im Streit von einem seiner Kameraden niedergestochen worden war und verblutete, ohne daß sie ihm noch hätte helfen können. Zum Schluß hatte der Soldat in einer riesigen roten Lache gelegen. Nicht so Rechmire. Womöglich war der Schreiber gar nicht in seinem Zimmer ermordet worden? Šamu erinnerte sich, daß sie ihn im Mondlicht im Garten gesehen hatte. Doch wozu hätten die Mörder ihn ins Haus schaffen sollen? Vielleicht, damit man ihn schneller fand?
Die Priesterin schüttelte den Kopf. Das ergab keinen Sinn! Der Garten war zu klein, als daß die Leiche lange unbemerkt geblieben wäre. Trotzdem hätten die Mörder dort womöglich eher eine Spur zurückgelassen. Šamu warf einen letzten Blick auf den aufgebahrten Leichnam des Schreibers und schwor, nicht eher zu ruhen, bis diese Bluttat gesühnt war.

4. KAPITEL

Šamu war eine Weile ziellos durch den Garten gewandert, ehe sie schließlich vor dem Busch stehenblieb, in dessen Nähe sie Rechmire in der letzten Nacht beobachtet hatte. Zweifelnd blickte sie sich um. Wie sollte sie etwas finden, wenn sie nicht einmal wußte, was sie suchte? Dies war der Ort, an dem sie den Schreiber zum letzten Mal lebend gesehen hatte. Vielleicht fand sie hier irgend etwas, das sie dem Geheimnis um seinen Tod ein wenig näher brachte.

Šamu ging in die Hocke und spähte unter das Gebüsch. Doch außer faulendem Laub und dürren Ästen war nichts zu sehen. Sie wollte sich schon wieder erheben, als ihr Blick auf etwas Helles fiel, das ganz am Ende des Dickichts dicht vor der Umfassungsmauer des Gartens lag.

Ohne auf ihr weißes Priesterinnengewand zu achten, ließ sie

sich auf die Knie nieder und kroch zwischen den Ästen hindurch. Obwohl das *Horusauge* den Garten in silbernes Licht tauchte, konnte Šamu nicht erkennen, was da zwischen den Wurzeln des Busches lag. Die Äste schrammten ihr über Gesicht und Arme, so als sei der Busch von Leben beseelt und versuche, sie fernzuhalten. Schließlich war es ihr unmöglich, weiter vorzudringen.

Immerhin konnte sie jetzt besser erkennen, was sich dort unter dem Busch verbarg. Ein länglicher, in Stoff gehüllter Gegenstand. Sollte es eines der schaurigen »Beutestücke« der Meuchler sein? Šamu streckte ihren rechten Arm bis zum äußersten und tastete sich Zoll um Zoll durch das Gewirr von Ästen. Endlich berührte sie mit den Fingerspitzen einen Zipfel des Tuches. Mit zwei Fingern wie mit einer Zange zupackend, zog sie den Gegenstand ein wenig näher, bis sie schließlich mit der ganzen Hand danach greifen konnte.

Das *Horusauge* war hinter Wolken verschwunden, so daß sie jetzt, als sie ihre Beute direkt vor Augen hatte, nicht richtig erkennen konnte, was sie gefunden hatte. Es war eine zylindrische Stoffrolle, fast so lang wie ihr Unterarm. An einem der Enden saß ein eigenartiger dunkler Knauf, der sich wie Holz anfühlte und ... Beinahe hätte die Priesterin ihr Fundstück vor Schreck fallen lassen. Aus dem Holzknauf wuchsen Haare! Was, im Namen der *Isis*, mochte das sein?

Leise murmelte Šamu einen Schutzzauber und legte den seltsamen Fund vor sich zwischen die Wurzeln. Was auch immer das war, sie würde es nicht mehr anrühren, bis das Licht des *Horusauges* ihr offenbarte, was sie dort gefunden hatte.

Angespannt blickte sie zum Himmel. Die Wolken zogen so langsam wie eine Herde erschöpfter Schafe. Obwohl die *via ostiensis*, eine der wenigen gepflasterten Straßen der Stadt, mehr als zwei *stadien* entfernt war, konnte Šamu deutlich den Lärm eisenbeschlagener Karrenräder und dumpfen Hufschlag hören. Tagsüber war es verboten, mit Wagen durch die Stadt zu fahren, so daß die Händler und Bauern ihre Waren bei Nacht transportieren mußten. Irgendwo hinter der hohen Gartenmauer grölte ein Betrunkener ein Lied, in dem er seine Geliebte mit einem prallen Weinschlauch verglich.

Die Zeit schien sich schier endlos in die Länge zu ziehen, bis wieder Mondschein durch eine Lücke in der Wolkendecke fiel. Endlich!

Šamu fluchte. Vor ihr lag eine Puppe. Ein grob gearbeitetes Spielzeug. Vermutlich gehörte sie Kleopatras kleiner Schwester Arsinoe.

Mißmutig nahm Šamu das Fundstück auf und betrachtete es von allen Seiten. Der Leib der Puppe bestand aus einem Kleid, das auf eine weiche Lederrolle aufgenäht war. Zwei geflochtene Schnüre, die jeweils mit einer Holzperle endeten, sollten wohl Arme und Hände darstellen. Noch häßlicher war der Kopf der Puppe. Er war aus einem dicken Holzstück geschnitten, das auf einer Seite mit Roßhaar beklebt war. Das Gesicht selbst bestand nur aus zwei großen Augen und einem schief geratenen Mund. Ohne einen Hals auch nur anzudeuten, saß der Kopf der Puppe direkt auf dem Lederwulst, der den Leib ausmachte.

Ob sie vielleicht das Geschenk eines Sklaven war? Allgemein war das Spielzeug der Prinzessin von erlesener Qualität. Diese Puppe hingegen paßte mehr in die Hände eines Bauernmädchens.

Resignierend kroch die Priesterin unter dem Busch hervor und klopfte sich den Schmutz von ihrem Kleid. Was hatte sie sich auch angemaßt, wie *Isis* zu sein und so, wie die Göttin einst nach dem zerstückelten Körper des *Osiris* gesucht hatte, nun nach den verschwundenen Leichenteilen Rechmires zu fahnden? Solche Vermessenheit konnte nur so gestraft werden!

»Was machst du zu so später Stunde im Garten?« Eine schwere Hand hatte sich auf Šamus Schulter gelegt. Erschrocken

fuhr die Priesterin herum und blickte ins Antlitz des hünenhaften Batis.
»Wo kommst du her?«
Der Nubier lächelte selbstbewußt. »Ich wurde in der Stunde des gefleckten Jägers geboren, und gleich ihm bin ich wie der Wind im Steppengras, lautlos und fast unsichtbar.« Der Krieger streckte seine riesige Hand nach der Puppe aus. »Was hast du da unter dem Busch hervorgeholt?«
»Ein Spielzeug. Arsinoe muß es dort verloren haben. Und ...«
»Und dazu schleichst du mitten in der Nacht in den Garten?«
Wenn sie Batis sagte, was sie in Wirklichkeit gesucht hatte und was letzten Endes dabei herausgekommen war, würde sie sich lächerlich machen, überlegte Šamu. Also zuckte sie mit den Schultern und setzte ein unschuldiges Lächeln auf. »Du weißt doch, wie die Kleine ist. Wenn sie nicht bekommt, was sie will, ist sie lästiger als ein Dutzend Sandflöhe.«
Der Krieger runzelte die Stirn. Dann lächelte er. »Wenn Theodotos nicht ein kleines Wunder gelingt, wird aus diesem kleinen Ungeheuer einst eine ausgewachsene Tyrannin werden. Er läßt dem Mädchen und den beiden Prinzen zuviel durchgehen. Auch wenn meine Weisheit neben der Klugheit des göttlichen *Pharao* so wie die Sterne verblaßt, wenn *Re* in der Barke der Millionen Jahre über den Himmel fährt, so denke ich doch, daß der *Neue Osiris* einen schweren Fehler macht, wenn er seine Söhne darin unterweisen läßt, schöne Worte zu machen, statt ihnen beizubringen, wie man mit Streitaxt und Schwert seine Feinde erschlägt. Er sollte sie in meine Obhut geben! Ich würde aus ihnen vollendete Krieger machen.«
Šamu nickte zustimmend, obwohl sie eher der Meinung war, daß die Herrscher am Nil nur durch List ihr Reich erhalten konnten. Mit dem Schwert gegen die Römer zu bestehen, die sich fast die ganze Welt unterworfen hatten, erschien ihr unmöglich. Doch Batis in diesem Punkt eines Besseren zu überzeugen, wäre so aussichtslos wie der Versuch, einen Stier

in der Kunst der geheimen Tempelschrift unterweisen zu wollen. Auch wenn der hochgewachsene Nubier, wie die meisten seines Volkes, sehr viel Sinn für blumige Phrasen hatte, waren seiner Meinung nach die Tugenden des Kriegers das einzige, was im Leben eines Mannes zählte. Šamus Blick glitt über seinen wohlgeformten Körper. Schade, daß scharfer Verstand und Schönheit bei Männern so selten übereingingen.

»Du solltest in den Palast zurückkehren.«

Batis hatte einen fast väterlichen Ton angeschlagen. War er etwa der Meinung, er könne sie wie ein Kind behandeln?

»Ptolemaios ist in Sorge, daß ein weiterer Mord geschehen könnte. Deshalb hat er mich und einige Krieger der Palastwache angewiesen, die nächtlichen Wachen zu verschärfen. Du kannst uns diese Aufgabe erleichtern, wenn du den Rest der Nacht in der Villa verbringst, ehrwürdige Priesterin.«

»Soll das ein Befehl sein, Batis?« Šamus Stimme klang ein wenig schärfer, als sie beabsichtigt hatte.

»Niemals würde ich es wagen, einer Dienerin der Zauberkräftigen meinen Willen aufzuzwingen. Alles, was ich sagte, war allein als freundschaftlicher Rat gemeint, so wie der Skorpion dem Löwen rät, der ...«

»Schon gut.« Šamu hob abwehrend die Hände. Für heute hatte sie genug von den eigenwilligen Metaphern des Nubiers. »Ich werde deinen freundschaftlichen Rat annehmen und wünsche dir eine erfolgreiche Pirsch, gefleckter Jäger.«

Batis blickte sie einen Augenblick lang verwirrt an, dann lachte er leise und nickte. »Ich werde sein wie der Wind im Steppengras, Priesterin.«

* * *

Als Šamu in ihre Kammer zurückgekehrt war, erwartete sie dort Kleopatra. Die Prinzessin lag auf ihrem Bett und räkelte sich wie eine müde Katze. Dann setzte sie ein verschwörerisches Lächeln auf, das eher zu einer erwachsenen Frau als

zu einer Zwölfjährigen gepaßt hätte. »Hattest du einen schönen Abend, Šamu?«
»Ich habe das Spielzeug deiner Schwester im Garten eingesammelt.« Ärgerlich warf die Priesterin die Puppe auf den Schminktisch.
»Spielzeug! Welch nette Umschreibung! Und hat es gut über deinen Leib gewacht, dieses Spielzeug?«
»Was meinst du?« Šamu verspürte nicht die geringste Lust auf eine der mit Anzüglichkeiten gespickten Diskussionen, an denen Kleopatra sich in letzter Zeit so sehr begeisterte.
»Ich wollte doch nur wissen, ob der ›Leibwächter‹ meines Vaters seinem Namen auch Ehre gemacht hat. Ich glaube, ich würde Batis zu grob finden, aber den meisten Hofdamen soll er ja sehr gefallen.«
»Was sollte ich mit Batis wohl zu schaffen haben?« entgegnete Šamu kühl. Am liebsten hätte sie Kleopatra einfach aus dem Zimmer geworfen, doch leider konnte man mit Prinzessinnen nicht ganz so verfahren wie mit anderen altklugen Zwölfjährigen.
»Aber, liebste Šamu, du mußt vor mir doch keine Geheimnisse haben. Ich habe gesehen, wie du dich im Garten von Batis verabschiedet hast. Glaubst du denn, ich wüßte nicht, was dich zu dieser späten Stunde in den Garten geführt hat, dorthin, wo die Büsche am dichtesten stehen?« Kleopatra stieß einen sehnsüchtigen Seufzer aus. »Ich wünschte, ich hätte wie du einen Geliebten, der nachts beim Licht des *Horusauges* auf mich wartet.«
Šamu spürte, wie ihr das Blut in die Wangen stieg. Am liebsten hätte sie … Wütend ballte sie die Hände zu Fäusten.
Die Prinzessin lächelte kokett. »Da nun also geklärt ist, daß du einen Liebhaber hast, lass' uns darüber reden, was du für mich tun kannst, damit ich dieses Geheimnis für mich behalte. Theodotos, der Lehrer meiner Brüder, hat mir aufgetragen, bis übermorgen eine Fabel in der alten Tempelschrift niederzuschreiben. Wenn du mir diese ärgerliche Pflicht ab-

nehmen würdest, wird kein Wort von dem, was ich gesehen habe, über meine Lippen kommen.«

»Du willst mich also erpressen.« Šamu war dicht vor die Bettstatt getreten und stemmte die Hände in die Hüften. »Und was soll ich als nächstes für dich tun, damit du schweigst?«

Kleopatra wich ihrem Blick aus. »Erpressen ist so ein häßliches Wort. Sieh es doch mehr so, als seien wir zwei Schwestern, die einander unterstützen, so gut sie nur können.«

»Dein Wunsch, mich als deine Schwester zu sehen, ist wirklich rührend«, entgegnete Šamu kühl. »Doch was deinen Vorschlag angeht, habe ich eine noch bessere Idee. Was hältst du davon, wenn ich dir verspreche, nicht zu deinem Vater zu gehen und ihm zu erzählen, daß ich dich des Nachts mit einem Sklaven zwischen den Büschen erwischt habe.«

Kleopatra richtete sich ruckartig auf dem Bett auf und starrte die Priesterin entgeistert an. »Aber das ist doch gar nicht wahr! Diese Geschichte ist erfunden!« Beinahe sofort hatte die junge Prinzessin allerdings ihre Fassung wiedergefunden. Ein böses Lächeln spielte um ihre Lippen. »Du weißt doch wohl, daß du mit einer solchen Geschichte nicht nur das Leben des Sklaven, sondern auch dich selbst gefährden würdest. Schließlich bist du meine Erzieherin und sollst auf mich achtgeben.«

»Das hängt davon ab, wie ich sie erzähle. Stell dir vor, ich würde behaupten, *Isis* hätte mich in der letzten Nacht im Traum davor gewarnt, daß du beabsichtigst, einen Sklaven zu verführen. Deshalb habe ich dich den ganzen Tag heimlich beobachtet und wurde Zeuge, wie du einen jungen Sklaven, den ich leider nicht genau erkennen konnte, hinter die Büsche im Garten geführt hast. Noch bevor etwas geschehen konnte, bin ich selbstverständlich dazwischengegangen. Leider ist mir der flinke Bursche entwischt, doch immerhin gelang es mir zu verhindern, daß du mit einem Sklaven einen Bastard zeugst.«

»Ich würde meinem Vater erklären, daß das alles nur Lügen sind«, entgegnete Kleopatra trotzig.
»Und was denkst du, wem der *Neue Osiris* letzten Endes glauben würde?« Šamu lächelte überlegen. »Die Konsequenz meiner Geschichte wäre vermutlich, daß dein Vater es dir fortan verbieten würde, dein Zimmer zu verlassen.«
Kleopatra setzte einen Schmollmund auf und ließ sich wieder auf das Bett zurücksinken. »Na gut, Šamu, du hast gewonnen. Ich werde niemandem erzählen, daß ich dich und Batis bei einem Stelldichein beobachtet habe.«
»Nicht nur das, meine Liebe. Du wirst jetzt umgehend in dein Zimmer verschwinden und mir bis morgen abend die Geschichte niederschreiben, wie *Isis* den mächtigen Gott *Re* überlistete und ihn dazu brachte, ihr seinen geheimen Namen zu verraten. Vielleicht lernst du daraus etwas.«
Widerwillig erhob sich die Prinzessin, schlenderte am Schminktisch vorbei zur Tür und stieß wie zufällig gegen die Puppe, so daß sie zu Boden fiel und der hölzerne Kopf von der Spielzeugfigur absprang. Sofort bückte Kleopatra sich, versuchte die Figur wieder zusammenzufügen und murmelte in heuchlerischem Ton: »Das tut mir ja so leid. Meine arme Schwester.«
»Hatte ich dir schon gesagt, daß du die Geschichte von *Isis* und *Re* in der alten Tempelschrift niederschreiben sollst?«
Kleopatra funkelte die Priesterin böse an.
»Mach jetzt, daß du ins Bett kommst, ich möchte dich heute nacht nicht mehr sehen!«
Mit energischem Schritt und trotzig erhobenem Kopf verließ die Prinzessin das Zimmer, ohne sich noch einmal umzudrehen.
Erleichtert atmete Šamu auf. Diese kleine Furie! Wenn sie ihre Kindheit überlebte, würde sie sicherlich eines Tages eine bemerkenswerte Königin werden. Es war ein offenes Geheimnis, daß der *Neue Osiris* seit der Rebellion seiner beiden ältesten Töchter plante, Kleopatra mit ihrem jüngeren

Bruder zu vermählen und sie beide zu seinen einzig legitimen Nachfolgern zu erklären. Berenike würde sich damit zweifellos nicht einfach abfinden. Die Götter allein mochten wissen, welch finstere Pläne Kleopatras älteste Schwester zur Zeit in Alexandria sponn. Zum Glück mußte sie sich ihre Herrschaft mit Kleopatra Tryphaina teilen und konnte nicht völlig ungehindert ihre Macht ausüben.

Šamu griff nach der zerbrochenen Puppe. Verwundert betrachtete sie Kopf und Rumpf des plumpen Spielzeugs. Das hölzerne Haupt war so gearbeitet, daß man es über die Lederrolle stülpen konnte, die den Körper der Puppe bildete. Das Innere des Lederschlauchs war jedoch nicht, so wie man hätte erwarten sollen, mit Sand oder Stroh gefüllt. Statt dessen steckte eine schmale *Papyrus*rolle in dem Lederkörper.

Sollte die Göttin ihr doch gewogen sein? Aufgeregt stülpte die Priesterin den Lederschlauch um, so daß die *Papyrus*rolle herausfiel. Mit fahrigen Fingern löste sie die beiden dünnen Riemen, die die Rolle zusammenhielten. Es waren zwei Briefe. Der eine umfaßte nur ein einzelnes, dichtbeschriebenes Blatt, der zweite aber bestand aus mehreren zurechtgeschnittenen und miteinander verleimten *Papyrus*bögen, die entrollt mehr als drei Ellen lang waren. Beide Texte waren in der Bilderschrift der Alten verfaßt.

Nervös blickte Šamu zur Tür. Mit angehaltenem Atem lauschte sie, ob sich im Haus etwas regte. Erst als sie viele Herzschläge lang nichts Verdächtiges hören konnte, wagte sie es, eine zweite Öllampe zu entzünden und sich in das Studium der Texte zu vertiefen.

Die Schriftzeichen des langen Textes waren zum Teil unsauber ausgeführt, so als sei der Schreiber in großer Eile gewesen.

Mein lieber Freund, mein Herz schmerzt mir bei den traurigen Nachrichten, die ich dir mitzuteilen habe. Schlimme Kunde erreichte mich aus dem fernen Alexandria. Die, in die wir all unsere Hoffnungen gesetzt haben, ist vor Osiris getreten. Ohne

daß sie vorher auch nur das geringste Anzeichen von Krankheit gezeigt hätte, fand man Kleopatra tot in ihrem Gemach. Ein Jahr lang haben die beiden Ungleichen miteinander regiert, ohne daß man außerhalb des Palastes auch nur von einem einzigen Wort des Zwistes zwischen ihnen gehört hätte. Doch jetzt gibt es allenthalben Gerüchte, Berenike habe ihre Schwester ermorden lassen.
Jene Alexandriner aber, die sich vor einem Jahr mit solcher Leidenschaft gegen den Neuen Osiris erhoben haben, weil er seinem Bruder nicht zu Hilfe eilte, als die Römer Alasia eroberten, kauern nun ängstlich in ihren Häusern und schweigen. Selbst unsere Freunde, die Priester in Herakleopolis, die so lange Widerstand gegen die Prinzessinnen leisteten, haben sich in das gefügt, was der Wille der Götter zu sein scheint.
Berenike läßt überall im Reiche ausrufen, Seth, der Unüberwindliche, sei ihr erschienen und habe sie beauftragt, in seinem Namen zu herrschen, so wie es einst jene ältesten Könige taten, von denen die Tempelschriften künden. Scheint es nicht auch dir folgerichtig, mein Freund, daß der, der seinen Bruder tötete, sein Wohlgefallen an einer Schwestermörderin findet? Man sagt auch, in den Sternen sei zu lesen, daß eine neue Zeit begonnen habe und daß die Herrin des Ostens bald mit dem Herrn der Welt in Rom herrschen werde.
Schon hat Berenike Brautwerber ins Zweistromland geschickt, um einen Prinzen vom Blut des Seleukos zu suchen, den sie sich zum Manne nehmen will. Auch nach Rom sind Gesandte auf dem Weg, und es ist ein Zeichen für den dunklen Schatten, der über der Perle Alexandria liegt, daß sich die Pharaonin nicht die geringste Mühe gab, diese Mission geheimzuhalten. In jener Stadt, in der sich noch vor einem Jahr der Zorn der Bürger daran entzündete, daß Ptolemaios zu kleinmütig gegenüber den Römern sei, wagt heute niemand, seine Stimme zu erheben, wenn Berenike ganz offen um die Gunst des Tibervolkes buhlt.
Das größte Rätsel aber ist, daß die Pharaonin ausgerechnet den wortgewaltigen Dion zum Anführer der Gesandtschaft gewählt

hat – und das, obwohl der Philosoph zu den wenigen gehörte, die noch vor einem halben Jahr wagten, öffentlich gegen die Herrschaft der beiden Schwestern zu reden. Ihm zur Seite stehen etliche Männer, die so denken wie er. So kommt es auch, daß ich gut über das unterrichtet bin, was in Alexandria geschah, denn auch einige unserer Freunde befinden sich unter den Gesandten.

Nun rate mir, wie wir uns weiterhin verhalten sollen, mein Freund. Ist es nicht ein Zeichen von göttlicher Macht, wenn die Königin ihren einstigen Feinden gebieten kann, nun in ihrem Namen zu sprechen? Ja, ist es vielleicht der Wille der Himmlischen, daß Ptolemaios nie mehr nach Alexandria zurückkehrt?

An diesem Morgen hat mich Kunde aus Syrakus erreicht, daß Dion und die seinen bereits auf Sizilien weilen. Eine Woche wollen sie dort von der stürmischen Meerfahrt rasten, so berichtet mein Vertrauter. Dann werden sie ihre Reise fortsetzen und ganz in der Nähe, bei Puteoli, an Land gehen, wo sie auf Boten eines mächtigen römischen Senators warten wollen, der angeblich Berenikes Anspruch auf den Thron unterstützt.

All dies scheint darauf hinzudeuten, daß die Sache des Neuen Osiris verloren ist. Aus Rom erreichen uns keine Neuigkeiten. Wird man seiner Bitte um Soldaten, die ihm den Thron zurückerobern, stattgeben? Ist es etwa klüger, auf seiten jener zu stehen, die dem Triumph schon so nahe scheinen?

Du weißt, daß die Gesandten schon bald vor meinem Tor stehen und Einlaß begehren werden. Soll ich sie in Freundschaft umarmen, oder sie mit vergiftetem Wein empfangen?

Voller Ungeduld erwarte ich deine Antwort, mein Freund, und einzig die Gewißheit, daß aus deinem Munde die Weisheit der Listenreichen spricht, ist mir in diesen schweren Stunden ein Trost.

Ungläubig starrte Šamu auf die Schriftrolle. Sie hatte sich viel Zeit genommen, die oft zweideutigen Zeichen der alten Schrift zu studieren, doch auch wenn der Name Rechmires nie genannt wurde, konnte im Grunde kein Zweifel daran bestehen, daß der Brief an den Schreiber des Pharaos gerichtet war. Hatte sie den freundlichen alten Mann denn so falsch eingeschätzt? Gehörte wirklich auch er zu den zahllosen Verschwörern bei Hof? Aber warum? Was war sein Motiv?

Šamu rollte die lange Schriftrolle zusammen und nahm das einzelne *Papyrus*blatt. Vielleicht würde sie hier Antwort auf ihre Fragen finden.

Mein lieber Freund, so wie Isis einst die Suche nach dem Leichnam ihres toten Gemahls Osiris nicht aufgeben mochte, so sollst auch du dem Pharao die Treue halten, selbst wenn alles gegen ihn zu sprechen scheint. Bedenke, was uns einst aus der Herrschaft der Berenike erwachsen mag! Es ist kein Zufall, wenn sie sich Seth, den Herren der Westwinde, zum Schutzgott gewählt hat. So wie dieser Gott vor allem Krieg und Zerstörung bringt, so wird auch Berenike dem fruchtbaren Ägypten zum Verhängnis werden. Glaubst du denn, die Römer würden dulden, daß sie sich mit einem seleukidischen Prinzen verbindet?

Wenn nicht schon bald unsere Städte vom Marschtritt fremder Soldaten widerhallen sollen, so müssen wir Berenike Einhalt gebieten. Deshalb nimm ihre Gesandten freundlich in dein Haus auf und versuche herauszufinden, welche von ihnen mit Zweifel im Herzen gen Rom reisen. Vielleicht können wir den einen oder anderen auf unsere Seite ziehen.

Doch lasse Vorsicht walten, treuer Freund, denn ich denke, daß du hinter der Maske eines manchen Gesandten einen Spion oder gar einen Meuchler finden wirst. Wir müssen vorsichtig sein, wenn wir uns gegen Berenike verschwören wollen, denn was der Pharaonin an Weisheit fehlt, ersetzt sie durch Verschlagenheit.

Selbst hier in der Nähe des Neuen Osiris fühle ich mich vor ihren Schergen nicht sicher. Manchmal glaube ich, der Eunuch Potheinos könnte zu ihren Anhängern gehören, doch habe ich

keine Beweise für diese Vermutung. Aus dieser Angst schicke ich dir auch deinen Brief zurück, denn man darf auf gar keinen Fall ein verräterisches Dokument wie dieses in meinem Besitz finden.
Was deine Äußerung angeht, ein mächtiger römischer Senator habe sich bereits jetzt auf die Seite Berenikes gestellt, so denke ich, daß dies niemand anderes als Marcus Licinius Crassus sein kann. Auch wenn Crassus vorgeblich ein Bündnis mit Pompeius geschlossen hat, so sind diese beiden sich in Wirklichkeit doch spinnefeind und ringen um die Vorherrschaft im Senat. Da Pompeius ganz offen den Neuen Osiris unterstützt, muß man davon ausgehen, daß Crassus auf seiten von Berenike steht. Doch gerade der Feindschaft der beiden und der Tatsache, daß Caesar, der dritte unter den Mächtigen Roms, auf einem Feldzug im fernen Gallien weilt, vermögen wir vielleicht einen Vorteil abzuringen. Vielleicht gelingt es Ptolemaios, die beiden gegeneinander auszuspielen und seine Herrschaft zurückzugewinnen, ohne sich einem von ihnen wirklich auszuliefern.
So fasse neuen Mut, mein Freund, und lass' uns geduldig wie der Bauer sein, der darauf wartet, daß sich die Fluten des Nils zurückziehen, damit er eine neue Saat ausbringen kann.

Mit einem Kloß im Hals rollte Šamu den *Papyrus* zusammen. Diesen Brief zu lesen war so, als höre sie Rechmire aus dem Reich der Toten zu sich sprechen. Sie brauchte seinen Namen nicht zu finden, um zu wissen, daß er es war, der diese Zeilen verfaßt hatte. Nicht gegen den *Pharao*, sondern gegen Berenike hatte sich der Schreiber also verschworen. Berenikes Anspruch, unter dem Schutz des *Seth* zu stehen, und der in Blut geschriebene Name des grausamen Gottes, das paßte zusammen! Vielleicht hatte Rechmire ja sogar recht gehabt mit seiner Vermutung, daß der Eunuch Potheinos zu den Verschwörern zählte! Der Verschnittene gehörte zwar zu den engsten Vertrauten des Neuen Osiris, doch womöglich hatte er beschlossen, seine eigene Stellung zu festigen, indem er sowohl Ptolemaios als auch Berenike diente. So würde er, welches Ende der Kampf um den Thron auch nahm, auf jeden Fall auf der Seite der Sieger stehen.

Nachdenklich blickte Šamu auf die beiden Blätter. Wenn Potheinos tatsächlich auf seiten der Verschwörer stand, wäre es lebensgefährlich, die Briefe zu behalten. Auf der anderen Seite hieße es, gegen ein ungeschriebenes Gesetz der Priesterschaft zu verstoßen, wenn sie einen Text, der in den heiligen Schriftzeichen der Alten abgefaßt war, einfach vernichtete. Vielleicht sollte sie die *papyri* wieder in die Puppe stecken und diese dann in den Garten zurückbringen ...

Vielleicht sollte sie die Briefe auch einfach an den *Neuen Osiris* weitergeben und darauf hoffen, daß der Pharao in seiner göttlichen Weisheit erkennen konnte, wem er vertrauen mochte und wen er durch Batis richten lassen sollte? Doch Potheinos hatte großen Einfluß auf den *Neuen Osiris*. Vielleicht würde es dem Eunuchen gelingen, die Wahrheit so zu verdrehen, daß er sie als Verschwörerin darstellte! Schließlich besaß sie die Briefe, und wie hätte sie an die Schreiben kommen sollen, wenn sie nicht mit den Verschwörern im Bunde stand? Jedem, der ihr Übles wollte, würde es leichtfallen, sie in die Verschwörung hineinzuziehen. Nein, wenn sie herausfinden wollte, wer Rechmire ermordet hatte, mußte sie schweigen, bis die Mörder sich durch eine unbedachte Handlung verrieten. Vor allem aber müßte sie herausfinden, wer der geheimnisvolle Freund war, an den Rechmire sein Antwortschreiben gerichtet hatte.

Aufmerksam studierte Šamu ein zweites Mal die beiden *papyri*. Offensichtlich lebte Rechmires Vertrauter in der Nähe der Stadt Puteoli, die wiederum an der Küste gelegen sein mußte, wenn dort Berenikes Gesandte von Bord der Schiffe gehen wollten, die sie nach Italien brachten. Doch Šamu hatte noch nie von einem Hafen mit diesem Namen gehört.

Seltsam erschien der Priesterin auch, daß der geheimnisvolle Fremde so sicher war, daß die Gesandten sein Haus aufsuchen würden. Vielleicht war er ein ägyptischer Händler, der sich in Puteoli niedergelassen hatte? Das würde erklären, warum er so gut über die jüngsten Ereignisse in Alexandria informiert war.

Aber ein Händler würde niemals einen Brief in der geheimen Schrift der Tempel abfassen können.

Resignierend erhob sich Šamu und blickte aus dem Fenster. Wenn Rechmire die Puppe im Garten versteckt hatte, so mußte er damit rechnen, daß sein Freund oder zumindest ein Gewährsmann ganz in der Nähe waren und sie finden würde. Irgendwo dort draußen in dieser großen, schmutzigen Stadt steckte jemand, der wahrscheinlich auf all ihre Fragen eine Antwort wußte.

Müde streckte Šamu ihre Glieder. Viele Stunden hatte sie über den Papyri gebeugt gesessen, um die Texte zu entziffern. Die Bilderschrift der Alten zu lesen, war ihr stets schwergefallen. Sie hatte sich immer lieber mit der Praxis von Magie und Heilkunde beschäftigt.

Schon zeigte sich im Osten ein schmaler Silberstreifen hinter der dunklen Silhouette der Stadt. Bald würde *Re* in seiner Barke über den Himmel fahren. Es wäre besser, schlafen zu gehen. Vielleicht zeigten ihr die Götter ja im Traum den Schlüssel zu den Geheimnissen, die ihr im Wachen unlösbar schienen.

* * *

Ein sanftes Rütteln an ihrer Schulter riß Šamu aus dem Schlaf. Müde blinzelnd erkannte sie das Gesicht einer der wenigen Sklavinnen, die Ptolemaios aus Alexandria ins Exil gefolgt waren.

»Verzeiht, Herrin. Der *Neue Osiris* wünscht, daß sich alle Würdenträger und Diener im *atrium* einfinden. Ihr müßt Euch eilen, wenn Ihr noch zur rechten Zeit kommen wollt.«

»Schon gut.« Ein wenig mürrisch gab Šamu der Sklavin ein Zeichen, sich zurückzuziehen. Es war nicht gut, sofort nach

dem Aufwachen angesprochen zu werden. Wer zu schnell aus seinen Träumen gerissen wurde, der vergaß die Stimmen der Götter, die zu den Schlafenden sprachen, um sie vor dem zu warnen, was da kommen mochte. Oder um ihnen Kunde von freudigen Ereignissen zu bringen.
Müde hockte sich Šamu auf die Kante des hohen, römischen Betts und versuchte, sich an ihre Träume zu erinnern. Sie war dem schakalköpfigen *Anubis* begegnet, doch wußte sie nicht mehr, was der Gott ihr zugeraunt hatte. Vielleicht war er über die Verstümmelung von Rechmires Leichnam erzürnt? Ohne sein Herz konnte der Schreiber nicht vor das Totengericht treten. Dort, im Angesicht des *Osiris*, hätte sein Herz abgewogen werden sollen, um Rechenschaft über sein Leben zu geben.
Verzweifelt zermarterte sich Šamu den Kopf, doch es war vergebens. Träume sind wie der Tau, der am Morgen das Schilf benetzt, hatte ihr vor langen Jahren eine alte Priesterin erklärt. Im Licht des *Re* können sie nicht bestehen, wenn du sie nicht rechtzeitig im Gefäß deiner Erinnerungen verschließt.
Resignierend tastete sie mit ausgestreckten Zehen nach dem kalten Steinboden ihres Zimmers und zuckte erschaudernd zurück. Was würde sie jetzt dafür geben, im sonnendurchfluteten Alexandria zu sein! Doch solche Gedanken waren müßig. Die Zähne zusammenbeißend, glitt sie von der Bettkante, durchquerte das kalte Zimmer und ließ sich vor dem Tisch am Fenster nieder. Kritisch musterte sie sich in dem polierten Bronzespiegel, der neben dem hölzernen Kästchen mit ihren Schminken stand. Nur allzu deutlich waren die Spuren, die die durchwachte Nacht auf ihrem Gesicht hinterlassen hatte. Diesmal würde sie besonders viel von ihrer schwarzen Lidtusche auftragen müssen, um von den dunklen Rändern unter den Augen abzulenken.

* * *

Šamu war eine der letzten, die das *atrium* betraten. Der *Neue Osiris* hatte für sich einen schweren hölzernen Stuhl in den Hof tragen lassen und musterte scheinbar gelangweilt die kümmerliche Schar, die von seinem einst so prächtigen Hofstaat übriggeblieben war.

Wer Ptolemaios nicht gut kannte, neigte dazu, in dem fettleibigen, eher kleinen Monarchen eine Witzfigur zu sehen. So nannten ihn die Alexandriner *Nothos*, den Bastard, oder häufiger noch *Auletes*, den Flötenspieler, in Anspielung auf seine sexuellen Ausschweifungen. Doch jene, die ihn belächeln, kennen nur seine Maske, dachte Šamu.

Ptolemaios hatte es geradezu kultiviert, wie ein verweichlichter Dummkopf aufzutreten. Seine hängenden Lippen, sein unsteter Blick, die fahrigen Gesten und seine langsame, zögerliche Art zu sprechen, all das ließ ihn fremden Gesandten gegenüber schnell wie ein leicht zu lenkendes Opfer erscheinen. Doch Šamu hatte sich lange genug am Hof aufhalten können, um zumindest zu ahnen, welch wacher Verstand hinter seiner Maske der Trägheit lauerte. Er liebte es, fremde Diplomaten so lange durch seine aufgesetzte Dummheit zu blenden, bis diese sich in ein Netz aus Intrigen verstrickten.

Die zweite Waffe des Ptolemaios war sein Gold, oder besser gesagt, der ungeheuere Reichtum Ägyptens. Es gab fast niemanden, den er nicht zu bestechen vermochte. Gerade die Römer, vor deren Legionen die Welt erzitterte, waren besonders anfällig für den Glanz ägyptischen Goldes.

Der *Pharao* hatte sich auf seinem Thronsessel ein wenig nach vorne gebeugt, nahm noch einen Schluck aus einem goldenen Weinpokal, den ihm die Sklavin zu seiner Rechten gereicht hatte, und brachte dann mit einem lauten Räuspern das Gemurmel der Höflinge zum Schweigen.

»Meine lieben Freunde ...«

Šamu horchte auf. Wenn der *Pharao* so verschwenderisch mit dem Ehrentitel »Freund« umging, waren einschneidende Neuigkeiten zu erwarten.

»Ihr alle habt von dem schrecklichen Mord an unserem Vertrauten, dem Schreiber Rechmire, gehört. Selbst bis zu den Senatoren ist die Kunde von der abscheulichen Bluttat gedrungen. Das Volk von Rom und vor allem unser Wohltäter, Pompeius, sorgen sich um unsere Sicherheit. Da wir uns offensichtlich nicht selbst vor dieser Gefahr schützen können, hat unser Freund Pompeius beschlossen, uns ein anderes Quartier anzubieten.« Ptolemaios bedachte seinen nubischen Leibwächter bei diesen Worten mit einem vielsagenden Blick, so daß Šamu froh war, nicht in der Haut von Batis stecken zu müssen.
»Noch heute wollen wir unseren Hof deshalb auf das Landgut verlegen, das unser Freund in den Albaner Bergen, eine Tagreise südlich von Rom, unterhält. Pompeius wird uns eine Eskorte aus ehemaligen Legionären stellen, und auch auf dem Landgut ist für unseren Schutz gesorgt … Schutz, den wir innerhalb der Mauern dieser Stadt mit ihren seltsamen Gesetzen, die es einem bedrohten Fremden verbieten, sich mit bewaffneten Leibwächtern zu umgeben, nicht finden werden. Da sich vielleicht sogar in euren Reihen Verräter befinden, haben wir mit der Bekanntgabe unserer Abreise bis jetzt gewartet, so daß unseren Feinden keine Gelegenheit bleiben wird, uns einen Hinterhalt zu bereiten, wenn wir die Stadt verlassen. In einer Stunde schon wollen wir dieses gastliche Haus verlassen. Also eilt euch, und seht zu, daß ihr eure Habseligkeiten packt. Die Kisten und Säcke werden heute abend von Sklaven abgeholt, die sie in der Nacht zu unserer neuen Bleibe bringen werden. Und nun geht und trefft eure Vorbereitungen.« Ptolemaios klatschte in die Hände und gab den Höflingen einen Wink, sich zu entfernen.
Šamu wollte gerade das *atrium* verlassen und grübelte darüber, wie sie den toten Rechmire für eine Reise vorbereiten könnte, als sie hinter sich ihren Namen rufen hörte. Batis war herbeigeeilt und hielt sie am Arm zurück.

»Der *Neue Osiris* wünscht dich in seinen Gemächern zu sprechen. Sofort!«
Erschrocken starrte die Priesterin den Nubier an. War es möglich, daß Ptolemaios etwas von den Briefen wußte, die sie gefunden hatte?

5. KAPITEL

Ein derber Schlag weckte Philippos. Benommen blickte er sich um, und es dauerte einen Moment, bis er begriff, wo er war.
»Diese Schlaglöcher sind schon eine Tortur.« Der Mann auf der gegenüberliegenden Sitzbank nickte ihm lächelnd zu. »Crassus hätte die rebellischen Sklaven besser erst die Straße ausbessern lassen, bevor er sie kreuzigte.«
Philippos brummelte eine unverständliche Antwort und rückte die Falten seiner *toga* zurecht. Sicherlich war die *toga* so ziemlich das unbequemste Kleidungsstück, das man sich zu einer Reise aussuchen konnte, doch da er das Recht, dieses ebenso traditionsreiche wie unkomfortabele Kleidungsstück zu tragen, erst vor wenigen Wochen mit der Verleihung des Bürgerrechts erworben hatte, ließ Philippos keine Gelegenheit aus, sich in der Öffentlichkeit in einer *toga* zu zeigen.

Noch ein wenig schlaftrunken blickte der Arzt aus der Türöffnung des Reisewagens und versuchte abzuschätzen, wie weit sie schon nach Süden gekommen waren. Mehrfach war er in seiner Zeit als Legionär und später als Legionsarzt zu Fuß gen Misenum marschiert. Gemessen daran war die Reise in einer *carruca dormitoria* ein echter Fortschritt. Der vierrädrige Kastenwagen bot auf zwei gegenüberliegenden Bänken Sitzgelegenheit für sechs Reisende. Wände und Decke des Gefährts waren aus soliden Holzbohlen gezimmert. Auf der rechten Seite war zwischen den Sitzbänken eine große Türöffnung ausgespart. Links gab es ein kleines Fenster. Sowohl die Tür als auch das Fenster konnten mit einer schweren Lederplane verschlossen werden, falls das Wetter umschlagen sollte.

Philippos sprach ein stummes Gebet, daß das sonnige Herbstwetter sich für den Rest der Reise halten möge. Die Vorstellung, in der engen Kutsche bei prasselndem Regen und in muffiger Dunkelheit eingesperrt zu sein, war ihm ein Greuel. Er würde ohnehin noch viele Sonnentage brauchen, um die Schrecken der letzten Nacht zu vergessen!

Stunden hatte er gebraucht, um am vergangenen Abend noch einen etruskischen Totenpriester zu finden, der bereit war, ihm mitten in der Nacht auf den *Esquilin* zu folgen. Schier eine Ewigkeit hatten sie gebraucht, bis sie im unsteten Fackellicht den Leichnam der Frau wiederfanden, die ihn über den *Stys* winken wollte. Aasfresser hatten ihren Körper bereits so sehr entstellt, daß Philippos sie zunächst nicht wiedererkannte. Erst als er ihre Hände sah, vermochte er die Todesbotin zu identifizieren. Auf wunderbare Weise waren sie von den Hunden und Raben verschont geblieben. Lange, schlanke Hände, die er sicherlich bis an das Ende seiner Tage nicht vergessen würde! Sie waren von vollkommener Schönheit, und es erschien ihm wie ein himmelschreiendes Unrecht, daß sie dazu verdammt waren, zum Fraß der Würmer zu werden.

Alle Bilder des Schreckens der vergangenen Nacht erhoben sich erneut in seinem Geiste. Bilder von madenzerfressenen, halbverwesten Leichen. Und wieder hatte er den bestialischen Gestank der Gruben in der Nase. Mißtrauisch hob er seine Hand und schnupperte an ihr. Es war nur alles Einbildung! Es haftete kein Leichengeruch mehr an ihm.
Fast eine Stunde hatte Philippos nach Sonnenaufgang in den eisigen Fluten des Tiber gebadet, um den fauligen Geruch loszuwerden. Anschließend hatte er seine *tunica* und seine Sandalen weggeworfen, doch noch immer hatte er das Gefühl, daß der Geruch des Todes ihn umgab. Dabei hatte er dem Etrusker so viel Geld dafür gegeben, damit er der Unbekannten vor den Toren der Stadt ein würdiges Begräbnis bereitete, daß er noch einmal zum *argentarus* zurück mußte, um seine Reisekasse aufzufüllen! Ob der Mann ihn womöglich betrogen hatte?
Philippos schüttelte sich unwillig. Das konnte nicht sein! Zumindest einem Priester würde man doch noch trauen können. Er sollte jetzt nicht länger an die Tote denken! Schließlich hatte er alles, was in seiner Macht stand, getan, um ihrer Seele Frieden zu geben. Sein Unglück mußte nun ein Ende haben!
Verstohlen musterte der Arzt die Mitreisenden. Außer dem jungen Mann, der ihn angesprochen hatte, waren da noch zwei Frauen, offensichtlich Mutter und Tochter. Während die Frauen nicht gerade begütert wirkten, verriet der protzige Goldring, den der junge Mann an seiner Linken trug, daß er aus einer reichen Familie stammte. Vielleicht könnte er ihn ja in ein Gespräch verwickeln und sein Vertrauen erringen, überlegte Philippos. Der Hausarzt einer wohlhabenden Senatorenfamilie zu werden, wäre ein exzellenter erster Schritt in seiner Karriere als freier Arzt! Soweit er wußte, lagen in den Buchten rund um Neapolis und an den Hängen des Vesuvius Dutzende Villen, die den reichsten Familien Roms als Sommerhäuser dienten. Viele verbrachten dort fast das halbe

Jahr. Wenn es ihm gelänge, Zutritt zu solchen Kreisen zu erlangen, wäre er ein gemachter Mann. Ein zufriedener Patient würde ihn an den nächsten weiterempfehlen, und schon bald würde er über das Wohl der wichtigsten Familien Italiens wachen! Fast wäre Philippos ein verzückter Seufzer entfahren. Die Vorstellung von Ruhm und Reichtum, das war sein Lieblingstraum!

Noch einmal zupfte er an seiner *toga*, so daß ihr prächtiger Faltenwurf nun voll zur Geltung kam, dann setzte er sein strahlendstes Lächeln auf und sprach den jungen Mann an, der gelangweilt aus dem kleinen Kutschfenster blickte. Seine geschmacklose Bemerkung zum Sklavenkrieg aufzugreifen, konnte nicht falsch sein!

»War dein Vater an der Niederwerfung des Spartacusaufstandes beteiligt?« Aus langer Praxis wußte Philippos, daß es eine der besten Möglichkeiten war, sich bei den Patriziern beliebt zu machen, wenn man ihnen Gelegenheit gab, über den Ruhm ihrer Sippe zu erzählen und dabei die Geduld mitbrachte, womöglich stundenlang den Heldentaten vergangener Jahrhunderte zu lauschen.

»Mein Vater hat sich zeit seines Lebens lieber um die Verwaltung unserer Güter in Africa gekümmert, als sich in die große Politik einzumischen.« Der junge Mann zog eine säuerliche Miene.

Die Antwort ließ Philippos innerlich zusammenzucken. Offensichtlich hatte er, statt seinem Gegenüber zu schmeicheln, dessen wunden Punkt getroffen. Ein denkbar schlechter Auftakt!

»Und teilst du die Abneigung deines Vaters gegen die hohe Politik?«

»Ich denke, es ist die Pflicht eines jeden Bürgers, Anteil am Schicksal des Staates zu nehmen. Gerade in diesen Zeiten geschehen große Dinge, und es …«

»Große Dinge?« fiel die ältere der beiden Frauen dem Patrizier ins Wort. »Man kann sich in Rom bei Nacht ja nicht einmal mehr auf die Straßen wagen, ohne Angst vor den Strauchdieben des Milos oder dieses ruchlosen Clodius zu haben.«

»Was hätte eine Dame von Stand auch nachts auf den Straßen zu suchen«, entgegnete der Patrizier mit einem anzüglichen Lächeln. »Oder sollte dein keusches Gewand womöglich über deinen wahren Stand hinwegtäuschen?«

Die Frau errötete und rutschte demonstrativ ein Stück zur Seite. »Wetze nur deine lästerliche Zunge an der Ehre einer Witwe, deren Mann sein Leben für die Sache des Volkes gegeben hat. Bei Caesars Legionen solltest du stehen, statt hier schändliche Reden zu schwingen.«

»Bedanke dich bei Cicero, dem strahlenden Helden und Verteidiger deiner überkommenen Vorstellungen! Er hat mich zu reden gelehrt. Und was meinen Hang zur Lästerlichkeit angeht, so kann ich mich rühmen, bei Clodius und noch viel mehr bei seiner Schwester Clodia den besten nur denkbaren Unterricht erhalten zu haben. Ich weiß ja nicht, was dein gewiß ehrenhafter Mann für absurde Vorlieben pflegte, doch ich liege lieber in den warmen Armen einer Frau von zweifelhaftem Ruf, als in feuchte Decken gehüllt in einem Heerlager irgendwo in Gallien. Warum sollte ich dem Ruhme Caesars dienen, wenn ich auf so viel bequemere Weise etwas für mich tun kann?«

Philippos hatte Mühe, ein schadenfrohes Grinsen zu unterdrücken. So wie es aussah, würde die lange Fahrt in den Süden recht unterhaltsam werden. Auch was den Umgang mit Berühmtheiten anging, schien der junge Mann seine kühnsten Wünsche erfüllen zu können. »Bist du etwa jener berühmte Jüngling, an den Catull die Gunst Clodias verloren hat?«

Der Patrizier lächelte selbstgefällig und deutete eine Verbeugung an. »So ist es. Gestatten, Marcus Caelius Rufus.«

Während die Dame gegenüber erschrocken aufstöhnte, konnte Philippos deutlich hören, wie das junge Mädchen an seiner Seite einen schmachtenden Seufzer ausstieß. Schließlich wurde zur Zeit in Rom selbst über den erfolgreichen Feldzug Caesars im fernen Gallien nicht annähernd so leidenschaftlich debattiert wie über die Affäre zwischen der skandalumwitterten Clodia und dem bis dahin völlig unbekannten Caelius.

* * *

Obwohl der *Neue Osiris* sie angeblich so dringend zu sprechen verlangte, mußte Šamu eine Ewigkeit warten, bis sie schließlich in das private Gemach des *Pharao* vorgelassen wurde. Die ganze Zeit über hatte sie darüber nachgedacht, was Ptolemaios wohl von ihr wollte. Ob er von den geheimen *papyri* wußte, die sie gefunden hatte? Doch woher? Viel wahrscheinlicher war, daß Kleopatra irgendwelche Lügen über sie und Batis verbreitet hatte!
Außer dem *Pharao* hielt sich auch der Eunuch Potheinos im luxuriös ausgestatteten Gemach des Herrschers auf. Ein Mann mit harten, verhärmten Gesichtszügen, der wohl wie kein zweiter über die Intrigen bei Hofe informiert war. Wie zwei Schatten folgten die Leibdiener Alexandros und Narkissos dem Eunuchen, gutaussehende junge Männer, um die die absurdesten Gerüchte bei Hof kursierten. Obwohl eine Mehrheit der Meinung war, sie seien die nächtlichen Gespielen des Verschnittenen, glaubte Šamu eher, daß sie das Schicksal ihres Herren teilten. Es würde zu seinem Charakter passen, um sich herum nur Diener zu dulden, die das gleiche erlitten hatten wie er selbst.
»Wir haben dich rufen lassen, um deinem Bericht über deine Erkenntnisse zum Mord an dem von uns über alles geschätzten Rechmire zu lauschen.« Der *Pharao* saß inmitten eines Berges von seidenen Kissen auf seinem Bett und hielt eine lange Bambusflöte in Händen. Nervös glitten seine Finger an dem polierten Rohr hinauf und hinunter. Er vermied es, Šamu in die Augen zu sehen, ganz so, als habe er Angst, von

dem Toten zu sprechen. Und dazu gab es auch allen Grund, dachte die Priesterin.

»Ich vermag zwar nicht die Namen der Mörder zu benennen, doch scheint es mir gewiß, daß die Art, in der der Mord durchgeführt wurde, auch als ein Anschlag auf die Würde des *Neuen Osiris* gedacht ist.« Šamu hatte mit Bedacht den ägyptischen Namen des griechischen Dionysos gewählt, denn seit sie um Berenikes Schutzgott wußte, war sich die Priesterin darüber im klaren, daß Ptolemaios' Tochter den offenen Kampf mit ihrem Vater suchte.

»Wie meinst du das?«

Šamu hatte den Eindruck, daß Ptolemaios eine Spur blasser geworden war. »Wie Ihr wißt, war neben Rechmires Leichnam der Name des Osirismörders *Seth* auf den Boden gemalt. Welchen anderen Schluß legt diese Botschaft nahe, als daß Ihr das eigentliche Ziel des Angriffs wart? Ich glaube, der Mord sollte eine Warnung sein oder eine Drohung.«

»Woran genau ist unser Schreiber gestorben?« Der *Pharao* hatte sich ein wenig vorgebeugt und wirkte ungewöhnlich erregt.

Einen Augenblick lang starrte Šamu den Herrscher verwundert an. Was sollte diese Frage? Er hatte den Toten doch deutlich gesehen, als er in Rechmires Zimmer gekommen war! »Man hat ihn mit einer Schnur oder einem schmalen Lederriemen gewürgt und dann mit einem schweren Messer seine Brust geöffnet. Die Waffe muß mit großer Kraft geführt worden sein, denn der Knochenkäfig, der das Herz umschließt, ist auf der linken Seite regelrecht zertrümmert. Anschließend haben die Mörder Rechmires Herz herausgeschnitten. Außerdem wurden dem Schreiber die Kehle durchtrennt und die Augen herausgestochen. Auch seiner Männlichkeit wurde Rechmire beraubt. Eine weitere Parallele zum Tod des *Osiris*! Die Tiefe des Einschnitts an Rechmires Kehle läßt den Schluß zu, daß die Mörder sein Haupt als Trophäe nehmen wollten. Womöglich hatten sie sogar ursprünglich beabsichtigt, den Leichnam zu zerstückeln, so wie *Seth* es mit *Osiris* getan hat. Einen solchen Mord im Haus des *Pharao* zu wagen, ist in meinen Augen eine unverhohlene Drohung. Man will ...«

»Und wer sollte es wagen, dem *Neuen Osiris* zu drohen?« unterbrach Potheinos sie schroff. »Wer würde einen Gott fordern, Priesterin?«

»Gewiß kein Römer«, entgegnete Šamu zögernd. Sie durfte jetzt nichts Falsches sagen. Kam sie allzu direkt auf Berenike zu sprechen, würde sie sich vielleicht verraten. Immerhin hatte Rechmire den Eunuchen verdächtigt, mit der Rebellin in Verbindung zu stehen. Womöglich war sogar er derjenige, der in dieser Intrige die Fäden zog? »Daß zumindest einer der Mörder die alte Tempelschrift kennt, weist darauf hin, daß die Meuchler aus Ägypten kommen und ...«

»Du glaubst also, Berenike hat mit dem Anschlag zu tun?« Ptolemaios hatte die Flöte zur Seite gelegt und wechselte einen undeutbaren Blick mit Potheinos. »Man sagt, sie habe auch Kleopatra Tryphaina ermorden lassen, um nun allein zu herrschen.«

»Kleopatra ist tot?« Šamu tat überrascht. War das eine Falle? Ahnten Ptolemaios und Potheinos etwas von den Briefen? Wollten sie sie vielleicht auf die Probe stellen? Sie wünschte, sie hätte niemals diese fluchbeladene Puppe gefunden!

»Unser Freund Pompeius hat uns gestern die traurige Nachricht vom Tod unserer ältesten Tochter gebracht. Außerdem berichtete er, daß eine hundertköpfige Gesandtschaft aus Alexandria auf dem Weg nach Rom ist. Hundert Gesandte! Weißt du, was das bedeutet?«

Šamu wich dem Blick des *Neuen Osiris* aus.

»Man braucht keine hundert Gesandten, nur um eine Botschaft an den Senat zu schicken.« Potheinos antwortete anstelle der Priesterin und trat dicht neben Šamu. »Sie schicken Meuchler und Giftmischer, falsche Freunde und üble Magier. Was diese Gesandten wollen, das ist nicht die Freundschaft

Roms. Sie wollen den Kopf des *Pharao*. Rom ist Berenike gleichgültig! Wenn Ptolemaios und seine Kinder nicht mehr leben, wer sollte dann ihre Herrschaft in Frage stellen? Sie wäre dann die letzte lebende Erbin aus dem Geschlecht der Ptolemaier. Außer ihr gäbe es keine weiteren Anwärter auf den Thron mehr.«

»Du siehst, wie nahe du der Wahrheit mit deinen Vermutungen gekommen bist, Šamu.« Ptolemaios musterte sie mit schräggelegtem Kopf, so als sei sie eine Sklavin, die auf dem Markt zum Verkauf stünde. »Vielleicht ahnst du sogar mehr, als du zu sagen wagst?«

Šamu lief ein eisiger Schauer über den Rücken. Worauf wollte der *Neue Osiris* hinaus? Hielt er sie für eine Verräterin?

»Dein wacher Verstand und dein Amt als Priesterin sind zwei Gaben, die den *Pharao* vielleicht vor den Mordplänen seiner Tochter bewahren könnten«, fuhr Potheinos fort. »Sicherlich würdest du im Zweifelsfall mit Freuden dein Leben für den *Neuen Osiris* geben, so wie *Isis* mit einem Lächeln jede Mühsal für ihren göttlichen Gemahl auf sich genommen hat und nicht ruhte, bis sein Tod gerächt war.«

»Nun, wir hoffen, daß es so weit nicht kommen wird.« Ein leichtes Zittern lag in der Stimme Ptolemaios, doch als er weitersprach, hatte er sich wieder unter Kontrolle. »Wir wünschen, daß du und meine Tochter Kleopatra nicht mit uns in die Albaner Berge gehen. Statt dessen sollt ihr beide, unter dem Vorwand, daß im Isistempel von Pompeji die Einbalsamierung des toten Rechmire vorgenommen wird, nach Süden reisen. Nicht weit von Pompeji, irgendwo in der Bucht von Neapolis, sollen die Schiffe von Berenikes Gesandten landen, so berichten jedenfalls die Spione des Pompeius. Deine wirkliche Aufgabe, Šamu, wird es sein, gemeinsam mit Kleopatra als Vertreterin des Königshauses Kontakt zu der Gesandtschaft aufzunehmen. Versuche, sie von der Aussichtslosigkeit ihres Unterfangens zu überzeugen, wenn nötig, auch mit Geld. Pompeius hat uns versichert, daß wir jedem von ihnen Asyl gewähren können und eine seinem Rang entsprechende Leibrente. Wenn wir erst einmal nach Ägypten zurückkehren, so sollen sie allesamt bedeutende Ämter bei Hofe erhalten. Doch versuche zunächst, sie bei ihrer Ehre zu packen, bevor du ihnen Geld und Würden anbietest. Die Unterstützung der Römer kostet uns bereits jetzt ein solches Vermögen, daß wir womöglich eines Tages gezwungen sein könnten, mit jedem einzelnen Denar zu rechnen, und das, obwohl wir der göttliche Herrscher des reichsten Landes der Welt sind!«

»Ich werde mein Bestes tun, Euren Wünschen gerecht zu werden, Majestät.« Šamu verneigte sich tief und wartete darauf, entlassen zu werden. Obwohl es keinen greifbaren Grund gab, machte sie der Auftrag des *Pharao* mißtrauisch. Sie war keine Diplomatin, und auch im Totenritual war sie nicht annähernd so bewandert wie ein Priester des *Anubis* oder des *Re*. Was mochte also der wahre Grund sein, daß man ausgerechnet sie schickte? Wollte der *Pharao* sie vom Hof entfernen?

»Zum Schutz der Prinzessin wird euch der königliche Leibwächter Batis begleiten. Außerdem werdet ihr den größten Teil der Reise in Begleitung römischer Offiziere sein, so daß ihr keinen Anschlag auf euer Leben zu fürchten braucht. Damit ihr nicht unnötig für Aufsehen sorgt, werdet ihr den Leichnam des Rechmire in einer unauffälligen Kiste mit euch führen.«

»Aber das ist ein Verstoß gegen die Würde des Toten.«

»Das interessiert nicht! *Osiris* und *Anubis* werden uns diesen Verstoß gegen den Kult verzeihen. Die Umstände erlauben keine andere Lösung! Die Römer sind zu abergläubig. Wenn die Besatzung eines der Schiffe, mit denen ihr reisen werdet, merken würde, daß sich ein Toter an Bord befindet, käme es zu Unruhen.«

»Und wenn ich über Land reisen würde«, wandte Šamu zögerlich ein.

»Auf dem Landweg können wir nicht für den Schutz der Prinzessin sorgen«, entgegnete Potheinos scharf. »Sorge dafür, daß Kleopatra und der Tote bis zur Mittagsstunde für die Reise bereit sind. Du darfst jetzt gehen, Šamu.«
Noch immer ihr Haupt gesenkt, trat Šamu rückwärtsgehend zur Tür, verabschiedete sich mit einer rituellen Formel vom göttlichen *Pharao* und verließ dann das Gemach. Obwohl sie sich größte Mühe gab, nach außen hin ruhig zu erscheinen, bebte sie innerlich vor Wut.
Am liebsten wäre sie diesem entmannten Bastard Potheinos an die Kehle gegangen. Keinen Herzschlag lang hatte sie seinen Worten geglaubt. Wenn er nur gewollt hätte, wäre es sicher auch möglich gewesen, den Leichnam des Rechmire in angemessener Weise über Land zu transportieren! Immerhin war er der Schreiber des *Pharao* und einst ein hoher Priester im Isistempel von Philae gewesen. Er hätte es verdient, daß man seinen toten Körper mit Würde behandelte. Doch Potheinos hatte ihm selbst über den Tod hinaus nicht vergeben können. So lange Šamu die beiden kannte, waren sie Feinde gewesen. Sie wußte nicht, aus welchem Grund sie sich befehdet hatten, doch sie mußten ein schreckliches Geheimnis teilen, wenn Potheinos selbst vor dem Toten keine Gnade kannte. Dabei wußte er doch, was mit Rechmire geschehen würde! Den Toten zu balsamieren, damit sein Körper sich für die Ewigkeit erhalten konnte, war ein Hohn! Die Mörder hätten nicht sein Herz nehmen dürfen! So war er verloren, wenn *Anubis* kam, ihn zu holen und vor den obersten Richter zu führen. Obwohl Rechmire, zumindest so weit sie das wußte, immer ein Leben ohne Fehl geführt hatte, würde er deshalb vor dem Totengericht nicht bestehen können.
Šamu dachte an die prächtigen, bunt bemalten Reliefs, die das Gericht der Götter zeigten und die sie einst in den Totentempeln Thebens gesehen hatte. *Anubis* würde den Toten vor das Gericht des *Re* führen, wo eine große Waage stand,

mit deren Hilfe Rechmires Leben geprüft würde. Wog sein Herz zu schwer, dann würde er der Schlingerin überantwortet, jenem unaussprechlichen Wesen, das dicht bei der Totenwaage lauerte und vor dem selbst die Götter Abscheu empfanden. Es vernichtete die Schuldigen, die zwischen seinen Fängen einen qualvollen zweiten Tod starben.
So würde es auch Rechmire ergehen, denn ohne sein Herz gab es keinen Beweis für seine Rechtschaffenheit, dachte Samu bitter, es sei denn, es gelang dem Schreiber, vorerst dem wachsamen Auge des *Anubis* zu entgehen.

* * *

Goldenes Licht durchflutete das *atrium*, während Šamu, Batis und Kleopatra auf die Römer warteten. Der *Pharao* und sein Gefolge hatten die Villa des Pompeius schon vor fast einer Stunde verlassen und sich auf die Reise zu den Albaner Bergen begeben.
Nachdem der Pharao gegangen war, hatte Šamu mit zwei blonden Sklaven aus den Ländern der nördlichen Barbaren den Leichnam des Rechmire in eine schmucklose Kiste umbetten müssen, die ein wenig an eine große Kleidertruhe erinnerte. Potheinos war zurückgeblieben, um zu überwachen, daß sie seinen Befehlen wirklich Folge leistete. Erst als die Sklaven die Kiste ins *atrium* getragen hatten, war er dem *Pharao* gefolgt. Der Eunuch hatte keinen Zweifel daran gelassen, welch ein Triumph es für ihn war, mitanzusehen, wie die Leiche seines einstigen Rivalen heimlich in einer schäbigen Kiste fortgebracht wurde.
Wenigstens hatte Potheinos mit diesem schimpflichen Unternehmen gewartet, bis der Hofstaat die Villa verlassen hatte, so daß niemand davon erfahren würde. Šamu wußte jedoch nur zu gut, daß der Eunuch dies nicht aus Respekt vor dem Toten getan hatte, sondern einzig, um nicht den Argwohn der Höflinge zu erwecken. Niemand von ihnen wußte von der Gesandtschaft Berenikes und von der Bedrohung, die sie

darstellte. Deshalb hatte sich Potheinos eine besondere Erklärung einfallen lassen müssen, warum Kleopatra den Hof verließ. Angeblich sollte sie in Pompeji in die Mysterien des Totenkultes eingeweiht werden. Eine Geschichte, die man bei Hof glauben würde, denn Ptolemaios hatte immer besonderen Wert auf die priesterliche Ausbildung seiner Töchter gelegt.

Schwere Schritte vor dem Tor rissen Šamu aus ihren Gedanken. Eine kleine Gruppe von Männern trat in den Hof. Sie trugen zwar keine Schwerter, doch dafür bronzene Brustpanzer und Beinschienen. Schwere Helme mit wippenden Federbüschen saßen auf ihren Köpfen. In ihrer Pracht machten sie fast glauben, sie seien einem Relief entstiegen, das die Helden vergangener Feldzüge verherrlichte.

»Es freut mich, dich wiederzusehen, Zauberpriesterin.«

Erst auf den zweiten Blick erkannte Šamu den Mann, der die Offiziere anführte. Es war Aulus Gabinius, der *proconsul*, der Angst gehabt hatte, beim Festmahl des Lucullus vergiftet worden zu sein. Die Priesterin deutete eine kurze Verneigung an. In Syrien hatte Gabinius die Macht eines Königs. Dies galt zwar nur für die Dauer seines Proconsulats, doch war er ein Mann, dessen Freundschaft der *Neue Osiris* vielleicht eines Tages brauchen würde.

»Auch ich bin erfreut, Euch so wohlauf zu sehen. Sind Eure Geschäfte vor dem Senat gut ausgegangen?«

Gabinius winkte ärgerlich ab. »Zahnlose, mürrische Greise sind das. Sie wollten wissen, ob meine Kriege wirklich unvermeidbar waren. Was glauben die denn? Denken sie, die Syrer und Judäer hätten nur darauf gewartet, sich vor den römischen Adlern in den Staub zu werfen? Es wird noch viele Jahre dauern, bis diese Völker ihren Stolz vergessen haben und sich als Teil des römischen Reiches betrachten. Über eine Stunde lang mußte ich mir die stichelnden Fragen des Cicero gefallen lassen, dieses schlangenzüngigen Emporkömmlings.« Gabinius hatte sich regelrecht in Fahrt geredet,

und Šamu konnte sehen, wie dicke Zornesadern an seinem Hals anschwollen.
»Ein Niemand ist dieser Cicero. Ein *homo novus*, jemand, dessen Familie keinen Namen hat und den ein günstiges Schicksal dennoch zu den höchsten Staatsämtern geführt hat. Dieser Emporkömmling, der noch niemals eine Armee im Feld kommandiert hat, maßt sich an, meine Entscheidungen zu beurteilen. Ich wünschte, es gäbe mehr Männer wie Caesar oder Pompeius! Es wäre an der Zeit, daß das Schicksal der Republik nicht länger in den Händen solcher aufgeplusterter Wichtigtuer liegt. Wenn ich …«
Kleopatra war überraschend vor Gabinius getreten und lächelte den *proconsul* an. »Mein Vater kann stolz sein, einen so mächtigen Krieger wie Euch zu seinen Verbündeten zu zählen. Ihr seid der lebende Beweis, daß das Volk der Römer von den kühnen Helden Trojas abstammt.«
Der *proconsul* blickte verblüfft auf Kleopatra hinab. Sein Zorn war schlagartig verraucht, und ein amüsiertes Lächeln spielte nun um seine Lippen. »Wer ist die Kleine, die es so trefflich versteht, einem Mann zu schmeicheln.«
»*Die Kleine* ist niemand anderes als Prinzessin Kleopatra«, entgegnete Šamu kühl. Warum hatte man Gabinius nicht gesagt, wen er eskortieren würde? Lag es allein an dem Durcheinander des überstürzten Aufbruchs oder steckte ein Komplott dahinter?
»Männer«, brüllte Gabinius in einer Lautstärke, als wolle er zu einer ganzen Legion sprechen, »grüßt die Tochter des Ptolemaios, dem der Senat den Ehrentitel eines Freundes Roms verliehen hat, so wie es einer verbündeten Prinzessin zusteht.«
Der *proconsul* und seine Offiziere schlugen sich mit der Rechten auf die Brustpanzer und verneigten sich knapp.
Auch Kleopatra verneigte sich. »Ich bin stolz, Eure Grüße entgegennehmen zu dürfen, ehrenwerter Gabinius. Wer sollte mir und meinem Gefolge etwas anhaben können, solange ich auf Freunde wie Euch zählen kann?«

Šamu warf der Prinzessin einen ärgerlichen Blick zu. Wie sie den Wutausbruch des Gabinius gebremst hatte, war unbestritten eine Meisterleistung, aber wie sie sich fast im gleichen Atemzug auch noch das Kommando über ihre kleine Delegation gesichert hatte, das ging zu weit! Wie hatte sie sich von dieser kleinen Göre nur so übertölpeln lassen können? Aus den Augenwinkeln konnte Šamu sehen, daß Batis sie angrinste. Offensichtlich war dem Nubier nicht entgangen, was Kleopatra gerade getan hatte. Und Gabinius ... Der Römer machte der Kleinen lächelnd Komplimente. Er schien es wohl für vollkommen normal zu halten, daß zwölfjährige Mädchen eine Gesandtschaft anführten.

»Wenn Ihr nichts dagegen habt, Prinzessin, werde ich nun einige meiner Sklaven hereinbitten, damit sie Euer Gepäck abholen. Ohne drängen zu wollen, möchte ich doch darauf hinweisen, daß wir langsam aufbrechen müssen, wenn wir bis Tagesende wenigstens den halben Weg nach Ostia schaffen wollen. Damit Eure zarten Füße nicht vom Staub unserer Gassen besudelt werden, habe ich mir erlaubt, für Euch eine Sänfte mitzubringen.« Gabinius warf Šamu einen verlegenen Blick zu. Anscheinend improvisierte er gerade und hatte sich erlaubt, Kleopatra die Sänfte zu überlassen, die er wohl ursprünglich für sie mitgebracht hatte.

»Ihr versteht es ebenso ausgezeichnet, Frauenherzen zu erobern, wie Ihr als Feldherr die Städte der aufständischen Judäer bestürmt habt.« Würdevoll erhobenen Hauptes schritt Kleopatra auf das Tor des *atriums* zu. Wenn sie nur ein wenig hübscher wäre, überlegte Šamu, würde sie, falls sie eines Tages über Ägypten herrschen sollte, weder Gold noch Soldaten brauchen, um die Feldherren Roms im Zaum zu halten. Die für ihre Familie so typische Hakennase und ihr leicht vorspringendes, spitzes Kinn jedoch machten ihr Gesicht zwar unverwechselbar, bannten allerdings zugleich alle Schönheit aus ihren Zügen. Ihre verräterische Schwester Berenike war von den Göttern gnädiger behandelt worden. Sie war, wie die Griechen sagen würden, ein wahrhaft dionysisches Geschöpf. Schön und sinnenfroh, aber zugleich auch verschlagen und grausam. Doch dafür, was ihre Schergen Rechmire angetan hatten, würde sie büßen!

* * *

Gabinius hatte für seine Reise nach Ostia einen großen Flußkahn gemietet, auf dem sie bei schwachem Wind langsam den Tiber hinabsegelten. Die erste Nacht an Bord war ohne Zwischenfälle verlaufen, und nach Auskunft der Schiffer sollte es nur noch wenige Stunden dauern, bis sie Ostia erreichen würden. Dennoch wurde Šamu von bösen Vorahnungen geplagt. Warum hatte Ptolemaios den *proconsul* nicht davon unterrichten lassen, daß er auch Kleopatra eskortieren würde? Sollte es ein Geheimnis bleiben, daß die Prinzessin mit ihr gemeinsam nach Pompeji reiste? Das ergab keinen Sinn! Gabinius war ein Freund des Pompeius. Er diente also den Interessen des *Pharao*. Aber was waren die Interessen des *Neuen Osiris*? Šamu mußte an die merkwürdig eindringliche Art denken, mit der Ptolemaios nach den Verstümmelungen Rechmires gefragt hatte. Zweifellos hatte der *Pharao* Angst ... Dachte er am Ende womöglich, daß Kleopatra in ein Komplott gegen ihn verwickelt war? Am Hof hatte es seit der Rebellion immer wieder Gerüchte gegeben, daß Ptolemaios, nachdem Kleopatra Tryphaina und Berenike die Macht übernommen hatten, auch seinen beiden jüngeren Töchtern Kleopatra und Arsinoë nicht mehr traute. Vielleicht plante er, sie ermorden zu lassen. Solange die jüngere Kleopatra sich nicht bei Hof aufhielt, könnte man den Mord sogar als Unfall oder einen Überfall von Räubern ausgeben ...

Šamu blinzelte zu Batis herüber, der am Bug des Schiffes stand und auf den Fluß hinabschaute. Gabinius war mit acht Offizieren an Bord. Auch wenn der Nubier die Kräfte eines Herakles hatte, gegen eine solche Übermacht könnte er nicht bestehen. Hätte Ptolemaios tatsächlich beschlossen, Kleopatra umbringen zu lassen, so würde er gewiß nicht dulden, daß Zeugen dieser Bluttat überlebten. Gemeinsam mit der Prinzessin würde man auch all ihre Begleiter ermorden. Aber vielleicht bildete sie sich auch alles nur ein, dachte Šamu. Seit dem Mord an Rechmire sah sie überall nur noch Tod und Verderben. Statt über irgendwelchen aberwitzigen Mordkomplotten zu brüten, sollte sie lieber ein Auge auf Kleopatra haben. Die Prinzessin hatte am Morgen ein Gewand aus durchscheinendem, weißem Leinen angelegt und wich, seitdem sie aufgestanden war, nicht mehr von der Seite dieses jungen Soldaten.

»Ich denke, du solltest gut auf die Prinzessin achtgeben.« Der *proconsul* war neben Šamu getreten.

»Ich glaube nicht, daß Kleopatra sich mit irgendeinem bedeutungslosen Reiteroffizier einlassen wird. Sie ist die Thronerbin Ägyptens und auf diese Aufgabe seit ihrem ersten Lebensjahr vorbereitet worden«, entgegnete Šamu kühl. Auch wenn sie dieselben Befürchtungen wie Gabinius hatte, galt es, vor Fremden den Ruf der Prinzessin makellos zu halten.

»Du hast mich falsch verstanden. Der Prinzessin würde ich niemals unterstellen, daß sie in unangemessener Form mit meinen Männern verkehrt. Sorge bereitet mir Marcus Antonius. Er ist manchmal ein wenig zügellos.«

»Zügellos?«

»Na ja, er hatte eine schwere Jugend. Ihm fehlte immer ein Vater, jemand, der ihm den rechten Weg gewiesen hätte. Sein leiblicher Vater ist sehr früh verstorben. Danach wurde er von Lentulus erzogen, ein unsteter Mann, der keine Ausschweifung ausließ und sich schließlich an der Verschwörung Catilinas beteiligte. Der Versuch, sich gegen die Republik und den Senat aufzulehnen, hat Lentulus den Kopf gekostet. Leider haben seine nicht gerade römischen Neigungen zum Teil auch auf Marcus Antonius abgefärbt. Der Junge säuft jeden alten Legionär unter den Tisch, und, was die Frauen angeht, so scheint er nicht minder ausschweifend zu leben als Caesar, bevor er zum *pontifex maximus* wurde. Man sagt, wenn er betrunken ist, stellt er allem nach, was keine *toga* trägt. Sogar jungen Knaben!«

»Und so jemanden nehmt Ihr in Euer Gefolge auf?« Šamu wunderte sich, wie Gabinius so abfällig über Antonius reden konnte und ihn gleichzeitig zu einem seiner höchsten Offiziere berufen hatte.

Der *proconsul* zuckte mit den Schultern. »Unter normalen Umständen hätte ich Marcus Antonius niemals mit nach Syrien genommen. Voriges Jahr mußte er nach Griechenland fliehen, weil er in Rom nirgends mehr vor seinen Gläubigern sicher war. Ich war seinem Freund, dem Volkstribunen Clodius, noch einen Gefallen schuldig. Er hat mir Marcus Antonius aufgeschwätzt wie einen faulen Apfel, doch im nachhinein muß ich sagen, daß es mir nicht leid getan hat, ihn mitzunehmen. Er ist ein blendender Reiter und Soldat. Seine Männer vergöttern ihn geradezu. Ohne ihn hätte ich den Aufstand des Aristobul nicht binnen weniger Monate niedergeworfen. Er hat so manche Schlacht für mich gewonnen. Deshalb sorge ich mich jetzt auch um ihn. Frauen und Wein sind noch immer seine wunden Stellen. Jedenfalls würde ich meine Hand nicht dafür ins Feuer legen, daß er der Prinzessin nicht zu nahe tritt. Deshalb rate ich dir, Kleopatra nicht aus den Augen zu verlieren.«

»Ihr glaubt doch nicht etwa, daß hier an Bord etwas geschehen könnte? Es gibt keinen Ort, an den man ungesehen beisammen sein könnte.«

»Vielleicht läßt er sich Zeit bis Ostia. Womöglich reicht es ihm auch, mit der Prinzessin sein Spiel zu treiben. Am Ende könnte gar die Prinzessin versuchen, durchzubrennen und Marcus Antonius nach Syrien zu folgen. Du weißt doch, wie das mit der Liebe so ist … Und eins ist gewiß, Antonius bricht genauso leicht Frauenherzen, wie er judäische Rebellen erschlägt.«

»Ich denke, Ihr unterschätzt die Prinzessin. Auch wenn ich mich damit wiederhole, kann ich nur sagen, was sollte eine Thronfolgerin schon mit einem einfachen *praefectus equitum* anfangen! Obwohl Kleopatra noch ein Kind ist, vermag sie schon jetzt sehr wohl zu unterscheiden, wer geeignet ist, eines Tages an ihrer Seite zu regieren, und wer nicht! Falls es überhaupt so weit kommen sollte, daß sie jemand anderen als ihren kleinen Bruder heiratet.«

Gabinius grinste frech. »Gut, wenn du dir so sicher bist, Priesterin, brauche ich mir ja keine weiteren Gedanken mehr zu machen. Entschuldige mich nun, aber ich habe mit meinen Leibsklaven noch über ein paar Dinge zu sprechen, die in Ostia zu erledigen sind.«

Nachdenklich blickte Šamu in das trübe Wasser des Tiber. Warum nur hatte der *Neue Osiris* ihr auf dieser Reise seine kleine Tochter an den Hals gehängt! Die Priesterin war sich sicher, daß es noch Ärger wegen Kleopatra geben würde. Vielleicht könnte sie die Prinzessin ja unter Arrest stellen oder mit einem Zaubertrank schläfrig machen? Zumindest sollte sie sie keinen Moment aus den Augen lassen. Wenn dieses kleine Biest nur besser hören würde! Es war schon eine Qual, eine Prinzessin aufzuziehen, vor der mehr als der halbe Hofstaat schon jetzt buckelte – aus Angst davor, Kleopatra könne sich für jedes Ungemach rächen, wenn sie erst einmal mit ihrem Bruder regierte. Šamu lächelte versonnen. Mit ihr hätte Kleopatra nicht so leichtes Spiel! Für sie wäre es keine Strafe, vom Hof in Alexandria verbannt zu werden. Mit Freuden würde sie in den Isistempel von Philae zurückkehren und sich dort ganz in den Dienst der Göttin stellen. Aber würde sie Ägypten überhaupt jemals wiedersehen? Allein die Götter wußten, ob der *Neue Osiris* noch einmal regieren würde.

»Was wollte der Römer von dir?« Batis war vom Bug zu ihr herübergekommen. Breitbeinig, die Hände auf seine riesige Axt aufgestützt, hatte er sich neben ihr aufgebaut.

»Bin ich dir Rechenschaft schuldig?« knurrte Šamu ärgerlich. Sie wollte allein sein und nicht schon wieder über Kleopatra und das frühreife Getue der Prinzessin reden.
Der Nubier runzelte die Stirn. »Was ist mit dir? Hat der Römer dich beleidigt?«
»Der *proconsul* hat mich in angemessener Art behandelt. Es gibt keinen Grund, irgendeinen Argwohn gegen Gabinius zu haben.« Es war besser, Batis nichts von ihren Befürchtungen zu erzählen. Wenn sie sich irren sollte, hätte sie sich nur lächerlich gemacht. Wenn es aber tatsächlich ein Mordkomplott gab, würde der Leibwächter ohnehin in die Auseinandersetzung verwickelt.
Batis bedachte Gabinius und seine Offiziere mit einem abfälligen Blick. »Ich halte nicht viel von den Römern. Männer, die ihren Leib in Eisen und Bronze hüllen müssen, sind keine guten Kämpfer. Ein wahrer Krieger ist gewandt wie eine Katze, und sein Angriff ist tödlich wie ein Blitzschlag. Männer, die sich wie Schildkröten in Panzern verkriechen, haben kein Vertrauen in sich und ihre eigene Kampfeskraft. Ich verachte sie.«
Šamu schüttelte amüsiert den Kopf. »Was du denkst, ist mir egal, doch sprich diese Gedanken bitte nicht gegenüber dem *proconsul* aus. Immerhin sind die Römer unsere Verbündeten. Jedenfalls Pompeius und seine Gefolgsleute. Ohne ihre Hilfe wird der *Neue Osiris* niemals nach Ägypten zurückkehren können.« Am besten sollte sie sich selber einmal einer jener verschrobenen Metaphern bedienen, die der Nubier so sehr schätzte. Vielleicht würde er dann einsehen, daß die Römer einfach unbezwingbar waren. »Weißt du, Batis, du magst ja recht haben, daß der einzelne Römer kein guter Krieger ist, doch wenn sie einmal kommen, dann erscheinen sie so zahlreich wie Heuschrecken. Und wenn ein Heuschreckenvolk auf Wanderschaft ist, vermag auch der mächtige Steppenlöwe sie nicht aufzuhalten. Selbst wenn er Tausende erschlägt, werden sie sein Reich verwüstet zurücklassen, so daß

der siegreiche Löwe fürchten muß, vor Hunger zu Grunde zu gehen.«

Batis kratzte sich nachdenklich am Kinn. »Vielleicht hast du recht, schöne Priesterin. Trotzdem werde ich die Art der Römer immer verachten. Sie sind einfach keine Männer!«

Schöne Priesterin? Die Worte hatten Šamu aufgeschreckt. Was wollte der Nubier eigentlich von ihr? Hatte es am Ende einen ganz bestimmten Grund, daß er immer wieder unterstrich, daß nur er ein *richtiger Mann* sei? »Worauf willst du hinaus, Batis? Möchtest du mir etwas Bestimmtes sagen?« Insgeheim hoffte Šamu, daß sie sich mit ihrer Vermutung irrte.

Der Nubier blickte verlegen zur Seite. »Ah … was meinst du?«

»Zum Beispiel, warum du mich plötzlich *schöne Priesterin* nennst! Bislang hat es keine solchen Vertraulichkeiten zwischen uns gegeben.«

»Tja … Das ist wohl wahr.« Batis starrte angespannt auf irgendeinen Punkt am Ufer. »Das liegt daran … Also, da wir über Mut und Krieger gesprochen haben, dachte ich mir, ich dürfte nicht länger feige sein.«

»Feige?«

Der Nubier stieß einen gequälten Seufzer aus und drehte sich dann zu Šamu um. »Weißt du, manchmal ist es viel leichter, nur mit einem Messer in der Hand gegen ein Nilkrokodil zu bestehen, als ganz einfache Dinge zu sagen.«

Diese Phrasen! Šamu hätte sich am liebsten unter irgendeinem Vorwand zurückgezogen, doch an Bord des kleinen Lastseglers gab es keine Möglichkeit, einander aus dem Weg zu gehen. Sie ahnte, was jetzt kommen würde …

»Es gibt etwas, das ich dir schon lange sagen möchte, schöne Priesterin.« Batis beugte sich zu ihr herab und flüsterte:

»Mit hohem Hals und strahlender Brust
hast du echtes Lapislazuli zum Haar.
Deine Arme übertreffen das Gold,

deine Finger sind wie Lotuskelche.
Dein Mund, meine Geliebte, ist eine Knospe,
deine Brüste sind Liebesäpfel.
Mein Herz ist dir gewogen,
ich tue dir, was es wünscht,
wenn ich in deinem Arm liege.
Lass' uns ein Fest feiern,
noch bevor Re vom Alter gebeugt ist.«

Šamu seufzte. Es war also tatsächlich genau das eingetreten, was sie befürchtet hatte. Als gäbe es nicht schon genug Probleme in ihrem Leben. Jetzt hatte sie sich auch noch mit einem verliebten Leibwächter herumzuschlagen! Batis blickte sie erwartungsvoll an.

»Hübsch. Ich hätte gar nicht gedacht, daß du eine so lyrische Ader hast.« Natürlich war ihr nicht entgangen, daß der Nubier sich für seinen dichterischen Versuch ausgiebig bei gängigen Liebesliedern bedient hatte, dennoch war seinem Werk eine gewisse Originalität nicht abzustreiten.

»Du wirst mein Werben also erhören?«

»Weißt du, Batis ...« Šamu suchte verzweifelt nach passenden Worten. Der Nubier war ihr durchaus nicht unsympathisch, und unter anderen Umständen hätte sie sich vielleicht sogar mit ihm eingelassen, doch im Moment hatte sie beileibe andere Probleme. »Ich weiß ja nicht, mit welchen Frauen du bisher verkehrt hast, aber ...«

»Ja?«

Batis sah sie mit großen Augen an. Offensichtlich konnte er sich nicht vorstellen, daß sie seinen Antrag, bei ihr zu liegen, abweisen würde. Vielleicht sollte sie Zuflucht bei einer der Metaphern suchen, an denen sich der Leibwächter so sehr begeisterte.

»Mit manchen Frauen ist es wie mit Festungen. Du kannst sie nicht im ersten Ansturm nehmen. Du mußt sie lange umwerben, bis sie dich erhören. Doch bist du ausdauernd, und

gelingt es dir zum Schluß, ein scheinbar steinernes Herz zu erobern, so ist der Sieg um so süßer.«
Batis kratzte sich am Kinn und brummte irgend etwas vor sich hin. »Und was muß ich tun, um deine Gunst zu erringen?«
Šamu schüttelte sanft den Kopf. »Es gehört zum Werben dazu, daß du deine Geliebte beobachtest, bis du ahnst, was sie sich wünscht. Du mußt sie davon überzeugen, daß sie dir so vertraut ist wie keine zweite und daß du ihre geheimsten Gefühle zu erkennen vermagst.«
»Du scheinst wirklich eine Festung mit vielen Mauerringen und einer starken Garnison zu sein. Bislang hat noch kein anderes Weib so zu mir gesprochen!«
»Und, schreckst du vor dieser gewaltigen Herausforderung zurück?« Šamu lächelte kokett. Obwohl sie auf der einen Seite erleichtert wäre, wenn Batis sie in Ruhe lassen würde, so war es auf der anderen Seite auch beleidigend, wenn er sich nicht einmal die Mühe machte, auch nur ein klein bißchen um ihre Gunst zu buhlen!
Der Nubier schlug sich stolz mit der Faust vor die Brust. »Seit ich dem Knabenalter entwachsen bin, hat mich noch niemand im Zweikampf besiegt. Du sollst nicht meine erste Niederlage sein. Du wirst sehen, ich werde für dich schönere Verse ersinnen, als es selbst ein gelehrter Schreiber vermag. Ich werde dir zauberhafte Geschichten erzählen, die von deinem Ohr einen Weg direkt in dein Herz finden, so daß zuletzt du es sein wirst, die mich darum bittet, ein Fest mit mir zu feiern. Ich werde mich nun zurückziehen und den Geistern des Wassers lauschen. Sie werden mir raten, was zu tun ist, denn sie sind alt wie die Welt und kennen jeden Menschen.«
Nachdenklich blickte Šamu dem Nubier nach, als er sich zum Heck des Lastkahns zurückzog, und fragte sich, was sie von ihm wohl noch zu erwarten hatte.

6. KAPITEL

Es konnte nicht mehr weit bis Baiae sein, dachte Philippos und blickte auf das graue Meer. Das Wetter hatte sich in den letzten Tagen drastisch verschlechtert. Der Himmel war wolkenverhangen, und die Pappeln nahe der Straße bogen sich im Wind.

In Baiae würde die *carruca dormitoria* ihre Reise beenden, und er müßte sich nach einem neuen Gefährt umsehen, das ihn von dort bis nach Pompeji bringen würde, überlegte der Arzt mißmutig. Es sei denn … Er warf Caelius einen verstohlenen Blick zu. Schon den ganzen Tag über war der ausgelassene Tunichtgut ungewöhnlich schweigsam. Philippos hatte nicht ergründen können, was seinen Reisegefährten bewegte. Dabei hatte er so sehr darauf gehofft, Caelius zum Schluß ihrer Reise dazu überreden zu können, ihn als Arzt in Baiae weiterzuempfehlen.

Baiae! Das klang wie Musik in Philippos Ohren. Hier hatten die Reichsten der Reichen ihre Sommervillen. Lucullus unterhielt nahe der Stadt ein riesiges Anwesen, ebenso Crassus, und auch die schöne Clodia, zu der Caelius reiste, hatte hier ein kleines Landgut. Ein wohliger Schauer durchfuhr Philippos bei dem Gedanken, der Arzt und Vertraute der schönen Patrizierin zu werden. Wenn er sich hier niederlassen könnte, würde er goldenen Zeiten entgegensehen! Doch dazu brauchte er einen Fürsprecher. Baiae war kein Ort für normale Sterbliche.
Den ganzen Weg von Rom an hatte er viel Spaß mit Caelius gehabt. Der junge Mann hatte in allen Details von seinen Liebesabenteuern erzählt, so daß Philippos Clodia und all ihre Eigenarten beim Liebesspiel mittlerweile besser kannte als so manche der Hetairen, mit denen er sich zu seinen Legionszeiten vergnügt hatte. Ihren beiden Reisegefährtinnen war dieses Thema so unangenehm gewesen, daß sie am dritten Reisetag einfach an der Station zurückgeblieben waren, an der die Maultiere der *carruca* ausgewechselt worden waren.
Philippos lächelte versonnen. Wirklich unangenehm war Caelius' Anwesenheit eigentlich nur der älteren der beiden Frauen gewesen. Die Jüngere hingegen hatte oft genug leise geseufzt, während Caelius von seinen Liebesabenteuern erzählte.
Der Patrizier reckte sich und blickte dann aus dem schmalen Holzfenster der Kutsche. »Nicht mehr lange, und unsere Wege trennen sich, Philippos. Du warst ein angenehmer Weggefährte.«
Das war die letzte Gelegenheit! Jetzt oder nie, dachte der Arzt. Er mußte Caelius einfach dazu bringen, ihn in seinen Dienst zu nehmen! »Vielleicht ist es uns gar nicht bestimmt, daß sich unsere Wege trennen.«
Der Patrizier lächelte amüsiert. »Wie meinst du das?«
»Nun, falls du vielleicht einen Arzt ...«

Caelius lachte laut auf. »Die ganze Fahrt über habe ich darauf gewartet, daß du es versuchst! Ich hätte einen ganzen Beutel voller Denare darauf verwettet, daß du mir deine Dienste anbieten würdest, Philippos. Doch sieh mich an! Sehe ich krank oder gebrechlich aus? Und sagt man nicht auch: *Hol' dir einen Arzt ins Haus, und du wirst nie wieder gesund sein?*«

»Aber …« Philippos blieben die Worte in der Kehle stecken. All seine Hoffnungen und Träume waren dahin. Hätte er nicht einmal in seinem Leben Glück haben können? Er durfte jetzt nicht einfach aufgeben! »Vielleicht könnte ja die Dame Clodia meine Dienste …«

»Clodia? Nein, nein, Philippos, das vergißt du besser gleich wieder. Sie vertraut einzig auf eine etruskische Zauberin. Einen griechischen Arzt würde sie niemals empfangen. Das wäre ihr viel zu gewöhnlich. Ich werde mich umhören, ob irgend jemand Bedarf für einen Arzt hat. Besuche mich in ein oder zwei Wochen in Baiae, und ich werde dir sagen, ob es Hoffnung für dich gibt, hier wohlhabende Patienten zu finden. Und jetzt ermüde mich nicht weiter mit diesem Thema, sonst verdirbst du mir noch die gute Erinnerung an dich und diese Reise.«

»Aber …«

Doch Caelius warf Philippos einen verärgerten Blick zu, und der Arzt schwieg.

So ist das mit den Reichen, grübelte Philippos ärgerlich. Im Nehmen sind sie immer groß, aber wenn es darum geht, etwas zu geben … Vielleicht wäre es klüger gewesen, mit den beiden Damen auszusteigen. Womöglich hätte er sie von seinen Qualitäten überzeugen können. Bei Caelius hatte er ganz offensichtlich auf den Falschen gesetzt. Vermutlich würde das übermütige Bürschchen ihn in zwei Wochen nicht einmal mehr kennen wollen!

* * *

Himmel und Meer waren von einem dunklen Grau und schienen am Horizont ineinanderzufließen. Die große *quinquereme* machte einen Schwenk nach Osten. Der Trommler im Bauch des Schiffes änderte den Takt, und die Ruderer an Backbord erhöhten die Zahl der Schläge, während an Steuerbord die Ruder aus dem Wasser glitten und dicht über der See verharrten. Einige Augenblicke lang schlingerte der Rumpf des Schiffes unangenehm, als er sich quer zur Dünung drehte. Die *quinquereme* erbebte, und jeder an Bord konnte deutlich spüren, wie sie gegen die Gewalt des Meeres anzukämpfen hatte. Doch als nach der Wende die Ruder steuerbord wieder ins Wasser tauchten und das Schiff erneut an Geschwindigkeit gewann, wurden die rollenden Bewegungen des Rumpfes sanfter.

Šamu, der die unruhige Überfahrt nichts ausmachte, warf Kleopatra einen amüsierten Blick zu. Mit leichenblassem Gesicht stand die Prinzessin an der Reling und starrte auf den entfernten Hafen, auf den das Schiff zuhielt. Marcus Antonius war an ihrer Seite und tröstete sie mit freundlichen Worten. In der Verfassung, in der sich die Kleine befand, brauchte man sich nicht die geringsten Sorgen zu machen, daß sie dem Reiteroffizier näher kam, als schicklich war.

Šamu dankte *Isis* mit einem stummen Gebet dafür, daß die Göttin ihre Bitten erhört hatte. Seit sie aus dem Hafen von Ostia ausgelaufen waren, hatten sie fast ununterbrochen schlechtes Wetter gehabt. Böige Winde und schwere Regenschauer hatten die Fahrt zwar in die Länge gezogen, aber Kleopatra war von dem Moment an, an dem sie an Bord gegangen war, krank gewesen.

Noch schlimmer hatte es Batis erwischt. Der Nubier hatte die ganze Reise über nicht das kleine Zelt im Heck verlassen, das normalerweise die Unterkunft des höchsten Offiziers an Bord des Schiffes war. Gabinius hatte es, begleitet von einem Schwall galanter Worte, Kleopatra überlassen. Das Zelt war die einzige Bequemlichkeit, die die *quinque-*

reme, die sie in Ostia erwartet hatte, einem Reisenden bieten konnte.
Der Fünfruderer sollte Gabinius und seine Offiziere bis nach Misenum bringen. Dort, im größten Flottenstützpunkt Italiens, wollte der *proconsul* ein geeignetes Schiff für seine Rückreise nach Tyros auswählen.
Von dem Mast erscholl lautes Gelächter. Gabinius hatte mit einigen der Schiffsoffiziere geplaudert und kam nun breitbeinig über das Deck gestelzt. Der *proconsul* hatte seine prächtige Rüstung in Ostia abgelegt und trug an Bord des Schiffes eine schlichte *tunica* und einen kurzen, roten Umhang, an dem der Wind zerrte. Neben ihm ging der vierschrötige *trierarch*, der Kommandant der *quinquereme*. Ein untersetzter Mann mit kurz geschorenem Bart und speckigen Kleidern. Ganz im Gegensatz zu seinem Schiff wirkte der *trierarch* stets etwas ungepflegt. Sein Haar war vom Wind zerzaust, und seine *tunica* zierten ein paar helle Flecken, die nach getrocknetem *garum* aussahen, jener unsäglichen Fischsauce, mit der die Römer auch das appetitlichste Essen verderben konnten.
»Du hältst dich erstaunlich gut, Priesterin!« schrie Gabinius beim Näherkommen über den böigen Wind hinweg. »Hat man dich im Tempel etwa auch die Seefahrt gelehrt?«
Der *trierarch* quittierte die Bemerkung des *proconsuls* mit einem mißbilligenden Blick, und Šamu konnte sehen, daß der Seemann mit der Linken heimlich ein Schutzzeichen schlug.
»Offenbar seid Ihr nicht allzusehr mit unserer Götterwelt vertraut, Gabinius. Sonst wüßtet Ihr, daß *Isis* das Segel erfunden hat. Der *Isis Pharia* ist der große Leuchtturm von Alexandria geweiht, und sie wird dort als Beschützerin von Handel und Seefahrt verehrt. In fast allen Häfen Ägyptens und Syriens feiert man im Frühjahr das *navigium Isidis*, das Fest ...«
»Ist ja gut«, winkte der *proconsul* ab. »Ich werde nichts mehr gegen deine Göttin sagen. Obwohl ich es reichlich seltsam finde, daß sie dir ein solches Hundewetter schickt, wenn sie die Schutzherrin der Seefahrer ist. Ich für meinen

Teil ziehe es vor, *Poseidon* zu opfern, auch wenn deine Göttin, so wie es aussieht, bei allem irgendwie ihre Finger im Spiel hat.«

»Nun, wie Ihr seht, vermag mir der Seegang nicht zu schaden. Vielleicht habt Ihr eine günstigere Überfahrt, wenn Ihr neben *Poseidon* auch der *Isis* ein Opfer bringt.«

Gabinius winkte ärgerlich ab. »Lass' uns nicht von dieser Überfahrt sprechen. Ich wünschte, ich wäre schon in Tyros. In schwachen Stunden glaube ich manchmal, daß jene Senatoren, die dafür gesorgt haben, daß ich ausgerechnet zur Zeit der Herbststürme zweimal das halbe Mittelmeer durchschiffen muß, insgeheim darauf hoffen, daß ich ertrinken werde. Aber so leicht wird man mich nicht los!«

»Eure Rückreise wird vermutlich angenehmer verlaufen«, mischte sich der *trierarch* ein. »In dieser Jahreszeit könnt Ihr mit dem *Melteni* segeln. Der Wind bläst beständig aus nördlichen Richtungen, so daß die Fahrt gut verlaufen sollte, wenn Ihr erst einmal *Skylla* und *Charybdis* hinter Euch gelassen habt.«

»Elende Meerenge«, brummte Gabinius. »Auch ohne Drachen und Strudel habe ich immer Angst, von dort aus geradewegs in den *Hades* zu segeln.«

Šamu lachte. »Wenn es mir gefällt, werde ich mich vielleicht in Eurem Namen an die Göttin wenden. Schließlich habt Ihr der Prinzessin und mir die Mühsal einer langen Überlandreise erspart.«

Gabinius warf einen Blick zu Antonius und Kleopatra und lächelte zynisch. »Ich glaube, die Prinzessin hätte gerne die Unbequemlichkeiten einer Reise in der Kutsche oder Sänfte auf sich genommen, aber ...«

»Aber *Isis* hat beschlossen, sie zu prüfen!«

»Ihren Mageninhalt?«

Der *tierarch* erbleichte und schlug erneut ein Schutzzeichen.

»Ihr liebt es, das Schicksal zu fordern, *proconsul*?« Šamu war überzeugt, daß die Göttin den Römer eines Tages für seinen

Hochmut strafen würde. Sie so kurz vor einer Seefahrt zu beleidigen, war gefährlich.
»Ich liebe es, dich in Sorge um mich zu sehen …«
Das durfte nicht wahr sein! Sollte etwa auch er …? Šamu räusperte sich nervös. »Ein Kompliment aus Eurem Munde?«
»Sagen wir einmal, ich werde die Debatten mit dir vermissen, wenn ich wieder in Syrien bin. Auch wenn du mich nicht zu einem Jünger der *Isis* bekehren konntest, so hast du mich dennoch davon überzeugt, daß deine Göttin nicht nur von Kupplern, Hurenböcken und anderem zwielichtigen Gesindel angebetet wird. Dir ist sicher bekannt, daß deshalb erst vor zwei Jahren unter dem Konsulat des Julius Caesar und Calpurnius Bibulus die Statuen und Altäre von *Anubis*, *Serapis*, *Harpokrates* und *Isis* zerstört wurden und die Kulte vom *pontifex maximus*, zufällig auch Caesar, als schändlich verdammt wurden …«
»Was Caesar nicht davon abgehalten hat, noch im selben Jahr ein Bestechungsgeld von tausend Talenten anzunehmen, um Ptolemaios als rechtmäßigen Herrscher Ägyptens und Freund des römischen Volkes anzuerkennen.«
»Was erwartest du, wenn das höchste Amt der Republik und das höchste Priesteramt von ein und demselben Mann bekleidet werden? Vielleicht sollte man Caesar ja mit einem ähnlichen Göttertitel wie deinen *Pharao* bedenken. Der *Neue Janus* würde ganz gut passen!«
»Ist es die Macht, ein Jahr lang das Römische Reich als Konsul regiert zu haben, die einen klugen Mann wie Euch dazu bringt, so vermessen die Götter herauszufordern? Kennt Ihr keine Angst vor einer höheren Macht, Aulus Gabinius?«
»Gewiß, doch die höheren Mächte, die ich in meinem Leben bisher kennengelernt habe, waren nicht göttlich! Wenn ein Mann wie Ptolemaios sich der *Neue Dionysos* nennen kann, warum sollten dann nicht Männer, die ungleich mächtiger sind als er ebenfalls Göttertitel erhalten? Ptolemaios' Schick-

sal liegt nun in den Händen von Pompeius. Ist Pompeius also der *Neue Jupiter*? Wer sind denn all die vergöttlichten Seleukiden und Ptolemaier? Nichts als die Nachfahren der Generäle Alexanders? Die Erben einer Macht, die längst nicht mehr existiert! Vielleicht wird schon bald die Zeit kommen, in der die mächtigen Feldherren unserer Tage diese Tradition aufgreifen!«

»Ich begreife langsam, warum man Euch im Senat nicht wohlgesonnen ist, *proconsul.*«

»Der Senat hat sich genauso überlebt wie das Königtum der Alexandererben. Diese senilen Greise auf dem *Capitol* sind doch gar nicht in der Lage, ein Reich von so gewaltiger Größe zu regieren. Täglich erobert Caesar neue Städte in Gallien, und Crassus möchte gerne eine Armee aufstellen, um gegen die Parther zu ziehen. Glaubst du denn, in Provinzen, die so weit von Rom entfernt sind, daß man schon fast ein Vierteljahr braucht, um sie zu erreichen, würde sich jemand die Namen von Konsuln merken, die ohnehin jedes Jahr wechseln? Sie wollen dort *einen* Namen! Einen Mann, der die absolute Macht verkörpert. Das sind sie so gewohnt! Und wenn diese Barbaren erst einmal begriffen haben, wie groß das Reich ist, das Rom regiert, werden sie ganz selbstverständlich glauben, daß derjenige, der über Rom gebietet, ein Gott ist!«

»Also sind wir Ägypter für Euch dumme Barbaren?« Šamus Stimme klang beinahe mitleidig. Ein Mann mit solchen Visionen wie Gabinius mochte vielleicht einmal sehr mächtig werden. Bei den derzeitigen politischen Verhältnissen im Römischen Reich war es allerdings wahrscheinlicher, daß er bald nicht mehr lebte.

»Ich denke, was das Königtum angeht, kann Rom sogar noch viel von Ägypten lernen. Doch ich glaube, Politik ist kein Thema, von dem du viel verstehst, Šamu.«

»Vielleicht sind unsere Standpunkte einfach zu verschieden. Göttlichkeit ist nichts, was ein Sterblicher nur aus sich heraus zu erringen vermag.«

»Sieh nach vorne, dann offenbart sich dir, was ein Sterblicher aus sich heraus zu erlangen vermag.« Gabinius wies mit ausgestrecktem Arm auf den Hafen von Misenum. Dutzende von Kriegsschiffen in allen Größen lagen dort vor Anker. Ihre Masten waren umgelegt, und viele der Schiffe waren bereits zum Schutz vor den Winterstürmen auf den Strand gezogen worden. Andere lagen in riesigen Bootshäusern. »Vor zwei Jahren noch vermochte ich über all diese Schiffe zu gebieten. Dort drüben, gleich hinter der westlichen Mole, liegt das Haus des Hafenkommandanten. Dort werden wir für die Nacht unterkommen. Und morgen werde ich dafür sorgen, daß du und Kleopatra eine angemessene Ehreneskorte nach Pompeji erhaltet. Wenn ihr in einem Wagen reist, solltet ihr nicht länger als einen halben Tag brauchen, bis ihr euer Ziel erreicht.«

Šamu schwieg. Es war sinnlos, mit einem so selbstverliebten Mann wie Gabinius über Götter zu reden. Statt dessen musterte die Priesterin die Schiffe im Hafen. Von Ferne wirkte die Flotte, die dort versammelt lag, bedrohlich und unbesiegbar, doch als sie in den Hafen einliefen und sie all die *triremen* und Transportschiffe aus der Nähe betrachten konnte, erkannte Šamu, daß die meisten Schiffe verrottet und untauglich waren.

* * *

Philippos hatte Pompeji von Norden her durch das Capuanische Tor betreten. Die Stadt gefiel ihm. Sie war nicht so groß und unübersichtlich wie Rom. Die meisten Häuser waren aus weiß verputztem Ziegelstein, und fast alle Straßen waren gepflastert. Nur wenige der Gebäude hatten mehr als zwei Stockwerke. Auch die Menschen hier wirkten freundlicher und offener. Es war die richtige Entscheidung gewesen, nach Pompeji zu kommen!

In einer *taberna*, die dicht neben dem Laden eines Bronzeschmiedes lag, trank Philippos einen Becher mit Wasser ver-

dünnten Weins und fragte nach dem Weg zum Haus des Quintus Aurelianus. Der Schankwirt runzelte einen Augenblick verwundert die Stirn und strich sich nachdenklich über seine Halbglatze.
»Quintus Aurelianus?« fragte er nach.
Philippos nickte. Konnte es vielleicht sein, daß sein Freund die Stadt wieder verlassen hatte? Sollte sein Unglück denn kein Ende nehmen?
»Du meinst diesen griechischen Arzt?«
»Genau den, wo finde ich ihn?«
Ungefragt füllte der Schankwirt noch einmal Philippos' Becher. »Also, am besten gehst du die Straße hier hinunter, bis dir eine große *insula* den Weg versperrt, dann hältst du dich rechts und folgst der nächsten Straße, die dich nach Süden führt. Dort fragst du nach dem Eisenwarenhändler Juanius. Das Haus von deinem Arzt grenzt direkt an seinen Laden.«
Erleichtert nippte Philippos an seinem Weinbecher und gab dem Schankwirt ein großzügiges Trinkgeld. Der Tag war gerettet!

* * *

Irgendwie hatte Philippos es geschafft, sich doch noch zu verlaufen, und so dauerte es mehr als eine halbe Stunde, bis er schließlich vor dem Haus seines Freundes stand. Die schlichte, doppelflügelige Eingangstür wurde von zwei Geschäften flankiert, die mit großen Auslagen zur Straße hin um Kunden warben. Das Weiß der Häuserwand war ein wenig verblichen. Entlang der Straße hatte man alle Häuser von unten anderthalb Schritt hoch mit roter Farbe gestrichen. Sie war weniger empfindlich gegen den Schmutz der Straße. Dicht neben der Tür des Arzthauses war eine Parole auf die Wand gekritzelt, die den angeblich unüberwindlichen Gladiator Patroklos pries.
Zögernd starrte Philippos auf den Hauseingang. Ob Quintus

Aurelianus ihn nach all den Jahren überhaupt noch kannte? Womöglich würde sein alter Freund ihn wie einen lästigen Bettler abweisen? Bei dem Pech, das ihn in letzter Zeit verfolgte, war dies wahrscheinlicher als eine freundliche Aufnahme in diesem Haus!

Der Arzt prüfte noch einmal den Faltenwurf seiner Toga und die Verschnürung seiner Sandalen. Als er schließlich mit seinem Äußeren zufrieden war, faßte er sich ein Herz und klopfte laut gegen das hölzerne Tor.

Nur wenige Augenblicke vergingen, bis eine junge Frau in Schürze und schlichter *tunica* öffnete. »Seid willkommen, Fremder! Mein Mann wird Euch gleich empfangen. Bitte nehmt so lange im *atrium* Platz. Ich hoffe, Euch fehlt nichts Ernstes.«

Ein wenig irritiert musterte Philippos die Frau. Offenbar hielt sie ihn für einen Kranken. »Mir geht es ganz gut, danke.«

»Das ist schön. Dann folgt mir bitte.«

Ungläubig starrte der Arzt in das *atrium*, auf das der kleine Flur hinter dem Eingang mündete. Quintus mußte ein reicher Mann geworden sein! Die Wände waren mit wunderbaren Fresken geschmückt, die Szenen aus dem Leben des *Asklepios* zeigten. Das *atrium* war durch ein nach innen geneigtes Ziegeldach vor Regen geschützt. Nur in der Mitte hatte man eine ungefähr anderthalb Schritt große, quadratische Öffnung ausgelassen, durch die Tageslicht in den Hof fiel. Direkt darunter lag ein in den Fußboden eingelassenes *impluvium*, dessen Rand mit rotem Sandstein eingefaßt war. Der Grund des Beckens zeigte das Mosaikbild einer sich windenden Schlange.

Links, zwischen zwei verschlossenen Türen, stand eine hohe, mit breiten Bronzebändern beschlagene *arca*, eine Geldtruhe, die mehr noch als das *atrium* vom Reichtum des Aurelianus kündete.

»Bitte, nehmt doch Platz.« Die junge Frau wies auf eine Marmorbank, die gegenüber der *arca* auf der rechten Seite des Hofes stand.

»Ich hoffe, Ihr werdet mich nun entschuldigen, meine Pflichten rufen mich.«

Philippos nickte stumm. Pompeji mußte ja geradezu von sesterzenscheißenden Freigelassenen überlaufen sein! Wie hatte es Aurelianus nur geschafft, in acht Jahren einen solchen Reichtum zusammenzutragen?

An der Stirnwand des *atriums* verschloß eine halbdurchsichtige Holzgitterwand die breite Öffnung zum *tablinum*, das Aurelianus anscheinend als Behandlungsraum nutzte. Jedenfalls konnte Philippos durch die Gitterwand die Schemen zweier Männer erkennen, die sich leise miteinander unterhielten.

Fast eine halbe Stunde verging, bis die beiden aus der Tür, durch die die junge Frau verschwunden war, ins *atrium* traten. Der eine von ihnen war ein kräftig gebauter, junger Mann in einer schlichten *tunica*. Er verabschiedete sich höflich und durchquerte dann eilig den Hof. Der zweite trug eine prächtige, schneeweiße *toga*. Er hatte einen kurzgeschorenen, schwarzen Bart, in dem sich breite Strähnen zeigten, und trug sein durch ein geflochtenes Lederband gebändigtes Haupthaar schulterlang.

Alt ist er geworden, dachte Philippos, doch es konnte keinen Zweifel geben, daß der Mann in der *toga* sein ehemaliger Mentor Aurelianus war. Einen bangen Augenblick lang musterte ihn der Arzt.

»Philippos?«

»Meister!« Philippos verneigte sich. Aurelianus hatte früher immer viel für Schmeicheleien übrig gehabt. Also würde er, was das anging, sein Bestes geben, überlegte er.

»Mein lieber Freund!« Der alte Arzt breitete die Arme aus und kam, so schnell es seine lange *toga* zuließ, quer durch das *atrium* geeilt, um Philippos zu umarmen. »Es ist ja eine Ewigkeit her, daß wir uns zum letzten Mal gesehen haben! Schön,

daß die vermaledeiten Iberer dich nicht erwischt haben! Pompeius sollte unter diesen aufsässigen Bastarden mal richtig aufräumen. Schließlich besitzt er viel Land in Spanien.«
»Und du, altes Krummbein, hast deine *caligae* an den Nagel gehängt und bist ein reicher Mann geworden?« Philippos machte eine weit ausholende Geste. »Hier läßt es sich besser leben als in den zugigen Zelten der Legionen.«
Aurelianus grinste zufrieden. »Allemal! Gerade den Sommer über ist die ganze Gegend hier ein Tummelplatz für Senatoren und Reiche. Nur wenige Stadien von hier unterhält zum Beispiel der berühmte Marcus Tullius Cicero eine Villa, und er ist nur einer von vielen. Doch sag, was treibt dich nach Pompeji, Freund?«
Philippos blickte verlegen zu Boden. »Ich dachte ... Also, eh, ich wollte mich auch hier als Arzt niederlassen, wenn du nichts dagegen hast.«
Aurelianus runzelte die Stirn und strich sich nachdenklich über den Bart. »So, so. Niederlassen wolltest du dich hier und deinem alten Lehrmeister Konkurrenz machen.«
»Ich würde niemals versuchen, dir deine Patienten abzuwerben, Quintus. Das weißt du doch, und ich ...«
Der Arzt schüttelte den Kopf. »Das würde ich auch nicht dulden. Doch davon einmal abgesehen, wäre es ganz schön, wenn sich neben den ganzen Scharlatanen, die hier ihr Unwesen treiben, wenigstens ein vernünftiger Chirurg in der Stadt befände.« Aurelianus hinderte Philippos mit einer barschen Geste daran, irgend etwas einzuwenden. »Laß nur! Ich kann mich sehr gut an unsere letzten gemeinsamen Jahre erinnern und weiß, daß du zu einem besseren Chirurg und Knocheneinrenker als ich geworden bist. Und das ist gut so. Ich habe mich auf innere Krankheiten und das Zahnausreißen spezialisiert. Wenn du mir also versprichst, dich hier nur als Chirurg zu betätigen, so bist du mir willkommen, Philippos.«

* * *

Die weite Bucht lag im roten Licht der schwindenden Abendsonne. Am Horizont zeichneten sich die weißen Mauern einer Stadt ab. Pompeji! Damit hatte sie also ihr Exil erreicht, dachte Šamu mißmutig. Hinter ihr ertönte der rhythmische Marschtritt von Soldaten, die Eskorte, die Gabinius ihnen verschafft hatte.
Kopfschüttelnd dachte die Priesterin an den götterlästernden *proconsul*. Als sie sich vor zwei Tagen trennten, hatte der ehemalige Konsul es irgendwie geschafft, dem Hafenkommandanten eine Eskorte von zwanzig Mann und eine von acht Sklaven getragene Luxussänfte abzuringen. Obwohl sie fast nichts miteinander gemein hatten, empfand die Priesterin Respekt und Sympathie für diesen politischen Abenteurer. Vielleicht weil er einer der wenigen war, mit dem sie sprechen konnte, ohne Angst vor Mißgunst und Intrigen haben zu müssen. Sie würde für den Römer beten, daß er die Überfahrt nach Syrien gut überstand.
Augenscheinlich machte sich Gabinius mehr Sorgen um die Sicherheit der Prinzessin als Ptolemaios oder Potheinos. Der *proconsul* hatte trotz ihres anfänglichen Widerstandes darauf beharrt, daß sie die Eskorte akzeptierte.
Kleopatra lag neben Šamu in der Sänfte und schlief. Sie schien von den Ränken bei Hof keine Ahnung zu haben. Oder war es ihr kindliches Gemüt, das sie trotzdem Ruhe finden ließ? Die Kleine mußte sich von den Strapazen der Schiffsreise erholen. Fast die ganzen drei Tage auf See hatte die Prinzessin gegen ihre Übelkeit zu kämpfen gehabt, so daß sie jetzt völlig erschöpft war.
Ein scharfes Kommando hinter ihnen brachte die Kolonne abrupt zum Halten. Der junge Offizier, der die Abteilung der Seesoldaten kommandierte, trat neben die Sänfte und verneigte sich respektvoll. »Euer Läufer ist zurück, Herrin.«
»Bring ihn zu mir!«
Der Soldat nickte knapp und verschwand. Šamu hatte Batis vorausgeschickt, damit er ihnen in Pompeji ein ange-

messenes Nachtquartier besorgte. So überstürzt, wie sie Rom verlassen hatten, war wahrscheinlich keine Botschaft an den Priester des Isistempels der kleinen Stadt geschickt worden. Und selbst wenn dies geschehen war, so konnte er doch nicht ahnen, daß er jetzt, wo ihnen eine Eskorte zugeteilt war, noch zwanzig zusätzliche Quartiere aufbieten mußte.

Keuchend trat Batis neben die Sänfte. Sein Oberkörper glänzte vor Schweiß. Er trug nur ein Leopardenfell und hoch über den Knöcheln geschnürte Sandalen. Obwohl sie ihn beim Laufen behinderte, hatte er jedoch nicht darauf verzichten wollen, seine zweischneidige Axt mitzunehmen.

»Demosthenes freut sich, daß du und die Prinzessin ihn mit einem Besuch beehren. Er kann uns seine Villa zur Verfügung stellen. Das Haus liegt nur wenige hundert Schritt von der Stadt entfernt und bietet auch genügend Platz für die Eskorte.« Der Nubier stockte und rang erschöpft nach Luft.

»Wie hat Demosthenes darauf reagiert, als du ihm von unserem bevorstehenden Besuch berichtet hast? War er überrascht, oder wußte er Bescheid, daß wir kommen würden?«

Batis schüttelte den Kopf. »Er war ein wenig verwundert, aber ich glaube, er freut sich von ganzem Herzen, dich und die Prinzessin bewirten zu dürfen.«

»Gut. Du kannst dich jetzt zurückziehen.«

Der Nubier warf Šamu einen langen, schmachtenden Blick zu. Dann verbeugte er sich und schloß sich den Soldaten der Eskorte an.

Erleichtert ließ sich Šamu in die Kissen der Sänfte zurücksinken. Vielleicht sah sie die Dinge zu düster. Allem Anschein nach war sie hier den finsteren Intrigen des Hofes entronnen.

* * *

Philippos war an diesem Morgen bester Laune. Aurelianus und seine Frau hatten ihn gemästet wie einen Tempelochsen

und ihm sogar angeboten, daß er in ihrem Haus wohnen könne, bis er eine eigene Bleibe gefunden habe.
Eine leichte Brise wehte von See her durch die Straßen der Stadt, und für einen Herbsttag war es ungewöhnlich warm. Philippos spürte in jeder Faser seines Körpers, daß die Zeiten des Ungemachs endgültig vorbei waren. Von nun an würden die Götter ihm wieder zulächeln!
Aurelianus hatte ihm geraten, sich bei Gaius Sabinius, dem *conductor* der *forumsthermen* zu melden. Der Pächter war ein guter Freund von Aurelianus, und angeblich suchte er schon seit geraumer Zeit als zusätzliche Attraktion für die *thermen* einen Arzt. Das war zwar nicht ganz das, was Philippos sich erhofft hatte, aber immerhin ein Anfang. Auf diese Art würde er schnell an einen ansehnlichen Patientenstamm kommen, und auch davon würde sich leben lassen.
Die *thermen* lagen direkt hinter dem Jupitertempel. Sie umfaßten einen ganzen Häuserblock. Ein schmaler Eingang führte durch einen Flur mit einer prächtigen Kassettendecke auf die *palaestra*, den weiten Hof, an dessen hinterem Ende die Verwaltungsgebäude der *thermen* lagen. Einige nackte Männer tobten laut grölend hinter einem Lederball her, den sie sich zuwarfen und wieder abnahmen. Typisch römisch, dachte Philippos, dieses sinnlose Gebalge um einen Ball. Wenn Kinder so etwas taten – gut –, aber erwachsene Männer?
Der Arzt überprüfte noch einmal sein Aussehen, indem er sein Spiegelbild in einem kleinen Wasserbecken musterte. Er zupfte ein wenig an seinem Bart und den Haaren, strich sich über die *toga* und zog an dem Stirnband, das er zur Feier des Tages angelegt hatte, bis es gerade saß. Ohne zu übertreiben, er sah aus wie ein junger Gott, überlegte Philippos zufrieden. Wer könnte ihm an diesem Morgen noch widerstehen? Er war sich ganz sicher, daß er die Stelle als Arzt bekommen würde. Noch dazu, wo er sich auf Aurelianus als Bürgen für seine Fähigkeiten berufen konnte!
Gemessenen Schrittes legte er das letzte Stück Weges zurück

und klopfte energisch an eine der hölzernen Türen am Südende des Hofes.

»Herein!« Die Stimme hinter der Tür klang gelangweilt. Sicher irgendein unbedeutender Sklave.

Ohne zu zögern trat Philippos ein, sich der Würde und Autorität voll bewußt, die er in seiner strahlend weißen *toga* besaß. In der kleinen Kammer saß ein Freigelassener hinter einem großen hölzernen Tisch und kratzte mit einem elfenbeinernen Griffel eifrig Zahlenkolonnen auf ein Wachstäfelchen.

»Ich suche den *conductor*. Ich komme auf Anraten meines Freundes, des berühmten Arztes Quintus Aurelianus, und gedenke in Zukunft in diesen *thermen* zu praktizieren.« Philippos sprach ein wenig näselnd und herablassend. Die niederen Sklaven und Arbeiter sollten von Anfang an wissen, daß er etwas Besseres war, damit sie gar nicht erst auf den Gedanken kamen, sich bei ihm anzubiedern!

Der Freigelassene hob den Kopf, musterte ihn einen Augenblick und brummte dann: »Den *conductor* findest du im Isistempel. Sie feiern dort irgendein Fest zu Ehren einer mächtigen Hohepriesterin, die aus Ägypten gekommen ist, um unseren Tempel zu besuchen.«

Isistempel, dachte Philippos entsetzt. Mit ägyptischen Hexen und Kupplerinnen wollte er nichts mehr zu tun haben!

»Wann, glaubst du denn, wird dein Herr zurückkehren?«

Der Mann zuckte mit den Schultern. Er hatte sich schon wieder in seine Berechnungen vertieft und machte sich jetzt nicht einmal mehr die Mühe, aufzublicken. »Wie lange der Alte auf seinen Tempelfesten bleibt, weiß man nie. Manchmal drückt er sich den ganzen Tag dort herum, schwingt seine Rassel und treibt wohl auch noch andere Dinge.«

»Tja, also dann ...« Philippos stand einen Moment lang zögernd vor dem Schreibtisch, dann wandte er sich um und trat aus der Tür. Schon auf dem Hof, kehrte er noch einmal um. »Wie erkenne ich denn den *conductor*?«

Der Freigelassene stöhnte ungehalten, strich irgend etwas auf

seiner Tafel durch und antwortete mit gelangweilter Stimme: »Sabinius ist so dick wie eine kretische *amphora*, hat sich den Kopf kahlgeschoren und duftet, als hätte er in einem Bett aus Rosenblättern übernachtet.«
Leise vor sich hinfluchend, zog Philippos sich zurück. Was für einen Schlag hielt das Schicksal jetzt schon wieder für ihn bereit? Konnten die Götter ihm nicht endlich einmal zulächeln? Irgendeinen alten Fettsack, der in orientalische Göttinnen vernarrt war, als Vorgesetzten zu bekommen, das waren ja rosige Aussichten.

7. KAPITEL

Daß der Isistempel von Pompeji unmittelbar vor dem Theater lag, sagte eigentlich schon alles. Unwillig musterte Philippos die Anlage. Rein äußerlich unterschied sie sich nicht sehr von anderen Tempeln. Die geweihte Stätte war von einem Geviert aus schlanken Säulen mit dorischen Kapitellen eingefaßt. Inmitten des Säulenhofes erhob sich der Tempel, dessen Vorderfront von sechs Säulen nach korinthischer Art getragen wurde. Ein sehr breiter Eingang erlaubte es, in den vordersten Raum des Heiligtums zu blicken. Rechts und links des Eingangs standen in Nischen zwei kleine Statuen.

Innerhalb des Säulenhofes hatten sich fast hundert Gläubige versammelt. Die Anhänger der Göttin schienen sich aus allen Ständen zu rekrutieren. Man sah reiche Freigelassene neben abgerissenen Marktschreierinnen, Bauern und Handwerker,

Tagediebe und Seeleute in geschwätziger Frömmigkeit miteinander vereint.
Philippos blickte sich nach einem Mann um, auf den die Beschreibung von Sabinius paßte. Fett und kahlgeschoren waren hier viele. Haare waren wohl ganz offensichtlich ein bevorzugtes Opfer an die Göttin vom Nil, dachte Philippos gehässig und drängte sich durch die Menge.
Links vor dem Tempel erhob sich noch ein zweites, kleineres Gebäude. Dort stand ein großer steinerner Altar, um den sich eine Gruppe von Gläubigen und Priestern versammelt hatte. Auch unter ihnen entdeckte der Grieche einen beleibten Mann. Vielleicht sollte er bei der Suche nach Sabinius auf seine Nase setzen? Angeblich roch der *conductor* ja wie ein ganzer Rosenbusch. Warum mußte sich der Pächter der *thermen* nur ausgerechnet am Isiskult begeistern? Es gab doch wirklich genug andere orientalische Göttinnen!
Auf der anderen Seite ... Philippos blickte einer Priesterin nach, die an ihm vorübergeeilt war. Sie trug nur ein langes, vor der Brust verknotetes Leinentuch. Ein einziger Handgriff und sie würde ... Der Arzt mußte an die unzüchtigen Geschichten denken, die in Rom über den Isiskult verbreitet wurden. Angeblich dienten der Göttin bevorzugt irgendwelche Kuppler und Dirnen. Wie wohl die Einweihungsriten aussahen? Einen Moment lang hatte Philippos die Vision von nackten, im Mondlicht tanzenden Priesterinnen vor Augen. Womöglich wäre es doch nicht so übel, den Kult der Göttin auszuüben? Ein schwerer, südlicher Duft riß ihn aus seinen Gedanken. Rosen!
Vor dem Arzt stand ein ebenso großer wie dicker Mann. Er trug eine weite, weiße *tunica*, auf deren Rücken sich dunkle Schweißflecken abmalten. In der Linken hielt er ein merkwürdig geformtes Bronzegerät, wahrscheinlich eine Rassel oder etwas ähnliches.
Philippos setzte sein freundlichstes Lächeln auf. Wenn er

sich jetzt klug verhielt, war seine Zukunft gerettet. »Quintus Sabinius?«
Der Mann drehte sich um. »Ja.« Sabinius hatte eine Nase, so platt und breit, als habe er einmal einen Pferdetritt mitten ins Gesicht bekommen. Seine kleinen, blauen Schweinsäuglein musterten Philippos kritisch. »Sollte ich dich kennen, Bürger?«
Der Arzt verneigte sich kurz. »Man nennt mich Philippos den Griechen. Ich hörte, Ihr sucht einen Arzt für Eure *thermen*. Mein Freund Quintus Aurelianus riet mir, mich in dieser Angelegenheit an Euch zu wenden.«
»So, so, der alte Aurelianus schickt dich.« Sabinius strich sich nachdenklich über sein Doppelkinn. »Du bist also ein Grieche. Ich nehme an, du hast die Heilkunde an den berühmtesten Schulen deines Landes studiert und bist ein großer Arzt, wenn Aurelianus sich für dich verbürgt.«
Philippos räusperte sich verlegen. War das eine Falle? Die Augen des *conductors* waren kalt und ausdruckslos. Das war bestimmt eine Falle! Jetzt zu lügen, wäre sicher ein Fehler! »Eh, also wenn ich ehrlich bin, muß ich gestehen, daß ich nie eine der Schulen im Osten von innen gesehen habe. Ich war Legionsarzt, genau wie Aurelianus. Er war mein Lehrmeister. Doch auch wenn ich Heilkunde nicht an einer der bedeutenden Schulen studiert habe, so kann ich doch fast fünfzehn Jahre der Praxis nachweisen. Ich habe Brüche und Schnittwunden aller Art behandelt und bin auch bewandert in den Symptomen vieler Krankheiten, die das Gleichgewicht der vier Säfte durcheinanderbringen. Außerdem habe ich gelernt ...«
»Schon gut. Ist ja schon gut.« Der Dicke klopfte ihm jovial auf die Schulter. »Das hab' ich mir gleich gedacht, daß ein alter Freund von Aurelianus nur ein Legionsarzt sein kann. Der Gute hält ja alle anderen Heilkundigen für zimperliche Stümper. Schau dir das hier mal an.« Sabinius zog den Saum seiner *tunica* bis fast zu seiner Hüfte hoch und zeigte auf

eine breite, sauber verheilte Brandnarbe an seinem Oberschenkel. »Ist eigentlich nur ’ne Schramme gewesen, was du hier siehst, doch dann wurde die verdammte Wunde eitrig und wollte sich nicht mehr schließen. Ich sag’ dir, gestunken wie ein toter Fisch hab’ ich schon, als Aurelianus mit seinem Brandeisen gekommen ist und das Übel einfach ausgebrannt hat. Und jetzt schau mal hier.« Der Dicke zog sich mit einem Finger den Mundwinkel herunter, so daß eine breite Zahnlücke sichtbar wurde. »Hier saß mal ein Miststück von einem Zahn. Ganz schwarz und abgebrochen war der, und eines Tages hat er angefangen weh zu tun, als würd’ einem fortwährend einer mit ’nem Hammer vor den Kopf hauen. Als Aurelianus den gesehen hat, hat er gar nicht lang gefackelt, sondern hat den Zahn mit einer Zange gepackt und herausgebrochen. Einen Tag lang hat es noch weh getan, dann war der Spuk vorbei. Wenn du dein Handwerk genausogut verstehst wie dein Lehrmeister, bist du mir herzlich willkommen.«

»Nun, ich glaube …«

»Ach was, keine falsche Bescheidenheit, Kerl.« Sabinius knuffte ihn in die Seite und legte ihm dann den Arm um die Schulter. »Wenn der alte Aurelianus dich weiterempfiehlt, wirst du schon in Ordnung sein. Sag’ einmal, zu welchen Göttern betest du eigentlich?«

»Als Arzt verehre ich natürlich *Asklepios*, aber ich opfere auch regelmäßig Zeus und …«

»Das mein’ ich nicht. Nicht diesen Pflichtkram. Ich meine, bei welchem Gott wird es dir richtig warm ums Herz, wenn du an ihn denkst? Zu wem betest du wegen all dieser alltäglichen Kleinigkeiten, die einem den Spaß am Leben vergällen können?«

Philippos kratzte sich am Kopf. Er ahnte, worauf das hinauslaufen würde. »Nun, in gewissen Stunden fühle ich mich dem *Dionysos* recht nahe.«

Sabinius lächelte breit. Dem *Dionysos*, so, so. Scheinst mir ja

ein recht munteres Kerlchen zu sein. Wie gut bist du eigentlich mit dem Kult der *Isis* vertraut?«
»Im Grunde eigentlich gar nicht.«
Der *conductor* schüttelte den Kopf. »Das solltest du ändern, Philippos. Nicht, daß ich dir vorschreiben will, welche Götter du zu verehren hast, aber der Glauben an *Isis* hat einem viel zu geben.« Sabinius stieß einen langen Seufzer aus. »Weißt du, *Isis* ist ihren Gläubigen irgendwie viel näher als diese ganzen Staatsgötter. Du wirst schon sehen, wie ich das meine. Komm jetzt mit mir. Ich stelle dich einigen Priestern und Laien des Tempels vor.«
Wie eine Galeere durch die Meeresdünung, so pflügte Sabinius durch die Versammlung der Gläubigen und führte Philippos auf den Haupttempel zu. »Zweimal am Tag beten wir zu der Zauberreichen. Ich werde dich in Zukunft mitnehmen, damit du lernst, wie der Ritus zu vollziehen ist.«
Der Arzt brummte zustimmend. Wo war er hier nur gelandet? Dieser verrückte Fettwanst schien doch allen Ernstes davon überzeugt zu sein, daß er sich auf die Verehrung dieser Hexengöttin einlassen würde! Zu bestimmten dionysischen Festen wollte er ja gerne mitkommen, aber zweimal am Tag vor irgendwelchen Altären beten? Das entsprach so gar nicht seinen Vorstellungen.
»Oh, sieh nur!« Sabinius' Stimme überschlug sich, so daß sie fast wie das schrille Quieken eines aufgeregten Schweins klang. »Sie kommt wieder aus dem Tempel. Du mußt wissen, daß unserer Gemeinde gerade die seltene Ehre zuteil wird, eine Priesterin vom Nil zu beherbergen.«
Philippos reckte den Hals, doch konnte er nicht sehen, wen Sabinius meinte. Der *conductor* hatte ihn bei der Hand genommen und zog ihn hinter sich her die wenigen Stufen zum Tempel empor.
»Meine lieben Freunde!« begrüßte er überschwenglich die kleine Gruppe von Honoratioren, die am Eingang des Heiligtums stand. Die Männer sprachen mit einer zierlichen, dun-

kelhaarigen Frau, die Philippos den Rücken zuwandte. Wie die anderen Priesterinnen, so trug auch sie ein schulterloses, weißes Gewand. Ein goldener Stirnreif schimmerte durch ihr langes Haar.

»Darf ich euch meinen neuen Arzt vorstellen«, fuhr Sabinius fort. »Er möchte gerne unserer Gemeinschaft beitreten. Vielleicht könntet Ihr ihn unter uns aufnehmen, meine Ehrwürdigste.«

Philippos wollte etwas einwenden, doch die Worte blieben ihm im Hals stecken. Die Priesterin hatte sich umgedreht, und einen kurzen Augenblick lang schien sie nicht weniger überrascht zu sein als er. Es war dieses götterverfluchte ägyptische Flittchen, das ihm den *proconsul* Gabinius abspenstig gemacht hatte!

»Ihr wollt also wirklich den Segen der *Isis* empfangen?« Die Priesterin lächelte. Oder lachte sie ihn aus?

»Dann kniet nieder, Philippos.«

Vor ihr auf die Knie? Niemals! Diese Hexe hatte ihn verflucht, und jetzt sollte er ihr gegenüber auch noch Demut heucheln? So tief würde er nicht sinken. Stolz reckte er sein Kinn vor und blickte der Ägypterin voller Verachtung ins Gesicht. »Ich soll mich vor einer Schwarzmagierin verneigen, die die Göttin der Kuppler und Huren anbetet? Lieber sterbe ich.« Philippos spuckte der Priesterin vor die Füße.

»Mann, seid Ihr von Sinnen?« quietschte hinter ihm die schrille Stimme des Sabinius. Voller Entsetzen blickten ihn die Würdenträger an, die um die Priesterin versammelt standen.

»*Ares*, steh mir bei!« murmelte Philippos leise. Dann rammte er Sabinius den Ellbogen in den Bauch, so daß dieser zur Seite taumelte, und sprang mit einem Satz die Stufen zum Tempel hinab.

»Ein Wunder!« brüllte der Arzt aus vollem Halse. »Seht nur, *Isis* hat ein Wunder gewirkt! Ihr Götterbild ist zu Fleisch geworden.« Wenn er hier lebend herauskommen wollte, mußte

er die Masse beschäftigen. Die Gläubigen im Säulenhof starrten ihn überrascht an. »Geht hin und seht das Wunder, das die Göttin gewirkt hat! Ich laufe in die Stadt und künde jung und alt von dem Wunder, das sich hier ereignet hat.«
In die Menge kam Bewegung. Die ersten eilten auf die Tempelstufen zu. Philippos raffte den Saum seiner *toga* und rannte weiter. Vor ihm bildete sich eine Gasse, und er hatte schon den Säulenhof hinter sich gelassen, als er hinter sich eine Stimme rufen hörte. »Haltet den Frevler! Er hat das Heiligtum besudelt!«
Er hätte dieser ägyptischen Hure nicht auch noch vor die Füße spucken sollen. Eine Priesterin zu beleidigen, war schon übel genug, aber Tempelschändung ... Er konnte froh sein, wenn er lebend aus der Stadt herauskam! Was für ein *daimon* hatte da nur von seinem Verstand Besitz ergriffen? Was hätte er sich schon damit vergeben, vor der Priesterin niederzuknien? Ängstlich warf er einen Blick über seine Schulter. Einige junge Männer hatten seine Verfolgung aufgenommen. Wahrscheinlich würden die ihn mit Leichtigkeit im Laufen schlagen. Diese verdammte *toga*! Es gab kaum ein unpraktischeres Kleidungsstück für einen Wettlauf als dieses sperrige Prunkgewand!
Vor ihm versperrte ein hoch mit Bauholz beladenes Pferdefuhrwerk die halbe Straße. Die Götter waren ihm also doch noch gnädig! Mit einem Ruck riß er sich die *toga* vom Leib, so daß das weite Gewand den beiden Zugpferden entgegenflatterte. Mit einem entsetzten Wiehern stiegen die Tiere und rissen den Wagen aus der Bahn. Krachend schlugen die eisenbeschlagenen Räder gegen die hohe Bordsteinkante. Die Ladung auf der Pritsche des Wagens verrutschte, und das ganze Gefährt neigte sich in einem bedenklichen Winkel zur Seite. Der Kutscher machte mit rudernden Armbewegungen einen Hechtsprung auf den Gehweg. Noch immer wieherten die Pferde. Das Karrengeschirr war zum Zerreißen gespannt. Dann stürzte das Gefährt. Die Pferde wurden vom Gewicht

des kippenden Wagens mitgerissen und verfingen sich im Kutschgeschirr. Eine Flut von frischgeschnittenen Brettern und Balken ergoß sich polternd über Straße und Gehsteig bis hinein in die offenen Auslagen eines Amphorenhändlers. Kaum zwei Atemzüge hatte die Katastrophe gedauert, und Philippos nahm sich nicht die Zeit, den weiteren Ablauf des Unglücks zu verfolgen. Noch immer stürzten klappernd Bretter auf die Straße, als er sich schon durch die schmale Lücke preßte, die links vom Wagen noch freigeblieben war. Von überallher stürmten Neugierige zu der Unglücksstelle. Jetzt galt es, so schnell wie möglich zu verschwinden!

Der Arzt bog scharf nach rechts in eine schmale Gasse und warf noch einen Blick zurück. Gerade rechtzeitig, um zu sehen, wie eine riesige schwarze Gestalt über den umgestürzten Wagen kletterte. Der Leibwächter der Priesterin! Dieser Kerl konnte ihm mit bloßen Fäusten den Schädel einschlagen. Der Riese stieß einen Schrei aus und zeigte auf ihn. Götterverfluchte Neugier! Wäre er nur nicht stehengeblieben, um zurückzublicken! Atemlos hetzte er weiter. Sein Herz schlug wie rasend. Lange würde er diese Verfolgungsjagd nicht mehr durchstehen. Zum Glück war er allein in der Gasse! Was er jetzt brauchte, waren Dädalusflügel!

Der Arzt musterte eilig eine schlecht verputzte Mauer, hinter der wohl ein Hof oder Garten lag. Sich in Luft aufzulösen, wäre natürlich auch nicht schlecht! Er eilte ein kleines Stück die Mauer entlang und sah noch einmal zum Eingang der Gasse zurück. Noch war er allein. Keiner konnte sehen, was er tat! Mit ausgestreckten Armen sprang er an der Mauer hoch und betete stumm, daß die Mauerkrone nicht mit scharfen Tonscherben gespickt war.

Nein, er hatte Glück gehabt! Mit beiden Armen packte er über die Kante, zog sich hoch und ließ sich dann in den dahinterliegenden Hof hinabgleiten.

Ein Geruch von Schwefel, Urin und nassem Leinen hing hier in der Luft. Der kleine Hof, auf den er sich gerettet

hatte, wurde fast völlig von drei langen Becken ausgefüllt, in denen weiße Stoffbahnen schwammen. Er war in einer Tuchmacherei gelandet.
Hinter sich hörte Philippos Rufe und das Trampeln vieler Füße. Er brauchte dringend ein Versteck! Es würde sicher nicht lange dauern, bis seine Verfolger durchschauten, daß er in einem der Höfe untergetaucht war.
Ängstlich blickte er sich um. Offensichtlich hatte ihn bis jetzt niemand bemerkt. Am westlichen Ende des Hofes führte eine schmale Treppe auf ein Flachdach. Dort waren große, halbkugelförmige Gestelle aus Weidengeflecht aufgestellt, auf denen man Stoffbahnen trocknete und bleichte. Das war seine Rettung. Mit letzter Kraft eilte er die Treppe hinauf, hob eines der Gerüste an und kroch unter die Leinenbahnen.
Mitten unter dem Gestell stand ein kleiner Bronzetopf, dem ein bestialischer Schwefelgestank entstieg. Über die glimmende Holzkohle hatte man eine dünne Schicht geblichen Schwefelpulvers gestreut, damit die Stoffbahnen, die über das Gerüst gespannt waren, besser bleichten. Philippos zog sich einen Zipfel des nassen Stoffs vor die Nase, um sich gegen den erstickenden Geruch zu schützen.
Offenbar hatte der Besitzer der Tuchmacherei recht nachlässige Sklaven in seinen Diensten. Dem Stoff haftete nämlich noch ein starker Uringeruch an. Nachdem man das frisch gewebte Wolltuch in einem Bad aus Urin gestärkt hatte, mußte es eigentlich in einem Becken tüchtig durchgewalkt werden, damit der penetrante Geruch wieder herausgewaschen wurde. Hätte er doch nur sein lästerliches Maul gehalten, als er vor der Priesterin stand!
Mit zusammengebissenen Zähnen gegen ein verräterisches Husten ankämpfend, betete Philippos stumm zu allen Göttern, deren Namen ihm einfielen, daß seine Verfolger ihn hier nicht entdeckten.

* * *

Müde wischte sich Šamu mit einem ölgetränkten Leinentuch über die Augen, um die schwarze Schminke zu entfernen. Ihr erster Tag in Pompeji war anstrengender gewesen, als sie erwartet hatte. Ohne ihre Ehrengarde war sie noch vor Sonnenaufgang in die Stadt gezogen, um gemeinsam mit Demosthenes, dem Hohen Priester des hiesigen Tempels, und den Gläubigen das Bildnis der *Isis* zu begrüßen.
Und dann dieser Vorfall mit dem griechischen Arzt. Batis war überzeugt davon, daß Philippos einen Anschlag auf sie geplant hatte. Dieser verrückte Grieche! Was mochte nur in ihn gefahren sein, daß er sich dergestalt aufführte? Obwohl Philippos sicher eine Strafe für sein frevlerisches Verhalten und die Besudelung des Tempels verdient hatte, war sie froh gewesen, daß er dem Mob entronnen war. Doch die Pompejier nahmen sein Vergehen sehr ernst. Sie hatten selbst bei Einbruch der Dämmerung die Suche nach ihm noch nicht aufgegeben.
Was für ein merkwürdiger Zufall es war, den Griechen nach so kurzer Zeit und so weit von Rom entfernt wiederzutreffen. Oder sollte Batis am Ende doch recht haben, und ihr erneutes Zusammentreffen war kein Zufall? Wie ein Meuchler und Verschwörer sah der Arzt eigentlich nicht aus. Aber konnte sie da wirklich sicher sein? Selbst Rechmire, den sie immer für selbstlos und integer gehalten hatte, war in Intrigen verwickelt gewesen, wie sein Brief bewies.
Šamu warf einen kurzen Blick auf die häßliche Puppe, die neben der buntbemalten, kleinen Truhe lag, in der sie ihre Schminkutensilien auf Reisen transportierte. In dieser Kiste hatte sie das häßliche Spielzeug seit ihrem Aufbruch aus Rom versteckt.
Müde ließ sie sich gegen die Lehne ihres Stuhls sinken und blickte seitlich zum Fenster hinaus auf die Berge. In der Ferne malte sich der stumpfe Kegel des Vesuvius schwarz gegen den roten Abendhimmel ab. Die Villa vor der Stadt war ein ausgesprochener Prachtbau. Das riesige Haus gehörte Demo-

sthenes, dem Hohen Priester des Isistempels. Er war früher einmal ein reicher Kaufmann gewesen und hatte schwunghaften Handel mit Ägypten getrieben. Irgendwann hatte er dann begonnen, den Kult der *Isis* auszuüben, hatte schließlich sein weltliches Leben aufgegeben und sich ganz in den Dienst der Göttin gestellt.

All dies hatte Šamu im Laufe des Nachmittags von Demosthenes erfahren. Der Priester hatte auch einen Syrer gefunden, der sich zumindest ein wenig auf die Kunst des Einbalsamierens verstand, und gemeinsam mit ihm und der Prinzessin hatten sie in einem der Seitengebäude des Tempels damit begonnen, den Leichnam Rechmires auf seine Reise in die Ewigkeit vorzubereiten.

Keine angenehme Aufgabe! Mehr als sieben Tage waren seit dem Tod des Schreibers vergangen, und obwohl Šamu darauf geachtet hatte, daß man den Toten vor Beginn ihrer Reise mit duftenden Ölen einrieb und daß man in die Kiste, die ihm als Sarg diente, etliche kleine, mit Kräutern gefüllte Kissen verstaute, hatte der Verfall der Leiche bereits begonnen. Als sie am Nachmittag den Leib öffneten, um die Eingeweide zu entfernen, war die kleine Kammer, in der sie die Einbalsamierung vorbereiteten, bald von einem solch abstoßenden Gestank erfüllt, daß sie sich Tücher vors Gesicht binden mußten und kleine Pfannen aufstellten, in denen sie Räucherwerk verbrannten.

Die Prinzessin zeigte während der Totenöffnung wesentlich mehr Format, als Šamu ihr zugetraut hätte. Obwohl Kleopatra ihr erstes Totenritual unter den widrigsten Umständen erleben mußte, war sie nicht aus der Kammer geflohen und hatte blaß, aber tapfer, bis zum Ende durchgehalten.

Vor dem Haus erklang Hufschlag und dann aufgeregtes Stimmengewirr. Šamu spitzte die Ohren, doch konnte sie nur einzelne Worte verstehen. »… Rom … der *Pharao* … eilig …« Dann wurde es wieder ruhiger. Sie überlegte, ob sie hinuntergehen sollte, um nachzusehen, was geschehen war. Sie wollte gerade aufstehen, als Demosthenes in der Tür erschien.

»Der *Pharao* schickt dir eine Botschaft.« Der Priester hielt eine Schriftrolle in den Händen, die mit einer ledernen Schutzhülle versehen war. »Offensichtlich ist die Nachricht sehr wichtig. Der Bote behauptet jedenfalls, daß er drei Pferde zu Schanden geritten habe, um dich so schnell wie möglich in Pompeji zu erreichen.«

Demosthenes war neben Šamu getreten und überreichte ihr die Rolle. Dabei fiel sein Blick auf die Puppe, die an der Schminkkiste lehnte.

Eine steile Falte zeigte sich kurz auf der Stirn des Priesters. »Du kennst also Rechmires Geheimnis.«

Šamu sah, daß Demosthenes aus den Augenwinkeln zur Tür schielte, als wolle er sich davon überzeugen, daß sie niemand beobachtete. Hätte sie diese verfluchte Puppe nur besser versteckt!

* * *

Erst lange nachdem die Sonne untergegangen war, wagte sich Philippos aus seinem Versteck. Auf dem Hof der Tuchmacherei stahl er einen alten Umhang, den er über die dünne *tunica* warf, die er unter seiner *toga* getragen hatte. Die Arbeiter und Sklaven des Hauses waren in einem der weiter zur Straße hin gelegenen Räume des Hauses versammelt, wo sie offenbar ihr Essen erhielten. So konnte der Arzt ungesehen über die Mauer klettern und gelangte zurück auf die schmale Gasse, in die er von der Hauptstraße eingebogen war.

Philippos nahm einen Zipfel des Umhangs und zog ihn sich wie eine Kapuze über den Kopf, damit sein Gesicht nicht zu erkennen war. Außerdem verstellte er seinen Gang.

So gelangte er in die Straße, an der das Haus des Aurelianus lag. Wenn er dort wenigstens noch sein Chirurgenbesteck und den Siegelring fortholen könnte, den er brauchte, um

sein Geld bei dem *argentarus* am *forum* einzutauschen! Zögernd spähte Philippos die Straße hinab, als er in einer *taberna* unweit von Aurelianus' Haus zwei bullige Gestalten entdeckte, die offensichtlich das Tor des Arzthauses beobachteten.
Mit einem leisen Fluch auf den Lippen ging Philippos an der Tür vorbei und bog bei der nächsten Gelegenheit in eine Seitenstraße ab. Wie die *Erinnyen* saßen ihm diese verfluchten Isisanbeter im Nacken. Der Grieche hatte gehofft, daß sich der Zorn der Gläubigen vielleicht in den vergangenen Stunden gelegt hatte. Doch dieser Pöbel wollte offensichtlich seinen Kopf. Hätte er im Tempel nur an sich gehalten! Warum mußte er diesem Flittchen, das sich Heilerin nannte, auch vor die Füße spucken? Wie leicht und angenehm hätte sein Leben hier in Pompeji werden können! Aber nein, er konnte dieses Geschenk der Götter ja nicht annehmen, er mußte sich alles verderben.
Wahrscheinlich konnte er jetzt nicht einmal ungehindert die Stadttore durchqueren. Wenn die Isisanbeter schon das Haus von Aurelianus beobachteten, dann bewachten sie gewiß auch die Tore. Wie ein Dieb oder Mörder müßte er in der finstersten Stunde der Nacht über die Stadtmauer klettern und sich davonschleichen. Zu einem Dasein als Bettler verdammt! Ohne sein Chirurgenbesteck und in Lumpen gehüllt, konnte er sich nirgends mehr als Arzt vorstellen. Auslachen würde man ihn, wenn er behauptete, er sei ein Heiler!
Seine letzte Hoffnung war sein Reisegefährte Caelius. Vielleicht hätte der junge Patrizier ja Verständnis für die mißliche Lage, in der er sich befand, und würde ihm helfen. Doch so, wie sie beide auseinandergegangen waren, sollte er sich besser nicht allzu große Hoffnungen machen. Caelius war kein Mensch, der irgend jemandem uneigennützig einen Gefallen tat.

* * *

Demosthenes' Hände zitterten, als er Šamu die Nachricht des Botenreiters überreichte. War es die Aufregung, sie als vermeintliche Verräterin entlarvt zu haben? Sein Zorn darüber, daß sich ausgerechnet eine Isispriesterin gegen den *Pharao* gestellt zu haben schien? Sie blickte zu dem Priester auf, doch in seinen Zügen spiegelten sich nicht Zorn und Enttäuschung, sondern Angst und Entsetzen.
»Der *Pharao* hat dich geschickt, um über mich zu richten …« Seine Stimme war tonlos, und was er sagte, klang eher wie eine Feststellung als wie eine Frage.
»Dich richten?« Šamu war mißtrauisch. Konnte es sein, daß ihr der Priester eine Falle stellen wollte?
»Hat er nicht dich als seine Vertraute und den Leibwächter als Scharfrichter geschickt? Man hat schließlich meinen Brief an Rechmire gefunden, wie ich sehe.« Demosthenes wies auf die Puppe. »Nun soll es mir wohl so ergehen wie meinem Freund. Doch ich schwöre bei *Isis*, daß ich niemals gegen die Interessen des *Pharao* gehandelt habe. Genau wie Rechmire habe ich stets seine Feinde bekämpft, und wir haben nur deshalb im geheimen agiert, weil wir befürchteten, daß die Verschwörer dem *Neuen Osiris* sehr nahe stehen und er ihnen vielleicht mehr vertrauen würde als uns. Deshalb wollten wir unwiderlegbare Beweise für ihre Schuld finden, bevor wir es wagten, eine Anklage gegen sie auszusprechen.«
Šamu musterte den Priester ernst und hoffte, daß es ihr zumindest halbwegs gelang, ihre Verwirrung zu überspielen. Offenbar entsprach alles, was er sagte, der Wahrheit! »Und wer sollten diese Verräter sein?«
»Rechmire hat stets Potheinos für jede Intrige verantwortlich gemacht. Doch ich hatte da meine Zweifel. Soweit ich das aus der Ferne beurteilen kann, war der Eunuch dem *Neuen Osiris* immer ein gewissenhafter Berater. Ich glaube vielmehr, daß ein anderer, der das ganze Vertrauen des Ptolemaios besitzt …« Demosthenes erbleichte und starrte sie mit vor Ent-

setzen geweiteten Augen an. »Du! Bist etwa du diejenige, die das Komplott gegen das Leben deines Herren anführt?«

Der Priester sprach wie ein verwirrtes Kind, dachte Šamu ärgerlich. Erst hält er mich für die Scharfrichterin des *Neuen Osiris*, dann denkt er, ich sei eine Verschwörerin! Wahrscheinlich ist es am besten, ihn über meine wirkliche Rolle im unklaren zu lassen. »Wie kam Rechmire dazu, dich in sein Vertrauen zu ziehen? Und woher kanntet ihr euch überhaupt?«

»In meinem früheren Leben war ich ein reicher Händler. Ich begegnete Rechmire zum ersten Mal auf einer meiner Fahrten nach Alexandria. Er erzählte mir damals lange von den Mysterien der *Isis*, und ich war tief beeindruckt. Auch war er immer sehr an Rom und an Neuigkeiten über die Konsuln und Feldherren interessiert. Von da an traf ich ihn jedesmal, wenn mich meine Reisen nach Alexandria führten. Schließlich überzeugte er mich, mein Leben zu ändern und mich ganz in den Dienst der Göttin zu stellen. Rechmire vertraute mir so sehr, daß er mich sogar die alte Tempelschrift lehrte. In ihr sollte ich meine Berichte an ihn abfassen, damit sie nicht von Unbefugten gelesen werden konnten.

In nur wenigen Jahren wurde ich zum ersten Priester in unserem kleinen Heiligtum. Weiterhin schickte ich Rechmire regelmäßig Nachricht über die niemals enden wollenden Kämpfe unter den Mächtigen Roms. Als der *Neue Osiris* dann in diesem Sommer für kurze Zeit in meinem Haus weilte, unterrichte mich Rechmire davon, daß er befürchte, Verräter könnten dem *Pharao* nach dem Leben trachten. So schlossen wir einen Bund, und ich mußte meinem Freund schwören, all meine Kräfte einzusetzen, um ihn stets über das, was Berenike in Alexandria tat, auf dem laufenden zu halten. Du siehst also, daß letzten Endes alle meine Taten, ebenso wie die des Rechmire, einzig und allein auf das Wohl des *Neuen Osiris* abzielten. So bitte ich dich, wenn ich denn nun durch Beschluß des göttlichen *Pharao* mein Leben verwirkt habe, daß du mir zumindest die Gnade zuteil werden läßt, meinem Leben von eigener Hand ein Ende zu bereiten.«

Gerührt von diesen Worten, erhob sich Šamu und berührte Demosthenes in feierlicher Geste mit ihrer Rechten auf der Brust. »Möge dein treues Herz niemals verleumdet werden, mein Freund! Auch ich stand dem Toten sehr nahe. Nicht dir Schande zu bringen, gilt mein Ansinnen, sondern allein der Wunsch, seine Mörder in das Geleit des *Anubis* zu geben. Die Briefe in der Puppe entdeckte ich im Garten, noch bevor sie in falsche Hände fallen konnten. Um deiner Liebe zu *Isis* willen bitte ich dich, mir in Zukunft mit derselben Treue zu folgen wie Rechmire, denn ich brauche jeden Verbündeten, wenn ich seinen Tod sühnen will.«

Demosthenes blickte Šamu einige Augenblicke lang an, als habe ein Geist zu ihm gesprochen. Dann schüttelte er ungläubig den Kopf. »Du bist nicht hier, um mich zu strafen? Aber ...« Der Priester rang fassungslos nach Worten. Schließlich kniete er nieder und küßte den Saum von Šamus Gewand. »Ich lege mein Leben in deine Hand, Dienerin der Zauberreichen.«

»Ich werde deiner Treue stets Ehre erweisen.« Šamu gab Demosthenes ein Zeichen, aufzustehen. Sie mochte es nicht, wenn man sie auf eine Weise ehrte, die allein den allerhöchsten Würdenträgern vorbehalten war.

»Gibt es außer dir noch weitere Vertraute, die in die geheimen Geschäfte des Rechmire eingeweiht waren? Wenn wir die Mörder unseres Freundes finden wollen, müssen wir zunächst sicher sein, daß wir keine Verräter unter uns haben.«

Demosthenes schüttelte den Kopf. »Außer mir weiß nur ein Begleiter in Dions Gesandtschaft von unseren Plänen, den *Pharao* vor Berenike zu schützen. Es ist der alexandrinische Tuchhändler Nikomedes. Mit ihm bin ich seit mehr als zwanzig Jahren in tiefer Freundschaft verbunden. Er ist über jeden Zweifel erhaben. Allerdings bereitet mir Sorge, daß er mir bis zum Aufbruch der Gesandten aus Syrakus keine Nachricht zukommen lassen konnte, an welcher Stelle in der Bucht von Neapolis Dion und die Seinen an Land gehen werden. Womöglich landen sie sogar hier im Hafen von Pompeji und begehren, in meinem Haus Unterkunft zu finden.«

Šamu strich sich nachdenklich über das Kinn. »Was das angeht, müssen wir wohl auf die Gunst der Götter vertrauen. Gibt es außer diesem Nikomedes wirklich niemanden, der über eure Verschwörung Bescheid wußte? Wie ist zum Beispiel dein Brief in den Garten der Villa des Pompeius gelangt? Hast du ihn selbst dorthin gebracht?«

Demosthenes hob abwehrend die Hände. »Das hätte ich niemals gewagt. Ich habe einen Sklavenjungen damit beauftragt, die Botschaft zu überbringen. Er sollte jeden Abend eine Stunde nach Sonnenuntergang über die Mauer in den Garten klettern, um nachzusehen, ob Rechmire die Puppe unter den Busch zurückgebracht hat. Vermutlich haben sich die beiden in der Nacht der Mordtat nur knapp verfehlt. Als mein Sklave dann am nächsten Morgen hörte, daß Rechmire ermordet worden war, ist er voller Angst aus der Stadt geflohen.«

»Und wo steckt der Junge jetzt?«

»Ich habe ihn auf mein Weingut in die Berge geschickt. So hatte er keine Gelegenheit, einem meiner Diener zu berichten, was er in Rom erlebt hat.«

»Gut.« Wenn es stimmte, was Demosthenes sagte, schien jeglicher Verrat unter den Freunden Rechmires ausgeschlossen. Also hatten die Mörder des Schreibers ihre Tat womöglich auf bloßen Verdacht hin begangen. Ja, vielleicht hatte der Mord sogar nicht einmal etwas mit den Aktivitäten Rechmires zu tun? Konnte es sein, daß er nur zufällig zum Opfer geworden war? Sollte vielleicht nur irgend jemand aus dem Gefolge des *Neuen Osiris* getötet und auf so gräßliche Weise verstümmelt werden, um dem *Pharao* Angst zu machen? Mit jeder neuen Entdeckung schien ihr das Rätsel um den Tod

des Schreibers undurchsichtiger zu werden. Sie war einfach zu müde, um noch klar zu denken. Die lange Reise, das Fest im Tempel und die Aufregung, all das hatte an ihren Kräften gezehrt.
»Lass' uns morgen weiter beraten! Ich werde noch den Brief lesen und mich dann zur Ruhe begeben. Vielleicht werden uns die Dinge im Licht des neuen Tages ja klarer erscheinen als jetzt?«
»Wie du wünschst.« Demosthenes verbeugte sich ehrerbietig und verließ dann das Zimmer.
Šamu war immer noch unschlüssig darüber, wie weit sie dem Priester trauen konnte. Seine allzu unterwürfige Art war ihr unangenehm. Sie konnte auch nicht begreifen, warum Rechmire einen Mann wie Demosthenes in sein Vertrauen gezogen und ihn sogar die alte Tempelschrift gelehrt hatte.
Nachdenklich öffnete sie den Brief, den der reitende Bote gebracht hatte. Er war in griechischer Schrift verfaßt und zeigte einen noch recht unvollkommenen Schreibstil. Offensichtlich war es Ptolemaios noch nicht gelungen, einen angemessenen Nachfolger für das Amt des Schreibers zu finden. Die Botschaft war kurz, und nicht einmal die üblichen Ehrentitel des *Pharao* waren aufgeführt.

Wir haben Kunde erhalten, daß Dion und sein Gefolge schon in den nächsten Tagen in einer kleinen Bucht südlich von Puteoli an Land gehen werden. Dort wollen sie lagern und auf die Nachricht eines römischen Verbündeten warten. Versuche die Verräter aufzuhalten, so wie wir es dir aufgetragen haben.

Ptolemaios Theos Philopator Philadelphos Neos Dionysos

Woher wußte Ptolemaios, wann und wo die Gesandten landen würden? Wie konnte der *Pharao* erfahren, was selbst Demosthenes nicht bekannt war, der einen Freund in der Gesandtschaft hatte?

Immer wieder las Šamu die knappe Botschaft, doch ließ sie keinen Rückschluß auf die geheimnisvolle Quelle des *Pharao* zu. So wie die Dinge standen, würde sie wohl morgen bei Tagesanbruch gen Puteoli aufbrechen müssen.

8. KAPITEL

Batis kam aus dem *atrium* und schüttelte den Kopf. »Er ist nicht hier!«
»Müssen wir denn wirklich auf diesen aufgeblasenen Priester warten, um uns zu verabschieden? Ich glaube nicht, daß er noch kommen wird«, nörgelte Kleopatra, der die Aussicht, schon wieder zwei Tage in einer Sänfte zu verbringen, ganz und gar nicht gefiel.
»Immerhin ist er unser Gastgeber. Wir sind es ihm schuldig, ihm diese Höflichkeit zu erweisen!« entgegnete Šamu gereizt. Sie konnte nicht begreifen, wo Demosthenes steckte. Hatte sie gestern abend denn nicht all seine Zweifel zerstreut? Alles deutete darauf hin, daß der Isispriester in der letzten Nacht aus seinem Haus geflohen war. Fast eine Stunde stand ihr gesamtes Gefolge nun schon abmarschbereit, sie konnte den Aufbruch nicht noch weiter hinauszögern! Selbst zum Isis-

tempel hatte sie einen Boten geschickt, doch auch dort war Demosthenes an diesem Morgen nicht gesehen worden.
Šamu beugte sich aus der Sänfte und gab dem jungen Römer, der ihre Eskorte kommandierte, ein Handzeichen. »Laßt uns aufbrechen! Es hat keinen Sinn, länger zu warten.«
»Was wolltest du denn von diesem Priester?« fragte Kleopatra neugierig. »Hat er dir vielleicht die Büsche im Garten gezeigt? Ich habe gehört, daß er gestern abend in dein Zimmer gekommen ist und ihr lange zusammen wart. Batis hat es mir erzählt.«
»Na, dann weißt du ja Bescheid«, knurrte Šamu ärgerlich und zugleich ein wenig besorgt. Wie gut war die Kleine wohl darüber informiert, was sie am Abend besprochen hatten? Und hing das Verschwinden des Priesters womöglich am Ende damit zusammen?
Ich glaube nicht, daß er noch kommen wird. Die Worte der Prinzessin bekamen plötzlich eine neue Bedeutung. Wußte sie am Ende etwas über das Verschwinden des Priesters? Šamu musterte sie aufmerksam, doch wagte sie es nicht, sie direkt darauf anzusprechen. Vielleicht gab es auch eine einfachere Erklärung? Spionierte ihr Batis etwa aus Eifersucht nach?

* * *

Philippos hatte all seine Überredungskunst gebraucht, um, abgerissen wie er war, überhaupt ins *atrium* der Villa Clodias vorgelassen zu werden. Das prächtige Gebäude erhob sich ein wenig außerhalb von Baiae auf einer Klippe über dem Meer. Der Arzt hatte zwar die Auskunft bekommen, daß Caelius im Hause sei, doch fürchtete er immer noch, daß man ihn jeden Moment hinauswerfen würde.
Philippos wußte nur zu gut, wie schlecht seine Aussichten waren, von dem übermütigen Patrizier in Dienst genommen zu werden. Erstens war Caelius gesund, und zweitens konnte er sich die teuersten Ärzte Roms leisten, wenn ihm wirklich einmal etwas fehlte. Wozu also sollte er irgendeinen herun-

tergekommenen Legionsarzt aufnehmen, den er auf einer Reise zufällig kennengelernt hatte?
Je länger Philippos wartete, desto mehr sank er in sich zusammen. Mit hängenden Schultern, den Blick auf den Boden gerichtet, zählte er die Steinchen im Mosaik zu seinen Füßen und wartete auf den nächsten Schicksalsschlag.
Irgendwo im Haus waren Stimmen zu hören. »... unnützer Esser ... Arzt zu haben ... Laus ... von Nutzen sein ... jeder Mann zählt ... unbrauchbar ...«
Philippos hätte sich am liebsten irgendwo verkrochen. Es war dumm gewesen, hierher zu kommen! Wieder einmal verfluchte er seine Unbeherrschtheit, die ihn dazu verleitet hatte, der Isispriesterin vor die Füße zu spucken.
In dem Flur, der am *tablinum* vorbei zum *atrium* führte, erklangen endlich Schritte. Caelius und ein Fremder traten auf den Hof.
»Nun, Philippos, haben sich deine Pläne in Pompeji zerschlagen?«
Der Arzt nickte zerknirscht.
»Nach deinem Alter und deinen Narben zu schließen, warst du bei den Legionen«, mischte sich der Fremde ein. »Stimmt das?«
Wieder nickte Philippos. »Ich habe in Spanien und in Bythnien für die Sache des Volkes gekämpft.«
»Mit anderen Worten, du weißt, wie man mit all den Verletzungen, die man sich auf einem Kriegszug zuziehen kann, umzugehen hat.«
»Ja, Herr.«
Der Fremde warf Caelius einen triumphierenden Blick zu. »Genau so einen brauchen wir noch. Ich bin dafür, ihn sofort einzustellen.«
Caelius wirkte skeptisch. »Er weiß doch nicht einmal, wie er sich zu verhalten hätte. Ich denke ...« Er schüttelte den Kopf. »Du mußt es wissen, Paulus. Dieser Teil des Plans obliegt dir.«

Philippos runzelte die Stirn. Was hatten die beiden mit ihm vor? Zu den Legionen würde er nicht mehr zurückkehren! Lieber würde er sich als wandernder Barbier durchschlagen, als seine Haut wieder auf irgendwelchen Schlachtfeldern am Ende der Welt zu riskieren.

»Wären drei Denare pro Tag eine angemessene Bezahlung für dich?«

Drei Denare, das waren zwölf Sesterzien am Tag. So viel hätte er bei einer Anstellung in den Bädern kaum zu erwarten gehabt, überlegte Philippos. Ein wahrhaft fürstliches Angebot! »Selbstverständlich bin ich mit diesem Lohn einverstanden, doch erlaubt, daß ich frage, was ich für eine so reichliche Bezahlung zu tun habe.«

»Nichts Ehrenrühriges, Freund. Genau wie zu deiner Zeit in den Legionen, wirst du auch jetzt für die Interessen der Republik streiten. Allerdings mit dem Unterschied, daß du diesmal wesentlich besser bezahlt wirst. Mach dir keine Sorgen. Wir unterstützen lediglich die Pläne einer ganzen Reihe von bekannten Senatoren.« Der Mann, den Caelius mit Paulus angesprochen hatte, war an Philippos' Seite getreten und legte ihm den Arm um die Schulter, so als seien sie die besten Freunde.

»Es gibt da allerdings noch ein Problem ...«

»Welches?«

»Ich, eh ...« Philippos hatte das Gefühl, rot zu werden. »Ich habe mein Chirurgenbesteck verloren. Wie gesagt, ist es in Pompeji zu einem bedauerlichen Zwischenfall gekommen und ...«

Caelius lachte laut auf. »So etwas nennst du ein Problem? Innerhalb einer Stunde sollst du einen neuen Satz an Messern und Knochensägen haben. Außerdem lassen wir dir eine Ledertasche für die Instrumente und ein paar neue Kleider besorgen. Wer für die Sache des Volkes streitet, soll nicht herumlaufen wie irgendein abgerissener Landstreicher.«

»Danke.« Der Arzt blickte wieder verlegen zu Boden. Zu gerne hätte er gewußt, worum es bei dieser *Sache des Volkes* denn ging, aber er hatte den Eindruck, daß die beiden auf zu viel Neugier nicht gerade freundlich reagieren würden. Die Götter hatten ihm ein zweites Mal Gelegenheit gegeben, zu Ruhm und Ehren und vor allem zu einem wohlgefüllten Geldbeutel zu kommen. Diesmal würde er sich nicht so dämlich anstellen wie im Isistempel. Und wenn die beiden vorhatten, so wie Catilina eine Verschwörung gegen den Senat anzuzetteln, gäbe es immer noch Gelegenheit, sich abzusetzen.

»Komm, Philippos! Ich werde dich jetzt deinen neuen Kameraden vorstellen. Einen Arzt werden sie sicher mit offenen Armen empfangen.« Paulus gab ihm einen freundschaftlichen Knuff in die Rippen und winkte dem Arzt, ihm zu folgen.

* * *

Der Weg zurück nach Norden war beschwerlich. Fast die ganze Zeit über regnete es, so daß die unbefestigten Straßen an der Küste aufgeweicht waren. Einmal rutschten die Sänftenträger im Schlamm aus, und ihr Gefährt schlug hart auf den Boden. Danach zogen Šamu und Kleopatra es vor, neben den Trägern zu laufen. Als sie am Ende ihres ersten Reisetages Neapolis erreichten, waren ihre kostbaren Gewänder mit Schlamm besudelt und ihre Haare von Wind und Regen zerzaust.

In der Hafenstadt bezogen sie Quartier in einem großen Gasthaus nahe dem *forum*. Am nächsten Morgen kaufte Šamu für sich und die Prinzessin schwere wollene Umhänge, die zwar kratzten, aber halbwegs wasserabweisend waren. Die Sänfte, die ihr Vorankommen am Vortag mehr behindert als gefördert hatte, ließen sie in der Stadt zurück.

Nördlich von Neapolis wurde das Gelände bergig, und vom Meer her zog grauer Nebel bis tief ins Land, der die Sicht nahm und die Welt seltsam unwirklich erscheinen ließ. Den römischen Seesoldaten ihrer Eskorte schien das Wetter nicht viel auszumachen. Sie vertrieben sich die Zeit auf dem Marsch mit allerlei Liedern, in denen sie sich über die Eigenarten berühmter Feldherren lustig machten oder aber die Vorzüge diverser *hetairen* lobten. Ihr Lieblingslied aber handelte von Caesar, und es schien endlos viele Strophen zu haben. Zum Schluß beherrschte sogar Batis, der ansonsten kein Latein sprach, den Refrain des Soldatenliedes:

Städter, sperrt die Frauen ein!
Den kahlen Buhlen bringen wir.
Gold verhurtest du in Gallien,
das du einstens pumptest hier.

* * *

Es war später Nachmittag, als sie einen kleinen Hügel erreichten, von dem man eine schmale Bucht überblicken konnte, in der ein kleines Lager aufgeschlagen war. Am Strand waren an die zwanzig Zelte errichtet, und es brannten etliche Feuer, um die sich schlotternde, dunkelhäutige Gestalten scharten.

Sie hatten Dion und seine Gesandtschaft gefunden! Šamu durchlief ein Schauer. In der nächsten Stunde würde sich das Schicksal des *Pharao* entscheiden. Die Priesterin wußte vom Hörensagen, was für ein exzellenter Redner Dion war. Wenn er tatsächlich vor den Senat trat, um gegen die Rückkehr des Ptolemaios zu sprechen, dann würde der *Neue Osiris* vermutlich nie wieder auf seinem Thron in Alexandria sitzen.

»Wie sollen wir vorgehen, Herrin? Soll ich zwei Boten ins Lager hinunterschicken, die von Eurer Ankunft künden?« Der junge Offizier war an ihre Seite getreten. Er wirkte aufgeregt. Offensichtlich war es das erste Mal, daß man ihm ein Kommando dieser Art anvertraut hatte.

Šamu schüttelte den Kopf. »Wir wollen uns zunächst noch

ein Stück hinter die Hügelkuppe zurückziehen. Die Männer dort unten sind so sehr mit dem Einrichten ihres Lagers beschäftigt, daß sie uns vermutlich noch gar nicht bemerkt haben.«

Während der *centurio* ihren Befehl weitergab, überlegte Šamu fieberhaft, wie sie Dion gegenübertreten sollte. Soweit sie gesehen hatte, befanden sich keine Bewaffneten im Lager. Welchen Eindruck würde es da machen, wenn sie inmitten einer Eskorte römischer Soldaten einmarschierte? Auf der anderen Seite wäre es leichtfertig, die Prinzessin ohne entsprechenden Schutz ins Lager zu führen. Glaubte sie dem, was der *Neue Osiris* und Potheinos behauptet hatten, so mochten sich unter den Gesandten Meuchler befinden.

Es gab nur eine Lösung für dieses Problem. Šamu blickte sich nach dem hünenhaften Nubier um und winkte ihn zu sich.

»Schönste aller Blumen ...«, murmelte Batis so leise, daß nur sie es hören konnte, als er lächelnd auf sie zukam.

Die Priesterin räusperte sich verlegen. Dieser verdammte Narr! Wie konnte er in einem solchen Moment an Liebe denken!

»Du wirst jetzt Gelegenheit bekommen, mir deine Treue zu beweisen. Also lass' dieses dumme Gerede und hör' mir gut zu.«

Der Nubier lächelte breit und zeigte dabei seine makellosen Zähne. »Wie ihr befehlt, zaubermächtige Priesterin.«

»Versprich mir, daß du hier oben bei Kleopatra bleibst, egal was auch passieren wird. Du haftest mir mit deinem Leben für ihre Sicherheit.«

»Was hast du vor?«

»Ich werde allein in das Lager gehen. Sollte ich in Gefahr geraten, sollen die Römer den Hügel hinabstürmen und versuchen, mich zu retten. Du aber bleibst unter allen Umständen bei Kleopatra. Wenn uns unten keine Gefahr droht, werde ich ein Zeichen geben. Falls mir aber etwas geschehen

sollte, wirst du nicht abwarten, wie der Kampf zwischen der Gesandtschaft und den Römern ausgeht, sondern die Prinzessin nach Pompeji bringen und von dort aus versuchen, einen sicheren Weg zurück zum Hof des *Pharao* zu finden.«
Der Nubier pfiff anerkennend durch die Zähne. »In deiner Brust schlägt ja das Herz eines Kriegers, Priesterin! Du bist meiner Liebe wirklich würdig! Aber solltest du vielleicht nicht besser ...«
Šamu schnitt ihm mit einer herrischen Geste das Wort ab. »Ich werde nicht mit dir über meine Pläne diskutieren! Sind meine Befehle klar, oder soll ich sie noch einmal wiederholen?«
Der Nubier legte den Kopf schief und blickte sie nachdenklich an. »Du hast Angst! Das ist nicht gut.«
»Du hast also verstanden?« Ohne auf seine Bemerkung einzugehen, wandte sie sich um. Was dachte dieser halbnackte Barbar eigentlich? Natürlich hatte sie Angst!

* * *

Worauf hatte er sich da bloß eingelassen? Wohl mindestens zum hundertsten Mal stellte sich Philippos diese Frage, während er mit seinen neuen Gefährten durch das nebelverhangene Küstengebirge östlich von Baiae marschierte. Er wußte nicht, wohin es ging oder gegen wen, nur eins war gewiß, sie waren wegen irgendeines Komplotts unterwegs.
Seine neuen Kameraden, zu denen ihn Paulus geführt hatte, waren nichts anderes als eine Bande von Tagedieben und Wegelagerern. Sie standen in Diensten des Tribunen Publius Sestius, der sie gemeinsam mit dem politischen Emporkömmling Annius Milo als Schutztruppe gegen den Volkstribunen Clodius und dessen Schläger aufgestellt hatte. Sie hatten in einem kleinen Wäldchen nahe der Villa des Clodius gelagert und wanderten nun einem unbekannten Ziel entgegen. Auch Caelius hatte sich der Truppe angeschlossen. So als sei er ein Feldherr, hatte er einen leder-

nen Muskelpanzer angelegt und sich mit Schwert und Dolch gegürtet.
Der Grieche fluchte leise. Er hätte nicht mit diesen Halsabschneidern paktieren dürfen! Die ganze Truppe machte auf Philippos den Eindruck, als würde sie in den Krieg ziehen, und er wußte nicht einmal, wer der Feind war. Dagegen war es ihm gestern abend ja noch richtig gut gegangen, als er in einer nassen Scheune übernachtete und nur auf der Flucht vor ein paar verrückten Isisanbetern war! Jetzt war er womöglich bereits ein Feind der Republik, und Männer wie Cicero, der schon Catilina zur Strecke gebracht hatte, würden nach seinem Kopf trachten!

* * *

Šamu betete inbrünstig zu *Isis*, der Zaubermächtigen, daß Dion und seine Gefolgsleute sie wenigstens anhören würden. Dion war ein Philosoph, ein Freund des Wortes, er würde sicher mit ihr reden! Und wenn es doch nur Verschwörer und Meuchler waren, die dort unten ihr Lager aufgeschlagen hatten?
Sie mußte sich zusammenreißen, um sich nicht umzudrehen und den Hügel hinauf zu blicken. Es gäbe dort ohnehin nichts zu sehen! Das einzige, was sie dadurch erreichte, war, daß sie die Wachen argwöhnisch machte.
Einer der Männer im Lager stieß einen Schrei aus und zeigte auf sie. Schnell rottete sich eine kleine Gruppe zusammen und eilte ihr entgegen.
Ihr war kalt. Mit klammen Fingern zog sie den dicken Wollumhang enger um ihre Schultern. Doch das nutzte nichts. Es war nicht allein die äußere Kälte, die sie zittern ließ.
»Wer bist du?« Die Männer waren zehn Schritt vor ihr stehengeblieben. Sie schienen unbewaffnet zu sein. Wenigstens das!
»Man nennt mich Šamu. Ich bin eine Priesterin der *Isis* und wünsche, euren Anführer Dion zu sprechen.«

Die Männer steckten die Köpfe zusammen und berieten sich einen Moment lang. Dann winkten sie ihr zu. »Sei willkommen, Priesterin. Dion wird mit dir sprechen.«
Mit klopfendem Herzen stieg Šamu das letzte Stück des Hügels hinab und ließ sich dann von den Wachen zu den Zelten am Strand eskortieren.

* * *

Dion war ein kleiner, fast schmächtiger Mann mit einer Hakennase und welligem Haar, in dem breite silberne Strähnen glänzten. Wie alle Philosophen, die Šamu aus Alexandria kannte, trug er einen sorgsam frisierten Bart. Er stand an einem ehernen Becken voller glühender Kohlen und rieb sich über der Glut die Hände.
»In was für ein unwirtliches Land hat es dich hier nur verschlagen, Priesterin.« Er warf Šamu ein freundliches Lächeln zu.
Sollte dieser Mann wirklich der Anführer einer Bande politischer Abenteurer und Meuchler sein? Sie konnte es einfach nicht glauben!
»Ich kenne dich, auch wenn ich zu meiner Schande gestehen muß, daß mir dein Name entfallen ist. Ich habe dich einmal am Hof des Ptolemaios gesehen. Also wollen wir uns nicht lange mit diplomatischem Geplänkel aufhalten. Du kommst im Auftrag des *Neuen Dionysos*, oder täusche ich mich?«
Šamu nickte. »Es wäre leichtfertig, einen Weisen betrügen zu wollen. Ich bin hier, um nach den Gründen zu fragen, die dich dazu bewogen haben, dich auf die Seite der Verräterin Berenike zu schlagen. Immerhin warst du lange dafür bekannt, einer ihrer schärfsten Kritiker zu sein.«
»Was mich letztlich überzeugte war ihre Geste, daß sie mich und all die anderen, die ihr nicht freundlich gesonnen waren, für diese Mission auswählte. Da wußte ich, daß es ihr weniger um ihr eigenes Wohl als vielmehr um die Zukunft

Ägyptens geht. Ich erlaube mir, offen zu dir zu sprechen, Priesterin. Wir wollen nicht länger Spielball römischer Politik sein. Natürlich werde ich das nicht so deutlich vor dem Senat sagen. Berenike ist Rom nichts schuldig, doch wenn Ptolemaios zurückkehren sollte, wird dies nur mit Hilfe römischer Waffen gelingen. Unser Land wird von fremden Soldaten besetzt werden, und wer auch immer ihn unterstützen wird, wird sehr viel Gold für diese noble Geste verlangen. Ptolemaios hat oft genug die Schatzkammern Roms gefüllt. Wir wollen ihn nicht mehr.«

»Und doch ist er dazu bestimmt, Ägypten zu regieren. Er ist der *Neue Osiris*, ein Gott und kein Mensch. Ihn zu vertreiben heißt, die Götter und das Schicksal zu fordern!«

Dion bedachte Šamu mit einem mitleidigen Lächeln. »Natürlich mußt du als Priesterin so sprechen. Doch glaubst du wirklich, was du sagst? Was hat dieser fette Flötenspieler Göttliches an sich? Und ist nicht auch seine Tochter von göttlichem Geblüt? Vielleicht wird sie dem Land mehr Glück bringen?«

Šamu ballte wütend die Fäuste. *Flötenspieler.* Daß auch Dion diesen Spottnamen benutzte! Doch was sollte man von einem griechischen Philosophen schon erwarten? »Ich nehme an, bei deiner Einstellung zu den Göttern gibt es dir nicht zu denken, daß sich Berenike ausgerechnet *Seth* zum Schutzpatron auserkoren hat, den Gott des Chaos und Verderbens?«

Dion zuckte mit den Schultern. »Soweit ich die Geschichte Ägyptens kenne, haben auch Sethos und der große Ramses diesen Gott vor allen anderen verehrt, und beide waren *Pharaonen*, die Ägypten stark machten.«

»Es ist also sinnlos, mit dir darüber zu verhandeln, ob du nicht lieber den Plan aufgibst, nach Rom zu ziehen?«

»Ich gehe nicht für Gold oder um mir irgendeinen anderen Vorteil zu verschaffen, Priesterin. Ich reise nach Rom, weil ich davon überzeugt bin, für die richtige Sache zu streiten.

Solltest du also den Auftrag haben, mich zu bestechen, vergiß es! Ich verkaufe meine Ideale nicht.«

»Herr, seht nur dort drüben.« Einer der Wachposten zeigte auf einen bewaldeten Hügel, der knapp hundert Schritt vom Lager entfernt lag. Eine Gruppe von Männern war dort aus dem Dickicht hervorgetreten und bewegte sich langsam auf den Strand zu.

»Du bist also nicht allein«, stellte Dion verärgert fest. »Ich hoffe, du erinnerst dich daran, daß Gesandte als unantastbar gelten!«

* * *

Philippos fühlte sich wie in einem Traum, so, als sei er nicht mehr er selbst und ohne Verantwortung für das, was er tat. Er wußte nicht mehr, wie viele Stunden sie durch die nebelverhangenen Vorgebirge entlang der Küste marschiert waren, als sie schließlich jenen bewaldeten Hügelrücken erreichten, hinter dem der Strand mit den Zelten lag.

Plötzlich kam vorne aus der lockeren Marschkolonne ein scharfes Kommando. Sofort fächerten die Männer aus, zogen Schwerter und Dolche oder faßten ihre schweren Knüppel fester. So, als sei er in die Strömung eines unsichtbaren Flusses geraten, ließ Philippos sich treiben, lief mit den anderen mit ...

Irgend jemand drückte ihm einen Knüppel in die Hand und murmelte: »Paß auf dich auf! Dich brauchen wir vor allem hinterher.«

Die Männer hatten inzwischen eine lange Kette gebildet. Langsam, ohne Hast und schweigend traten sie aus dem Wald. Eine stumme Drohung. Im Lager hatte man sie bereits bemerkt. Philippos konnte sehen, daß einzelne Gestalten mit ausgestreckten Armen auf sie zeigten oder wild gestikulierten. Die meisten der Fremden am Strand waren dunkelhäutig. Sie hatten sich derart vermummt, als sei schon tiefster italienischer Winter.

Sie waren beinahe auf zwanzig Schritt an das Lager herangekommen, als Paulus losbrüllte: »Für Ptolemaios. Gebt es ihnen!«
»Für Ptolemaios!« schrie das Gesindel, und auch Philippos fiel in das Geschrei ein. »Rächt den König!«
Mit erhobenen Waffen stürmte der Schlägertrupp ins Lager, und Paulus' Männer begannen, die Fremden wahllos niederzumetzeln. Etliche Augenblicke verharrten ihre Opfer in stummem Entsetzen, so wie die Maus vor der Schlange erstarrt. Was dann geschah, hatte nichts mehr mit dem zu tun, was Philippos über die Machtkämpfe gehört hatte, die die Anhänger konkurrierender Bewerber für ein öffentliches Amt in Rom geführt hatten. Es ging nicht darum, die Gegner einfach nur zu verprügeln. Paulus' Männer schlachteten die Unbewaffneten ab, so wie Fleischer Vieh schlachten.
Der Arzt kniete nieder, um sich um einen Verletzten zu kümmern, der sich beide Hände auf den Bauch preßte. Der Mann mochte vielleicht dreißig Sommer gesehen haben. Ängstlich starrte er Philippos mit großen, dunklen Augen an und stotterte: »Wir … wir sind doch … Gesandte!«
Ein Überfall auf eine Gesandtschaft! Bei den Göttern! Wo war er da nur hineingeraten! Am Kreuz würde er noch enden, dachte Philippos. Es sei denn, er wechselte die Seiten. Beruhigend auf den Verletzten einredend, schob der Grieche die Hände des Mannes zur Seite, um seine Wunde zu untersuchen. Doch schon als er den breiten Schnitt in der blutdurchtränkten *tunica* aus Wolle sah, wußte er, daß dem Mann nicht mehr zu helfen war. Man hatte ihm ein *gladius* in den Bauch gestoßen, das kurze, breite Schwerte, mit dem auch die Soldaten der Legionen bewaffnet waren. Die inneren Verletzungen, die ein solcher Stich verursachte, vermochte auch der kunstfertigste Arzt nicht mehr zu heilen. Der Mann würde auf jeden Fall sterben. Die Frage war nur, wie lange er sich noch quälen mußte.

Philippos lächelte den Verletzten an. »Ich werde Hilfe holen. Nur Mut ...« Zu viele hatte er auf diese jämmerliche Art schon sterben sehen. Ein paar tröstende Worte, das war das einzige, was er hier noch tun konnte. Vielleicht konnte er ihm so ein wenig Hoffnung machen und ihm sein Ende erleichtern. Vielleicht ...

Wütend stand Philippos auf. Was taten diese götterverfluchten Bastarde hier? Was sollte dieser Überfall? Er war beileibe kein Feigling! In seiner Zeit als Legionär hatte er selbst schon getötet ... sogar auf dieselbe Art! Doch das hier ... Welchen Sinn machte es, die Unbewaffneten zu ermorden? Welche Gefahr stellten sie dar?

»Caelius!« Sein Schrei ging in dem Kampflärm unter. Er mußte dieses Patriziersöhnchen zur Rede stellen! Oder sollte er einfach fortlaufen und diesen Alptraum hinter sich lassen?

»Caelius!« Wütend blickte sich Philippos um. Nein, diesmal würde er nicht schon wieder fortlaufen!

Einige der Zelte am Strand waren in Brand geraten. Dichte Schwaden schwarzen Rauchs trieben durch das Lager.

Der Arzt packte die Keule in seiner Rechten fester. Irgendwo inmitten des Chaos ertönte eine Stimme, die den Rückzug befahl. Philippos sah, wie vom Hügel auf der gegenüberliegenden Seite des Lagers ein Trupp Bewaffneter herbeigeeilt kam.

Zwischen den treibenden Rauchschwaden konnte der Arzt Paulus erkennen. Der Anführer der Strauchdiebe hatte sich über eine Gestalt in einem weißen Gewand und mit schulterlangen Haaren, die ihr wirr ins Gesicht hingen, gebeugt. Eine Frau! Sie lag am Boden und hob schützend ihre Hände. Der Söldner versuchte, ihr die prächtige goldene Brosche von ihrem Umhang zu reißen. Doch die Frau wand sich so heftig, daß er das Schmuckstück nicht richtig zu packen bekam.

Ohne darüber nachzudenken, was er tat, stürmte Philippos auf den Söldnerführer los. Er würde ihn für diese Bluttaten zur Rede stellen!

Paulus hatte sein Schwert erhoben. Offensichtlich wollte er die Frau tatsächlich niederstechen.
»Nein! Du Bastard!« Philippos holte mit seinem Knüppel aus und ließ die Waffe mit aller Kraft auf den Kopf des Söldners niedersausen.
Ohne noch einen Laut von sich zu geben, stürzte Paulus vornüber.
Was hatte er nur getan! Ängstlich blickte der Arzt sich um. Er mußte jetzt schnellstens weg von hier. Wenn ihn bloß keiner von den anderen Halsabschneidern gesehen hatte! Vielleicht sollte er die Brosche der Frau nehmen und einfach verschwinden? Von irgend etwas würde er schließlich leben müssen, wenn er aus Italien floh! Mit diesen Mördern würde er sich jedenfalls nicht länger einlassen!
Noch einmal blickte Philippos sich um. Dann beugte er sich nach vorne. Die Frau am Boden fuhr sich mit fahriger Geste durchs Gesicht und strich das Haar zur Seite. Dann stieß sie einen überraschten Laut aus, ja, sie starrte ihn an, als sei er ein Geist. Und jetzt erkannte auch Philippos, wen er vor dem Schwert des Paulus bewahrt hatte. Es war die Isispriesterin aus Pompeji!

* * *

Bei *Isis* und *Osiris*! Das konnte kein Zufall mehr sein! Ein drittes Mal traf sie nun schon auf diesen unsympathischen Griechen, und jetzt hatte er ihr auch noch das Leben gerettet! Sie stand in seiner Schuld!
Der ersten Wucht des Angriffs war Šamu entkommen, indem sie, statt wie die anderen wegzulaufen, sich zu Boden geworfen und totgestellt hatte. Wäre nicht dieser beutelüsternde Söldner gewesen, der auf ihre Brosche aufmerksam geworden war, so hätte sie den Angriff vermutlich gänzlich unversehrt überstanden.
Rings herum erklang das Stöhnen Verwundeter und Sterbender. Manche riefen auch lauthals die Götter um Hilfe an.

Der Grieche hatte seine blutbesudelte Keule fallenlassen und starrte sie unentwegt an, so als offenbare sich ihm ein Wunder der *Isis*. Was sollte sie nur mit ihm tun? Ganz offensichtlich hatte er zu den Angreifern gehört. Dann aber hatte er sie vor dem Tod errettet.
Plötzlich erschien wie aus dem Nichts ein riesiger schwarzer Schatten neben ihr.
»Stirb, du Hund!«
Batis! Der Nubier hatte sich nicht an ihre Befehle gehalten. Mit aller Kraft führte er einen Axthieb nach dem Arzt, der jedoch zur Seite sprang, taumelnd das Gleichgewicht verlor und zu Boden stürzte.
Sofort war Batis über ihm. Mit seinem rechten Fuß drückte er den Griechen zu Boden, so daß er ihm nicht mehr entkommen konnte. »Verrecke, Wurm!«
Schon hatte der Nubier wieder seine mächtige Axt gehoben, als Šamu ihm in den Arm fiel.
»Laß ihn! Er hat mir das Leben gerettet!«
»Er ist ein Feind! Er hat es nicht besser verdient! Das Herz werde ich ihm herausreißen.« Batis schüttelte Šamu ab und holte erneut zum Schlag aus.
»Im Namen der *Isis* und des *Neuen Osiris* verbiete ich dir, ihn zu töten! Möge der Fluch der Göttin dich treffen, wenn du meinen Befehl mißachtest!«
»Hör' auf sie, großer Krieger«, stammelte der Grieche ängstlich. »Bitte verschone mich. Ich habe deiner Herrin das Leben gerettet!«
Einen Augenblick lang zögerte der Nubier. Dann ließ er seine Axt niedersausen.
Mit leisem Knirschen fuhr die Waffe nur zwei Fingerbreit neben dem Kopf des Arztes in den hellen Sand.
»*Zeus* sei Dank«, stöhnte der Grieche erleichtert.
»Wie konntest du meinen Befehl mißachten, Batis?« fauchte Šamu wütend.
»Ich habe diesen schleimigen Wurm doch am Leben gelas-

sen«, knurrte der Nubier. »Auch wenn ich deine Gnade ihm gegenüber für unangebracht halte. Dieses Stück Dreck sollte man einfach hinwegwischen. Sieh dich um, was er und seine Kameraden getan haben!«

»Davon rede ich nicht! Ich hatte dir befohlen, an der Seite der Prinzessin zu bleiben. Wo ist Kleopatra? Was ist, wenn sie irgendwelchen versprengten Mördern in die Hände fällt?«

»Als ich sah, wie diese Meuchler den Hügel herunterkamen, habe ich ihr geholfen, sich auf einem hohen Baum zu verstecken. Dort ist sie in Sicherheit. Ich konnte doch nicht tatenlos zusehen, wie du von diesen Banditen ermordet wirst! Was glaubst du denn …«

Dieser verliebte Narr! Er hätte die Prinzessin geopfert, um sie zu retten, dachte Šamu. Auch wenn sie sich dadurch insgeheim geschmeichelt fühlte, durfte sie solche Pflichtverletzungen nicht dulden. Ihr Leben war nichts im Vergleich zu dem Kleopatras.

»Geh zurück und hole sie!« herrschte die Priesterin den Krieger an. »Und rühre dich nicht mehr von ihrer Seite, bis ich es dir ausdrücklich befehle. Ich hoffe, du bist dir darüber im klaren, daß ich den *Pharao* über deine Pflichtvergessenheit informieren muß, sobald wir an den Hof zurückgekehrt sind.«

»Aber …« Batis blickte niedergeschlagen zu Boden. »Wie du befiehlst, Herrin. Ich bin bereit, die Strafe für meine Verfehlungen auf mich zu nehmen.« Mit hängenden Schultern drehte er sich um und verließ das Lager.

Sie hätte nicht so hart zu ihm sein sollen. Sie mußte sich sammeln, um ihre weiteren Entscheidungen überlegter zu treffen. Verzweifelt blickte Šamu sich im Lager um. Wäre sie nur gleich mit ihrer Eskorte hierher gekommen! Vielleicht hätten die Meuchler dann erst gar keinen Angriff gewagt. Zumindest hätte sie dieses fürchterliche Gemetzel vermeiden können.

»Bravo, Priesterin, diesem Wilden hast du es so richtig gegeben. Meine Hochachtung. Ich finde ...«
»Schweig, Grieche! Ich habe allein meine Schuld bei dir beglichen. Du hast mein Leben gerettet, und ich habe dich vor der Axt des Nubiers bewahrt. Ich bin dir jetzt nichts mehr schuldig. Glaube nicht, ich hätte vergessen, daß auch du zu diesen Meuchlern gehörst, oder wie du *Isis* in ihrem eigenen Tempel beleidigt hast. Betrachte dich als Gefangenen, den ich der Gerechtigkeit Roms überantworten werde, sobald sich dazu Gelegenheit ergibt.«

* * *

Das Ergebnis des Angriffs war niederschmetternd. Nachdem alle Geflohenen zum Lager zurückgekehrt waren, stellte sich heraus, daß von den dreiundneunzig Gesandten, mit denen Dion sich ausgeschifft hatte, zweiunddreißig tot waren und weitere neunundzwanzig so schwer verletzt, daß für sie an eine Weiterreise nach Rom in absehbarer Zeit nicht zu denken war. So viele der Gesandten waren verwundet, daß Šamu gezwungen war, den Griechen um Hilfe zu bitten, obwohl sie ihm zutiefst mißtraute. Damit er nicht fliehen konnte, befahl sie, daß zwei Soldaten ihrer römischen Eskorte an seiner Seite blieben.
Das größte Zelt am Strand verwandelte sie provisorisch in ein Lazarett, in das zunächst jene Schwerverletzten gebracht wurden, bei denen noch Hoffnung auf eine Heilung bestand. Die anderen hingegen brachte man in ein Zelt am Rande des Lagers, um sie dort in Ruhe sterben zu lassen. Šamu teilte Batis und einige der Gesandten dazu ein, den Sterbenden in ihren letzten Stunden beizustehen. Auch Kleopatra befahl sie, dort zu helfen. Wenn sie später einmal regieren sollte, könnte es nicht schaden, wenn die Prinzessin einen bleibenden Eindruck davon bekommen würde, was Krieg bedeutete und welches Elend selbst siegreiche Schlachten nach sich zogen.

Währenddessen versuchte Šamu verzweifelt, den Verwundeten wenigstens auf das notdürftigste zu helfen. Doch es mangelte an allem! An Messern und anderen Instrumenten, um die Wunden zu behandeln, an Verbänden und selbst an den gewöhnlichsten Kräutern. So schickte sie einige Männer ihrer Leibwache los, die versuchen sollten, aus Puteoli oder Neapolis Hilfe zu holen, oder zumindest Kräuter und Verbandsstoff herbeizuschaffen.

Am quälendsten empfand die Priesterin die unausgesprochene Erwartung, die sie in den Gesichtern der Verletzten lesen konnte. Sie als Isispriesterin mußte doch in der Lage sein, ihnen durch ihre Zauberkraft zu helfen! Doch all die Rituale, die sie kannte, um Schmerzen zu lindern oder Vergessen spendenden Schlaf zu schenken, erforderten besonders zubereitete Salben und Tränke. Das Wort allein hatte nicht die Kraft, körperlichen Schmerz zu lindern.

Als schließlich doch auch der letzte versorgt war, war die Nacht längst vorüber und Šamu so erschöpft, daß sie sich kaum noch auf den Beinen halten konnte.

9. KAPITEL

Philippos hatte die ganze Nacht über immer wieder die Priesterin bei der Arbeit beobachtet. Als es dunkel geworden war, mußten sie im selben Zelt dicht nebeneinander die Verletzten behandeln. Es gab nicht genug Öllampen, um das ganze Zelt so hell zu erleuchten, wie es nötig war, um Wunden zu säubern und saubere Schnitte durchzuführen. Die Art der Verletzungen, die die Ägypter davongetragen hatten, hatte er schon tausendfach gesehen und behandelt. Quetschungen, tiefe Schnitte und Platzwunden. Die Handschrift des Krieges!

Es wunderte Philippos, wie die Priesterin arbeitete. Sie wußte tatsächlich mit solchen Wunden umzugehen. Nicht so gut wie er, doch gut genug, um auch ohne seine Hilfe zurechtzukommen. Von einer Kupplerin hätte er das niemals erwartet. Er hatte statt dessen mit magischen Gesängen, obskuren

Tränken und verantwortungslosen Versprechungen gerechnet. Sie hingegen schien sogar weise genug zu sein, um zu erkennen, daß sie ihm trotz aller Begabung letzten Endes in der Chirurgie nicht das Wasser reichen konnte. Jedenfalls überließ sie ihm nach einer gewissen Zeit alle schwierigen Fälle und kümmerte sich nur noch um die leichter Verwundeten.

Nur ein einziges Mal gab es Streit zwischen ihnen. Es mußte ungefähr Mitternacht gewesen sein, als ein Ägypter ins Zelt kam, den man ursprünglich als Leichtverletzten behandelt hatte. Sein linker Ellbogen war übel geschwollen, so daß er den Arm nicht mehr einknicken konnte. Er hatte mit seinem Arm einen Keulenschlag aufgefangen, der eigentlich seinem Kopf gegolten hatte. Als Philippos die Schwellung genauer untersuchte, stellte sich heraus, daß der Ägypter sich einen Splitterbruch im Gelenk zugezogen hatte. Eine Verletzung, die ihm nicht nur für den Rest seines Lebens einen steifen Arm einbringen würde, sondern möglicherweise sogar Wundbrand hervorrufen mochte, wenn durch die Prellung das Gleichgewicht der Säfte durcheinandergeriet. Aus diesem Grund war Philippos der Meinung, daß man den Arm vorsorglich dicht über dem Gelenk amputieren sollte. Als der Ägypter begriff, was er vorhatte, beschimpfte er ihn als Metzger und begann ein solch unsägliches Geschrei, daß sich schließlich die Priesterin seiner annahm. Und obwohl sie Philippos' Einschätzung der Verletzung bestätigte, sprach auch sie sich gegen die Amputation aus und behauptete, daß es für jeden Ägypter ungeheuer wichtig war, daß sein Körper unversehrt ins Grab kam, da jedes Glied, welches er zu Lebzeiten verlor, ihm auch im Reich des *Osiris* fehlen würde.

Was für ein abergläubischer Unsinn, wo doch selbst Homer schon zu berichten wußte, daß man im *Hades* nur noch körperlose, jammernde Schatten antraf. Und glaubte man gar den Thesen einiger Philosophen, so gab es nicht einmal das. Dann war der Tod einfach nur das Ende. Aber so unterschie-

den sich wohl letztlich die Barbaren von einem Kulturvolk. Riskierten ihr Leben für ihren Aberglauben!
Zuletzt gab die Priesterin ihm einfach den Befehl, die Amputation nicht durchzuführen. Nur wenn der Arm tatsächlich brandig würde, sollte er operieren. Davon, daß dies blanker Unsinn war, wollten sich weder sie noch der widerborstige Ägypter überzeugen lassen. Hatten die schlechten Säfte im angeschwollenen Armgelenk erst einmal zum Wundbrand geführt, würde es sehr viel schwieriger werden, noch eine saubere Amputation durchzuführen. Aber das hätte er dann nicht mehr zu verantworten.
Der letzte, den man ihm zum Verbinden hereintrug, war Paulus. Es war noch immer bewußtlos, und sein Hinterkopf wies unter dem blutverklebten Haar eine außergewöhnliche Schwellung auf. Vorsichtig tastete Philippos mit den Fingern über die Wunde.
»Dein Lehrmeister scheint dich wohl eher gelehrt zu haben, wie man Leben beendet, als wie man sie rettet«, kommentierte die Priesterin, die sich völlig erschöpft auf einem Klappstuhl niedergelassen hatte, seine Arbeit.
»Hätte ich das nicht gelernt, wärst du jetzt tot«, entgegnete der Arzt kühl. Er durfte sich nicht auf einen weiteren Streit mit ihr einlassen! Die Götter allein mochten wissen, wozu sie sich in ihrer Erschöpfung würde hinreißen lassen. Vielleicht gab sie gar als Dank für seine Arbeit den Befehl, ihn hinzurichten?
»Was hat dich eigentlich dazu getrieben, mit diesen Meuchlern zu paktieren, Arzt? Wolltest du dich an mir rächen?«
»Hätte ich dann deinen Tod verhindert?«
Die Priesterin wiegte müde den Kopf. »Wer weiß ... Womöglich hast du erkannt, daß du auf verlorenem Posten warst und wolltest dir meine Gunst erkaufen, indem du deinen Kameraden niedergeschlagen hast.«
Philippos schluckte. Würde sie ihm wohl jemals glauben, daß er sie nur aus Überzeugung, einen Mord verhindern zu müs-

sen, vor Paulus bewahrt hatte? Wohl kaum! Er würde an ihrer Stelle diese Geschichte auch nicht akzeptieren. Und wer weiß, hätte er gewußt, über wen sich der Söldnerführer da hermachte, vielleicht hätte er doch nur tatenlos zugesehen ...

»Nun, Grieche, es scheint, ich bin deinen wahren Beweggründen wohl recht nahe gekommen. Du bist so ungewohnt schweigsam. Hat dir die Angst die Sprache verschlagen?«

»Was könnte ich schon noch tun? Würdest du mir vielleicht glauben, wenn ich dir sagte, daß ich verhindern wollte, daß unschuldiges Blut vergossen wird?«

Die Priesterin lachte zynisch. »Nachdem du mir erst vor drei Tagen inmitten des Isistempels vor die Füße gespuckt hast? Und habe ich dich vielleicht nicht umgeben von einer Mörderbande wiedergefunden? Wie sollte ich dir da glauben können!«

Die Plane am Eingang des Zeltes wurde zurückgeschlagen, und ein kleiner, bärtiger Mann, der seinen linken Arm in einer Schlinge trug, trat ein.

»Ich muß dich sprechen, Šamu!« Der Fremde schien einigermaßen aufgeregt, und Philippos war froh, daß sein unangenehmes Gespräch mit der Priesterin unterbrochen wurde, bevor er sich um seinen Hals redete.

»Nur zu, Dion!« Die Priesterin wies auf einen zweiten Klappstuhl, der noch frei war. »*Ich* habe keine Geheimnisse.«

»Danke, ich ziehe es vor, zu stehen!«

Philippos hatte sich abgewandt und tastete weiter die Kopfwunde des Paulus ab, während er gespannt dem Gespräch zwischen der Priesterin und Dion lauschte.

»Wenn du tatsächlich keine Geheimnisse hast, Šamu, kannst du mir sicher auch erklären, warum diese Halsabschneider mit dem Schlachtruf ›*Für Ptolemaios*‹ über uns hergefallen sind. Kann es vielleicht sein, daß du im Auftrag des *Pharao* ein doppeltes Spiel treibst?«

»Bin ich etwa nicht angegriffen worden?«

»Soweit ich sehe, bist du zumindest nicht verletzt worden. Das können die meisten meiner Männer nicht von sich behaupten! Daß du nicht einmal den Versuch gemacht hast, vor dieser Mörderbande wegzulaufen, spricht auch nicht gerade für dich.«

»Und waren es nicht meine Leibwächter, die die Meuchler wieder vertrieben haben? Was glaubst du eigentlich, was ich bin? Ein janusköpfiges Ungeheuer?«

»Um herauszufinden, was du bist, bin ich hier! Ich habe die ganze Nacht darüber nachgedacht, wie dein Auftreten und der Schlachtruf der Meuchler übereinzubringen sind. Das Ergebnis dieser Überlegungen war überaus ernüchternd. Welchen besseren Weg könnte es geben, mich und auch alle anderen von den edlen Absichten des Ptolemaios zu überzeugen, als uns vor einem heimtückischen Überfall zu retten? Also schickt er mir gleich zwei Gesandtschaften! Einen Trupp Strauchdiebe und meine überaus edlen Retter. Wäre nicht einer dieser Söldner so dämlich gewesen, mit dem Namen des *Pharao* auf den Lippen in den Kampf zu stürmen, ich hätte diese Intrige wohl kaum durchschaut!«

Philippos grinste, während er weiterhin so tat, als sei er ganz in seine Arbeit versunken. Mitzuerleben, wie die doch so tugendhafte Isispriesterin einer schändlichen Intrige bezichtigt wurde, bereitete ihm tiefste Genugtuung.

»Deine Anschuldigungen sind absurd, Dion! Unsere beiden Gefangenen werden dir mit Sicherheit erklären können, was es mit diesem rätselhaften Schlachtruf auf sich hat.«

Für einen kurzen Augenblick überlegte Philippos, ob er Dions These nicht einfach bekräftigen sollte. Eine bessere Gelegenheit, der Priesterin noch eins auszuwischen, würde sich sicher nie wieder ergeben. Auf der anderen Seite schien sie diejenige zu sein, die alle Soldaten in diesem Lager befehligte, und ihr Ärger mochte tödliche Konsequenzen haben.

»Nun, was ist mit dir, Arzt? Muß ich erst meinen Leibwächter rufen, um dich zum Sprechen zu bringen?«
Philippos drehte sich um und verneigte sich kurz vor der Priesterin. »Gewiß mußt du dies nicht, Herrin. Es war allein die Scham, die mich zögern ließ, dir zu antworten.«
»Scham?«
»Nun, es tut mir leid, doch fürchte ich, es reicht meine Kunst als Arzt nicht aus, um den Verletzten hier je wieder zum Sprechen zu bringen. Der Keulenschlag hat ihm den hinteren Schädelknochen zertrümmert. Vermutlich wird er in den nächsten Tagen an den Folgen dieser schweren Wunde sterben.«
»Dann bleibst immer noch du«, entgegnete die Priesterin kühl.
»Eh, ja also, ich fürchte, auch ich werde keine allzu große Hilfe sein.« Langsam, jedes Wort wohl bedenkend, begann der Arzt zu erzählen, wie er in die Schlägerbande des Paulus geraten war.
Nachdem er mit seiner Geschichte zu Ende war, musterte ihn die Priesterin skeptisch.
Philippos hatte sich wirklich an die Wahrheit gehalten, jedenfalls weitestgehend. Immer wieder mußte er an die Drohung denken, der römischen Gerichtsbarkeit ausgeliefert zu werden. Dort würde man ihm vermutlich noch weniger Glauben schenken.
Nervös blickte der Grieche zu Dion. Vielleicht war ja wenigstens der Philosoph auf seiner Seite?
»Du sagst also, Publius Sestius hätte deinem Freund Caelius diesen Schlägertrupp ausgeliehen.« Der Philosoph runzelte die Stirn. »Dieser Sestius ist dann wohl ein Freund des Pompeius, der den *Pharao* in seinem Haus beherbergt.«
Philippos zuckte mit den Schultern. »Das weiß ich nicht.«
»Aber daß du die Priesterin Šamu kennst, leugnest du nicht?«

»Ich habe es euch doch bereits erzählt, wie ich die Priesterin kennenlernte.«

»Und du denkst, das würde ich glauben? Vermutlich kennt ihr beide euch schon seit Jahren und spielt mir hier eine Posse vor.«

»Dein Mißtrauen wird dich noch ins Grab bringen«, mischte sich Šamu ein. »Soweit es unsere vorherigen Treffen angeht, hat der Arzt nicht gelogen. Auch ansonsten bin ich geneigt, ihm seine Geschichte zu glauben. Sie paßt zu dem schlechten Bild, das ich von ihm habe. Du aber, Dion, bist dabei, einen folgenschweren Fehler zu machen!«

»Bin ich das? Warum? Weil ich mich nicht so verhalte, wie du und der *Pharao* es vorausberechnet haben, Priesterin? Weil ich mich nicht mit Dankestränen in den Augen vor dir auf die Knie werfe und über meine Rettung jubele? Wenn du glaubst, du könntest mich davon abhalten, nach Rom zu reisen, dann irrst du. Jetzt werde ich erst recht gehen. Nie wieder soll Ptolemaios Ägypten betreten, und ich bin sicher, wenn sein hinterhältiges Spiel erst einmal dem Senat bekannt wird, wird man ihn auch aus Italien verbannen.«

Vielleicht wäre es das beste, die beiden gegeneinander auszuspielen, überlegte Philippos. Wenn sie sich nicht einig wurden, konnte er einer Verurteilung womöglich entgehen. Auf der anderen Seite bestand natürlich die Gefahr, daß, wenn er sich falsch verhielt, am Ende beide gegen ihn standen. Unauffällig schielte er zu Šamu hinüber. Die Priesterin hatte die Fäuste geballt und gab Dion gerade eine passende Antwort auf seine Frechheiten.

» ... versponnener Philosoph! Bist du denn blind? Tatsache ist, daß meine Eskorte dich gerettet hat und ich die ganze Nacht hindurch deine Männer gepflegt habe! Glaubst du vielleicht, das täte ich, wenn ich insgeheim nur auf die nächste Gelegenheit wartete, dir einen Dolch in den Rücken zu stoßen?«

»Ich habe dir bereits dargelegt, was ich über das Geschehene denke. Die einzige Einschränkung, die ich machen möchte, ist, daß du vielleicht zu naiv bist, um die wahren Zusammenhänge zu durchschauen. Am Ende bist auch du nur eine unwissende Handlangerin im Spiel des *Pharao*!«

»Hast du schon einmal einen Gedanken daran verschwendet, daß du derjenige sein könntest, der mißbraucht wird? Kommt es dir nicht seltsam vor, daß Berenike ausgerechnet ihre Feinde für eine so wichtige Mission auswählt und daß du dann auf diese mörderische Art empfangen wirst? Vielleicht solltest du die Schurken und Verräter lieber in deinen Reihen suchen?«

»Wenn du glaubst, du könntest Zweifel in mein Herz säen, dann hast du dich geirrt, heimtückische Schlange! Ich würde für jeden der meinen mein Leben geben!«

»Deshalb wärst du ja jetzt auch schon ein toter Mann, wenn ich dir nicht zu Hilfe geeilt wäre«, höhnte Šamu. »Du solltest einmal darüber nachdenken, woher ich wußte, daß ich dich hier in dieser Bucht finden würde. Oder woher wußten es die Mörder? Wenn du dann obendrein noch die Einsicht wagtest, daß ich und die Meuchler nicht unter eine Decke stecken, müßte es ja schon mindestens zwei Verräter in deiner Gesandtschaft geben.«

»Ich bin nicht bereit, mir diesen unausgegorenen Unsinn noch länger anzuhören. Was wißt ihr Frauen schon von Logik? Glaubst du, es wäre Zufall, daß alle gelehrten Philosophen Männer waren? Ich bin es leid, mir weiter dein sinnloses Geschwätz anzuhören.« Abrupt drehte sich Dion um und verließ das Zelt.

Philippos grinste verstohlen. Mit seinen letzten Worten hatte der Gesandte ihm geradezu aus der Seele gesprochen.

»Du hast wohl deinen Spaß an unserem Streit?« Die Hände in die Hüften gestemmt, hatte sich die Priesterin vor ihm aufgebaut.

»Ich, eh … Ich war zu beschäftigt, um euch wirklich zuzuhören.« Er mußte sie mit irgend etwas ablenken und dafür sorgen, daß ihr Zorn verrauchte! »Ich habe darüber nachgedacht, ob wir nicht vielleicht doch Paulus zum Reden bringen könnten. Womöglich weiß er, wer den Auftrag zum Mord an den Gesandten gegeben hat?«

»Ich denke, er ist der Handlanger dieses *tribun* Publius Sestius?«

»Bei ihm steht er normalerweise im Sold. Aber ich glaube nicht, daß ein einfacher *tribun* einen Mordauftrag dieser Art vergibt. Welchen Nutzen hätte Sestius davon? Er wird im Dienst von irgend jemand anderem handeln. Jemandem, der wirklich mächtiger ist und der ein Interesse daran hat, daß der *Pharao* vor dem Senat in Ungnade fällt.«

Šamu blickte auf den Verletzten hinab und schüttelte den Kopf. »Sagtest du nicht, daß du ihm den hinteren Schädelknochen zertrümmert hast? Der wird nie wieder zu irgend jemandem sprechen.«

»Vielleicht können wir ihn retten. Du bist doch eine große Heilerin.«

Die Priesterin runzelte die Stirn. »Machst du dich über mich lustig? Glaubst du etwa, ich hätte schon vergessen, wie du über mich denkst?«

»Vielleicht bin ich weise genug, um zu erkennen, daß ich mich geirrt habe. Wenn wir ihn retten, wird er uns sicher behilflich sein. Und wenn wir es nicht schaffen, was verlieren wir? Ohne unsere Hilfe wird er nicht mehr lange leben. Glückt die Behandlung aber, so besteht Hoffnung, daß er dir nutzen wird.«

Die Priesterin zögerte. Wahrscheinlich brütete sie darüber nach, welchen Vorteil er aus der Sache zu ziehen versuchte. Schließlich schüttelte sie resignierend den Kopf. »Ich habe eine solche Verletzung noch nie behandelt. Nur die erfahrensten Heiler wagen es, am offenen Schädel zu operieren. Und selbst ihnen mißglücken diese Eingriffe häufiger, als daß der Verletzte wieder gesundet. Alles, was ich über diese Art der Behandlung weiß, stammt aus den *papyri*, die ich studiert habe.«

»Dann werden wir es gemeinsam versuchen!«
»So nicht, Grieche! Womöglich würdest du dann behaupten, Zeuge gewesen zu sein, wie ich den römischen Bürger Paulus ermordet habe. Darauf lasse ich mich nicht ein. Du wirst die Operation durchführen, und ich werde dir dabei helfen, so gut ich es vermag. Du bist Wundarzt. Dir wird es eher gelingen als mir.«
»Aber ich ...« Philippos fluchte innerlich. Die Priesterin war ja noch raffinierter, als er erwartet hatte! Auf die Idee mit dem vermeintlichen Mord an einem römischen Bürger war er noch gar nicht gekommen.
»Ich werde mich nun für ein paar Stunden zur Ruhe legen und neue Kräfte sammeln. Danach lasse ich dich rufen, und wir werden gemeinsam versuchen, diesen Paulus zu retten. Jetzt lass' mich allein, Grieche.«
»Wie du befiehlst!« Philippos verbeugte sich tief und verließ das Zelt. Wo war er jetzt nur wieder hineingeraten! Alle Verantwortung für den Versuch einer Schädelbehandlung zu tragen, das hatte ihm gerade noch gefehlt! Am Ende würde die Priesterin ihn gar des Mordes an einem römischen Bürger anklagen!
Verzweifelt blickte Philippos zum Himmel. Hatte er den Göttern nicht immer geopfert und regelmäßig die Tempel beschenkt? Warum nur beglückte ihn nicht wenigstens einer mit seiner Gunst? Nur ein einziger!

* * *

Jemand hatte sie sanft am Arm gerüttelt, so daß Šamu schließlich erwachte. Mürrisch blinzelte sie den Schlaf aus den Augen und versuchte zu erkennen, wer sie geweckt hatte. Im Zelt war es stockfinster und kalt. Sie mußte viele Stunden geschlafen haben, dachte Šamu erschrocken. Nach den Gesprächen mit Dion und Philippos hatte sie noch einige Erkundigungen im Lager eingeholt. Doch es war noch nicht einmal Mittag gewesen, als sie sich hingelegt hatte.

Erst als sich ihre Augen langsam an die Finsternis gewöhnten, erkannte sie die Umrisse des Schattens, der über sie gebeugt stand.

»Herrin?«

»Was ist, Batis?«

»Ich konnte ein Gespräch zwischen Dion und einem seiner Vertrauten belauschen. Sie haben Angst vor dir. Deshalb haben sie heimlich einen der ihren losgeschickt, der Soldaten aus Misenum holen soll. Ich glaube, sie wollen dich festnehmen lassen.«

»Was?« Mit einem Schlag hellwach, richtete sie sich auf dem Lager auf.

»Sie haben auch versucht, den jungen *centurio* zu überzeugen, sich gegen uns zu stellen. Noch bleibt er treu. Aber was wird geschehen, wenn ein höherer Offizier aus Misenum kommt und ihm befiehlt, uns in Ketten legen zu lassen?«

Šamu dachte daran, wie schnell sich der Kommandant in Misenum dem Willen des Gabinius gebeugt hatte. Sollte ein anderer bedeutender Römer den Befehl geben, sie gefangen zu setzen, jetzt, wo der *proconsul* weit entfernt irgendwo auf dem Meer war, so würde der Hafenkommandant sicher gehorchen.

»Was rätst du mir, Batis?«

»Wir sollten uns von hier zurückziehen. Am besten noch in dieser Nacht. Die Dunkelheit wird uns umhüllen wie ein Mantel und für unsere Feinde unsichtbar machen.«

Šamu zögerte. Was wäre, wenn sie noch immer von den Strauchdieben beobachtet wurden, die am Vortag das Lager überfallen hatten? Vielleicht würde sie dem *Pharao* damit ja einen Dienst erweisen? Dion war so verbohrt und rechthaberisch, daß sie ihn ohnehin nicht von ihrer Unschuld überzeugen konnte. Sollte er ruhig die Konsequenzen seiner Sturheit tragen, wenn sie tatsächlich noch beobachtet wurden!

Šamu schüttelte die Decke von ihren Schultern und erhob sich. Im Zelt war es klamm und kalt. »Sorge dafür, daß die

Römer abmarschbereit sind. Sie sollen eine Trage für den verletzten Gefangenen improvisieren. Einen Klappstuhl, an den ein paar Zeltstangen gebunden werden. Wir müssen ihn auf jeden Fall in sitzender Haltung transportieren, wenn er die Reise überleben soll. Für den griechischen Arzt haftest du mir persönlich. Ich glaube, er wird keine Möglichkeit auslassen zu fliehen. Weiche also nicht von seiner Seite!«

»Mit dem größten Vergnügen!«

Šamu konnte zwar kaum die Hand vor Augen sehen, doch war sie sich sicher, daß der Nubier in diesem Augenblick zufrieden grinste.

***

Das schlechte Wetter der vergangenen Tage schien wie weggezaubert. Die Kais von Neapolis lagen in warmem Sonnenlicht. Überall herrschte hektische Betriebsamkeit. Zwei bauchige Getreidetransporter aus der Provinz *africa* waren in den Hafen eingelaufen, und Kolonnen von Sklaven schafften das Korn in nahegelegene Speicher. Aus der Ferne beobachtete Šamu den jungen *centurio*, der mit einem Seemann verhandelte.

»Du solltest mich mit den Leuten reden lassen«, nörgelte Philippos. »Ich bin Grieche, und das hier ist eine alte Griechenstadt. Ich würde besser mit ihnen zurechtkommen.«

Und die erstbeste Gelegenheit zur Flucht nutzen, dachte Šamu. Sie hatte den Arzt in Fesseln legen lassen und unter die Aufsicht von Batis gestellt, um sicherzugehen, daß er ihr nicht entkommen konnte. Wenn Paulus sterben sollte, war Philippos der einzige Zeuge, der bestätigen konnte, daß zumindest Caelius am Überfall auf die Gesandten beteiligt war und daß Ptolemaios mit diesem feigen Anschlag nichts zu tun hatte.

Die Soldaten hatten neben ihr die Trage abgestellt, in der der verwundete Römer zusammengesunken kauerte. Man hatte ihn mit Lederriemen festgeschnallt, damit er nicht herunterrutschen konnte. Der gestrige Tag und ihr Marsch nach Neapolis hatten Paulus beinahe das Leben gekostet. In seinem Zustand war eine solche Strapaze fast schon Mord. Sein Herz schlug nur noch schwach, und seine Stirn glänzte im Fieber. Zwei Tage war er jetzt schon bewußtlos. Vielleicht würde er nie mehr aufwachen.

Allein um ihn zu schonen, bemühte sich Šamu, eine Schiffspassage zum nahen Pompeji zu erhalten. Diese Art des Reisens würde ihn weniger belasten. Philippos hatte behauptet, daß jeder Stoß den Zustand des Verletzten verschlechtere. Šamu konnte das nicht recht beurteilen. Sie wußte, daß Fleischwunden immer wieder aufbrachen, wenn die Verwundeten keine Ruhe hielten, oder daß Brüche nur schlecht verheilten, wenn man sich zu viel bewegte, doch die Verletzung des Römers war von anderer Art. Die sichtbare Wunde war nur klein. Dafür war sein Kopf allerdings durch eine mächtige Schwellung deformiert. Philippos hatte sich gestern während des Marsches mächtig aufgespielt und die merkwürdigsten Dinge behauptet.

Seiner Meinung nach versammelten sich in der Schwellung die schädlichen Säfte des Körpers, und schon bald würden sie den Verwundeten vergiften. Außerdem war er der Meinung, daß durch die Schwellung Knochensplitter ins Innere des Kopfes gedrückt werden könnten. Wenn man ihm glaubte, schwamm das Gehirn in einer dünnen Hautblase. Und wenn diese Blase erst einmal verletzt wurde, was durch die Knochensplitter wohl durchaus geschehen mochte, würde Paulus binnen weniger Stunden sterben.

»Aus welchem Grund reisen wir eigentlich nach Pompeji? Wäre es nicht klüger, gleich zum Hof des *Pharao* zurückzukehren und ihn vor Dion und seinen Anschuldigungen zu warnen?«

Die Worte des Griechen schreckten Šamu aus ihren Gedanken auf.

»Ich habe dort die Einbalsamierung eines toten Freundes zu überwachen. Erst wenn diese Aufgabe vollbracht ist, kann ich zurückkehren. Ich handele dabei auf den Befehl des *Pharao*. Auch wenn du das niemals begreifen wirst, so ist Ptolemaios für mich ein Gott.«
»Ich würde es doch niemals wagen, deinen Glauben in Frage zu stellen«, entgegnete der Grieche in heuchlerischer Freundlichkeit. »Vielleicht könntest du mir ja ein wenig entgegenkommen und meine Fesseln lösen lassen.«
»Warum sollte ich das tun? Damit du leichter fliehen kannst?«
Der Arzt schüttelte energisch den Kopf. »Nicht doch! Dein Mißtrauen beleidigt mich. Mit diesen Lederriemen legst du nicht nur meinen Körper, sondern auch meinen Geist in Fesseln. Den ganzen Tag gestern habe ich über die Hintergründe des Anschlags auf die Gesandtschaft nachgegrübelt und bin zu keinem Ergebnis gekommen. Wenn du mir die Fesseln lösen könntest, würde mir sicher auch das Denken leichter fallen. Ich möchte dir helfen, um mich für die Gnade, mir mein Leben zu schenken, erkenntlich zu zeigen. Und wer weiß, wenn ich wirklich herausbekommen sollte, wer hinter dem Anschlag steckt, vielleicht würde deine Gnade dann sogar so weit gehen, mich frei zu lassen.«
Šamu maß Philippos mit einem abfälligen Blick. Dieser Grieche! Sein ständiges Gewinsel raubte ihr noch den Verstand. »Weißt du, was ich glaube, Arzt? Mir scheint, du weißt über Paulus und seine Spießgesellen mehr, als du mir bislang verraten hast, und dieses Wissen möchtest du mir nun so teuer wie nur möglich verkaufen. Sei gewarnt! Wenn es so wäre, könnte ich Batis damit beauftragen, Maßnahmen zu ergreifen, dich zum Reden zu bringen.«
Der Arzt lächelte unsicher. »Das ist doch nicht dein Ernst, oder? Nein, nein, du bist ein viel zu guter Mensch, um so etwas zu tun!«
»Wie waren doch deine Worte? *Isis* ist eine Göttin der Huren

und Kuppler. Sind das gute Menschen? Täusche dich nicht in mir! Wenn du mich hintergehst, werde ich dich dafür bestrafen.«

»Aber ich habe dir doch freiwillig angeboten, dir zu helfen. Wie kannst du nur so ungerecht sein? Weißt du denn nicht, daß jener Diener der treueste und beste ist, der seinen Dienst aus freiem Herzen und mit Freude leistet? Lass' mir die Fesseln abnehmen, und ich werde alles Unrecht, das ich dir in meiner Verblendung angetan habe, wiedergutmachen.«

Wahrscheinlich war dies der einzige Weg, den Quälgeist zum Schweigen zu bringen, dachte Šamu. Vielleicht hatte er ja recht, und er konnte ihr wirlich noch wertvolle Dienste erweisen. Wenn sie ihm die Hoffnung gab, halbwegs ungeschoren aus dieser ganzen Sache herauszukommen, würde er sich vermutlich wirklich anstrengen, sein Bestes zu geben.

»Batis, löse dem Arzt die Fesseln!«

Der Nubier blickte sie verständnislos an. »Du willst diesen Wurm doch nicht etwa davonkriechen lassen?«

»Gewiß nicht! Sollte er versuchen zu fliehen, so hast du meine ausdrückliche Erlaubnis, ihn zu töten.« Šamu hoffte, daß dieser Befehl genug Eindruck auf den Griechen machte, um ihn von Dummheiten abzuhalten.

****

Philippos hatte ein mulmiges Gefühl, als er die Kais von Pompeji musterte. Der Hafen war der Stadt, die sich auf einer niedrigen Klippe erhob, ein kleines Stück vorgelagert. Nur wenige Schiffe lagen an den Docks. Nicht einmal Fischerboote waren im Hafen.

Ob man ihn schon vergessen hatte? Oder ob die Fanatiker des Isiskultes immer noch seinen Kopf forderten? Wäre er nur niemals zu Caelius gegangen! Selbst diese Priesterin schien Rachegelüste gegen ihn zu haben. Noch brauchte sie ihn, doch was würde geschehen, wenn die Operation an Paulus vorgenommen war? Würde sie ihn laufenlassen, wenn

er, wie versprochen, versuchte, Licht in die Hintergründe um das Massaker am Strand von Puteoli zu bringen? Oder erwartete ihn am Ende das Henkersbeil des riesigen Nubiers?
Mit dumpfem Knirschen scheuerte der Rumpf des kleinen Küstenseglers an einer hölzernen Anlegestelle vorbei. Seeleute warfen den Männern im Bug des kleinen Schiffes Taue zu, und eine breite Planke wurde über die Reling geschoben.
Zweifelnd musterte Philippos die Gesichter der Männer am Dock. Keiner von ihnen kam ihm bekannt vor, aber was hieß das schon.
Ohne sich von der Stelle zu bewegen, beobachtete er, wie man den Tragestuhl mit dem schwerverletzten Paulus von Bord brachte. Šamu hatte ihm den Kopf rasiert und seine Wunde dick mit Honig beschmiert. Die Schwellung am Hinterkopf war nicht zurückgegangen, und seine Haut schimmerte blau und rot. Wenn sie sich nicht bald der Wunde annahmen, wäre es zu spät. Höchstens einen Tag konnten sie mit dem Eingriff noch warten.
»Komm, Grieche! Glaub' nicht, ich würde dich hier vergessen.« Der Nubier verpaßte ihm einen groben Stoß. Schon ihn sprechen zu hören, bereitete Philippos geradezu körperlichen Widerwillen. Der Krieger vernuschelte das Griechische zu einem eigenartigen Singsang, den man am Hof von Alexandria vielleicht tolerieren mochte. Doch für einen halbwegs gebildeten Menschen war es ein Greuel, diesem Batis zuhören zu müssen.
Vorsichtig balancierend schritt Philippos über die Planke und trat auf den Kai. Dort versammelte sich das Gefolge der Isispriesterin und brach dann auf, um am Hafentor vorbei zu der prächtigen Villa zu marschieren, die Šamu und die ihren bewohnten. Das Haus des Hohepriesters der *Isis*! Philippos lief ein Schauer über den Rücken. Allein der Name der Göttin reichte inzwischen aus, ihm Angst zu machen.

Er durfte nicht so empfindlich sein. Zumindest so lange die Priesterin ihn brauchte, war er in Sicherheit!
Unter den Seeleuten und Hafenarbeitern machte sich plötzlich Unruhe breit. Philippos konnte beobachten, daß immer mehr ihre Arbeit niederlegten und wie gebannt zu ihnen herüberschauten.
Plötzlich hörte er jemand rufen: »Sie bringen den Mörder. Dort, der Kerl mit dem Bart ist es. Ich erkenne ihn wieder! Sie haben den Priestermörder!«
Ein stämmiger junger Fischer kam von einem der Boote herbeigerannt und zeigte mit ausgestrecktem Arm auf ihn. »Er ist es. Los, packt den Mörder!«
Šamu gab der Gruppe ein Zeichen, stehenzubleiben und ging auf den Mann zu. Von überallher drangen jetzt Hafenarbeiter auf sie ein. Die meisten von ihnen gafften nur neugierig, doch einige hielten auch Steine und Knüppel in ihren Fäusten.
Philippos wußte zwar nicht, was man ihm anlastete, doch daß dieser Pöbel ihm ans Leben wollte, war nur allzu offensichtlich. Vorsichtshalber drängte er sich zwischen die Soldaten der Eskorte. Šamu brauchte ihn! Sie würde schon dafür sorgen, daß er heil hier herauskam. Oder …
Die Priesterin hatte sich von dem Fischer abgewandt, mit dem sie gesprochen hatte, und kehrte zu ihnen zurück. Sie war merklich blasser geworden.
»Leg dem Arzt Fesseln an!«
Einige der Seesoldaten packten den Griechen bei seinen Armen. Philippos schrie laut auf und protestierte gegen die Ungerechtigkeit, doch vergebens. Immer mehr Volk drängte sich um ihre kleine Kolonne. Offenbar hatte sich die Nachricht von ihrer Ankunft schon bis in die Stadt ausgebreitet. Jedenfalls strömten etliche Bürger aus dem hohen Hafentor, und überall hinter den Zinnen der Stadtmauer tauchten Gesichter auf.

»Was soll das? Was wollt ihr von mir? Ich habe niemandem etwas zuleide getan!« schrie der Arzt voller Angst.
»Man klagt dich des Mordes an Demosthenes, des Hohepriesters im Isistempel dieser Stadt, an«, übertönte die Stimme Šamus das Geschrei rundherum. Etwas leiser fügte sie hinzu: »Wenn ich dich nicht in Fesseln legen lasse und den Anschein erwecke, ich persönlich wolle dich für diesen Frevel bestrafen, dann wird dich der aufgebrachte Pöbel in Stücke reißen, noch bevor wir das Landhaus des toten Priesters erreichen. Also füge dich in deine Rolle!«
Er mußte weg, dachte Philoppos. Gehetzt blickte er sich um. Dem Mob zu entkommen, war jedoch unmöglich. Überall waren Menschen. Manche warfen mit Lehm und Pferdeäpfeln nach ihm. Andere versuchten, die Reihen der Soldaten zu durchbrechen und ihm ins Gesicht zu spucken. Wäre er nur schon tot! Der *Hades* könnte kein schlimmerer Ort sein.

10. KAPITEL

Als sie das Haus des Demosthenes endlich erreichten, teilte Šamu zehn ihrer Soldaten zum Wachdienst ein. Die anderen schickte sie zur Ruhe. Sie sollten später die Nachtwache übernehmen. Immer wieder hatte sie den Menschen auf der Straße versichert, daß sie den Mörder des Demosthenes seiner gerechten Strafe zuführen würde.

Es war unglaublich, wie viele Freunde der Isispriester in der Stadt gehabt hatte. Halb Pompeji schien seinetwegen auf den Beinen zu sein.

Nach ihrer Ankunft im Haus hatte sie sich mit dem Arzt zurückgezogen und lange mit ihm über den Mordvorwurf gesprochen. Anfangs war sie skeptisch und argwöhnte, er würde sie belügen. Er war genau in der Nacht aus der Stadt geflohen, in der man Demosthenes ermordet hatte, und ein

Motiv lag nach dem Frevel im Isistempel und der anschließenden Hetzjagd auch auf der Hand.

Leidenschaftlich hatte Philippos alles abgestritten und immer wieder davon gesprochen, daß die Götter ihn verflucht hätten. Wirklich von seiner Unschuld überzeugt war Šamu allerdings erst, nachdem sie den Leichnam des Demosthenes gesehen hatte.

Seine Diener hatten den Toten geschminkt und ihm sein schönstes Priestergewand angelegt. Dann war er inmitten seines Hauses aufgebahrt worden, so daß alle Gläubigen Gelegenheit hatten, von ihm Abschied zu nehmen.

Doch Šamu war nicht nur gekommen, um in frommer Trauer ein Gebet für den Priester zu sprechen, und was sie entdeckte, als sie den Toten näher betrachtete, überzeugte sie mehr als alle Beteuerungen des Arztes, daß Philippos in diesem Fall wirklich unschuldig sein mußte. Fast völlig unter einer dicken Schminkschicht verborgen, lief ein feiner, blauer Striemen um den Hals des Priesters. Er war erwürgt worden. Genau wie Rechmire!

War ihr der Mörder des Schreibers von Rom aus gefolgt? Wenn ja, woher wußte er, daß sich Demosthenes mit Rechmire verschworen hatte? Und wenn er dies wußte, dann mußte ihm bekannt sein, daß Nikomedes aus dem Gefolge des Dion und auch sie selbst mehr oder weniger in die Pläne Rechmires eingeweiht waren.

Wann würde er versuchen, sie zu ermorden? Und vor allem, wer war dieser geheimnisvolle Mörder? Stunde um Stunde zermarterte sie sich das Gehirn. Vergebens! Zuletzt kam sie zu dem Schluß, daß sie jemanden brauchte, den sie in ihr Vertrauen ziehen konnte. Jemanden, mit dem sie das schreckliche Wissen teilen konnte und bei dem sie nicht befürchten mußte, sich an den Falschen zu wenden.

Sie dachte an das Angebot von Philippos. Er wollte ihr helfen, den Überfall am Strand aufzuklären. Vielleicht war er wirklich zu gebrauchen? Gefährlich konnte er ihr jedenfalls

nicht mehr werden, denn sie war es, die sein Leben in Händen hielt. Und das war zugleich sein Preis. Sollte er tatsächlich in der Lage sein, Licht in dieses Geheimnis zu bringen, dann würde sie ihn laufen lassen. So wäre er motiviert, sein Bestes zu geben.
Morgen in aller Frühe wollte sie mit Philippos zusammen die Kopfwunde des Paulus versorgen. Je nachdem, wie sich der Arzt bei dieser schwierigen Handlung, die sie nur gemeinsam vornehmen konnten, verhielt, würde sie entscheiden, ob sie ihn ins Vertrauen ziehen konnte oder nicht.

***

Šamu hatte sich mit einem langen Gebet an *Isis* auf die bevorstehende Behandlung des Paulus vorbereitet. Ohne die Hilfe der Zauberreichen würde der Römer niemals überleben. Es war ohnehin schon ein Wunder, daß er die Strapazen der Reise überstanden hatte.
Seit dem Kampf am Strand war er nicht mehr aus seiner Ohnmacht erwacht. Also galt es, auch zu *Anubis* zu beten, der den Schwerverletzten schon bei der Hand genommen hatte, um ihn in das Reich des *Osiris* zu führen.
Sie hatten einen kleinen, fensterlosen Raum nahe der Küche der prächtigen Villa für den Eingriff vorbereitet. Sklaven hatten einen Marmortisch aus dem Garten herbeigeschafft und ihn mit mehreren großen Leinentüchern abgedeckt. Dorthin war der Verwundete gebettet worden.
Direkt über dem Tisch hing an einem eisernen Haken in der Decke eine große, siebenarmige Öllampe, die das Zimmer in helles Licht tauchte. Auf einer niedrigen Bank nahe dem Tisch hatte der Arzt seine chirurgischen Instrumente ausgebreitet. Einige gerade und gebogene Messer, zwei silberne Pinzetten, ein etwas wuchtigeres Instrument, das ein wenig wie ein Meißel aussah, zwei kleine Sägen und einige verschieden große Zwingen, mit denen man klaffende Wunden offen halten konnte, um ungehindert am Knochen arbeiten

zu können. Letztere waren bei diesem Eingriff allerdings wohl kaum zu gebrauchen, weil sie im dünnen Fleisch der Kopfhaut keinen Halt finden würden.
Auch Šamu hatte ihre Instrumente bereitgelegt. Ein Obsidianmesser mit elfenbeinernem Griff, in den der Name der *Sachmet* hineingeschnitzt war, und ein stählernes Messer mit einer sichelförmig gebogenen Spitze, dazu eine schlanke Pinzette, deren beide Greifarme mit feinem Leder überzogen waren, so daß man mit ihr nach den blutführenden Gefäßen greifen konnte, ohne diese zu verletzen.
Neben den Instrumenten standen eine große Schale mit frischem Wasser und ein kleiner Topf, aus dem ein frisch geschnitzter, hölzerner Spachtel ragte. Der Topf war voll mit hellem, stark kristallisiertem Honig. Mit ihm würde sie nach dem Eingriff die Wunde bestreichen, damit die Blutung zum Stillstand kam und das Böse nicht in das Blut des Römers fahren konnte.
Halb verdeckt durch den Honigtopf stand ein kleines Bronzegefäß, das wie ein Nilpferd geformt war und auf dessen Rücken eine Uräusschlange thronte. Hier verwahrte Šamu eine kostbare, zähe Paste, die aus babylonischen Mohnblüten zubereitet war. Aus dieser zaubermächtigen Paste würde sie einen dünnen Fladen formen und ihn Paulus unter seine Zunge schieben, wenn ihn der Schmerz der Schnitte und der Wundbehandlung aufwecken sollte. Um ihn im Fall seines Erwachens ruhig zu halten, bis der Mohn seine Wirkung tat, standen vor dem Eingang der Kammer, den sie mit einem Tuch verhängt hatten, vier kräftige Sklaven. Sie sollten notfalls hereingerufen werden, um Paulus festzuhalten.
Natürlich hätte Šamu dem Römer auch sofort die Droge geben können, doch es war besser, wenn sein ohnehin geschwächter Körper nicht ohne Not auch noch mit diesem starken Mittel belastet wurde. Falsch dosiert konnte es immerhin wie ein Gift wirken.
Dicht neben Philippos war ein kleines Feuerbecken auf ei-

nem Dreifuß aufgestellt. In den glühenden Kohlen steckten zwei Brandeisen. Mit ihrer Hilfe ließen sich schnell starke Blutungen stoppen. Und sollten sie beim Öffnen der Schwellung entdecken, daß sich in der Wunde Eiterblasen gebildet hatten, oder womöglich gar schon Wundbrand aufgetreten war, so würden Paulus allein die Brandeisen von diesen Übeln befreien können.
Šamu trat neben das Becken und streute einige getrocknete Kräuter in die Glut. Sofort verbreitete sich ein würziger Wohlgeruch in der engen Kammer. Er würde die bösen Geister fernhalten, die ständig darauf lauerten, sich eines kranken Körpers zu bemächtigen und weiteres Unheil zu bringen.
Danach murmelte sie ein leises Gebet, in dem sie um die Hilfe des *Imhotep* bat, jenes berühmtesten aller Ärzte, der schließlich unter die Götter erhoben ward.
Zuletzt betete sie noch einmal zu *Sachmet*, der löwenköpfigen Göttin, deren Attribute Krieg, Blut und Zerstörung waren. Sie sollte helfen, die scharfen Messer richtig zu führen und das glühende Eisen zum Wohle des Verletzten zu verwenden.

»... vertrieben werde der Feind, der in der Wunde ist; zum Zittern gebracht werde das Böse, das im Blute ist, der Feind des Horus ...«

»Bist du bereit?« Der Grieche hatte ungeduldig ihre Vorbereitungen zu der Operation beobachtet. Offensichtlich fehlte ihm das nötige Verständnis für die Vielzahl von Kräften, die bei einer so schweren Wundbehandlung in Harmonie gebracht werden mußten.
»Lass' mich noch einmal die Wunde abtasten.«
Irgend etwas Unverständliches vor sich hinbrummend trat der Arzt zur Seite. Šamu konnte aus den Augenwinkeln beobachten, wie er immer wieder seine Hände an seiner *tunica*

rieb. Auch wenn er es nicht zugeben würde, war er wohl nicht weniger nervös als sie.
Vorsichtig ließ die Priesterin ihre schlanken Finger über die Schwellungen und die verschorfte Platzwunde am Hinterkopf des Meuchlers gleiten. Philippos hatte Paulus noch einmal den Schädel rasiert, damit sie bei den vorzunehmenden Schnitten nicht durch sein Haar behindert würden.
Mit geschlossenen Augen versuchte Šamu sich darauf zu konzentrieren, was sie einst aus dem *Buch der Wundarznei* auswendig gelernt hatte. Die Lehrsätze waren formelhaft und sich wiederholend abgefaßt, damit es leichter fiel, sie zu behalten.

»Wenn du einen Mann wegen einer klaffenden Wunde in seinem Kopf untersuchst, die bis zum Knochen geht und seine Gehirnschale zersplittert hat, so sollst du seine Wunde befühlen; wenn du findest, daß diese Zersplitterung, die in seiner Gehirnschale ist, tief ist und unter deinen Fingern hinabsinkt, und eine Aussickerung, die über derselben ist, sich hebt, und er Blut aus seinen Nasenlöchern und seinen Ohren ausscheidet, und er an Steifheit in seinem Nacken leidet, so …«

So sehr sich die Priesterin auch konzentrierte, ihr wollte einfach nicht einfallen, wie das Fazit zur Behandlung lautete. Nur der allerletzte Satz, die Prognose zum Ausgang solcher Verletzungen, war ihr noch klar im Gedächtnis:

»Das ist eine Krankheit, bei der nichts zu machen ist.«

Aber sie würde nicht einfach aufgeben! Als Heilerin war sie es dem Römer schuldig, es zumindest zu versuchen.
Deutlich konnte sie unter ihren tastenden Fingern kleine bewegliche Knochensplitter fühlen. Ein Loch, so groß wie ein *Sesterz*, war in den Schädelknochen geschlagen. Wahrscheinlich hatte aus der Keule des Philippos ein abgebrochener Aststumpf geragt. Anders war diese Verletzung nicht zu erklären.

Inwieweit sich feine Risse über die Hirnschale zogen, konnte sie mit bloßen Fingern nicht ertasten.
Der Grieche neben ihr räusperte sich nervös. »Wie wollen wir die Schnitte legen? Ich würde einen Kreuzschnitt vorschlagen.«
Šamu schüttelte den Kopf. »Ich halte es für günstiger, einen Schnitt in Form eines Dreiviertelkreises um die Wunde zu legen und so die Kopfhaut rund um die Verletzung zu lösen und sie zur Seite zu klappen. Man hat mich gelehrt, daß der kreuzförmige Schnitt es dem Feind, der in die Wunde zieht, leichter macht, dem Kranken ein Fieber zu bringen und sein Fleisch verfaulen zu lassen, als dies bei einer kreisförmigen Wundöffnung der Fall ist. Ich habe unter meinen Instrumenten ein Messer, das sich besonders zur Führung solcher Schritte eignet.«
Der Grieche blickte sie an und runzelte die Stirn. »Und deine ganzen Zauber können diesen Feind, der in die Wunde zieht, nicht abhalten?« Ein ironischer Unterton lag in seiner Stimme. Oder war es Sorge?
»Du weißt, wie schwierig dieser Eingriff ist und wie gering die Aussichten sind, eine solche Verletzung zu überleben. Also kannst du dir auch vorstellen, wie machtvoll meine Zauber sein müßten, wenn sie einen Erfolg garantieren sollen. Ich bin aber weder eine Hohepriesterin, noch bin ich bewandert in der Versorgung solch schwerer Kopfwunden. Also wäre es besser, alles zu tun, was in unseren Kräften steht, die Wunde so gut wie möglich zu behandeln, statt uns jetzt über meine Zauberkräfte zu streiten.«
Der Grieche hatte wieder sein heuchlerisches Lächeln aufgesetzt. »Ich zweifle nicht an deinen Kräften und …« Er zögerte, dann aber schüttelte er einfach den Kopf. »Gib mir dein Messer, und laß uns anfangen!«

* * *

Es dauerte bis in die Mittagsstunden, ehe sie mit der Operation fertig waren. Müde trat Philippos aus der Villa in den Garten, lehnte sich gegen die sonnenwarme Hauswand und blickte zum Himmel. Das lange Stehen, die Anspannung und der Geruch der eigenartigen Kräuter, die die Priesterin im Kohlebecken verbrannte – all dies hatte an seinen Kräften gezehrt.
Zwölf kleine Knochensplitter hatten sie aus der Kopfwunde entfernt. An einer Stelle war die Wunde entzündet gewesen, und es hatten sich dort schon üble Säfte gesammelt, so daß sie diesen Bereich mit dem Brandeisen behandeln mußten. Ein zweites Mal wurde das glühende Eisen eingesetzt, um eine starke Blutung zu stillen. Trotzdem hatte Paulus den Eingriff überlebt. Das hieß allerdings nicht, daß seine Aussichten, auch die nächsten Stunden zu überstehen, sonderlich groß waren. Was nun geschah, lag allein in den Händen der Götter.
Mit der Art, in der die Priesterin ihre Heilkunde ausübte, würde er sich wohl nie anfreunden können, überlegte Philippos. Unter seinen skeptischen Augen hatte sie zum Schluß, nachdem sie die Wunde wieder geschlossen hatten, eine gute Salbe aus Harzen und Honig hergestellt und auf die Verletzung aufgetragen. Doch dann weigerte sie sich rundheraus, die Wunde zu verbinden, und das allein mit der fadenscheinigen Begründung, die alten medizinischen *papyri*, die sie in Alexandria studiert hatte, würden eine solche Behandlung verbieten. Was für ein Unsinn! Selbst Leute, die niemals Heilkunde studiert hatten, wußten, daß Wunden verbunden gehören. Und diese dahergelaufene Priesterin behauptete einfach, ohne Verband sei die Aussicht auf eine Heilung besser!
Philippos ärgerte sich, daß er es nicht riskiert hatte, energisch genug seinen Willen darüber zum Ausdruck zu bringen. Er war einfach ein elender Feigling! Aber sie hielt sein Leben in Händen. Er konnte es sich einfach nicht leisten, sie zu erzürnen. Wenn er es nur schaffen würde, sie und diesen

muskelbepackten Fleischberg von einem Leibwächter auseinanderzubringen!
Man müßte seine Treue in Frage stellen, überlegte Philippos. Gestern abend, nach ihrer Ankunft, hatte er unter den Soldaten von Šamus Eskorte ein wenig herumgefragt, was an jenem Abend, an dem man Demosthenes zum letzten Mal lebend gesehen hatte, geschehen war.
Einmal abgesehen von seinem eigenen Auftritt im Tempel hatte es offensichtlich noch ein zweites ungewöhnliches Ereignis gegeben. Kurz vor Sonnenuntergang war ein berittener Bote gekommen. Ein dunkelhäutiger Kerl, der sich länger mit Batis unterhalten hatte und ihm dann eine Schriftrolle überreichte. Statt zu übernachten, wechselte der Reiter nur sein Pferd und machte sich danach sofort wieder auf den Rückweg. Und das, obwohl er angeblich den ganzen Weg von Rom her ohne Unterbrechung geritten war.
Was der Kerl wohl mit Batis besprochen hatte? Vielleicht könnte man dem Nubier daraus ja einen Strick drehen? Daß der Bote dunkelhäutig war, sprach dafür, daß er zum Hof des Ptolemaios gehörte. Vielleicht konnte er ja Šamu dazu bringen, ihm zu erzählen, was in der Nachricht stand?
Nun, wie auch immer. Nachdem der Bote zu den Ställen gegangen war, hatte Batis die lederne Pergamentrolle an Demosthenes weitergegeben, und der Priester war hinauf zu Šamu geeilt. Das war das letzte Mal, daß er lebend gesehen wurde. Wann er danach sein Haus verlassen hatte, war unbekannt.
Am nächsten Tag hatten ihn einige seiner Sklaven, zwei Stunden nachdem Šamu und ihre Eskorte aufgebrochen waren, in einem kleinen Zypressenhain eine halbe Meile vom Haus entfernt gefunden. Er war nackt gewesen. Vielleicht war Demosthenes das Opfer von Straßenräubern geworden. Dagegen sprach allerdings, daß er erwürgt wurde. Wahrscheinlich hatte er also den oder die Täter gekannt oder ihnen zumindest aus irgendeinem Grund vertraut. Fremde hät-

te er wohl niemals so nahe an sich herangelassen, daß sie ihn erwürgen konnten. Außerdem hatten Straßenräuber Kurzschwerter, Knüppel und Dolche als Waffen, doch keine Würgeschlingen.

Es war ganz offensichtlich, daß der vermeintliche Raubüberfall auf den Priester nur inszeniert war, um von irgendwelchen anderen zwielichtigen Vorgängen abzulenken, die mit seinem Ableben zusammenhingen. Und weil das so offensichtlich war, glaubte ja auch jeder in dieser verfluchten Stadt, daß er der Mörder sei.

Philippos war sich völlig darüber im klaren, daß man ihn schon längst hingerichtet hätte, wenn er nicht unter dem Schutz der Isispriesterin stünde. Doch wie lange würde sie die *decuriones* von Pompeji davon abhalten können, öffentlich Anklage gegen ihn zu erheben?

Flüchten konnte er nur mit Hilfe der Priesterin. Philippos blickte zu dem *porticus*, der Villa und Garten miteinander verband, so als strecke das tote Haus sich sehnsüchtig ins Grün. Dort, halb im Schatten verborgen, stand Batis und beobachtete ihn. Der Nubier wartete nur darauf, daß er einen Fluchtversuch unternahm. Tag und Nacht schien er ihm gleich einem Schatten zu folgen. Manchmal war er verschwunden, doch das waren die Stunden, in denen sich Philippos am unwohlsten fühlte. Es war besser, den Tod konkret vor Augen zu haben, als sich ständig ängstlich umzusehen, in der Erwartung, daß einen plötzlich und völlig unerwartet das Schicksal ereilte.

Jetzt, wo die Operation durchgeführt war, hatte er vermutlich keinen großen Wert mehr für Samu, überlegte der Arzt nüchtern. Sollte Paulus überleben, wäre er ein wesentlich wertvollerer Zeuge bei der Aufdeckung jener Intrigen, die sich um den ägyptischen König sponnen. Er mußte sich wieder unentbehrlich für sie machen! Und dazu mußte er zuallererst wissen, was hier geschah. Sie sollte ihn einweihen! Das war sie ihm schuldig für die blutige Arbeit dieses Morgens.

Mit provozierender Gelassenheit schlenderte er auf Batis zu, bedachte den schwarzen Hünen mit einem kecken Blick und verbeugte sich vor dessen Axt. Sein Spiegelbild in der blanken Waffe musternd, strich sich Philippos über den Bart. »Für heute habe ich mir meinen Kopf um den Preis eines Kopfes erkauft. Wie steht bei dir das Geschäft mit Köpfen?« Der Arzt sprach mit Bedacht langsam und auf Griechisch, so daß der Nubier ihn verstehen konnte.

»Dein Kopf wird mir nicht entgehen, elender Wurm«, entgegnete der Krieger mürrisch.

Mit gespielter Überraschung blickte der Grieche zu ihm auf. »Mit dir habe ich doch gar nicht gesprochen. Es ist die mächtige Axt, die mir vielleicht eines Tages das Leben nehmen wird, aber doch nicht du. Du bist nur die Hand, die sie führt. Ihr Diener! Die Kunst des Tötens, das ist ihre Sache.«

Der Nubier starrte ihn an, so als habe er es mit einem Verrückten zu tun. Dann streichelte er zärtlich über das Blatt der zweischneidigen Axt. »Für dich ist sie zu gut, Grieche. Dich werde ich mit bloßen Händen erlegen, so wie man einem Huhn den Hals umdreht. Es wäre nicht das erste Mal, daß ich das täte. Doch ich glaube, bei dir sollte ich ausprobieren, wie langsam man dies machen kann.«

»Was sonst! In allem, wofür man auch nur einen Funken Verstand braucht, sind Barbaren wie du ja erschütternd langsam. Vermutlich bist du deshalb auch ein gemeiner Diener, fern deiner Heimat. Um dort, wo du geboren wurdest, zu herrschen, war dein Geist wohl zu behäbig.«

Philippos konnte sehen, wie die Halsadern des Nubiers anschwollen und sich die mächtigen Muskeln seiner Arme spannten. Für heute sollte er sein Gespräch mit dem Tod wohl besser beenden. Ein bißchen zu eilig, um seinen Triumph in diesem Wortgeplänkel wirklich auskosten zu können, verließ er deshalb den *porticus*.

11. KAPITEL

Die nördlichen Winde trieben ein dunkles Wolkenband vom Meer her auf die weite Bucht zu, über der Pompeji lag. Šamu stand am Fenster der Villa des toten Priesters und beobachtete das Schauspiel am Himmel. Sie hatte lange zu *Isis* gebetet und die Zaubermächtige um Hilfe angefleht. Der Tod schien ihr mit all seinen tausend Gesichtern nachzujagen, und so wie die Sturmwolken jetzt die Sonne verfinsterten, so schien der Schatten des *Anubis* auf sie gefallen zu sein und das Licht der Hoffnung zu verfinstern.

Den ganzen Morgen hatte sie mit dem Totenwächter um das Leben des Paulus gerungen. Wenig später war der Grieche bei ihr erschienen und hatte es geschafft, sie mit Schmeicheleien und klugen Worten davon zu überzeugen, daß er ihr nur dann weiterhin von Nutzen sein konnte, wenn sie ihm

alles über die Hintergründe zum Tod der Gesandten und des Demosthenes erzählte. Und sie törichtes Weib hatte sich darauf eingelassen! Er hatte ihre Schwäche nach dem langen Kampf um das Leben des Römers ausgenutzt. Und was war der Dank für ihre Offenheit? Kaum hatte sie ihre Geschichte von dem Mord an Rechmire und dem Komplott gegen den *Pharao* beendet, da begann dieser Grieche eine wilde Geschichte über Batis zu erfinden und daß der Nubier der Quell allen Übels sei! Sein Bemühen, den Krieger in schlechtem Licht erscheinen zu lassen, war ebenso lächerlich wie durchschaubar. Er wollte sich für die Demütigungen rächen, die er durch ihn erlitten hatte.
Schließlich hatte Šamu den Griechen aus ihrem Gemach geworfen. Sie war es leid gewesen, seinen versponnenen Geschichten zu lauschen. Doch ihr war keine Ruhe beschieden. Kaum eine Stunde, nachdem der Grieche gegangen war, erschien eine kleine Gesandtschaft, die ihr im Auftrag der *decurionen* Pompejis einen Besuch abstattete. Die Ratsherren forderten, daß sie den Griechen an sie auslieferte, damit er für den Mord an Demosthenes zur Rechenschaft gezogen werden konnte.
In jenem Moment mußte ihr *Seth* nahe gewesen sein, denn sie fühlte sich wirklich in Versuchung, Philippos in die Hände der Pompejaner zu geben und diesen Querulanten so ein für allemal loszuwerden. Doch statt dieser inneren Stimme nachzugeben, hatte sie darauf bestanden, den Arzt zuerst in den Tempel der *Isis* zu führen und ihn dort im Angesicht der Göttin für seine Frevel an der Zaubermächtigen und ihrem Priester zu bestrafen. Offenbar war der Anführer der Gesandtschaft ein Anhänger der *Isis*. Jedenfalls hatte er diesem Vorschlag sofort zugestimmt und sich sogar zu der kühnen Hoffnung verstiegen, daß die Göttin in ihrem Zorn vielleicht einer weltlichen Gerichtsbarkeit zuvorkommen könnte. Allerdings bestand er darauf, daß die Bestrafung im Tempel in längstens drei Tagen vollzogen

werden müsse, damit sich das Volk in der Stadt endlich wieder beruhigte.
Šamu haßte es, den Römern irgendwelche Zugeständnisse zu machen. Auch wenn sie den Griechen nicht mochte, so mußte sie ihm doch zugute halten, daß er sich bei der Operation größte Mühe gegeben hatte. Ja, sie glaubte ihm sogar mittlerweile, daß er nicht gewußt hatte, was Paulus und seine Spießgesellen planten, als sie zum Strand zogen. Sie wußte sogar schon eine Möglichkeit, ihn zu retten, doch brauchte sie dazu die Zustimmung der Zauberreichen. Im Isistempel würde sich Philippos' Schicksal entscheiden.
Nachdem die Gesandtschaft sie verlassen hatte, brütete sie lange über diesem Plan, bis ein wilder Schrei sie aufschrecken ließ. Dicht am Haus flog ein Falke vorbei und stieg gegen die böigen Winde ankämpfend steil in den Himmel. Šamu beugte sich aus dem Fenster, um seinen Flug zu verfolgen. Der Raubvogel segelte nach Südosten und stieß dann beinahe senkrecht auf einen kleinen Wald hinab. Dort verschwand er zwischen den Bäumen.
Das mußte das Zeichen sein, auf das sie gewartet hatte! *Isis* selbst nahm manchmal Falkengestalt an, und der Falke war auch das Tier ihres Sohnes *Horus*. Was aber noch viel schwerer wog, war die Tatsache, daß der Vogel in dem Zypressenhain verschwunden war, in dem man die Leiche des Demosthenes gefunden hatte.

* * *

Im Zypressenhain fand Šamu nichts, was sie bei der Aufklärung des Mordes an Demosthenes weitergebracht hätte. Statt dessen war sie dort vom Unwetter eingeholt worden, und als sie schließlich wieder in die Villa des Toten gelangt war, hatte sie keinen trockenen Faden mehr am Leib. Durchgefroren und mit klappernden Zähnen schwor sie sich, dennoch nicht aufzugeben. Irgend etwas hatte es mit diesem Hain auf sich. Schließlich hatte die Göttin ihr ein Zeichen gegeben! Doch

zunächst einmal mußte sie sich aufwärmen, und so suchte sie die luxuriösen Baderäume der Villa auf.
In der heißen Luft des *caldariums* entspannte sie sich und dachte noch einmal über die Ereignisse des Tages nach. Bald jedoch schweiften ihre Gedanken ab. Mit geschlossenen Augen träumte sie vom fernen Alexandria, dem wunderbaren Palast, in dem auch ihr eine Kammer gehört hatte, und von einem jungen Soldaten, den sie einen Sommer lang geliebt hatte, bis ein neues Kommando ihn weit fort zu den Grenzen des Nabatäerreiches geführt hatte.
Das helle Klacken von hölzernen Sandalen, die irgend jemanden vor dem heißen Boden des Baderaums schützten, ließ ihre Träume zerplatzen.
Seufzend drehte Šamu sich um. Nur eine einzige Öllampe erhellte das *caldarium*. Die Gestalt, die im warmen Zwielicht vor ihr auftauchte, war unverwechselbar. Batis.
»Was willst du von mir?«
»Ich weiß, wie schwer dein Tag war, schöne Priesterin. Als du heute morgen um das Leben des Römers gekämpft hast, war ich in der Stadt und habe dir ein Geschenk besorgt. Etwas, das schöner und vollkommener ist als alle Verse, die ich für dich ersonnen habe.«
Der Krieger zog zwei holzgerahmte Wachstäfelchen hinter seinem Rücken hervor und reichte sie ihr.
»Ein Römer hat dies geschrieben. Ich habe es mir auf dem Markt ins Griechische übersetzen lassen, und es ... es ist wirklich schön. Ich hoffe, es wird dir gefallen.«
Lächelnd griff Šamu nach den Tafeln. Es war kaum zu glauben, daß der überhebliche und siegessichere Krieger, den sie nun schon so viele Monate lang kannte, tatsächlich derselbe Mann sein sollte, der nun vor ihr stand.
»Setz dich!« Sie rutschte auf ihrer steinernen Bank ein wenig zur Seite und hielt die beiden Wachstafeln näher an das Licht der Lampe. Sie waren eng mit kantigen, lateinischen Buchstaben beschrieben.

»Ein Mann namens Catull hat dies angeblich für seine große Liebe geschrieben, und jene Worte trafen so sehr meine Gefühle für dich, daß ich es dir einfach schenken mußte. Ich hoffe, du bist nicht …«
Šamu legte einen Finger auf die Lippen und bedeutete ihm, zu schweigen. Gespannt überflog sie die Zeilen des ersten Gedichts.

»Leben wollen wir und lieben!
Was sie schwatzen, die allzu strengen Alten,
Soll uns alles nicht ein Ass wert sein!
Sonnen sinken hinab und kehren wieder;
Unser winziges Licht, erlischt es einmal,
dann umfangen uns Nacht und Schlaf auf ewig …«

Gierig eilten Šamus Blicke über die Zeilen, verschlangen Melancholisches und keck Erotisches, und allzu schnell waren beide Tafeln gelesen.
Die Verse des Dichters verfehlten ihre Wirkung nicht. *Unser winziges Licht, erlischt es einmal, dann umfangen uns Nacht und Schlaf auf ewig.* Wieder und wieder gingen ihr diese Worte durch den Sinn, dazu all die anderen leidenschaftlichen Liebesbeteuerungen, die der fremde Dichter für seine Liebste, Lesbia, fand.
Batis hatte sich neben ihr ausgestreckt und betrachtete sie mit begehrenden Blicken. Würde das Leben ihr je wieder einen Augenblick wie diesen bescheren? Wie verlockend wäre es, im Rausch der Liebe eine Nacht lang Vergessen zu suchen!
Sanft strich sie dem Krieger über die Brust. Der Nubier seufzte, griff nach ihrer Hand und führte sie an seine Lippen.
»Lass' uns ein Fest feiern, mein schönster Traum, meine …«
Šamu beugte sich vor und versiegelte seine Lippen mit einem Kuß. Sie fürchtete, seine holprigen Metaphern könnten

den Zauber des Augenblicks zerstören. Ihre Hände vergruben sich in seinem lockigen Haar.
Batis versuchte, sich herumzudrehen und sie gleichzeitig an sich heranzuziehen. Doch sein Körper war zu groß für die schmale Steinbank. Er rutschte hinunter und hätte sie beinahe mit sich gezogen. Schneller noch, als er gefallen war, stand er wieder auf den Beinen, tänzelte leise fluchend auf den heißen Bodenplatten und rettete sich dann mit einem Sprung in das runde Warmwasserbecken.
Šamu lachte, und Batis fiel in ihr Lachen ein. So übermütig und ausgelassen hatte sie den Krieger noch nie erlebt. Einladend winkte er ihr zu und machte aufreizende Hüftbewegungen.

»Ich steige in das Wasser, mit dir zu sein,
und ich komme dir zuliebe mit einem roten Fisch heraus.
Er macht sich gut auf meinen Fingern.
Ich lege ihn auf deine Brüste.«

Einen Moment lang zögerte Šamu schamhaft. Doch dann dachte sie daran, wie nah der Mörder von Rechmire und Demosthenes ihr vielleicht schon war und wie kurz womöglich die Lebensspanne, die ihr noch verblieb.
Entschlossen, wenigstens für diese eine Nacht allen drohenden Schatten zu entfliehen, setzte sie ihre Füße auf die heißen Bodenplatten und folgte Batis ins Wasserbecken.

* * *

Selbst der kühle Morgen vermochte die wohlige Wärme der vergangenen Nacht nicht zu vertreiben. Šamu stand in der Küche der Villa und schnitt gerade ein Stück von dem frisch gebackenen Brot ab, das ihr eine alte Sklavin gebracht hatte, als Kleopatra eintrat.
Die Prinzessin tat gerade so, als sei sie Luft. Ohne Šamu zu grüßen, ließ sie sich an dem großen Tisch dicht neben der

Feuerstelle nieder und begann, Käse und Trauben zu naschen.
»Was ist los?« Die Priesterin konnte sich das eigenartige Verhalten der Kleinen nicht erklären, doch war es im Grunde nichts Neues.
»Oh, du bist ja auch hier! Ich habe dich gar nicht gesehen.« Kleopatra spielte ihre Überraschung so übertrieben und affektiert, daß deutlich war, daß sie Šamu sehr wohl bemerkt hatte.
»Tja, wenn man blind durch die Gegend läuft!« Die Priesterin hatte keine Lust, sich auf eine der lästigen Debatten mit der Prinzessin einzulassen.
»Blind mag ich ja sein, dafür höre ich sehr gut. Vor allem nachts!«
»Du hast mir also wieder einmal nachgeschnüffelt?«
»Das war nicht nötig bei dem Krach, den du mit Batis gemacht hast. Ich verstehe nicht, warum du mich nie an deinen Vergnügungen teilhaben läßt. Mein Vater verbietet mir schließlich auch nicht, zugegen zu sein, wenn er sich mit irgendwelchen Tänzerinnen amüsiert.«
»Das muß wohl daran liegen, daß ich weder ein Gott bin, noch *irgendeine Tänzerin.*«
»Ich weiß, du bist ein herzloses Ungeheuer, das ungerührt dabei zusieht, wie ich mich zu Tode langweile. Du wolltest mich gestern nicht dabei haben, als du den Römer geheilt hast. An deinen Gesprächen mit Philippos durfte ich nicht teilhaben, die Gesandtschaft aus Pompeji habe ich nur von weitem zu sehen bekommen, und deinen Spaß mit Batis wolltest du auch nicht mit mir teilen. Erinnerst du dich überhaupt noch daran, daß es mich gibt?«
Einen Augenblick lang war Šamu versucht, mit einem »Zu oft!« zu kontern, doch bei einer ehrlichen Betrachtung mußte sie sich eingestehen, daß Kleopatra mit ihren Vorwürfen nicht völlig unrecht hatte. Um die Bedürfnisse der Prinzessin hatte sie sich wirklich nur recht wenig gekümmert, und das, obwohl

dies zweifellos die erste ihrer Pflichten war. Dennoch konnte sie sich nicht überwinden, ihr schuldbewußt recht zu geben. Mit großer Geste griff Šamu deshalb mit beiden Händen an ihre Brust. »Ihr seht mich zu Tode betrübt, erlauchteste Prinzessin! Meine Demut soll grenzenlos sein. Ich will mir die Wangen mit Asche einreiben und fortan nur noch in Lumpen gehen als Buße für meine Selbstherrlichkeit. Nur noch kriechend will ich mich neben dir bewegen.«
Kleopatra lachte. »Das wird sicher lustig.«
»Nicht wahr!« Šamu war an die Feuerstelle getreten und schabte mit einem Schürhaken ein wenig Asche zur Seite. »Ich denke, ein wenig Farbe würde dir heute morgen auch ganz gut stehen, Prinzessin. Hat du es schon einmal mit Grau statt mit zartem Rot versucht?«
»Das wagst du nicht!«
»Nein?« Šamu trat lächelnd näher.
»Du würdest mich ja nicht einmal treffen!«
»Mit Asche würde ich auch erst gar nicht zu werfen versuchen. Ich dachte eher daran, dich zu packen und dir die Wangen einzureiben.«
»Ich bin eine Prinzessin! Du wirst nicht …« Kleopatra wartete nicht ab, ob sie würde oder nicht. Eilig sprang sie von der Bank auf und flüchtete auf die andere Seite des großen Tischs.
»Glaubst du vielleicht, du könntest mir entkommen?« Šamu imitierte grollend die Stimme des Hauslehrers, der sich in Rom um den Geschichtsunterricht der Prinzen und Prinzessinnen gekümmert hatte.
»Lieber will ich hingestreckt in einer Küche sterben, als auf den Schlachtfeldern genealogischer Langeweile zugrunde zu gehen!« entgegnete Kleopatra lachend.
»Vor so viel kühnem Heldenmut erlahmt die Kraft meines Schwertarms, und ich muß die Waffen sinken lassen.« Šamu ließ die Asche zu Boden rieseln. »Hast du Lust, mich gleich auf einem Spaziergang zu begleiten?«

Kleopatra nickte. »Alles ist besser, als hier in dieser Villa eingesperrt zu sein.«

* * *

Philippos konnte nicht begreifen, was dieser Ausflug sollte. Überhaupt verstand er nicht, was die Priesterin sich davon versprach, einen Ort aufzusuchen, an dem jemand ermordet worden war. Wollte sie vielleicht böse Geister heraufbeschwören?

Dabei hatte der Tag so vielversprechend angefangen. Der Zustand von Paulus schien sich zu bessern. Der Römer war zwar immer noch bewußtlos und mußte mühsam mit dünner Brühe gefüttert werden, doch war sein Fieber zurückgegangen. Damit waren die Aussichten, daß er seine Verletzung überleben würde, deutlich besser geworden.

Mißmutig blickte sich Philippos in dem kleinen, taunassen Zypressenwäldchen um. Vielleicht würde er wenigstens ein paar brauchbare Heilpflanzen finden. Dann wäre der Ausflug nicht völlig vergebens gewesen. Er hatte sich ein wenig von den anderen abgesondert, doch merkte er wohl, daß Batis ihn nie ganz aus den Augen ließ. Der mächtige Nubier hielt sich immer in der Nähe von Šamu und Kleopatra auf. Irgendwie wirkte er an diesem Morgen verändert. Philippos konnte nicht genau benennen, was mit dem Hünen vor sich gegangen war, doch schien er eine Aura wie der junge Herakles zu haben … Er würde ihm den Gefallen nicht tun, einen Fluchtversuch zu wagen, dachte Philippos trotzig. Zumindest nicht hier.

Ein leises, scharrendes Geräusch ließ den Griechen aufhorchen. Es war nicht gut, verfluchte Orte aufzusuchen! Mißtrauisch blickte er sich um. Ob er die anderen rufen sollte? Doch dadurch mochte er sich womöglich als Feigling entlarven. Nein! Er würde dem Geräusch allein auf den Grund gehen.

Mit angehaltenem Atem und so leise er konnte pirschte er durch den welken Farn zwischen den Zypressen. Der herbe

Duft von faulenden Blättern lag in der Luft. Das Geräusch klang jetzt ganz nahe. Und dann sah er, wovor er sich gefürchtet hatte!

Philippos lachte leise. Gut, daß er die anderen nicht gerufen hatte. Vielleicht sechs Schritt entfernt hockte ein Hase auf dem Waldboden und wühlte in der Erde. Durch das Lachen aufgeschreckt, hüpfte er davon und verschwand im Unterholz. Philippos wollte sich schon wieder umdrehen und den anderen folgen, als er etwas Weißes in der aufgewühlten Erde bemerkte. Neugierig trat er auf die kleine Lichtung. Unter einer dünnen Humusschicht war der Boden sandig. Der Hase hatte versucht, eine eingestürzte Erdhöhle wieder freizulegen. Vielleicht ein Eingang zu seinem Bau, den Kinder mutwillig eingetreten hatten.

Philippos ging in die Knie und musterte das Loch. In dem Sand war ein Streifen schmutzigen, weißen Stoffes zum Vorschein gekommen. Prüfend rieb er das Leinen zwischen seinen Fingern. Er war von feiner Qualität und zeigte keinerlei Zeichen von Verfall. Es konnte also noch nicht lange dort vergraben sein. Der Arzt begann, den weichen Sand mit den Händen beiseite zu schaufeln, um das ganze Kleidungsstück freizulegen.

Schließlich hatte er eine zusammengeknüllte *tunica*, einen ledernen Gürtel samt Geldbeutel, ein Paar Sandalen und einen Siegelring geborgen. Die letzteren Dinge waren in die *tunica* eingeschlagen gewesen und der Gürtel um das Ganze geschlungen.

Der Siegelring war eine ägyptische Arbeit und zeigte eine Göttin vor einem Schrein. Vielleicht *Isis*? Der ganze Fund ließ nur einen Schluß zu. Es mußte sich um die Kleider des ermordeten Demosthenes handeln! Der Priester war also auf keinen Fall das Opfer irgendwelcher Räuber geworden, die es auf seine Kleider und seinen Geldbeutel abgesehen hatten!

* * *

Zwei Sklaven aus dem Haus des Demosthenes hatten die *tunica* und den Siegelring zweifelsfrei als das Eigentum ihres verstorbenen Herren identifiziert. Die Fundstücke waren inzwischen von der Erde gesäubert worden und lagen auf einem Tisch im *atrium* der Villa.
»Du weißt, was das bedeutet?«
Philippos war seit seiner Entdeckung regelrecht in Euphorie verfallen. Šamu musterte ihn nachdenklich, dann schüttelte sie den Kopf. »Du wirst es mir sicher erklären.« Der Arzt hatte darauf bestanden, mit ihr allein zu sprechen, weil er ihr angeblich eine wichtige Mitteilung zu machen hatte, die keine Zeugen duldete.
»Ich habe über das nachgedacht, was du mir über den Mord an Rechmire erzählt hast und über das, was hier geschehen ist. Der einzige Weg, dieses Rätsel zu lösen, ist, es mathematisch zu betrachten. Zuerst erstellt man eine Liste aller, die im Haus des Pompeius anwesend waren. Die Zahl der möglichen Mörder ist gewaltig. Dann macht man eine zweite Liste, auf der die Namen aller stehen, die in der Nacht des zweiten Mordes im Haus des Demosthenes zu Gast waren. Ist man damit fertig, vergleicht man die beiden Namenslisten und schreibt jene heraus, die auf beiden Listen auftauchen. Das sind nur noch drei. Du, werte Priesterin, doch dich zu verdächtigen, wäre wohl unsinnig. Dann wäre da noch Kleopatra, doch ein kleines Mädchen hätte kaum die Kraft, zwei Männer zu erwürgen. So bleibt nur noch der Leibwächter Batis. Ihm würde es leichtfallen, solche Morde zu begehen. Er ist ein Krieger. Vor dem Tod von Demosthenes hat man ihn sogar gesehen, wie er mit jenem Boten, den dein König geschickt hat, tuschelte. Wahrscheinlich hat der Bote ihm den Auftrag zum Mord gebracht.«
»Deine Rechnung wimmelt von Fehlern, Arzt!« Die Verbohrtheit des Griechen begann Šamu zu ärgern. Er schien nicht aufgeben zu wollen, Batis in Ungnade zu bringen. »Fangen wir mit dem Boten an. Auch wenn ich ihn nicht gesehen

habe, so muß er doch wohl direkt vom Hof des *Pharao* in den Albaner Bergen gekommen sein. Dies wiederum legt nahe, daß er sich zum Zeitpunkt des ersten Mordes auch in der Villa des Pompeius aufgehalten hat. Kannst du mir so weit folgen?«

»Das wäre wohl möglich«, gab Philippos zerknirscht zu. »Doch du solltest bedenken, daß er angeblich ohne Rast zu machen den ganzen Weg von den Albaner Bergen bis hierher geritten ist. Er wäre zu erschöpft gewesen, um einen Mord zu begehen.«

»Und wenn er gelogen hat? Darf man von einem Mann, der eines Mordes verdächtig ist, erwarten, daß er die Wahrheit sagt? Kommen wir zum nächsten Fehler. Was ist, wenn der Mörder, den wir suchen, gar nicht zum Hofstaat des *Neuen Osiris* gehört? Es könnte ein Fremder sein, der für irgendwelche Römer arbeitet, die Ptolemaios angst machen wollen. Dafür, daß es jemanden gibt, der gegen den *Pharao* arbeitet, spricht allein schon das Massaker am Strand. Sicher wäre Dion eine Gefahr, wenn er vor dem Senat auftritt und gegen eine Rückkehr des *Pharao* spricht. Doch solange Ptolemaios über Freunde unter den Mächtigen verfügt, ist seine Sache nicht verloren. Sie können vielleicht die Worte Dions wieder in Frage stellen. Doch ich frage dich, was geschieht, wenn die Mächtigen ihn nicht mehr zu schützen vermögen und man den *Pharao* für einen Mörder hält? Wer kann es dann noch wagen, auf seiner Seite zu stehen?«

Philippos schüttelte den Kopf. »Und woher sollten sie von Dions Gesandtschaft gewußt haben?«

»Soweit ich weiß, hat Berenike in Alexandria kein Geheimnis aus dieser Gesandtschaft und ihrer Mission gemacht. Und da gibt es noch etwas. Demosthenes und Rechmire sind durch einen Mann namens Nikomedes darüber unterrichtet worden, wann und wo die Gesandten an Land gehen würden. Ich habe im Lager von Puteoli nach Nikomedes gefragt. Doch er war nicht da. Er ist zwar mit den anderen an Land gegangen, doch konnte er weder unter den Toten noch unter den Lebenden gefunden werden. Ich glaube, er hat ein doppeltes Spiel getrieben. Wahrscheinlich ist er zusammen mit den Mördern geflohen. Auf diese Weise erklärt sich auch, woher die Verschwörer wußten, daß Rechmire und Demosthenes ihnen auf der Spur waren. Niemand anderer als Nikomedes konnte von der Verbindung zwischen dem Schreiber und dem Priester wissen. Und noch etwas erscheint mir seltsam. Es hat so viele Tote am Strand von Puteoli gegeben. Warum ist Dion nichts geschehen? Sein verstauchter Arm rührte von einem Sturz her und nicht von den Waffen der Meuchler. Ist das ein Zufall, oder treibt auch er ein doppeltes Spiel?«

»Du denkst zu kompliziert.« Philippos lächelte. »Das ist doch Unsinn. Wer sollte eine solche Intrige ausbrüten?«

»Dem kann ich nur entgegenhalten, daß du den Hof des *Pharao* nicht kennst. Aber davon einmal abgesehen, gibt es noch einen Punkt, den du nicht vergessen solltest, Arzt. In ganz Pompeji hält man dich für den Mörder des Demosthenes. Was wäre, wenn das stimmt? Daß du in Verbindung mit den Feinden des *Pharao* gestanden hast, beweist deine Anwesenheit bei dem Massaker am Strand von Puteoli. Könntest du nicht also schon in Rom gemordet haben? Auch hier in Pompeji warst du in der Nähe, als Demosthenes starb. Und ausgerechnet du warst es, der die Kleider des Toten wiedergefunden hat, obwohl sie sehr gut versteckt waren. Ich muß mich also fragen, ob nicht vielleicht du sie in den Hasenbau geschoben hast.«

Der Arzt erblaßte. »Das ist nicht dein Ernst, Šamu. Du glaubst doch nicht etwa, ich ...« Philippos wich ein paar Schritte von ihr zurück. »Habe ich dir nicht nach Kräften geholfen? Du kannst mich doch jetzt nicht einfach ausliefern!«

»Du gibst dir auffällig viel Mühe, Batis als Mörder erscheinen zu lassen. Ich muß mich doch fragen, welchen Grund das haben könnte. Willst du vielleicht von dir ablenken? Wenn du statt dessen gestehst und die Namen der anderen Verschwörer nennst, werde ich dir dein Leben schenken.« Šamu glaubte zwar nicht wirklich, daß der Grieche mit den Morden zu tun hatte, doch sie wollte ihn in die Enge treiben. Nur so würde er sich auf das einlassen, was sie mit ihm vorhatte. Da Paulus vielleicht nie wieder genesen würde, war Philippos der einzige, den sie gegen Caelius einsetzen konnte, um die Männer zu entlarven, in deren Auftrag der junge Patrizier handelte.

»Morgen früh werde ich dich unter Bewachung zum Tempel der *Isis* bringen lassen. Dort soll die Göttin über dich richten. Du hast nur noch eine Gelegenheit, dein Leben zu retten.«

»Aber ich kenne die Verschwörer doch nicht.« Der Grieche warf sich vor ihr auf die Knie. »Bei *Zeus*, so glaube mir doch, daß ich nicht weiß, wer außer diesem Sestius, der Paulus und seine Meuchler an Caelius weiterempfohlen hat, noch in den Mordanschlag am Strand verwickelt ist.«

»Wenn ich dir dein Leben schenke, so ist der Preis dafür, daß du diese Schurken finden wirst.«

»Aber wie soll mir das gelingen? Warum sollten sie sich mir anvertrauen?«

»Hör' auf zu winseln und merke dir genau, was ich dir jetzt sage. Dein Leben hängt daran.«

12. KAPITEL

Obwohl noch nicht einmal die Sonne aufgegangen war, hatte sich bereits eine große Menschenmenge vor dem Isistempel von Pompeji versammelt. Eine angespannte Atmosphäre lag über dem Platz. Šamu spürte deutlich, daß die meisten allein in der Erwartung gekommen waren, Philippos für seinen vermeintlichen Mord büßen zu sehen.
Der Grieche lag auf dem Altar vor dem Allerheiligsten, der Kammer, in der die Statue der *Isis* verwahrt wurde. Seine Hände schienen gefesselt zu sein, und man mußte schon sehr dicht vor dem Altar stehen, um zu erkennen, daß die Fesseln in Wirklichkeit so locker saßen, daß er sich jederzeit befreien konnte. Die Diener des Tempels hatte Šamu für diese Zeremonie weiter unten auf den Stufen des Heiligtums postiert. Nicht einmal Batis hatte sie in das eingeweiht, was geschehen sollte. Sie glaubte zwar nicht an die Vorwürfe, die

Philippos gegen den Nubier erhoben hatte, doch bei allem, was sich in den letzten Tagen ereignet hatte, konnte sie nicht vorsichtig genug sein.

»Begrüßt die Göttin, meine Freunde, und ladet sie ein, euch ihr Antlitz zu zeigen.«

Stumm hoben die Gläubigen ihre *sistra*, kleine metallene Rasseln, und ließen die fremdartigen Instrumente erklingen. Ein einzelnes *sistrum* vermochte mit seinen dünnen Metalldrähten nur ein leises Klingeln zu verursachen, doch durch die Menge der Instrumente, die die weit über zweihundert Betenden mitgebracht hatten, entstand ein feierlicher, seltsam unirdischer Ton.

»Große *Isis*, zauberreiche Göttin vom Nil, schenke uns deine Gnade für diesen neuen Tag und sieh herab zu jenem, den wir dir gebracht haben, damit du ihn strafst für das, was er deinem heiligen Tempel und dem von uns allen geliebten Priester Demosthenes angetan hat.«

»Wir bitten dich, Zauberreiche, erhöre uns!« sangen die Gläubigen im Chor und schüttelten erneut ihre *sistra*.

Wie all die anderen auf dem Platz neigte auch Šamu ihr Haupt und sprach ein stummes Gebet, bis ein auserwählter Priester vor dem Altar des kleineren, seitlich des Säulenhofes gelegenen Tempels laut ausrief: »*Re*, der Gerechte, ist gekommen, uns einen neuen Tag zu schenken!«

Das war das Zeichen, daß in diesem Augenblick die Sonne über dem östlichen Horizont erschienen war. Nun galt es, die letzten Minuten des morgendlichen Zwielichts zu nutzen.

»Reiße ihn fort aus dieser Welt und schleudere ihn in den Schlund der großen Schlingerin, auf daß er auch den zweiten Tod sterbe, denn nur ein Leben zu verlieren, ist nicht Sühne genug für die Frevel, die der Grieche Philippos begangen hat. Willst du ihm aber die Gnade gewähren, daß auch *Osiris* über ihn Gericht halten soll, so schone ihn, und die *decuriones* der Stadt werden das Blut des Übeltäters vergießen lassen.«

»Wir bitten dich, Zauberreiche, erhöre uns!« erklang es laut aus den Kehlen der Pompejaner.
Angespannt blickte Šamu zu den beiden glühenden Kohlebecken, die rechts und links des Altars aufgebaut waren. Dort hatte sie zwei Lederbeutel mit einem babylonischen Zauberpulver versteckt, die eigentlich bald ihre wundersame Wirkung entfalten müßten. Lange konnte es nicht mehr dauern, bis das Leder durchgeschmort war und das Pulver in die Glut rieselte. Bis dahin mußte sie die Menge noch in Schach halten.
Šamu war in der letzten Nacht lange in sich gegangen und hatte *Isis* um Rat gebeten. Schließlich war es ein Betrug an den Gläubigen, den sie hier beging, und das auch noch im Namen der Göttin. Im Vergleich dazu war der Tempelfrevel des Philippos geradezu eine Kleinigkeit gewesen. Zuletzt jedoch war sie zu dem Schluß gekommen, daß es ungerecht sei, den Griechen für ein Verbrechen zu bestrafen, daß er wahrscheinlich nicht begangen hatte. Konnte das der Wille der *Isis* sein? War ihr nicht mehr gedient, wenn der Arzt lebte und nach dem wahren Mörder suchte? Und wurde die Göttin nicht auch »die Listenreiche« genannt? Sicher würde sie nur über den Trick lächeln, dachte Šamu, mit dem sie im Namen der Zauberreichen die Bürger von Pompeji täuschen wollte. Es wäre ein Streich so recht nach ihrem Gefallen, der den Schwachen zum Schluß über die Ignoranz der blutgierigen Menge triumphieren ließ.
»Gewähre dieser Stadt auf immer deinen Segen, denn kein Bürger Pompejis duldete die Lästerung deines Tempels.« Šamu hatte in großer Geste ihre Arme erhoben. Wann würden nur endlich die Beutel durchschmoren? Sie hatte sich nicht darauf vorbereitet, die Menge so lange hinzuhalten. Hatte das Pulver womöglich über die vielen Monate, die seit ihrer Flucht aus Ägypten vergangen waren, seine Zauberkraft verloren? »Beschütze die Schiffe Pompejis, die nun, da die Zeit der Winterstürme naht, noch nicht ihren

Weg zurück in die sicheren Häfen gefunden haben und …!«
Ein gleißender Lichtblitz schoß plötzlich aus dem rechten Kohlebecken empor, und eine Stichflamme stieg bis unter die Decke des Tempels.
»Seht her, Kinder der *Isis*, die Göttin hat uns erhört und schickt ein Zeichen.« Erregtes Raunen ging durch die Menge. Einzelne Stimmen priesen laut die Gerechtigkeit ihrer Herrin. Andere beteten leise oder starrten einfach nur verzückt nach vorne.
»Neigt nun eure Häupter und zeigt der Herrin, daß ihr das Wunder mit ergebener Demut ehrt.«
Das grelle Feuer war bereits wieder verloschen, und dichter, dunkler Rauch stieg aus dem Feuerbecken auf, so daß Šamu fast zu husten begonnen hätte.
»Mach dich bereit«, murmelte sie so leise, daß nur Philippos sie hören konnte. Im selben Augenblick entzündete sich der zweite Lederbeutel. Wieder schoß eine Stichflamme empor, und der Rauch, der ihr folgte, vernebelte nun endgültig den Altar.
»Jetzt!« Šamu konnte kaum noch die Hände vor Augen sehen. Sie spürte, wie der Grieche dicht neben ihr zu Boden glitt und ins Allerheiligste des Tempels flüchtete, um sich hinter der Statue der Göttin zu verstecken. Niemand würde es wagen, ihn dort zu suchen.
Das Raunen und das helle Klimpern der *sistra* wurde immer lauter. Šamu tränten die Augen vom Rauch, und sie konnte nur undeutlich erkennen, was auf dem Platz vor sich ging. Sie hatte der Göttin einen schlechten Dienst erwiesen! Sicher, die Gläubigen waren begeistert, doch was mochten sie in Zukunft von den Priestern der Stadt erwarten? Daß die Göttin immer wieder so offensichtlich in die Geschicke der Welt eingriff?
Sie wußte nicht einmal, wie sie diese Messe zu Ende bringen sollte. Sie hatte das alles zu schlecht geplant! Ihr Geist war gefangen in den Netzen, die die Verschwörer ausgeworfen

hatten. Würde sie jemals durchschauen, was um Ptolemaios geschah? Fremd und verhaßt war ihr die Welt der Höflinge. Obwohl sie selbst fast zwei Jahre im Palast von Alexandria gelebt hatte, war es ihr gelungen, sich von dieser Welt aus Lügen und Eifersucht fernzuhalten. Und nun? Nun verwickelte sie ihre Göttin in dieses undurchsichtige Spiel. Ob die Listenreiche wirklich Gefallen daran fand?

Der Rauch hatte sich beinahe ganz verzogen. Auf dem Hof vor dem Tempel war es stiller geworden. Erwartungsvoll blickten die Menschen zu ihr empor. Es galt, zu Ende zu bringen, was sie begonnen hatte.

* * *

Fünf Stunden waren vergangen, ehe Šamu zur Mittagsstunde zum Tempel der *Isis* zurückkehrte. Die Menschen in der Stadt hatten sich seit dem Morgen verändert. Begleitet von zwei ihrer römischen Leibwachen überquerte die Priesterin das weite *forum*, und sie konnte deutlich die Blicke der Bürger und Fischhändler, Tagediebe und Bauersweiber in ihrem Rücken spüren.

Nur die wenigsten wagten es, ihr offen ins Gesicht zu sehen und sie zu grüßen. Die meisten blickten scheu zur Seite. Sie galt jetzt als Magierin, und obwohl sie der Stadt einen Dienst erwiesen hatte, fürchtete man sie. Aber was machte das schon? Sie würde nicht mehr lange in Pompeji bleiben. Die Vorbereitungen zur Einbalsamierung Rechmires waren fast abgeschlossen. Wenn sie sich mit Philippos getroffen hätte, würde sie noch einmal das Haus des Einbalsamierers aufsuchen und dann erst in vielen Wochen zurückkehren, wenn der Leichnam des Schreibers ausgetrocknet war und das Bestattungszeremoniell vollzogen werden konnte. Vielleicht, wenn *Isis* es wollte, würde es ihr ja doch noch gelingen, Rechmires Herz zu finden und jenen anderen, für einen Mann nicht ganz unwesentlichen Körperteil, der ihm abhanden gekommen war.

Sie tastete geistesabwesend über das sauber gefaltete Leinentuch, das sie unter dem Arm trug. Deutlich fühlte sie den kantigen Stahl. Ein Messer. Das war alles, was sie brauchte, um die Sache mit dem Griechen zu Ende zu bringen.
Schon am Theater gab sie ihren beiden Leibwächtern den Befehl, zurückzubleiben und auf sie zu warten. Sie wollte keine Zeugen haben!
Leichten Schrittes durchquerte sie den weiten Säulenhof und schritt die wenigen Stufen zum Tempel der *Isis* hinauf. Am Eingang verneigte sie sich kurz und murmelte einige rituelle Grußworte. Dann ging sie weiter zum Allerheiligsten. Deutlich konnte sie im Halbdunkel das hohe Bildnis der Göttin sehen. Heute war sie nicht, wie sonst an jedem Morgen, aus der dunklen Kammer hinausgetragen worden, um zusammen mit den Gläubigen die aufgehende Sonne zu begrüßen. Šamu hatte die Priester des Tempels mit der Begründung, sie würde deutlich spüren, daß ein außergewöhnliches Ereignis bevorstünde, davon abgehalten, den Tempel zu betreten und die Statue hinauszutragen. Nach der Zeremonie am Morgen hatte sie alle Priester und Priesterinnen fortgeschickt, damit sie auf den Plätzen der Stadt von dem Wunder kündeten, das sich ereignet hatte. Sie war also ganz allein. Oder besser, fast allein.
»Philippos?« Einen Augenblick lang war es totenstill in der engen Kammer. Noch einmal flüsterte sie den Namen des Griechen.
Im Schatten hinter der Statue erhob sich eine Gestalt. »Du hast lange gebraucht, Priesterin.«
»Es ging nicht schneller.« Šamu legte das Tuch vor ihm nieder und faltete es auseinander. Auf dem weißen Leinen lag ein silbern schimmerndes Messer. Es gehörte zum Chirurgenbesteck des Arztes.
»Du weißt, was ich von dir erwarte?«
Philippos zögerte. »Und wenn ich mich nicht mehr an unsere Abmachung halte? Du kannst jetzt nicht einfach verkün-

den, ich sei wieder lebendig. Was könntest du schon unternehmen, wenn ich einfach davonliefe?«
Šamu wandte den Blick nicht von dem Messer. »Batis würde dich finden. Und wenn du in seine Hände fällst, wird dich kein schnelles Ende erwarten. Ich denke, du weißt das. Also halte dich an unsere Vereinbarung. Es ist zu deinem Besten.«
Philippos nahm das Messer auf und prüfte mit dem Daumen die Schärfe der Klinge. »Du meinst, es gibt keinen anderen Weg? Vielleicht …«
»Fang endlich an!«
»Du weißt nicht, was du da verlangst. Du bist nur eine Frau, und ich …«
»Soll ich gehen? Ist es dir lieber, wenn ich nicht dabei bin?«
»Das ist egal«, knurrte der Grieche und führte die Klinge an seine Kehle. Noch einmal blickte er Šamu mit großen Augen an. »Du meinst, es gibt wirklich keinen anderen Weg?«
Es war Šamu zu dumm, auf diese Frage noch einmal zu antworten. Sie warf dem Griechen einen vernichtenden Blick zu, und dieser begann schließlich mit seiner Arbeit.
»Ich glaube nicht, daß du weißt, was ein Bart für einen Mann bedeutet.«
»In deinem Fall würde es bedeuten, daß man dich garantiert wiedererkennt.«
»Aber ich bin doch tot. Es würde bestimmt niemand so genau hinschauen. Wenn ich einen Umhang mit einer Kapuze trage …«
»Wir können es uns nicht leisten, ein unnötiges Risiko einzugehen. Außerdem wird deine Geschichte glaubwürdiger klingen, wenn dein Bart abrasiert ist. Schließlich ist Caelius ein Mann, er wird ermessen können, was für ein Opfer du gebracht hast.«
»Deine Ironie trifft mich nicht, und …« Philippos fluchte leise und strich sich über die Wange. Ein schmaler roter Streifen schimmerte zwischen seinen halbrasierten Bartstoppeln. »Verdammt scharf das Messer.«

»Paß lieber auf, daß alle Haare auf das Tuch fallen. Ich möchte nicht, daß eine der Priesterinnen sich morgen fragen muß, wie Barthaare in das Allerheiligste der Göttin kommen.«
»Hat dir schon einmal jemand gesagt, daß du kalt wie ein Messer bist, Priesterin?«
»Höflichkeiten können wir ein andermal austauschen. Und was dich angeht, solltest du mal einen Gedanken daran verschwenden, daß wir uns keinen Fehler leisten können. Wenn jemand bemerkt, was ich für dich getan habe, werde ich nicht nur mein Priesterinnenamt verlieren. Und dich würde der Pöbel auch nicht schonen. Jetzt zeig' mir deine Verletzung.« Šamu packte den Griechen am Kinn und drehte ihm den Kopf zur Seite. Sie traute ihm immer noch nicht. Wahrscheinlich würde er einfach türmen, sobald er die Stadtgrenzen Pompejis hinter sich gelassen hätte.
Der Schnitt an seiner Wange hatte sie auf eine Idee gebracht. Sie strich mit dem Zeigefinger über die Wunde, so daß ein wenig von dem klebrigen Blut an ihrer Fingerkuppe haften blieb. Dann fuhr sie ihm damit über die Stirn, malte einen Schnörkel und murmelte einige zusammenhanglose Worte in nubischem Kauderwelsch.
Erschrocken zuckte der Arzt zurück und schlug ihre Hand zur Seite. »Was machst du da?«
Šamu lächelte triumphierend. »Du nennst mich ja gar nicht Hexe!«
»Was bei *Zeus* hast du da gerade getan? Was sollte das? Du hast doch irgend etwas auf meine Stirn gezeichnet!« Der Arzt spuckte in seine rechte Hand und wischte sich dann hastig über die Stirn.
»Ich habe einen Todesfluch auf dich gelegt, Grieche. Wenn du das Wort brichst, das du mir gegeben hast, hast du vom Augenblick deines Verrates an noch sieben mal sieben Tage zu leben. Das Zauberzeichen auszulöschen, hilft nicht gegen den Fluch. Aber vielleicht möchtest du ja ausprobieren, ob ich dich belüge?«

»Du falsche Schlange!« Philippos wischte sich noch einmal über die Stirn und rief alle möglichen Götter an, ihn vor dem Fluch zu schützen.
Die Priesterin musterte ihn währenddessen kühl. Er verhielt sich genauso, wie sie es erwartet hatte. Jetzt konnte sie sicher sein, daß er Caelius suchen würde! »Was regst du dich auf, Grieche? Du hast dein Leben in meine Hand gegeben, und ich habe dich vor den Pompeijanern beschützt, genauso wie ich es dir versprochen habe. Davon, daß ich dir dein Leben schenken würde, war nie die Rede.«
»Glaubst du vielleicht, ich hätte dich hintergehen wollen?« Philippos schien aufzugeben. Schmollend fuhr er mit seiner Rasur fort.
»Das glaube ich nicht nur, ich bin mir dessen völlig sicher. Ich habe mich an deine Bedingungen gehalten. Selbst Batis hält dich für tot. Du kannst also ohne Gefahr zu Caelius zurückkehren. Sobald du einen Hinweis darauf hast, wer hinter der Verschwörung steckt und wer Sestius damit beauftragt hat, seine Mörderbande unter das Kommando von Caelius zu stellen, nimmst du mit mir Kontakt auf. Du wirst mich in der Villa des Pompeius in den Albaner Bergen finden.«
»Und wie sollte ich dort hineinkommen? Einen Fremden wie mich wird der *janitor* sicher nicht ins *atrium* vorlassen. Außerdem besteht die Gefahr, daß ich in der Villa dem Nubier begegnen könnte.«
»Deshalb wirst du das Haus auch nicht betreten. Lass' mir einfach ausrichten, der Händler aus Pompeji sei gekommen, um mir, wie vereinbart, das Rosenöl zu bringen. Ich werde dann zu dir kommen.«
»Wenn mich Caelius nicht vorher umbringt! Was ist, wenn auch nur einer der Meuchler gesehen hat, wie ich Paulus niedergeschlagen habe?«
Šamu zuckte mit den Schultern. »Das ist dein Risiko. Hier in Pompeji hätte dich ganz gewiß der Tod erwartet. Unter den Verschwörern wirst du vielleicht überleben. Es liegt allein an

deinem Geschick zu lügen. Doch ich bin sicher, daß du diesbezüglich nicht weniger begabt bist als in der Heilkunde.«
»Ein Lob aus deinem Munde?«
Šamu überging die Bemerkung. »Wirst du mit dem Geld auskommen, das ich dir zu den Kleidern gelegt habe? Wenn Caelius nicht mehr in Baiae ist, wird es vielleicht lange Zeit dauern, bis wir uns wiedersehen.«
»Das sind doch angenehme Aussichten!« Der Grieche grinste sie unverschämt an. Er war jetzt fast fertig mit seiner Rasur. Ohne Bart wirkte er wesentlich jünger. »Was das Geld angeht, sollte ich mich vielleicht schon jetzt einmal daran gewöhnen, daß ich in Zukunft jedes *Ass* zweimal umdrehen muß, bevor ich es ausgebe.«
»Wenn du mir brauchbare Informationen über die Verschwörer verschaffst, wirst du mehr Geld bekommen.«
»Vielleicht lebe ich nicht einmal mehr lange genug, um das auszugeben, was ich besitze. Aber das läßt dich vermutlich kalt.«
»Du hast gestern meinem Plan zugestimmt. Also beklage dich jetzt nicht!«
»Hatte ich denn eine Wahl?«
»Du betrachtest die Angelegenheit einfach auf die falsche Art. Sag dir lieber, bis hierher ging alles gut, statt ständig über deinen Tod nachzudenken. Das einzige, was du auf diese Art erreichst, ist, daß *Anubis* irgendwann auf dich aufmerksam werden wird und sich womöglich fragt, was du unter den Lebenden verloren hast, wenn dich ohnehin nur dein Tod beschäftigt.«
»Weißt du, was ich an dir ganz besonders schätze, Priesterin? Es ist deine überaus herzliche Art. Dich gekannt zu haben heißt, daß man es wahrlich nur noch besser antreffen kann.« Der Arzt legte das Messer auf das Leinentuch zurück und strich sich prüfend über die rasierten Wangen. »Zufrieden?«
»Du siehst zwar anders aus, doch ein neuer Mensch bist du leider nicht geworden.« Šamu wandte sich zum Gehen, doch

dann drehte sie sich doch noch einmal um. Vielleicht war sie wirklich zu hart mit ihm gewesen? »Wenn du willst, werde ich für dich beten. Das heißt, natürlich nur, wenn du ernsthaft Wert auf die Gebete einer Kupplerin legst.«

Der Arzt runzelte die Stirn. Was wohl in seinem Kopf vor sich gehen mochte? Plötzlich lächelte er. »Danke. Ich nehme dein Angebot an. In meiner Lage werde ich wohl *jede* Hilfe gebrauchen können.«

13. KAPITEL

Im Haus der Clodia in Baiae hatte Philippos außer den Sklaven niemanden mehr angetroffen, also machte er sich auf die beschwerliche Reise zurück nach Rom. Dort würde es ein leichtes sein, die Bande von Sestius und Milo zu finden, und auf diesem Weg würde er sicherlich auch Caelius aufspüren.

Das Wetter war ihm diesmal gnädig gesonnen. Die Unwetter, die ihn auf dem Hinweg begleitet hatten, waren weitergezogen, und die Landschaft erstrahlte in goldener Herbstsonne. Von den Reisenden auf der Straße schnappte er etliche Gerüchte und Nachrichten auf, selbst aus den entferntesten Provinzen des Reichs. Die aus dem Norden kamen, erzählten von Caesars Siegen in Gallien und davon, mit welcher Wut Clodius den Senator Cicero befehdete. Selbst das Haus des Milo sollte er angeblich angegriffen haben. Von Süden her

aber breitete sich die Geschichte um einen schrecklichen Frevel an einer Gesandtschaft aus, die angeblich Söldlinge des Ptolemaios begangen hatten.
Mit Sorge registrierte Philippos, wie die Geschichte um das Massaker wuchs und ausgeschmückt wurde, je mehr er sich Rom näherte. Jeder, der sie neu erzählte, gab ein wenig hinzu, bis es schließlich so schien, als seien die Gesandten direkt unter den Augen des ägyptischen Königs und mit Duldung des Großen Pompeius auf bestialische Weise zu Tode gefoltert worden. Allenthalben empörten sich die Zuhörer, daß eine stolze Republik einem solchen Tyrannen Zuflucht gewährte. Manche forderten sogar, das Königreich Ägypten der römischen Herrschaft zu unterwerfen und die unwürdigen Ptolemaier ein für alle Mal ihrer Herrschaft zu entheben. Doch darüber, wer für ein solches Unternehmen der geeignete Feldherr sei, gingen die Meinungen auseinander. Der einzige, der in der Affäre um den *Pharao* nicht diskreditiert war, war Crassus. Caesar im fernen Gallien würde voraussichtlich noch lange für seinen Eroberungskrieg brauchen, und Pompeius, der Ptolemaios Gastfreundschaft gewährte, traute man in dieser Angelegenheit nicht mehr.
Die ganze Reise über brütete Philippos darüber nach, wie er aus dieser verfluchten Geschichte nur wieder herauskommen könnte. Die Priesterin kannte ihn wirklich gut! Hätte sie ihn nicht mit einem Fluch belegt, er hätte längst eine andere Richtung eingeschlagen und würde niemals nach Rom zurückkehren. Aber so blieb ihm keine Wahl.
Eine Weile hatte der Grieche erwogen, eine der etruskischen *strigae* in Rom aufzusuchen und sie damit zu beauftragen, den Fluch von ihm zu nehmen. Doch würde deren Kraft dazu reichen? Šamu war immerhin eine Priesterin, und selbst wenn sie immer wieder beteuerte, daß ihre Macht gering war, so wollte ihr Philippos in diesem Punkt nicht ganz glauben. So wie sie die Menschenmenge vor dem Isistempel getäuscht hatte, so wie sie dazu beigetragen hatte, daß Pau-

lus seine Verletzung überlebte: Waren das etwa keine greifbaren Zeichen ihrer Zaubermacht? Nein, er konnte es nicht riskieren, sich gegen sie zu stellen. Gewiß wäre es leichter, mit List und Tücke gegen Caelius und seine Spießgesellen zu bestehen, als sich dem Fluch der Priesterin zu entziehen.

* * *

Philippos brauchte neun Tage, bis er in Rom ankam. Er hatte es nicht gerade eilig gehabt. Auch in der Stadt ließ er sich Zeit mit seinen Fragen nach dem Haus des Milo, jenes Mannes, der neben Clodius der wohl skrupelloseste Buhle um die Gunst der Massen war. Seine Vergangenheit lag im Dunkeln. Niemand wußte, woher er kam, und es machten die absurdesten Gerüchte die Runde. Manche behaupteten gar, er sei in seiner Jugend Ruderer auf einer *trireme* gewesen. Gewiß war nur, daß er zu den aufstrebenden Köpfen in der Stadt gehörte und daß er mit Hilfe seiner Schlägerbanden die Macht hatte, die Straßen der Hauptstadt zu beherrschen.
Das Haus des Milo war eine *insula*, ein Wohnblock inmitten der *subura*, der sich auf den ersten Blick kaum von den anderen großen Mietshäusern unterschied. Bei genauerem Hinsehen fiel allerdings auf, wie wenig Türen der Häuserblock besaß. Es gab keine *tabernae*, Ladenlokale, in denen sich Händler oder Handwerker niederließen, und es gab im ganzen Erdgeschoß kein einziges Fenster. Die Fenster in den oberen Geschossen aber waren so schmal, daß es für einen erwachsenen Mann unmöglich war, durch sie einzudringen. Und als sei dies noch nicht sicher genug, waren sie zusätzlich durch dicke Eisenstangen geschützt.
Vor der Tür, die Philippos am nächsten war, lungerten ein paar muskelbepackte Schläger herum. Die meisten hatten sich auf den Stufen des Eingangs niedergekauert und blickten zu Boden. Wahrscheinlich vertrieben sie sich die Zeit beim Würfelspiel. Zwei jedoch musterten aufmerksam die Straße. Einen dieser beiden erkannte Philippos als einen

Gladiator, der vor einigen Jahren recht bekannt gewesen war. Solche Männer anzuheuern, war teuer! Dicht neben dem Eingang war eine Sänfte abgestellt. Wahrscheinlich gehörten zumindest einige der Würfelspieler zu den Trägern dieses mit kostbaren Stoffen geschmückten Gefährts.
Noch einmal ließ Philippos seine Blicke über das große Gebäude schweifen. Milo war ein mächtiger Mann, doch er schien auch mächtige Feinde zu haben. Das hier war kein normales Haus, es war eine Festung! Er hatte in manchen Legionslagern Quartier gehabt, die schlechter gesichert waren, überlegte Philippos, und er begann zu begreifen, warum der Angriff des Clodius, von dem man sich überall erzählte, zurückgeschlagen worden war.
»Was willst du hier, Kerl?« Einer der Schläger am Eingang hatte sich erhoben und war ihm ein Stück entgegengekommen.
Nur die Ruhe bewahren! Er durfte jetzt nichts Falsches sagen. Der Grieche räusperte sich nervös. »Ich bin der Arzt Philippos. Ich gehörte zu den Leuten des Paulus, die in besonderer Mission in Puteoli …«
»Schweig!« herrschte ihn der Koloß an. Dann blickte er sich mißtrauisch um. Die wenigen Passanten, die auf der kleinen Straße vor der *insula* unterwegs waren, hatten respektvollen Abstand zu ihnen gehalten. Offensichtlich hatte niemand von ihnen Lust, in die Angelegenheiten des Milo hineingezogen zu werden. »Kein Wort mehr über diese Sache!« Der Wächter hob drohend seine Faust. »Komm mit mir! Wir werden drinnen weitersprechen.«
Philippos schluckte. Das war ein Haus, in dem man auf immer verschwinden konnte. In Gedanken betete er zu *Zeus*, daß der Blitzeschleuderer ihn vor Ungemach bewahren möge. Mit weichen Knien folgte er dem baumlangen Wächter.
Die anderen Schläger musterten ihn flüchtig und fuhren dann mit ihrem Spiel fort. Einer von ihnen gab ein Klopfsi-

gnal, und Philippos konnte hören, wie im Inneren schwere Riegel zur Seite geschoben wurden. Dann schwang die mit breiten Eisenbändern gesicherte Tür auf und gab den Blick auf einen langen, halbdunklen Gang frei, in dem sich die Schatten weiterer Wächter abzeichneten.

»Bringt ihn zu Milo!« Der Mann, der ihn zur Tür eskortiert hatte, gab Philippos einen Stoß in den Rücken, so daß der Grieche über die Schwelle ins Innere des Hauses taumelte. »Er behauptet, etwas über Paulus zu wissen.«

»Sollen wir das nicht lieber schon hier erledigen? Milo hält nichts von Erpressern«, ertönte irgendwo eine heisere Stimme.

Philippos erschauderte. Ängstlich blickte er sich nach einem Fluchtweg um, doch von hier zu entkommen, schien unmöglich. Einige der schattenhaften Gestalten im Gang rückten näher. Irgendwo wurde eine Öllampe entzündet, und man hielt ihm die Flamme dicht vors Gesicht.

»'ne halbe Portion ist das. Den kann man ja umpusten.«

»Erpresser sind immer so schmächtige Kerle. Die machen's doch nur durch Heimtücke.«

»Ich … ich will euren Herrn nicht erpressen! Ich war selbst in Puteoli dabei. Verdammt, ich gehöre zu euch.«

Schallendes Gelächter erklang. »Du Würmchen willst einer von uns sein? Das ist die dreisteste Lüge, die ich je gehört habe! Da erscheint ja selbst eine Maus, die behauptet, ein Löwe zu sein, glaubwürdiger.«

»Wollt ihr mit mir wetten, daß ich schon mehr Männer unter meinem Messer liegen hatte als der beste unter euch?« Mit Betteln würde er hier nicht weiterkommen, dachte Philippos verzweifelt. Entweder schaffte er es, diesen Barbaren zu imponieren, und das ganz bald, oder er wäre tot.

»Dir hat die Angst wohl die Sinne verwirrt!« Ein bärtiger Kerl mit vernarbtem Gesicht hatte sich aus der Gruppe der Schläger gelöst und packte Philippos bei der *tunica*. »Oder willst du uns etwa foppen?«

»Holt einen der Männer, die mit Paulus in Puteoli waren. Er wird es bestätigen, daß ich nicht lüge.«
»Was willst du denn darstellen? Einen orientalischen Meuchler, einen Helden der Arena oder vielleicht Ariovist, den blutdürstigen Germanenfürsten?« Die Männer lachten schallend.
»Ich bin sicher, unter meinem Messer sind mehr Legionäre gestorben als unter dem Schwert des Ariovist.«
Die Gelassenheit, mit der er dies behauptete, blieb auf die Schläger nicht ganz ohne Eindruck. Der Bärtige gab einigen seiner Männer einen Wink. »Durchsucht ihn! Und du, hol' Flavius herbei. Er war in Puteoli dabei. Er wird uns sicher sagen können, was für einen Wunderknaben wir hier vor uns haben.«
Grobe Fäuste packten nach Philippos und tasteten ihn von oben bis unten ab. »Er hat keine Waffe bei sich, Cornelius.«
Der Bärtige brummte irgend etwas Unverständliches, dann beugte er sich zu Philippos hinab. »Du nimmst dein Maul ganz schön voll für einen Unbewaffneten. Wenn du mich belogen hast, wird es mir eine Freude sein, dir jeden deiner Finger einzeln aus den Gelenken zu drehen und dich anschließend schön langsam in kleine Stücke zu zerschneiden.«
»Gut, das ist mein Los, wenn ich die Wette verliere. Aber was erhalte ich, wenn sich herausstellt, daß ich nicht gelogen habe?« entgegnete der Grieche dreist. »Ich denke, bei meinem hohen Einsatz solltest auch du ein angemessenes Angebot machen. Oder hast du vielleicht Angst, die Wette zu verlieren?«
»Angst? Das Wort kenne ich nicht.« Cornelius plusterte sich regelrecht auf. »Ich war siebenundzwanzig Mal siegreich in der Arena. Und danach habe ich noch mehr als zwanzig Gegner im Kampf für meine neuen Herren bezwungen. Du siehst, Angst kenne ich nicht, und wenn du mich übertrumpfen wolltest, so müßtest du schon über fünfzig Gegner getötet haben, kleiner Mann. Ich werde hinter dir nicht zurückstehen. So wie du will ich mein Leben zum Pfand set-

zen. Doch ich glaube kaum, daß ich mich dabei in Gefahr begebe.«
»Schön, und was ...« Am Ende des Flurs, der ins Innere der *insula* führte, ertönte lautes Lärmen. Ein dunkelhaariger, noch recht junger Mann erschien in Begleitung einiger Kameraden. Als er Philippos erkannte, hob er grüßend den Arm und brüllte lauthals: »Du lebst? Wie bist du ihnen entkommen, krummbeiniger alter Hurenbock? Wir haben dich schon alle für tot gehalten.«
Philippos zuckte mit den Schultern. »*Fortuna* hat sich meiner erbarmt, als sie mich nicht länger in den Händen der ägyptischen Barbaren sehen mochte.«
»Du kennst den Kerl, Flavius?« Der Bärtige war sichtlich beunruhigt. »Wer ist das?«
Der Meuchler verpaßte Philippos einen freundschaftlichen Klaps, der den Griechen zwei Schritt vorwärts taumeln und keuchend nach Atem ringen ließ. »Darf ich vorstellen, das ist Philippos, der Feldarzt, den Paulus und Caelius vor dem Überfall bei Puteoli angeworben haben. Leider haben ihn die Ägypter gekascht. Doch wie es aussieht, war er schlauer als diese Kriecher.«
Philippos hatte sich inzwischen einigermaßen von dem Schlag erholt. »Sag meinem Freund dort vorne doch einmal, wo ich meine Berufserfahrung gesammelt habe.« Der Arzt zeigte auf den großsprecherischen Anführer der Torwachen.
»Was spielt ihr hier für ein Spiel, Cornelius?« Verwirrt blickte Flavius erst zu dem Griechen und dann zu dem Bärtigen. »Unser Freund hier war Legionsarzt.«
»Das gibt dir noch lange nicht das Recht, dich einen Krieger zu nennen«, fauchte Cornelius.
»Erstens habe ich das nie getan«, entgegnete Philippos im überheblichsten Tonfall, dessen er fähig war, »und zweitens hätte ich sehr wohl das Recht, da ich meine Zeit bei der Armee als einfacher Legionär begonnen habe.«
»Ich glaube dir niemals, daß du fünfzig Männer erschlagen

hast«, keifte der Bärtige. »Wie willst du das überhaupt beweisen?«
»Du scheinst mir nicht recht zugehört zu haben, Cornelius.« Der Grieche betonte das letzte Wort mit herablassender Freundlichkeit, so als würde er zu einem kleinen Kind sprechen, das nicht recht begreift, was man ihm erklärt. »Ich habe niemals behauptet, daß ich fünfzig oder mehr Feinde erschlagen habe. Ich sprach immer nur von Männern, die unter meinem Messer gestorben sind. Und wenn du meine Worte anzweifelst, dann frag nur ruhig irgendeinen, der bei den Legionen war, wie viele Männer nach einer großen Schlacht erst unter den Messern der Wundärzte ihr Leben aushauchen.«
Einen Moment lang herrschte betretenes Schweigen auf dem Gang. Dann sagte jemand, den Philippos nicht richtig sehen konnte: »Der Grieche hat Recht. Ich hab' das einmal erlebt. Er hat seine Wette gewonnen.«
»Er ist ein Betrüger!« schrie Cornelius wütend. »Er hat mich getäuscht, dieser Schuft.«
Philippos hob beschwörend die Hände. »Ihr alle habt gehört, was ich gesagt habe, meine Freunde. Habe ich auch nur mit einem Wort gelogen?« Er schaute in die Runde, doch die Männer wichen seinen Blicken aus.
»Sagt schon, daß er ein Betrüger ist!« polterte Cornelius. »Ich bin im Recht. Er hat mich belogen!« Der ehemalige Gladiator packte Philippos bei der *tunica* und riß ihn von den Beinen. »Dich mach ich fertig, du Mistkerl.«
Ein paar der Schläger packten den Bärtigen und zerrten ihn zurück. Jemand half Philippos wieder auf die Beine und drückte dem Griechen einen Dolch in die Hand. »Nimm dir sein Leben. Er hätte auch nicht gezögert.«
Drei Männer waren nötig, um den ehemaligen Gladiator festzuhalten. Der Arzt musterte den Mann. Er zeigte keine Angst. Es war Wut, die ihn aufbegehren ließ, doch nicht Verzweiflung. Er wollte sich einfach nicht in ein Schicksal erge-

ben, das ihm nach all seinen Heldentaten in der Arena ein solches Ende bestimmte. Philippos ließ das Messer sinken. »Ich will nicht deinen Tod, sondern dein Leben, Cornelius. Es mag die Stunde kommen, in der du mein Leben beschützen kannst. Dann wird deine Schuld beglichen sein. Betrachte dich also weiterhin als freier Mann.«

»Der wird dich eher umbringen, als daß er dein Leben rettet«, zischte Flavius leise. »Erledige die Sache mit ihm jetzt, oder du wirst auf immer einen Feind haben.«

Der Arzt zögerte. Sollte er Flavius glauben? Er kannte seinesgleichen sicherlich besser. Philippos blickte wieder auf das Messer in seiner Hand. Er war Heilkundiger. Er konnte so etwas nicht tun, mutwillig und ohne Not ein Leben nehmen! Er ließ das Messer auf den Boden fallen.

»Du bist frei, Cornelius, doch vergiß nicht, daß ich dir deine Schuld nicht erlassen habe.«

Der Gladiator blickte ihm voller Verachtung ins Gesicht. »Du bist zu schwach. Trotzdem danke ich dir für mein Leben. Doch glaube nicht, daß du auch von mir mit Schwäche zu rechnen hast.«

Philippos machte eine wegwerfende Bewegung. »Bringt mich jetzt zu Milo. Ich habe mit unserem Herren zu reden.«

Flavius nickte ihm zu. »Folge mir. Ich begleite dich ins *atrium*. Du wirst jedoch noch warten müssen. Milo hat Besuch.«

* * *

Das Haus des Milo verstieß gegen alle Gesetze kultivierten Wohnens. Anders als üblich öffnete sich das *atrium* nicht gleich hinter dem Portal, sondern man erreichte es über ein wahres Labyrinth enger Flure, denen man deutlich anmerkte, daß sie die Aufgabe hatten, etwaigen Feinden das Vorwärtskommen zu erschweren und die Orientierung zu nehmen.

Als Philippos schließlich das *atrium* erreichte, hätte er nicht mehr sagen können, auf welcher Seite der *insula* er sich gerade befand.

Dem Hof konnte man ansehen, daß Milo zu einigem Wohlstand gekommen war, auf welchem Weg auch immer. Eine Front aus marmornen Säulen schmückte die Seite des *atriums*, die zum *tablinum* führte, und eine aus kostbarem, dunklem Holz gezimmerte Loggia lief auf Höhe des ersten Geschosses um den Hof. Bronzene Löwenköpfe schmückten die Stützpfeiler der Loggia, und bunte Schilde waren vor den fein geschnitzten Geländern aufgehangen.
Ein hölzernes Gatter erlaubte den Blick ins *tablinum*, wo Milo mit einem Mann sprach, den Philippos nur von hinten sehen konnte. Der Grieche wagte es nicht, den Hof zu überqueren, aus Angst, der Hausherr könnte dies als aufdringliche Neugier und Versuch, sein Gespräch belauschen zu wollen, auslegen.
Der Fremde im *tablinum* wirkte auf Philippos wie das Ideal eines Senators. Er hielt sich auffallend gerade und trug seine leuchtend weiße *toga* mit großer Würde. Gelegentlich wurde er allerdings recht laut. Wer es sich wohl erlauben konnte, auf diese Weise mit Milo zu reden?
Philippos blickte sich unauffällig im *atrium* um. Vielleicht war das Ganze eine Falle. Womöglich wollte man seine Neugier testen. Doch auf so plumpe Tricks würde er nicht hereinfallen!
Dicht neben dem Durchbruch zum *tablinum* stand das *lararium*, der Hausschrein des Milo. Ein Schrank, der die Giebelfassade eines griechischen Tempels imitierte und in dem zwischen hölzernen Säulen in drei Nischen Marmorstatuen standen. Ganz in der Mitte konnte Philippos *Zeus* erkennen, mit zwei aus Bronze gearbeiteten Blitzen in seiner Rechten. Rechts vor ihm stand eine hübsche Statue der *Aphrodite*. Die Figur auf der linken Seite konnte er nicht genau identifizieren. Es war auch eine Frauengestalt, doch ihre Attribute, ein Ruder und ein Fischernetz, waren dem Griechen unbekannt. Vielleicht sollte sie irgendeine *Nereide* darstellen, jene

Nymphen des Meeres, die den Seefahrern Glück brachten und über die *Poseidon* wachte.
Das Relief auf dem Grund des *impluviums* zeigte eine Szene aus der Argonautensage. Philippos fragte sich gerade, ob bei so offenkundiger Verbundenheit zum Meer die Gerüchte über Milos Vergangenheit als Ruderer vielleicht stimmen mochten, als der vermeintliche Senator lautstark losschimpfte: »Der Ägypter ist doch nichts als ein habgieriger Intrigant. Ich glaube nicht, daß wir ihm weiter trauen sollten. Es wäre besser, mit der ...« Der Arzt konnte aus den Augenwinkeln sehen, wie Milo beschwichtigend auf seinen Gast einredete. Ihre Stimmen waren jetzt wieder so leise, daß man nicht verstehen konnte, worum sich das Gespräch drehte.
Ein intriganter Ägypter! Ob Šamu mit ihrer These zu dem verschwundenen Nikomedes Recht gehabt hatte?
Philippos ließ sich auf einer kleinen Marmorbank nieder und lauschte angespannt auf das Gespräch. Doch außer einigen zusammenhanglosen Wortfetzen konnte er nichts verstehen.
Wohl eine halbe Stunde verging, bevor die beiden ihr Gespräch beendeten. Als Milo mit seinem Gast ins *atrium* trat, zog sich der Fremde einen Zipfel seiner *toga* über den Kopf, so daß Philippos sein Gesicht nicht erkennen konnte. Das weite Ehrengewand verhüllte den Mann so gut, daß man nicht einmal seine Statur abschätzen konnte. Das einzige, was der Grieche deutlich sah, waren die roten Sandalen des Würdenträgers, an denen mit kleinen Lederschnüren zwei elfenbeinerne Amulette befestigt waren, die jeweils einen Fuß darstellten.
Ohne den Arzt auch nur mit der kleinsten Geste zu grüßen, verschwand Milo mit seinem Gast in dem Flur, durch den Philippos zum *atrium* gebracht worden war.
Wieder vergingen endlose Minuten, bis der Hausherr endlich zurückkam. Milo war ein hochgewachsener, breitschultriger Mann, der sein kantiges Gesicht mit genau jenem charman-

ten Lächeln zu schmücken verstand, das der Grieche nie zustande brachte. Sicher hatte Milo Erfolg bei Frauen, dachte Philippos. Ihm fehlte eigentlich nur noch der Bart, um einem Steinmetz als Herakles Modell stehen zu können. Und doch war der große Mann anders als jene Schläger, mit denen er sich in seinem Haus umgab. Er hatte eine hohe Stirn und funkelnde, schwarze Augen. Ihn würde man nicht so leicht betrügen können wie Cornelius und seine Spießgesellen.

»Du bist also Philippos, der Arzt, den Caelius angeheuert hat.« Milo maß den Griechen mit einem schwer zu deutenden Blick. Konnte er wissen, was wirklich geschehen war? Hatte ihn jemand dabei beobachtet, wie er zu den Ägyptern übergelaufen war? Doch wäre er dann von Flavius so freundlich empfangen worden? Sei es drum. Er hatte jetzt keine andere Wahl mehr als das Spiel, das er einmal begonnen hatte, auch zu Ende zu bringen.

»Es schmeichelt mir, daß ein so berühmter Mann meinen Namen kennt.« Philippos deutete eine Verbeugung an.

Milo lächelte. »Die meisten würden mich eher berüchtigt als berühmt nennen. Du hast eine schmeichelnde Zunge, Grieche. Doch auch wenn du mir Komplimente machst, möchte ich wissen, wie du den Soldaten der Ägypter entkommen konntest. Caelius hat mir erzählt, daß man euch einen Hinterhalt gelegt hat, ihr aber dennoch tapfer kämpftet und die Mehrzahl der Ägypter tot sei. Stimmt das?«

Traute Milo seinen eigenen Leuten nicht? Das wäre eine erstklassige Gelegenheit, sich in sein Vertrauen einzuschleichen. »Was die Kämpfe angeht, so sind von den Gesandten höchstens noch dreißig in der Lage, bis nach Rom weiterzureisen. Unter ihnen ist jedoch auch Dion, der Anführer der Delegation. Paulus und seine Männer haben tapfer gekämpft und sich erst zurückgezogen, als eine halbe *centurie* Legionäre von einem Hügelrücken herab attackierte. Ohne Caelius verunglimpfen zu wollen, muß ich sagen, daß er zu den er-

sten gehörte, die sich aus dem Gefecht lösten und zurück in die Wälder flohen. Ich versuchte noch, den verletzten Paulus mit mir zu nehmen, geriet dabei aber selbst in Gefangenschaft.« Philippos war mit dieser Variante der Wahrheit zutiefst zufrieden. Er war sich völlig sicher, daß die Räuber von mehr als nur zehn Legionären gesprochen hatten. Niederlagen galt es nun einmal herabzuspielen.
Milo verschränkte seine Hände ineinander und spannte knackend die Finger. »Caelius gehörte also zu den ersten, die weggelaufen sind. Das habe ich mir gedacht. Aber du bist mir immer noch eine Antwort schuldig. Wie ist es dir gelungen, zu entkommen, nachdem du gefangen warst? Oder wollten die Ägypter vielleicht, daß du entkommst?«
Philippos hatte mit einer solchen Frage gerechnet und sich darauf vorbereitet. Trotzdem machte der mißtrauische Tonfall von Milo ihn nervös. Er durfte jetzt auf keinen Fall wie ein Lügner wirken, sonst wäre es um ihn geschehen.
»Nachdem die Ägypter mich gefangen hatten, wurde ich einen ganzen Tag lang verhört. Doch ich konnte ihnen nichts sagen, weil ich nichts wußte. Zum Schein und um mein Leben zu retten, habe ich mich ihnen unterworfen und alles getan, was sie von mir verlangten. Sie ließen mich die Verletzten versorgen, und dann wurde ich ein zweites Mal von einer Zauberpriesterin verhört, die mit einer Prinzessin vom Hof des Ptolemaios nach Pompeji gereist war, um sich dort mit der Gesandtschaft aus Alexandria zu treffen. Doch auch ihre Magie vermochte mir nicht zu entlocken, was ich nicht wußte. So hat sie mich schließlich mit nach Pompeji genommen, wo man mich eines Mordes anklagte, den ich nicht begangen habe. Nachdem ich der Priesterin dabei geholfen hatte, die sehr schwere Wunde des Paulus zu behandeln, beschloß sie, mich der *Isis* zu opfern. Doch da ihre Zauberkraft nur auf Täuschung beruht, entfachte sie zwei helle Feuer neben dem Altar, auf dem ich sterben sollte, und als ich im dichten Rauch nicht mehr zu sehen war, zerrte sie mich vom

Altarstein und ließ mich in einer Falltür im Boden verschwinden. Dort sollte ich nach der Zeremonie ermordet werden. Doch es gelang mir, das verrostete Gitter dieser kleinen Gefängniszelle aufzubrechen und zu entfliehen. Auf der Landstraße überfiel ich einen Reisenden, raubte ihm Geld und Kleider und schor meinen Bart, um meinen Verfolgern unerkannt zu entkommen. Und wie du siehst, Milo, ist mir das bislang auch geglückt.«
Der Grieche hatte sich diese Geschichte auf seiner langen Reise ausgedacht. Seine Erfahrung mit Lügen war, daß man am besten so dicht wie möglich an der Wahrheit blieb, um es einem mißtrauischen Zuhörer leicht zu machen, Teile der Geschichte zu überprüfen. Sollte Milo nur Erkundigungen über das Opferzeremoniell einholen! Natürlich wußte Philippos, daß dieser Teil seiner Geschichte am unglaubwürdigsten klang, doch genau so mußte es für einen Außenstehenden ausgesehen haben. Sollte Milo über Spitzel in Pompeji verfügen, so mußten sie ihm die Geschichte bestätigen können. Danach würde er gewiß auch den Rest glauben.
»Deine Erzählung klingt beinahe so abenteuerlich wie Homers Odyssee. Was sollte dich nach solchen Gefahren zu mir führen, der du mich vorher nicht einmal gesehen hast?«
»Dafür gibt es zwei Gründe. Zum einen ist es der Haß. Die Isispriesterin Šamu hat mir übel mitgespielt, und ich hoffe, daß ich in deinen Diensten vielleicht schon bald Gelegenheit habe, mich an ihr zu rächen. Der zweite Grund ist weniger pathetisch. Paulus hatte mir versprochen, daß ich in deinen Diensten sehr gut bezahlt würde, und da ich eine pralle Geldkatze höher schätze als einen leeren Magen, hat mich mein Weg zu dir geführt.«
Milo lächelte. »Das klingt wie eine ehrliche Antwort. Ich schätze es, wenn man direkt zur Sache kommt. Intrigen sind nicht mein Geschäft. Ich bevorzuge klare Verhältnisse.«
Der spricht wie ein Straßenräuber, dachte Philippos bei sich, doch gleichzeitig nickte er freundlich lächelnd.

»Dir ist sicher nicht entgangen, daß ich mit dem ruchlosen Clodius nicht auf bestem Fuße stehe. Besonders seit meinem Triumph, Cicero zurück nach Rom geholt zu haben, sind meine Parteigänger nicht ganz ungefährdet, wenn sie dem Mob des Clodius bekannt sind. Deshalb möchte ich dich einladen, zunächst einmal auf unbestimmte Zeit in meinem Haus als Gast zu weilen, Philippos. Ich bin sicher, wir werden schon bald von deinem Talent als Arzt profitieren.«
»Deine Güte entzückt mich.« Der Grieche lächelte höflich, doch ihm war klar, daß Milos Worte nichts anderes bedeuteten, als daß er von nun an ein Gefangener in dieser *insula* war.

14. KAPITEL

Šamu war äußerst zufrieden mit der Arbeit des Einbalsamierers, obwohl sich die Fortschritte dadurch, daß es nun eine zweite Leiche gab, ein wenig verzögerten. Der kleine Raum bei den Tempelanlagen war erfüllt von Weihrauch- und Myrrheduft. Auch roch es nach Koniferenholz und wildem Honig. Der Verwesungsgestank war von all diesen Wohlgerüchen fast völlig überlagert.

Heute hatte der Syrer damit begonnen, das letzte Bauchfett aus dem Leib des Rechmire zu entfernen und den ganzen Körper aufs Neue mit Salbölen einzureiben, damit die Haut des Toten geschmeidig blieb.

»Ich hoffe, du hast nichts dagegen, wenn ich ein wenig mit verschiedenen Honigsorten experimentiere?« Der kleine Mann blickte nur kurz von seiner Arbeit auf, so als sei er völlig davon überzeugt, daß sie ihm zustimmen würde.

»Warum tust du das?«
»Ich habe in einem *papyrus* gelesen, daß man den Leichnam Alexanders auf diese Weise behandelt hat. Außerdem habe ich vor kurzem mit einem parthischen Arzt gesprochen, der behauptet, daß Honig die inneren Organe vor Fäulnis bewahren würde. Du willst doch, daß dem Schreiber nur die allerbeste Behandlung zuteil wird?«
Šamu legte den Kopf schief und beobachtete den Syrer nachdenklich. Es schien, daß er wußte, was er tat. Ihm in seine Arbeit hineinzureden, wäre sicher nicht klug, auch wenn er beschlossen hatte, neue Wege zu beschreiten. Sollte sie ihn verärgern, würde er vielleicht nicht mehr weitermachen, und einen zweiten fähigen Einbalsamierer zu finden, wäre wahrscheinlich unmöglich. Die Römer hatten auf ihren Beutezügen zwar alles mögliche zusammengestohlen, doch die Kunst, den Körper eines Menschen auch über seinen Tod hinaus zu erhalten, schien ihnen nichts zu bedeuten. Sie errichteten zwar sehr schöne Grabmale, doch legten sie dann die Verstorbenen einfach in diese Grüfte und ließen sie verrotten. Sie waren halt Barbaren, auch wenn sie sich für die Herren der Welt hielten.
»Deinem Schweigen entnehme ich, daß du mit meinem Vorgehen einverstanden bist«, stichelte der Syrer, während er mit seinem Messer die Bauchhöhle des Schreibers ausschabte.
»Ich verstehe zu wenig von deinem Handwerk, um dich tadeln zu können«, entgegnete Šamu diplomatisch. »Doch das, was ich sehe, macht einen guten Eindruck. Ich werde am Nachmittag die Prinzessin schicken, wenn es dich nicht stört. Sie soll einen Eindruck davon erhalten, mit welcher Kunstfertigkeit auch ihr Körper eines Tages auf seine letzte Reise vorbereitet wird.«
»Glaubst du wirklich, in ihrem Alter würde sie schon an den Tod denken?«
»Als ptolemaische Prinzessin sollte sie stets mit dem Tod

rechnen. Vor allem jetzt, wo sich eine ihrer Schwestern des Throns bemächtigt hat.«
»Wie meinst du das? Glaubst du etwa, diese Berenike würde ihre Brüder und Schwestern ermorden lassen, um das Anrecht auf die Königsherrschaft mit niemandem teilen zu müssen?«
»Ich glaube, ich werde jetzt gehen, denn darüber, was ich von Prinzessin Berenike halte, werde ich bestimmt nicht mit jemandem sprechen, den ich kaum kenne. Nur eine Frage habe ich noch an dich. Was glaubst du, wann wir Rechmire zu Grabe tragen können?«
Der Mann zuckte die Schultern. »In sechzig Tagen? Vielleicht wird es auch siebzig Tage dauern. Es ist hier einfach zu feucht. Wenn Rechmires Leib für die Ewigkeit erhalten bleiben soll, dann muß ich sehr sorgsam vorgehen.«
»Auf jeden Fall bliebe mir genug Zeit, um nach Rom zu reisen und wieder zurückzukehren, auch wenn du neue Wege beschreitest und Honig verwendest.«
Der Syrer brummte etwas Unverständliches und verdrehte die Augen. »Der Honig dient allein dazu, meine Arbeit zu vervollkommnen. Beschleunigen kann man so gar nichts!«
»Nun gut, dann will ich dich nicht weiter stören.«
Als Šamu den engen Tempelraum verlassen hatte, sog sie gierig die frische Herbstluft ein. Wie hielt es dieser Mann nur den ganzen Tag dort drinnen aus? Auch wenn er sich mit etlichen der edelsten und teuersten Duftstoffe umgab, so empfand es die Priesterin jedesmal als eine Erleichterung, wenn sie wieder reine Meeresluft atmen durfte. Mit den Düften war es ganz so wie mit einem köstlichen Mahl, von dem man zuviel zu sich genommen hatte. Es wurde einem irgendwann einfach übel.
Vielleicht erging es dem dunkelhäutigen, alten Syrer ja anders, weil er selbst schon ein wenig wie eine Mumie aussah?

* * *

Tief in Gedanken versunken und ohne weiter auf die gaffenden Pompeijaner zu achten, überquerte Šamu ein zweites Mal das *forum*. Die Verdächtigungen von Philippos gingen ihr nicht mehr aus dem Sinn. Dieser verfluchte Grieche hatte es geschafft, ihr alle Freude an der Affäre mit Batis zu nehmen. Manchmal fürchtete sie, daß er nur das laut ausgesprochen hatte, was schon immer in ihr gewesen war und wogegen sie sich bislang gesperrt hatte …

Noch zwei Nächte hatte sie mit Batis verbracht, doch obwohl der Nubier sich noch immer alle Mühe gab, sie mit seinem Charme zu bezaubern, war es nicht mehr dasselbe gewesen wie in jener Nacht, in der er sie im Bad besucht hatte.

Batis spürte, daß sich etwas in ihr verändert hatte, doch sie brachte es nicht fertig, mit ihm darüber zu reden. Was, wenn er unschuldig war? Oder schlimmer noch, wenn der Verdacht von Philippos stimmte? Nüchtern betrachtet, hatte der Grieche recht. Wo immer jemand erdrosselt worden war, hatte sich Batis in der Nähe befunden, und er hätte Gelegenheit gehabt, einen Mord zu begehen. Doch warum war der Leichnam Rechmires verstümmelt worden und der des Demosthenes nicht? Diese Mordgeschichte ergab einfach keinen Sinn! Manchmal hatte Šamu das Gefühl, der Lösung ganz nahe zu sein. Nur ein winziges Steinchen, und aus dem verwirrenden Mosaik von Intrigen und Verdächtigungen würde sich ein klares Bild ergeben.

Wie es Philippos in der Zwischenzeit wohl ergangen sein mochte? Ob er den Fluch ernst nahm, den sie auf ihn gelegt hatte? Er sollte nicht versuchen, sie zu hintergehen! Schließlich hatte er ihre Affäre mit Batis zerstört. Jetzt sollte er auch Beweise für seine Behauptungen bringen!

Šamu schüttelte wütend den Kopf. Sie sollte sich endlich wieder dem widmen, was klar und greifbar war. Kleopatra langweilte sich in dieser biederen kleinen Stadt zu Tode, und wenn es tatsächlich jemanden gab, der auf sie beide einen Mordanschlag plante, so hätte er hier gewiß leichteres Spiel

als auf dem schwerbewachten Landgut des Pompeius in den Albaner Bergen.
Šamu beschleunigte ihren Schritt und hielt auf das herkulaneische Tor zu. Sie sollte noch einmal nach Paulus schauen. Sein Zustand hatte sich in den letzten Tagen deutlich gebessert. Er hatte das Bewußtsein wiedererlangt, und seine Wunde begann zu heilen. Bislang hatte sie ihn mit Fragen verschont, doch jetzt war er gewiß stark genug, um ihr Rede und Antwort zu stehen!
Šamu stutzte. War es möglich, daß sie nur jemanden suchte, an dem sie ihre schlechte Laune auslassen konnte? Nein! Solche Gedanken durfte sie sich nicht gestatten. Paulus war ein Mörder! Egal, was sie ihm antat, sie hatte das Recht dazu. Und sie beabsichtigte ja schließlich nicht, ihn umzubringen!

* * *

»Ich kann nicht glauben, daß du mir das Leben gerettet hast, um es mir nun wieder zu nehmen!« Paulus blickte sie herausfordernd an. Er hatte zwar noch nicht die Kraft, sich von seinem Lager zu erheben, doch um sich rebellisch zu gebärden, reichte es durchaus. Der Römer hatte ein eigenes Zimmer bekommen, wo die Haussklaven ihm unter Šamus Aufsicht eine Bettstatt bauten. Seine Wunde gestattete es nicht, daß er sich lang hinstreckte. Um den Heilungsprozeß nicht zu gefährden, mußte er unbedingt in sitzender Stellung verharren. Deshalb hatte sie sein Bett dicht vor der Wand errichtet und aus Ziegelsteinen Stützen für seine Arme gebaut, so daß er mit dem Rücken gegen die Wand gelehnt ruhen konnte.
Paulus' Gesicht war hager und eingefallen, seine Lippen zu einem dünnen Strich zusammengepreßt. Die Begegnung mit dem Tod hatte deutliche Spuren hinterlassen, und wahrscheinlich war er nicht einmal halb so stark, wie er sich fühlte, nun, wo es ihm gerade einmal drei Tage besser ging.

»Schön, daß du mich für einen guten Menschen hältst«, entgegnete Šamu lächelnd. »Wahrscheinlich hast du recht damit. Trotzdem haben weder ich noch mein Leibwächter vergessen, daß du mich ermorden wolltest. Und ich glaube, Batis ist kein solch guter Mensch wie ich. Vielleicht sollte ich euch beide einfach eine Weile allein lassen, wenn du nicht mit mir reden magst. Danach werde ich dir dann selbstverständlich wieder helfen … Soweit dir dann noch zu helfen ist.« Die Priesterin wandte sich zum Gehen und wartete darauf, daß der Römer nachgab. Doch Paulus schwieg. Sollte er tatsächlich lieber sein Leben geben, als ihr zu verraten, wer seine Auftraggeber waren?
Šamu nickte dem Nubier zu und ging weiter zur Tür. Sie hatte mit Batis abgesprochen, daß er Paulus nicht zu hart rannehmen sollte, doch hatte sie kein gutes Gefühl dabei, die beiden allein zu lassen. Wenn der Verdacht des Philippos stimmte und sie beide Verschwörer waren, dann würde der Nubier womöglich die Gelegenheit nutzen und Paulus für immer zum Schweigen bringen.
Sie erreichte die Tür und sah noch einmal ins Zimmer zurück. Batis hatte seine Axt an eine Wand gelehnt und stand nun neben dem Kohlebecken, das den Raum beheizte. Er hatte ein langes, schlankes Messer in die Glut geschoben und blickte mit versteinerter Miene in die Flammen. Zu foltern schien ihm doch keinen Spaß zu machen, dachte Šamu erleichtert. Aber sie zweifelte nicht daran, daß er hart durchgreifen würde, wenn es darum ging, den Römer zum Sprechen zu bringen.
»Dein Gott *Pluto* wartet wohl schon auf dich. Mir scheint, dies ist der Tag, den er zu eurem Zusammentreffen bestimmt hat. Wie dumm von dir, nicht zu reden! Du würdest mir ohnehin nichts mehr verraten können, was ich nicht schon weiß. Du stirbst völlig sinnlos, denn deine Herren Caelius und Sestius kenne ich bereits. Deine Kameraden, die wir gefangen haben, waren weniger mutig als du. Aber stirb du ru-

hig für eine verlorene Sache, wenn du nur so deinem Bild von Ehre gerecht wirst.« Šamu hoffte, daß Paulus diese Lüge glauben würde. Schließlich konnte er nicht wissen, ob es noch andere Gefangene gab. »Kneble ihn, bevor du anfängst, Batis. Ich habe keine Lust, mich von seinem Geschrei belästigen zu lassen.«

»Ich werde nicht schreien!« Die Stimme des Römers klang schon nicht mehr so selbstbewußt wie noch vor wenigen Augenblicken.

Šamu blickte ihn spöttisch an. »Glaube mir, du wirst schreien. Ich kenne Batis! Kneble ihn also.«

»Ich …« Paulus fuhr sich nervös mit der Zunge über die Lippen. »Was willst du von mir wissen, Ägypterin?«

»Nur ein paar Kleinigkeiten. Was schuldest du schließlich deinen alten Dienstherren? Sie haben nicht den geringsten Versuch unternommen, dich zu befreien. Wir haben ihnen sogar angeboten, dich gegen Lösegeld freikaufen zu können, doch sie haben abgestritten, jemals von dir gehört zu haben.« Šamu konnte sehen, wie es im Kopf des Römers zu arbeiten begann. Ihre dreisten Lügen waren auf fruchtbaren Boden gefallen!

»Was willst du wissen?« wiederholte er schließlich verbittert.

»Fangen wir zunächst mal mit einfachen Dingen an. Und glaube nicht, du könntest mich belügen, denn wie gesagt, das meiste, was ich dich frage, weiß ich ohnehin schon.« Die Priesterin war wieder näher an das Lager des Verletzten getreten, damit er seine Kräfte nicht unnötig vergeudete, um laut zu sprechen. »Mit wie vielen Männern hast du das Lager in Puteoli angegriffen?«

»Mit Caelius und dem Arzt waren wir zwölf.«

»Wie lange kennst du Caelius schon?«

»Ich bin ihm wenige Tage vor dem Überfall zum ersten Mal begegnet. Sein Freund Sestius hat mich gebeten, ihm zu Diensten zu sein.«

»Wo habt ihr euch für den Überfall gesammelt?«

»In einem Wald bei Baiae.«

Šamu schüttelte den Kopf. »Auf diese Art brauchen wir gar nicht weiterzumachen! Ich habe dich gewarnt. Batis, führ du die Befragung fort. Mit Freundlichkeit kommen wir bei ihm wohl nicht weiter.«
Der Nubier zog das glühende Messer aus dem Kohlenbecken.
»Aber was hast du denn? Ich habe dich nicht belogen!«
»Ich weiß, daß du dich mit Caelius in der Villa Clodias getroffen hast. Du hast mir also falsch geantwortet.«
»Aber du wolltest doch wissen, wo ich mich mit meinen Männern getroffen habe! Das war wirklich in einem Wald bei Baiae. Frag doch den Arzt, der zu dir übergelaufen ist. Er wird es dir bestätigen können.«
»Philippos wird niemandem mehr antworten. Die Göttin *Isis* hat ihn für seine Untaten bestraft. Er ist tot, und so wird es auch dir ergehen.«
»Aber ich wollte nicht lügen. Ich …«
»Du bekommst ein letztes Mal Gelegenheit, die Wahrheit zu sagen. Sollte ich aber nur noch ein einziges Mal bemerken, daß du lügst oder unvollständig antwortest, hast du dein Leben verspielt! Haben wir uns verstanden?«
Der Römer nickte.
»Also noch einmal von vorn. Wo habt ihr euch vor dem Überfall versammelt?«
»In einem Wald bei Baiae. Von dort bin ich zum Haus der Clodia gegangen, um mich mit Caelius zu treffen. Soweit ich weiß, war Clodia nicht anwesend. Caelius hat mir bei dieser Gelegenheit den Arzt Philippos vorgestellt …«

* * *

Šamu streckte sich und genoß die Hitze des Wassers im marmornen *alveus*. Sie hatte ihr Haar hochgesteckt – denn es zu trocknen würde Stunden dauern – und lag mit dem Nacken auf dem Rand des großen, aber flachen Beckens. Es war nicht die Kälte, die sie an diesem Abend ins *caldarium* getrieben hatte. Im Gegenteil, für die Jahreszeit war es ein warmer Tag gewesen, und die Sklaven hatten sie verwundert angeschaut, als sie ihnen befohlen hatte, das *caldarium* zu heizen. Sie hatte Batis ausdrücklich untersagt, sie diesmal zu besuchen. Sie mußte allein sein!

Was sie heute getan hatte, paßte nicht mehr zu der Frau, die sie sein sollte. Sie war vor sich selbst erschrocken, ja, ihr eigenes Verhalten widerte sie regelrecht an. Sie hatte mit der Angst von Paulus gespielt. Vielleicht wäre sie sogar so weit gegangen, ihn Batis zu überlassen? Was war mit ihr geschehen? Sie war Priesterin! Sie wollte den Menschen und ihrer Göttin dienen. Was hatte sie nur zu dem gemacht, was sie heute mittag gewesen war? Lebte es schon immer in ihr, dieses Raubtier, das mit seinem wehrlosen Opfer spielte? Oder war es die Angst der letzten Wochen, die sie derart hatte verrohen lassen?

Das Schlimmste war, daß dieser Weg sie auch noch zum Erfolg geführt hatte! Sie war sicher, daß Paulus während des Verhörs wirklich alles erzählt hatte, was er über den Auftrag zum Massaker von Puteoli wußte! War es *Seth* selbst, der sie auf diesen grausamen Weg gelockt hatte? Sie war ausgezogen, jene, die im Namen des Gottes mordeten, zu bestrafen. Und wozu hatte es geführt? Sie selbst war kaum noch besser als ihre Feinde! War dies der einzige Weg zum Triumph?

Alles, was sie wollte, war die Mörder des Rechmire zu bestrafen, aber wieviel unschuldiges Blut würde dafür vergossen werden? Paulus war ein Schurke, doch eins war gewiß, mit dem Tod des Schreibers hatte er nichts zu tun gehabt. Und was tat sie? Es hatte nicht viel gefehlt, und sie müßte sich jetzt vorhalten, seine Ermordung befohlen zu haben!

Die Intrige, in die sie immer tiefer verwickelt wurde, war zu undurchschaubar! Sie begriff nicht, was geschah, und es war vermessen gewesen, zu glauben, sie könne Gerechtigkeit üben. Gerechtigkeit … Das war eine Sache der Götter!

Sie sollte Pompeji verlassen und an den Hof des *Pharao* zu-

rückkehren. Dort war ihr Platz. Sie sollte dem *Neuen Osiris* gestehen, daß sie in ihrem Hochmut gescheitert war.
Šamu seufzte. War sie wirklich nur angewidert von sich selbst oder hatte sie Angst? Wenn sie sich aus allem heraushalten würde, mochte das vielleicht ihr Leben retten. War es diese Hoffnung, die insgeheim ihr Handeln bestimmte? Welchen Weg sollte sie gehen? Sie dachte an Demosthenes. Wie wenig hatte der Priester von dem gewußt, was um ihn herum geschah! Und doch hatte er mit dem Leben für seine Verschwörung zahlen müssen. Woher also nahm sie die Zuversicht, daß sie nicht das gleiche Schicksal ereilen würde? Wer auch immer der Mörder von Rechmire war, er war ihr nach Pompeji gefolgt. Vielleicht lauerte er irgendwo außerhalb der Villa auf sie. Oder er befand sich im Haus selbst. Wie ernst sollte sie die Verdächtigungen nehmen, die der Grieche geäußert hatte? Sie wußte genau, daß Batis sein geschworener Feind war. Philippos war klug und durchtrieben. Er würde nichts unversucht lassen, um dem Nubier zu schaden. Und schon hatte das Gift seiner Worte das wenige zerstört, was zwischen ihr und ihm gewesen war. Šamu hatte in Batis jemanden gesucht, der sie für wenige Stunden von ihren Sorgen und Ängsten ablenken konnte. Sie liebte ihn nicht, und sie war fast sicher, daß auch er sie nicht liebte. Sie war für ihn eine Herausforderung. Ein Gegner, an dem sich der große Krieger und Jäger messen mußte, weil sie zu widerstehen drohte. Wenn Batis erst wieder in seine Pflichten am Hof des *Neuen Osiris* eingebunden war, würde ihm wenig Zeit bleiben, ihr nachzustellen. Es gab dort auch hübschere Frauen. Er würde sicher bald Trost finden.
Die Lösung all ihrer Probleme schien am Hof des *Pharao* zu liegen. Dorthin zurückzukehren war die einzig richtige Entscheidung. Bis der Balsamierer mit seiner Arbeit fertig war, würden noch viele Wochen vergehen. Sie würde erst dann wieder nach Pompeji kommen … Wenn sie dann überhaupt noch lebte.

Šamu mußte an die Informationen denken, die sie von Paulus erpreßt hatte. Das meiste, was der Römer zu erzählen gehabt hatte, war ihr bereits bekannt. Ärgerlicherweise hatte auch er ihr nicht sagen können, welcher römische Senator hinter dem Anschlag auf die Gesandtschaft steckte. Er wußte nur, daß es jemanden gab, der manchmal in einer Sänfte zum Haus Milos getragen wurde und der offenbar über sehr viel Geld verfügte, denn Milo bekam alles von ihm, was er nur haben wollte. Die einzige Gegenleistung war, daß seine Schlägertrupps gelegentlich eine kleine Gefälligkeit für diesen Senator erledigten.
Womöglich steckte Cicero hinter der Sache! Šamu wußte, daß Milo eine wichtige Rolle bei der Rückkehr des berühmten Anwalts gespielt hatte, der von Clodius vor einem Jahr aus Rom vertrieben worden war. Außerdem wußte Paulus, daß Caelius einst ein Schüler des Cicero gewesen war. Ins Bild paßte auch, daß der Anwalt in der *curia* gegen die Rückführung des Ptolemaios gesprochen hatte. Zumindest sollte diese Aufgabe nicht Pompeius anvertraut werden. Das einzige, was zu diesem Verdacht nicht paßte, war die Tatsache, daß Cicero, wie allgemein bekannt war, nicht über nennenswerte Reichtümer verfügte. Er hätte nicht das Geld, um sich Milo zu leisten.
Geld also war der Schlüssel zur Lösung aller Rätsel. Wenn es stimmte, was Rechmire vermutet hatte, dann gönnten sich die Mächtigen Roms gegenseitig nicht den Erfolg, Ptolemaios zurück auf seinen Thron zu führen. Oder besser gesagt, sie trauten keinem der möglichen Kandidaten für diese Aufgabe zu, daß er seine Pflicht gewissenhaft erledigte. Wer aber Ägypten eroberte und sich seiner Reichtümer bemächtigte, der wäre zwangsläufig auch der mächtigste Mann Roms.
Ganz oben in der Gunst des Ptolemaios stand Pompeius, der den *Neuen Osiris* auch bei sich aufgenommen hatte. Sein Ruhm als Heerführer war eine Gewährleistung dafür, daß er einer Aufgabe wie der Eroberung Ägyptens gewachsen wäre.

Der nächste auf der Liste war Crassus, der Rivale des Pompeius. Er war einer der reichsten Männer der Republik, und er brannte darauf, endlich auch militärischen Ruhm zu erringen. Wenn er schon nicht mit der Aufgabe betraut wurde, so würde er gewiß alles daransetzen, zu verhindern, daß Pompeius nach Ägypten ging.
Und Caesar? Der Julier war der jüngste unter den bedeutenden Feldherren Roms und durch seinen Krieg in Gallien gebunden. Doch er hatte immer noch Verbündete in der Hauptstadt, und es war klar, daß auch er nicht wollte, daß Pompeius oder Crassus oder irgend jemand sonst mit dem Ägyptenfeldzug betraut wurde.
Zum Schluß gab es noch all jene Senatoren, die nicht zu den Anhängern jener drei Mächtigen gehörten. In ihrem Sinne wäre es, wenn jemand Unbedeutendes nach Ägypten ging. Oder wenn alles so blieb, wie es war. Berenike würde der Republik niemals gefährlich werden. Jeder Römer, der über die Geldquellen des Pharaonenreiches verfügen könnte, wäre bedrohlicher.
Für den Anschlag in Puteoli hingegen kamen also nur folgende drei Parteien in Frage: Es waren die Anhänger von Caesar und Crassus und zuletzt jene Senatoren, die sich gegen das Triumvirat der drei Mächtigen stellten, um ihr Ideal der Republik zu verteidigen.
Der Weg zu denjenigen, die für das Massaker verantwortlich waren, führte auf jeden Fall über den Hof des *Pharao*. Das war die wichtigste Information, die Paulus preisgegeben hatte. Der Römer hatte mit Bestimmtheit behauptet, daß ein Ägypter aus dem Gefolge des *Neuen Osiris* im Haus Milos gewesen sei. Jener Verräter mußte noch vor Rechmire über die Gesandtschaft Berenikes Bescheid gewußt haben, und er hatte sogar gewußt, daß die Unterhändler in der Bucht von Puteoli an Land gehen würden.
Selbst wenn sie diesen Schurken nicht ausfindig machen könnte, so hatte sie mit Hilfe von Paulus zumindest die Mög-

lichkeit, Ptolemaios vor dem Senat zu verteidigen. Denn wenn man den *Pharao* anklagen würde, in die Morde von Puteoli verwickelt zu sein, so konnte Paulus bezeugen, daß die wahren Täter Caelius, Sestius und Milo waren. Drei Römer, mit denen der *Neue Osiris* nicht das mindeste zu schaffen hatte. Gerieten sie aber erst einmal unter Druck, würde vielleicht auch bekannt werden, wer hinter ihnen stand.

15. KAPITEL

Philippos war schon drei Tage lang »Gast« im Haus des Milo, als er Besuch von Caelius erhielt. Der junge Patrizier tat so, als sei seit ihrem letzten Zusammentreffen nichts geschehen. Unbeschwert und überheblich erzählte er von Clodia und darüber, wie ihre Anhänglichkeit immer groteskere Formen annahm. Sie war ihm in Liebe verfallen, und er sonnte sich darin, der Gebieter dieser einst so stolzen und unbeugsamen Frau zu sein.
Durch die Verbindung zu ihr war Caelius stets auf das beste über die Pläne des Clodius informiert, und Philippos ahnte, daß es dies war, was den Patrizier zum gerngesehenen Gast im Hause Milos machte. Caelius war nicht mehr als ein Spitzel im Spiel um die Macht!
Großspurig lobte der junge Römer vor Milo die Qualitäten des Arztes und erreichte, daß Philippos mit ihm gemeinsam

das Haus des Bandenführers verlassen durfte. Begleitet von zwei freigelassenen Gladiatoren streiften sie durch die verrufensten Gegenden der *subura*.
Unterwegs beschenkte Caelius den Griechen mit einer neuen *toga*, prächtigen Sandalen und einem aus Leder geflochtenen Stirnband.
»Ich habe von deinen Taten in Pompeji gehört«, grölte der Patrizier lachend, als sie an einer *taberna* Halt machten und Caelius vier Becher unverdünnten Weins bestellte. »Milo hat geglaubt, du hättest ihn belogen. Diese Geschichte, wie du *Isis* geopfert worden bist, klingt ja auch tatsächlich ein wenig unglaubwürdig. Aber gestern nacht habe ich einen Bericht aus Pompeji erhalten, der deine Worte bestätigt.«
Caelius verbeugte sich mit wedelnden Armen vor Philippos und verschüttete dabei den Inhalt seines Weinbechers. »Ich neige mein Haupt vor dir, Erwählter des *Asklepios*, Bezwinger der Zauberreichen, Göttin aller Huren und Trottel. Die Aura deiner Macht nimmt mir schier den Atem. Ich habe Clodia schon von dir erzählt. Du sollst sie noch heute kennenlernen. Ich bin sicher, sie wird vor dir erzittern, Mächtiger, denn ich würde meinen Kopf darauf verwetten, daß auch sie heimlich den Schrein der *Isis* besucht hat, bevor die ägyptischen Götter aus Rom verbannt wurden.« Caelius brach in schallendes Gelächter aus, und pflichtbewußt fielen auch die beiden Gladiatoren in sein Lachen ein.
Philippos erwiderte die Verbeugung der Gecken. Caelius war zwar betrunken, überlegte er, doch er konnte es sich nicht leisten, ihn zu verärgern. »Was bin ich schon im Vergleich zu Euch, mein Gebieter. Euer Ruhm wird bis zu den Sternen reichen, denn der Bezwinger der Zauberreichen beugt in Demut sein Haupt vor Euch.«
»Grieche, weißt du, was mir an deinem Volk so besonders gefällt?« Caelius hatte plötzlich aufgehört zu lachen und starrte Philippos mit glasigen Augen an. »Es ist eure bedingungslose Unterwürfigkeit. Ich bin davon überzeugt, daß es

eure Bestimmung im Lauf der Welt ist, uns Römern zu höherem Ruhme zu Diensten zu sein. Vielleicht seid ihr genialer, doch wir bestimmen, wohin der Weg unserer beiden Völker führt. Euer Fehler ist, daß ihr nie erkannt habt, daß der, der zu vergeistigt ist, nicht mehr herrschen kann.«
Philippos lag eine zynische Antwort auf der Zunge, doch er verkniff sich jeden Kommentar. Caelius in seinem Größenwahn zu stören, zumal wenn er sich in Begleitung zweier willfähriger Gladiatoren befand, hieße sein Leben aufs Spiel setzen.
»Weißt du, Philippos, Milo hat beschlossen, daß du eine zweite Gelegenheit haben sollst, dich zu bewähren. Dieser Ägypter Dion hat es geschafft, heimlich nach Rom zu kommen. Nur drei seiner Gesandten begleiten ihn noch. So konnte er wohl trotz unserer Spitzel unerkannt über die *via appia* oder auf welchen Wegen auch immer hierher gelangen. Doch dummerweise hat er ausgerechnet bei einigen meiner Freunde Zuflucht gesucht, so daß ich bestens darüber informiert bin, wo er sich versteckt hält. In fünf Tagen wird ihn der Senat in der *curia* anhören, und Rom steht auf seiner Seite, denn alle sind entsetzt über das Massaker, das auf Geheiß des Ptolemaios in Puteoli geschah.« Caelius grinste breit und bestellte einen neuen Becher Wein. »Was glaubst du, was geschehen wird, wenn Dion stirbt, bevor er dazu kommt, in der *curia* zu reden? Der Pöbel wird das Haus des Pompeius stürmen und diesen feisten, flötespielenden König zu Tode prügeln.«
»Welch überaus raffinierter Plan«, versicherte der Grieche in heuchlerischer Anerkennung.
»Es kommt noch besser.. Milo und auch sein ägyptischer Freund trauen dir noch nicht ganz, Philippos. Damit du beweisen kannst, daß du tatsächlich auf unserer Seite stehst, sollst du Dion töten. Natürlich werden dich einige von Milos Männern dabei begleiten. Nur für den Fall, daß es zu irgendwelchen unvorhergesehenen Zwischenfällen

kommt, denn diesmal soll es keine Überlebenden mehr geben!«
Der Grieche schluckte. Immer mit der Ruhe, ermahnte er sich stumm. Seine Hände zitterten vor Aufregung so sehr, daß er sie zwischen den Falten der *toga* verstecken mußte, damit die anderen es nicht bemerkten. »Ich fühle mich zutiefst geehrt durch diesen Vertrauensbeweis.« Seine Stimme klang ein wenig rauh, doch der angetrunkene Römer schien das nicht zu bemerken. »Wann soll ich zuschlagen?«
»In der Nacht, bevor er vor dem Senat spricht. Bedenke nur, was passiert, wenn sich der ganze Senat versammelt hat, doch statt Dion ein gehetzter Bote in der *curia* erscheint, der den Tod des Ägypters verkündet. Du bist doch Grieche, Philippos! Hast du denn keinen Sinn für die Inszenierung eines wahrhaft ergreifenden Dramas? Einen wahren Sturm werden wir so entfesseln!«
Philippos nickte. Der Plan des Caelius schien vollkommen.
»Und weißt du, was wir jetzt tun werden?« Der junge Patrizier unterstrich seine Frage mit einem lautstarken Rülpser. »Wir werden Clodia besuchen und dort einen Sturm der Leidenschaft entfesseln!«
Philippos bedachte den Römer mit einem skeptischen Blick, denn er hatte einigen Zweifel, ob der junge Mann in seinem Zustand noch zu mehr als törichtem Wortgeplänkel in der Lage war.

* * *

Ohne sich groß um den *janitor* oder die anderen Haussklaven zu kümmern, führte Caelius sein Gefolge direkt in Clodias private Gemächer. Die vornehme Römerin ließ sich gerade von einer Sklavin ihr langes, schwarzes Haar kämmen, als sie eintraten. Kurz zeigte sich eine steile Zornesfalte zwischen ihren Brauen, dann zwang sie sich zu einem Lächeln. Philippos war bezaubert. Alles, was er bislang über Clodia gehört hatte, vermochte ihr nicht einmal annähernd gerecht zu werden. Sie war vollendet, und wäre es nicht gotteslästerlich, man hätte sie das Ebenbild der *Aphrodite* nennen können.

Ihre Züge waren ebenmäßig und schön. All ihre Zähne erstrahlten in hellem Weiß … Doch das Fesselndste an ihr waren die Augen. Groß, dunkel, geheimnisvoll. Man sagte, sie habe ihren Mann ermordet, den greisen Quintus Caecilius Metellus Celer, der es vor neun Jahren bis zum Konsul gebracht hatte. Ob dieses Gerücht wohl stimmte?

Philippos beobachtete, wie Clodia den jungen Patrizier anschaute. In ihrem Blick lag Liebe und mehr … Doch was mochte es sein, das sie ausgerechnet Caelius lieben ließ? Sicher, er war hübsch anzuschauen und jung … Aber war es das allein? Oder begeisterte sie sich an seinem politischen Abenteurertum?

Die Blicke des Griechen glitten langsam tiefer. Sein Mund wurde trocken. Bisher hatte er nicht darauf geachtet, was Clodia trug. Es war ein Gewand aus fast durchscheinender Seide, ein Stoff, der ein Vielfaches seines Gewichtes in Gold wert war. Es hatte Konsuln gegeben, die versuchten, per Gesetz zu verbieten, daß Seide getragen wurde, weil es in ihren Augen nichts als sinnloser, selbstgefälliger Luxus war. Doch für eine Frau wie Clodia konnten solche Gesetze nicht gelten! Sie war zum Luxus geboren.

Verstohlen musterte Philippos ihre Brustwarzen, die sich dunkel und deutlich sichtbar unter der Seide abmalten. Was für eine Frau!

* * *

»Vorwitziger Specht, du Wonne meines Mädchens,
mit dem sie liebäugelt, den sie an ihre Brust drückt,
dem sie die Fingerspitze zum Picken hinhält,
den sie leidenschaftlich aufzustacheln versteht, …«

Caelius wiegte bei den Worten auf obszöne Weise seine Hüften und brach schließlich in lautstarktes Gelächter aus.

»Ganz schön verderbte Träume hatte dein Catull, dieses Fischgesicht! Jetzt liegt er wohl in den Armen eines bithynischen Mädchens und säuselt ihr die Ohren voll mit seinen Liebesschwüren. Zeig mir, wie dumm er ist und daß keine so zu lieben vermag wie du, Clodia.«
Philippos blickte verlegen zur Seite. Er war beileibe nicht prüde, aber das, was Caelius sich hier erlaubte, lag weit jenseits aller Grenzen der Sittlichkeit. Hoffentlich würde die zornige Clodia ihn nicht mitsamt seinem ganzen Gefolge vergiften lassen.
»Es scheint, du brauchst noch ein wenig Wein, Caelius.« Die Stimme der Schönen klang schneidend kalt. Sie machte eine herrische Geste zu jener Sklavin, die ihr die Haare gekämmt hatte. »Hol' Wein für Caelius und seine Gäste, und bring' noch Nubia und Nioba mit. Mich dünkt, die Herren suchen Unterhaltung.«
Kaum war die Sklavin verschwunden, als sich Clodia an Caelius wandte und ihm ein honigsüßes Lächeln schenkte. »Wie aufmerksam von dir, daß du gleich noch drei richtige Männer mitgebracht hast, denn mir will scheinen, daß heute deinen Worten kaum noch Taten folgen werden, so betrunken wie du bist.«
»Wenn du willst, beweise ich dir auf der Stelle, daß ich tausendmal mehr Mann bin, als es Catull je sein wird!«
»Nur zu!« Clodia ließ sich auf den *lectus* neben ihrem Schminktisch zurücksinken und spreizte die Beine, so daß ihr Seidenkleid bis weit über die Schenkel hinaufrutschte. »Oder möchtest du jetzt doch einen deiner Kameraden vorschicken?«
Philippos blickte nervös an sich herab, nur um sicher zu sein, daß der Faltenwurf seiner neuen *toga* seine Erregung verbarg. Die wilden Geschichten, die man sich über Clodia erzählte, schienen also tatsächlich zu stimmen! Nur mit der Liebe zwischen den beiden war es wohl nicht mehr allzuweit her.

»Wer ist denn dieses unrasierte Gerippe dort hinten in der Ecke?«
Caelius blickte kurz zu dem Griechen. »Mein Leibarzt. Ein Magier, so mächtig, daß selbst *Isis* ihn nicht zu töten vermochte.«
Clodia warf dem Arzt einen langen Blick zu, und Philippos wußte nicht, ob er sich darüber freuen sollte. Dann winkte sie Caelius zu sich. »Bist du meiner schon so überdrüssig, daß ich dich zweimal bitten muß?«
Statt einer Antwort ließ sich Caelius auf dem *lectus* nieder und begann Clodia leidenschaftlich zu küssen. Fasziniert und zugleich auch ein wenig schockiert von der Hemmungslosigkeit, mit der sich die beiden einander hingaben, trat Philippos ein Stück zurück. Er würde ihnen zusehen … natürlich nur, um darüber zu philosophieren, warum ihn etwas, was er in jeder zwielichtigen *taberna* zu sehen bekommen konnte, hier plötzlich so aufwühlte.
»Du bist wirklich ein mächtiger Magier?«
Völlig in Gedanken versunken, hatte Philippos die zierliche blonde Sklavin gar nicht bemerkt, die an seine Seite getreten war. Verdattert musterte er die junge Frau. Sie mußte aus Gallien oder einer der anderen nördlichen Provinzen stammen.
»Ich … eh, also …« Er war unschlüssig, ob er sie einfach in ihrem Glauben lassen sollte. Offensichtlich hatte sie eine Schwäche für Magier. »Nun, ein wenig Zauberkraft besitze ich schon, doch wie du siehst, habe ich im Ringen mit einem bösen *daimon* meinen Bart eingebüßt und so sehr viel von meiner Macht verloren.«
»Deine Macht liegt in deinem Bart?« Die Frau blickte ihn mit großen, blauen Augen an.
»Sie wird wiederkehren. Außerdem verfüge ich noch über andere Qualitäten! Ich bin Arzt und kann dir sagen, ob das Gleichgewicht der Säfte in deinem Körper in der rechten Ordnung sind, wenn ich dich untersuche.«

»Glaubst du denn, ich sei krank?«
Caelius hatte angefangen, laut zu stöhnen, und Philippos wurde immer bewußter, daß das Gleichgewicht der Säfte bei ihm mehr und mehr durcheinander geriet. In der anderen Ecke des Zimmers hatten auch die beiden Gladiatoren Besuch von Sklavinnen bekommen, und *sie* hielten sich nicht mit langen Vorreden auf.
»Nun, um wirklich sicher sagen zu können, ob du gesund bist, müßte ich dich untersuchen.«
»Und dazu sollte ich besser mein Gewand ablegen?« Die Dienerin warf ihm einen koketten Blick zu.
Philippos räusperte sich nervös. »Das würde die Sache erleichtern.« Hier stimmte etwas nicht. Das konnte es doch gar nicht geben! Immerhin befand er sich im Haus einer Frau aus der allerbesten Gesellschaft! Er mußte träumen!
Die Sklavin hatte ihr Gewand abgelegt und machte nun Anstalten, ihn von seiner *toga* zu befreien. Wenn das wirklich ein Traum war, dann war dies gewiß nicht der Augenblick, an dem er erwachen wollte, überlegte der Grieche und überließ sich ganz der Fingerfertigkeit seiner Gespielin.

* * *

Als Philippos erwachte, brauchte er eine ganze Weile, um sich daran zu erinnern, wo er war. Das fremde Zimmer, die hingestreckten Körper im Halbdunkel, die nur schwach in dem rötlichen Glimmen eines Kohlebeckens zu erkennen waren … All das war ihm fremd, und obendrein brummte sein Schädel wie ein ganzer Bienenstock.
Mit fahrigen Fingern tastete er nach seiner *toga* und richtete sich leicht schwankend auf. Er brauchte jetzt frische Luft! Ein wenig kaltes Wasser könnte auch nicht schaden … Der Grieche wickelte sich die *toga* um die Hüfte und tastete sich vorsichtig durch das Zimmer.
Endlich fand er eine Tür. Von dort leitete ihn blasses Mondlicht durch einen Flur in einen kleinen Garten. Gierig sog er

die kühle Nachtluft ein. Eine Gänsehaut lief ihm die Waden und dann den Rücken hinauf, so kalt waren die Steinplatten, auf denen er stand.

Ein Traum war das nicht, so viel war gewiß! Philippos blickte zur schmalen Sichel des Mondes und fragte sich, was wohl aus diesem Besuch noch alles erwachsen mochte, als ihn leise Schritte aufhorchen ließen.

Eine schlanke Frauengestalt war im Flur vor dem Garten erschienen. Ihr Gesicht war im Schatten verborgen, doch ihn konnte sie offensichtlich gut sehen.

»Dich hat *Somnus* also auch nicht in seine Arme schließen wollen, Magier.«

Es war die Stimme Clodias! Wie sollte er sich ihr gegenüber nur verhalten? Wäre er doch bloß liegengeblieben!

»Bist du auch in der Kunst, aus den Sternen zu lesen, bewandert?«

Philippos schüttelte den Kopf. »Nein, das nicht. Ich habe auch keine prophetischen Gaben. Doch die brauche ich auch nicht, wenn du von mir wissen willst, ob du noch lange mit Caelius zusammen sein wirst.« Kaum waren ihm die Worte über die Lippen gekommen, da hätte sich Philippos am liebsten die Zunge abgebissen. Was tat er da? War er denn jetzt endgültig wahnsinnig geworden?

Clodia trat aus dem Schatten und musterte ihn auf eine Art, daß ihm heiß und kalt wurde. Auch wenn sie sich heute abend aufgeführt haben mochte wie eine *hetaire*, war sie trotzdem eine der mächtigsten Frauen Roms. Sie zu beleidigen war so gut wie sich ein Messer in den Leib zu stoßen.

»Du hast Mut, Magier, und was noch schwerer wiegt, du hast auch noch recht. Meine Liebe zu Caelius ist schon lange gestorben.«

»Und warum empfängst du ihn noch? Ein Wort zu deinem Bruder und Caelius müßte aus der Stadt fliehen.«

Clodia schüttelte den Kopf. »Die Dinge sind nicht immer so klar, wie sie scheinen. Auch wenn Caelius nicht in meinem

Herzen ist, so hat mein Körper dennoch Sehnsucht nach ihm. Ich habe in meinem Leben schon mit vielen Männern geschlafen, und ich habe noch nie einen Hehl daraus gemacht, doch mit keinem war es so wie mit Caelius. Es ist wie …« Sie seufzte. »Mir fehlen die Worte, es zu beschreiben. Es ist als, seien wir für einander geschaffen worden. Zwei Teile eines Ganzen, das vor uralten Zeiten auseinandergerissen wurde und nun wieder zusammengefunden hat …«
Nachdenklich blickte die schöne Patrizierin zu Boden.
Philippos überlegte, ob er Clodias Schwäche zu seinen Gunsten ausnutzen konnte. Ob sie wohl ahnte, was für ein Spiel er mit ihr trieb?
»Sprecht ihr manchmal über die Pläne deines Bruders?«
Sie starrte noch immer schweigend auf den Boden, ganz so, als habe sie ihn nicht gehört. Sie wollte nicht darüber reden! Er sollte nicht weiter danach fragen.
Das Schweigen zwischen ihnen zog sich quälend in die Länge. Philippos wurde immer unruhiger. Wieder wünschte er sich, daß er im Zimmer an der Seite der Sklavin liegengeblieben wäre, als Clodia schließlich doch noch antwortete.
»Ich weiß, daß er versucht, mich auszuhorchen, um dann alles seinem Freund Milo weiterzuerzählen.« Ihre Stimme war tonlos, ja fast gebrochen.
»Und du läßt das einfach geschehen?«
»Wenn ich es Clodius sagen würde, ließe er Caelius ermorden, und das möchte ich nicht. Ich habe dir ja schon gesagt, wie es zwischen mir und Caelius ist. So muß ich stets abwägen, wieviel ich ihm verrate und … Warum sollte ich dir das eigentlich alles erzählen, Magier? Du bist mit Caelius in mein Haus gekommen. Sollst du mich aushorchen?«
Philippos lächelte hintergründig. »Hältst du mich wirklich für einen Freund von Caelius? Glaubst du, er würde mich von zwei Exgladiatoren eskortieren lassen, wenn er mir vertraute? Übrigens, wußtest du, daß er dein Haus in Baiae dazu benutzt hat, sich mit einer Gruppe von Meuchlern zu

treffen, die im Sold von Milo stehen? Was glaubst du, was dein Bruder dazu sagen würde, wenn er wüßte, daß seine Erzfeinde dort verkehren?«

»Willst du mich erpressen?« Glaubst du, das würde ich mir gefallen lassen?«

»Warum sollte mir daran gelegen sein, mir die schönste Frau Roms zur Feindin zu machen? Im Gegenteil, ich versuche zu erkunden, ob wir nicht gemeinsame Interessen haben wie zum Beispiel den Isiskult.«

»Nach dem, was Caelius erzählte, kann ich mir das kaum vorstellen«, entgegnete sie zynisch.

»Glaubst du wirklich, ein menschlicher Magier könnte dem Zorn der Zauberreichen entgehen? Was bin ich schon im Vergleich zu einer Göttin? Du solltest wissen, daß *Isis* auch die Listenreiche genannt wird. Was also mag von mir zu halten sein, wenn ich den Zorn der Göttin unbeschadet überstanden habe, obwohl ganz Pompeji glaubt, ich sei tot? Denk darüber nach, und überlege dir auch, ob du Caelius schaden möchtest, ohne ihn zu vernichten. Wenn du dich entschließt, mir zu vertrauen, dann wecke mich, bevor Caelius seinen Rausch ausgeschlafen hat. Ansonsten wünsche ich dir eine gute Nacht.« Philippos verneigte sich knapp und ging dann so würdevoll, wie das mit einer um die Hüften geschlungenen *toga* möglich war, in jenes Zimmer zurück, in dem sie ihre Orgie gefeiert hatten.

16. KAPITEL

Die Bäume waren kahl, und dunkle Regenwolken standen über den Albaner Bergen, als Samu den Landsitz des Pompeius erreichte. Auf der Reise nach Norden hatte sie allerlei Gerüchte darüber gehört, wie sich die Bandenkriege in Rom verschärften. Die Schläger des Clodius hatten mehrere Angriffe gegen Cicero durchgeführt und einmal sogar versucht, das Haus Milos zu erstürmen.

Paulus, der die Priesterin in einer Sänfte begleitete, wurde immer unruhiger, je mehr sie sich Rom näherten. Von seinen Verletzungen hatte er sich so weit erholt, daß er sich bereits aus eigener Kraft aufrichten konnte, doch wurde ihm immer noch schnell schwindelig, und seine Beine vermochten ihn nicht lange zu tragen. Jetzt, als sie von bewaffneten Veteranen aus Pompeius' Legionen das letzte Stück bis zur prächtigen Villa des Feldherren eskortiert wurden, war Paulus

förmlich in sich zusammengesunken. Es war nicht zu übersehen, daß er Angst hatte – und das, obwohl sie inmitten all der Wachen doch in Sicherheit waren!
Ihre eigene Eskorte hatte Šamu verlassen, als sie den Besitz des Pompeius erreichten. Die Seesoldaten aus Misenum weiterhin als Leibwache zu behalten, wäre eine offene Beleidigung des Feldherren gewesen. Ganz abgesehen davon waren die Männer froh, endlich wieder in ihre Quartiere zurückkehren zu können und nicht länger bei strömendem Regen oder eisigem Wind kreuz und quer durch das Land wandern zu müssen. Schließlich waren sie Seesoldaten und keine Legionäre!
Mit gemischten Gefühlen blickte Šamu zu Batis. Der Leibwächter marschierte schräg vor ihr. Noch immer lehnte er es ab, mehr als nur sein Leopardenfell zu tragen, obwohl es bitterkalt geworden war. Seit ihrem Aufbruch aus Pompeji hatten sie nicht mehr beieinandergelegen. Šamu hatte darauf bestanden, daß ihre Affäre geheim bleiben müsse, und so ergab sich auf der Reise keine Gelegenheit, unbemerkt von den anderen beisammen zu sein. Gelegentlich warf ihr Batis sehnsüchtige Blicke zu, doch er hielt sich an ihre Bedingungen. Obwohl das genau ihre Absicht gewesen war, hatte Šamu jetzt ein schlechtes Gewissen.
Sie spielte mit dem Nubier und hatte seine Gefühle mißbraucht, dachte sie bitter. War es die Saat des *Seth*, die ihr Herz abtötete? Und was mochte aus Philippos geworden sein? Lebte er noch? Sie hatte ihn gewissenlos zurück zu den Verschwörern geschickt, obwohl sie wußte, wie groß sein Risiko dabei war. Und was tat sie selbst jetzt? Fliehen! War sie erst einmal am Hof des Ptolemaios, wären ihre Handlungsmöglichkeiten so eingeschränkt, daß sie Philippos kaum helfen konnte, es sei denn, sie schaffte es, den *Pharao* von der drohenden Gefahr zu überzeugen.

* * *

Im *atrium* des Landhauses wurde Šamu von Potheinos, dem obersten Eunuchen, empfangen. Seine beiden Leibdiener und ein hochgewachsener Fremder standen neben ihm.
»Es ist mir eine Freude, die Künderin der *Isis* in diesem dunklen Haus willkommen zu heißen. Mit dir kehren Wärme und Sonne in unsere Herzen zurück, schöne Priesterin.«
Du kannst mir auch gleich sagen, was du von mir willst, elender Kriecher, dachte Šamu, als sie mit höflichem Lächeln den Gruß des Eunuchen erwiderte. Die Art, wie er den toten Rechmire gedemütigt hatte, als er ihn in einer schäbigen Kiste aus dem Haus des Pompeius bringen ließ, würde sie ihm nie vergessen.
»Der *Neue Osiris* feiert ein Fest. Möchtest du ihm beiwohnen, oder hat dich die lange Reise zu sehr erschöpft?«
Šamu hatte das Flötenspiel gehört, das aus einem der entfernteren Flügel des großen Hauses klang. Sie mußte mit Ptolemaios allein sprechen, doch dazu würde sich heute wohl kaum noch eine Gelegenheit finden.
»Ich denke, ich brauche ein wenig Ruhe. Der lange Weg durch dieses kalte Land hat mich beinahe all meine Kräfte gekostet. Wenn du es nicht als Beleidigung auffaßt, würde ich mich lieber zurückziehen.«
»Aber nicht doch, meine Liebe. Selbstverständlich habe ich ein Einsehen in deine Lage, und wenn ich ehrlich bin, muß ich gestehen, daß ich an deiner Stelle wohl nicht anders entscheiden würde.«
»Aber ich möchte zum Fest!« meldete sich Kleopatra zu Wort, die aus ihrer Sänfte geklettert war.
»Alexandros, führe die Prinzessin zu ihrem Vater.« Potheinos gab einem seiner Begleiter einen Wink, und der Diener geleitete Kleopatra durch eine der zahlreichen Türen, die vom *atrium* in die verschiedenen Flügel des Hauses führten.
»Habe ich dir übrigens schon Nikomedes vorgestellt?« Der Eunuch blickte in Richtung des Fremden. »Er ist ein guter Freund aus Alexandria und hat erst vor wenigen Tagen unse-

re neue Zuflucht erreicht. In all den traurigen Monaten unseres Exils hat er mir regelmäßig geschrieben und mich darüber unterrichtet, was in unserer geliebten Heimat geschieht.« Potheinos lächelte verschlagen.
»Wie schön es doch ist, wahre Freunde zu haben.« Šamu hatte Mühe, die Fassung zu bewahren. Sie spürte, daß ihre Hände zu zittern begannen und preßte sie flach gegen ihre Schenkel, damit der Eunuch ihre Schwäche nicht bemerkte. Das also war der Verräter Nikomedes! Jener ruchlose Schurke, der seine Freunde Demosthenes und Rechmire ihren Mördern ausgeliefert hatte!
»Du hast recht, Šamu. In Zeiten wie diesen, wo man überall von Verrat und Intrige umgeben ist, gibt es nichts Wichtigeres als verläßliche Freunde. Sonst mag es geschehen, daß einem nur allzu schnell als einziger Weggefährte noch *Anubis* bleibt.«
Jedes Wort traf Šamu wie ein Messerstich. Potheinos war der Mann im Hintergrund! Er wußte alles! Er war derjenige, der die Morde an Rechmire und Demosthenes geplant hatte. Auch wenn er es nicht selbst getan haben konnte, zweifelte Šamu nicht mehr daran, daß der Eunuch den Befehl gegeben hatte. Doch warum? Und warum offenbarte er sich ihr? Wollte er sich an ihrer Angst ergötzen? Den Gefallen würde sie ihm nicht tun!
Stolz reckte Šamu ihr Kinn vor und blickte dem Eunuch fest in die Augen. »Ich werde mich nun auf mein Zimmer zurückziehen, wenn du es gestattest.«
Potheinos lächelte hintergründig. »Aber du weißt doch gar nicht, welches Zimmer dir zugedacht ist! Erlaubst du, daß mein Diener Narkissos dich begleitet?«
Šamu biß sich vor Wut auf die Lippen. Sie hatte sich lächerlich gemacht! Und Narkissos … War er einer der Mörder? Sie mußte an den Boten denken, der in der Nacht, in der Demosthenes getötet worden war, die Villa aufgesucht hatte. War es womöglich einer der beiden Diener des Potheinos gewesen? Waren Alexandros und Narkissos die Vollstrecker die-

ses ruchlosen Intriganten? Was würde geschehen, wenn der hübsche, muskulöse Jüngling sie fortbrachte? War auch ihr Tod schon beschlossene Sache?

»Du bist so blaß, meine Liebe. Geht es dir nicht gut? Möchtest du dich vielleicht setzen?« Potheinos schaffte es, seine Stimme wirklich besorgt klingen zu lassen.

»Danke.« Šamu winkte ab. Sie wollte nicht, daß dieser Schlächter sie auch nur berührte! Allein seine Blicke waren ihr schon zuwider. »Ich wäre dir dankbar, wenn dein Diener mir nun mein Zimmer zeigen könnte.«

»Aber selbstverständlich!«

Narkissos löste sich von der Seite seines Herren und ging auf eine der Türen an der Westwand des *atriums* zu. Schweigend folgte Šamu ihm. Die Priesterin hatte den Hof schon fast verlassen, als hinter ihr noch einmal die Stimme des Eunuchen erklang.

»Ich wünsche dir einen langen und tiefen Schlaf.«

Ein Schauder lief Šamu den Rücken hinunter. War das etwa ein Befehl an Narkissos?

* * *

Šamu hatte die ganze Nacht über wachgelegen und auf das Geräusch von Schritten gelauscht. Jeden Augenblick hatte sie die Meuchler des Potheinos in ihrem Gemach erwartet, doch nichts war geschehen! Erst als graues Morgenlicht in ihre Kammer fiel, hatte die Müdigkeit sie übermannt, und sie war eingeschlafen.

Es war die Stimme Kleopatras, die die Priesterin aus ihren Träumen riß. Das junge Mädchen schüttelte sie ungeduldig.

»Endlich wirst du wach! Wie kannst du nur so verschlafen sein, wo du doch so viele Stunden vor mir zur Ruhe gegangen bist?«

Šamu brummte irgend etwas und blickte zum Fenster. Die Sonne war schon weit über den grauen Himmel gewandert. Es mußte bereits Nachmittag sein.

»Hast du etwa wieder mit Batis getändelt, daß du so erschöpft bist?«
Die Anspielungen der Prinzessin gingen Šamu allmählich auf die Nerven. Sie warf der Kleinen einen bösen Blick zu. »Du mußt wohl noch etwas älter werden, um zu begreifen, daß einem nach einer Liebesnacht auch drei Stunden Schlaf reichen, um am nächsten Tag trotzdem so strahlend und ausgeruht auszusehen, als hätte man die ganze Nacht durchgeschlafen.«
Kleopatra legte den Kopf schief und musterte sie eine Weile. »Ausgeruht siehst du wirklich nicht aus. Glücklich auch nicht. Mir scheint vielmehr, daß du heute morgen für ein kleines Vermögen Schminke auflegen wirst.«
Das waren genau die Sprüche, die sie an einem Morgen wie diesem gebrauchen konnte! Šamu blinzelte den Schlaf aus den Augen und streckte vorsichtig einen Fuß unter ihrer warmen Wolldecke hervor. Das Zimmer war so kalt, wie sie befürchtet hatte. Schaudernd zog sie den Fuß wieder unter die Decke zurück. Warum nur hatten die Götter sie in dieses gräßliche, kalte Land verschlagen?
»Du führst dich ja schlimmer auf als eine lahme, alte Katze, die man nicht mehr vom Feuerbecken vertreiben kann«, kommentierte Kleopatra diesen zögerlichen Versuch, aufzustehen.
Šamu bedachte die Prinzessin mit einem bitterbösen Blick. »Weißt du, was ich an dir so besonders schätze?«
Die Kleine schaute sie mit großen Augen erwartungsvoll an und schüttelte den Kopf. Sie hatte schon immer eine ausgeprägte Schwäche für Komplimente gehabt.
»Gar nichts!«
Kleopatra fiel geradezu die Kinnlade auf die Brust. Als Tochter eines Gottes war sie es gewohnt, stets zuvorkommend und mit äußerster Höflichkeit behandelt zu werden. Šamu konnte sehen, wie sich die Augen des Mädchens mit Tränen füllten.
»Ist ja schon gut, ich hab' es nicht so gemeint. Komm her und setz' dich zu mir.«

Kleopatra schüttelte trotzig den Kopf. »Mein Vater möchte, daß du zu ihm kommst«, murmelte sie mit gepreßter Stimme. Dann drehte sie sich um und rannte aus dem Zimmer.
Bei *Re*, was für ein Morgen, dachte Šamu. Dann zog sie die Decke enger um ihre Schultern und stieg aus dem hohen Bett. Götter sollte man nicht warten lassen!

* * *

Potheinos hatte einen kleinen Raum hinter dem *tablinum* wie einen Thronsaal herrichten lassen. Direkt gegenüber der Tür stand ein prächtiger Stuhl, auf dem sich Ptolemaios niedergelassen hatte. Neben dem *Pharao* stand ein niedriges Feuerbecken am Boden, das wohlige Wärme in der engen Kammer verbreitete.
Als Berater nahm Potheinos den Platz zur Rechten des *Pharao* ein. Wie ein Geier lauerte er neben dem Thron. Sein Diener Alexandros stand dicht neben der Tür in Šamus Rükken.
Die Gegenwart des *Neuen Osiris* machte der Priesterin Mut. Vor seinen Augen würden der Eunuch und sein Diener es nicht wagen, ihr etwas anzutun.
»Wir haben dich kommen lassen, damit du uns von deiner Reise nach … Wie hieß diese Stadt noch gleich?« Ptolemaios blickte hilfesuchend zu seinem Eunuchen.
»Pompeji, Erhabenheit. Pompeji.«
Der *Pharao* nickte behäbig. »Also, wir haben dich rufen lassen, Šamu, damit du uns von deiner Reise nach Pompeji erzählst und davon, wie meine Tochter sich bei der ersten Einbalsamierung, der sie beiwohnte, bewährt hat.«
»Nun«, begann Šamu zögernd. Das, was sie dem *Neuen Osiris* zu berichten hatte, war nicht für die Ohren des Eunuchen und seines Handlangers bestimmt. Sie mußte einen plausiblen Grund finden, die beiden dazu zu bringen, den Raum zu verlassen. »Ich möchte gerne Eurer Bitte nachkommen, göttliche Majestät, doch wenn ich einen genauen Bericht ge-

ben soll, dann müßte ich auch über die Mysterien des *Anubis* und von Tempelgeheimnissen, die nicht für die Ohren normaler Sterblicher bestimmt sind, sprechen. So bringt Euer Wunsch, göttlicher *Pharao*, mich in Konflikt zu jenem Eid, den ich als Priesterin leisten mußte, als ich in die tieferen Mysterien der Götterwelt eingeführt wurde.«

»Wenn es Euer Wunsch ist, werde ich mich selbstverständlich zurückziehen«, murmelte Potheinos kühl.

»Wir hoffen, du fühlst dich nicht zurückgesetzt. Es sind schließlich keine Staatsangelegenheiten, die die Priesterin mit uns zu besprechen hat, sondern allem Anschein nach handelt es sich allein um kultische Fragen, so daß du in deinen Rechten als unser Berater nicht beeinträchtigt wirst.«

Ohne ein weiteres Wort zu verlieren, verließen der Eunuch und sein Diener den Raum. Danach herrschte einen Moment lang Schweigen zwischen der Priesterin und dem *Pharao*. Šamu wußte nicht, womit sie bei ihrem Bericht anfangen sollte. So war es schließlich Ptolemaios, der als erster das Wort ergriff.

»Du weißt, daß du dir Potheinos damit zum Todfeind gemacht hast? Er wird nicht vergessen, daß er deinetwegen den Thronsaal verlassen mußte.«

»Er war ohnehin nicht mein Freund. Selbst Ihr, göttlicher *Pharao*, seid in Gefahr. Es ist unfaßbar, was Potheinos getan hat.« Stockend begann Šamu, von den Ereignissen in Pompeji und von ihrem Verdacht zu erzählen.

Als die Priesterin ihren Bericht beendet hatte, blickte der *Pharao* sie lange schweigend an. Nachdenklich drehte er dabei seine Flöte zwischen den Fingern. »Du glaubst also, dieser Paulus wird den Ägypter wiedererkennen, der in Milos Haus gekommen ist?«

Šamu nickte. »Mit Sicherheit. Wenn wir ihn vor den Senat bringen und er aussagt, wird die ganze Intrige, die man gegen Euch gesponnen hat, zunichte gemacht sein. Ja, mehr noch, die Morde werden auf die Verschwörer zurückfallen,

und Ihr könnt gewiß sein, daß Eure Sache von da an Unterstützung findet.«
Der Herrscher runzelte die Stirn. »Wenn dies so stimmt, sollten wir über ein Opfer nachdenken. Doch wir müssen sicher gehen, daß der Römer wirlich zu unseren Gunsten aussagen wird. Bring ihn hierher! Wir wollen ihn sehen und den Wert seiner Worte prüfen.«
Ergeben verbeugte sich die Priesterin. »Euer Wunsch ist mir Befehl, göttlicher Herrscher vom Nil. Ich werde den Römer holen lassen, wenn mir erlaubt ist zu gehen.«
»Deine demütige Bitte sei dir gewährt.«
Rückwärtsgehend wich Šamu bis zur Tür zurück. Was hatte der *Neue Osiris* nur damit gemeint, als er sagte, der Römer sei ein Opfer wert?

* * *

Fast eine Stunde war vergangen, ehe Šamu mit Paulus in jenen kleinen Raum zurückkehrte, der Ptolemaios als Thronsaal dienen mußte. Der *Pharao* war nicht mehr allein. Außer ihm erwarteten sie vier Römer, und, was noch schlimmer war, neben dem Thron stand Batis. Hatte der *Neue Osiris* denn nicht begriffen, daß möglicherweise auch der Nubier zu den Verrätern gehörte?
Unter den Römern erkannte die Priesterin Pompeius, den Hausherren der Villa und Freund des *Pharao*. Er trug eine *toga*, als wolle er eine Rede in der *curia* halten, und fixierte Šamu mit einem schwer zu deutenden Blick.
Der Feldherr hatte ein rundes, freundliches Gesicht mit einem leichten Ansatz zum Doppelkinn. Sein Haar war noch dicht, und es fiel schwer zu schätzen, wie alt er sein mochte. Irgendwo zwischen vierzig und fünfzig Sommern wird er wohl gesehen haben, dachte die Priesterin bei sich, doch sie hätte keinen Eid darauf schwören mögen.
Obwohl er nicht mehr jung war, strahlte Pompeius eine ungebrochene Kraft und Zuversicht aus. Er war ein Feldherr, der,

soweit Šamu es wußte, niemals eine Niederlage erlitten hatte. Ein Mann, dem Soldaten vertrauten und der sich überall im Römischen Reich großer Beliebtheit erfreute. Als seine Legionäre Pompeius den Beinamen *magnus* verliehen hatten, hatte der Senat es nicht gewagt, ihm diesen Ehrentitel abzuerkennen. Wenn er Paulus glaubte und den Schläger vor die *curia* brachte, dann war ein Sieg gewiß! Potheinos hatte schon so gut wie verloren!
Auch wenn sie dem Eunuchen den Mord an Rechmire und Demosthenes nicht wirklich beweisen konnte, so würde er dennoch büßen. Potheinos hätte sie letzte Nacht ermorden lassen müssen. Jetzt konnte er ihren Triumph nicht mehr verhindern! Rechmire würde gerächt sein!
Vier Sklaven hatten Paulus auf einem Stuhl in den Thronsaal getragen und den Raum anschließend wieder verlassen. Der Römer saß leicht vornübergebeugt und stöhnte leise. Šamu hatte ihn eben erst noch einmal untersucht. Er zeigte keine Anzeichen von Fieber oder Schwäche. Es konnte also kein Zweifel daran bestehen, daß seine Genesung voranschritt. Doch als er gehört hatte, wohin sie ihn bringen würden, war er unruhig geworden.
»Was hat dieser Schurke zu erzählen?« Pompeius warf Paulus einen verächtlichen Blick zu. Der Feldherr hatte griechisch gesprochen, so daß zwar der *Neue Osiris* und Šamu ihn verstehen konnten, nicht aber der Verletzte.
»Berichte, was am Strand von Puteoli geschehen ist und wer dir den Auftrag zu den Morden gegeben hat!« Šamu hatte sich zu Paulus umgedreht. Sie sprach nun lateinisch. Doch statt zu antworten, rollte der Römer mit den Augen und verzog das Gesicht zu einer Grimasse.
»Wer waren deine Auftraggeber?« Šamus Stimme klang schärfer.
»Der Stier ...« Paulus stieß ein leises, hysterisches Kichern aus. »Es war der Stier, der wollte, daß ich die, die aus dem Meer kommen, vernichte.«

Šamu blickte den Römer fassungslos an. »Welcher Stier? Wovon redest du?«
»Kennst du ihn nicht? Den großen, weißen Stier. Er ist doch hier …« Paulus zeigte auf die gegenüberliegende Wand. »Er ist immer bei mir, mußt du wissen.« Wieder fiel Paulus in ein leises Lachen. Geifer tropfte ihm von den Lippen auf die Brust.
Šamu beugte sich vor und packte ihn wütend an der *tunica*. »Hör' auf mit dieser Komödie!«
»Tu mir nichts, sonst wird mein Stier böse mit dir sein! Sieh nur, er steht schon hinter dir.«
»Der *Pharao* sagt, der Mann sei am Kopf verletzt worden? Darf ich die Wunde einmal sehen?« Pompeius war an die Seite der Priesterin getreten.
Šamu wäre am liebsten im Boden versunken. Sie wußte genau, daß ihnen der Römer nur etwas vormachte! Doch wie sollte sie es den anderen beweisen?
»Einen guten Wundarzt hast du an deinem Hof, mein Freund!« Pompeius hatte die halb verheilte Kopfverletzung begutachtet und drehte sich nun zu Ptolemaios um. Er sprach jetzt wieder sein holpriges Griechisch. »Die Aussichten, eine solche Verletzung zu überleben, sind nicht groß. Hat die Priesterin diese Wundertat vollbracht?«
Ptolemaios bedeutete Šamu durch einen Blick, an seiner Stelle zu antworten. »Ein griechischer Arzt hat die Behandlung durchgeführt. Ich bin ihm lediglich zur Hand gegangen. Doch kann ich Euch versichern, daß der Verstand des Paulus keinen Schaden genommen hat. Er spielt eine Komödie, und ich weiß nicht, warum. Es ist …«
»Beruhige dich!« Pompeius klopfte ihr fast väterlich auf die Schulter. »Ich zweifele nicht daran, daß du dein Bestes gegeben hast. Ich glaube auch nicht, daß dieser Schurke wirklich verwirrt ist. Doch hat er keinen Wert mehr für uns. Wenn er seine Komödie vor einem Gericht des Senats spielt, ist unsere Sache verloren. Ganz Rom würde über uns lachen. Was diesen Schurken angeht, würde ich mich freuen, wenn du

ihn mir zum Geschenk machen könntest, Ptolemaios, denn ich schätze es nicht, verhöhnt zu werden.«

»Es ist uns eine Freude, deine Gastfreundschaft mit einer kleinen Gegengabe belohnen zu können. Nimm ihn mit, Pompeius, und mach' mit ihm, was immer dir gefällt.«

»Ich … es tut mir leid.« Paulus versuchte, sich aus seinem Stuhl zu erheben. »Bitte, Herr, verschont mich! Es war die Angst, die mir die Sinne verwirrt hat. Ich werde alles für Euch tun, was immer Ihr auch wünscht!«

Pompeius warf dem Mann einen angewiderten Blick zu. »Auf die Hilfe von deinesgleichen kann ich verzichten. Du hattest Gelegenheit, dich für mich zu entscheiden. Du hast es nicht getan!«

»Herr, ich war von Sinnen. Bitte …« Paulus hatte es geschafft, sich halb vom Stuhl zu erheben. Doch dann versagten seine Kräfte. Er stürzte nach vornüber und fiel dem Feldherren vor die Füße. Wimmernd griff er nach dem Saum von dessen *toga* und flehte um Gnade.

Mit einem Ruck entriß Pompeius ihm das Gewand und machte einen Schritt zurück. »Keine Sorge. Ich bin nicht wie Milo oder Clodius. Ich werde dich nicht umbringen lassen. Vielleicht habe ich ja doch eines Tages noch Verwendung für dich. Du wirst allerdings nicht mehr meine Gastfreundschaft genießen. Du hast dich aufgeführt wie ein Schwein, und unter Schweinen wirst du zukünftig auch leben. Ich werde dich zu den Ställen schaffen lassen!«

»Bitte …«

»Schafft ihn fort. Sein Gewimmer beleidigt unsere Ohren!« Ptolemaios gab Batis einen Wink, und der Nubier packte den Römer bei seinem Gürtel und trug ihn aus dem Raum.

»Ich bedauere, mich zurückziehen zu müssen, mein königlicher Freund. Doch dringende Angelegenheiten erfordern meine ganze Aufmerksamkeit.«

»Du bist entlassen, Feldherr. Wir bedauern, dich mit dieser Groteske gelangweilt zu haben.«

Ohne einen weiteren Gruß und vor allem ohne sich zu verbeugen gingen die Römer. Trotz aller oberflächlichen Höflichkeit ließ Pompeius den *Neuen Osiris* deutlich spüren, daß er kaum mehr als nur ein Bittsteller war, dachte Šamu wütend.
»Priesterin?« Die Stimme des *Pharao* klang traurig.
»Ja, mein Gebieter!«
»Du weißt, daß Potheinos sich für seine Zurückstellung rächen wird?«
»Ihr könntet ihn doch hinrichten lassen! Er ist der Kopf der Verschwörung. Ich bin sicher, daß er es war, der Rechmire und Demosthenes ermorden ließ. Und wahrscheinlich steckt er auch hinter dem Anschlag in Puteoli! Wer sonst hätte der Ägypter sein sollen, von dem Paulus gesprochen hat?«
»Der Römer ist verwirrt. Sein Wort zählt nicht! Alles, was bleibst, ist dein Wort, das gegen das des Potheinos steht. Du bist nur eine Priesterin, er aber ist unser erster Ratgeber. Verstehe uns nicht falsch, aber hier geht es um nüchternes Kalkül. Alles, was wir für dich tun könnten, ist ...« Der Pharao zögerte einen Moment lang nachdenklich. »Wir werden dir abermals unseren Leibwächter Batis zum persönlichen Schutz geben. Nach allem, was Kleopatra erzählt, ist dir seine Nähe angenehm.« Ein anzügliches Lächeln spielte um die Lippen des Herrschers.
Šamu mußte sich auf die Zunge beißen, um eine trotzige Antwort zu verhindern. Ptolemaios war ein Gott! Sie durfte ihm nicht widersprechen! Doch daß er sie ausgerechnet Batis überließ! Hatte Ptolemaios vielleicht schon mit Potheinos gesprochen? War ihr vermeintlicher Leibwächter schon längst zu ihrem Mörder bestimmt?
»Ich füge mich Eurer göttlichen Weisheit in aller Demut, Erhabener.«
»Wir haben nichts anderes von dir erwartet, Priesterin. Du darfst gehen.«
Šamu verneigte sich.

17. KAPITEL

Versonnen starrte Philippos auf den Grund des tönernen Weinbechers. Deutlich konnte er das ausgelassene Lärmen auf der Straße tief unter seinem schmalen Fenster hören. Was für ein elendes Schicksal! Die *Saturnalien* wurden in der Stadt gefeiert, und ihm hatte man an diesem Tag der ausgelassenen Feste nicht einmal gestattet, seine Kammer zu verlassen.

Wenigstens hatte Milo ihn mit einem großen Krug unverdünnten Falerner versorgt. Ein Wein, wie er ihn sich von seinem schmalen Gehalt als Legionsarzt selbst an den höchsten Feiertagen nie gegönnt hatte. Doch obwohl der Falerner von wahrlich herausragender Qualität war, vermochte er an diesem grauen Nachmittag Philippos Laune nicht zu bessern.

Die *Saturnalien* eingesperrt zu verbringen! Das war das Schlimmste, was man einem Mann antun konnte. Heute war

der Tag der Unfreien und Benachteiligten! Heute mußten die Herren ihren Sklaven auftischen und sie bedienen. Überall auf den Festen in den Weinstuben und in den großen Villen wurden Weinkönige gekrönt, die mit ihrem Hofstaat neckische Streiche trieben. Selbst das Glücksspiel war heute in aller Öffentlichkeit erlaubt, und man mußte kein gefürchteter Schläger aus den Reihen von Milos Leibwächtern sein, um es sich leisten zu können, sich auf den Treppen eines Hauses beim Würfelspiel zu vergnügen.
Und die Frauen! Der Grieche seufzte. Wer an den *Saturnalien* keine Frau fand, die mit einem eine Nacht lang alles Vergnügen teilte, der war selbst schuld. Wehmütig dachte er an die Orgie im Hause Clodias. Ob die Patrizierin auf seinen Rat gehört hatte? Sie hatte ihn schließlich tatsächlich geweckt und gefragt, auf welche Art sie Caelius und seinen Freunden schaden konnte. Sie hatte sogar gewußt, bei wem der Ägypter Dion und die kümmerlichen Reste seiner Gesandtschaft untergekommen waren. Doch hatte sie das Wissen wirklich genutzt? Oder hatte sie allein versucht, ihn auszuhorchen, um dann alles ihrem Geliebten weiterzuerzählen? Den ganzen Tag schon gingen Philippos diese Fragen durch den Kopf. Für letzteres sprach, daß er seit der Rückkehr vom Fest bei Clodia nicht mehr aus Milos Haus herausgekommen war. Er wurde ständig beobachtet und überwacht, so als rechne man jederzeit mit seinem Fluchtversuch. Und heute, an einem Tag, an dem seine Wächter möglicherweise angetrunken waren, hatte man ihn kurzerhand eingesperrt!
Unruhig drehte der Grieche eine Runde durch das kleine Zimmer. Ein hartes Bett, ein Tisch, ein Schemel … das war alles, was sich in dem Raum befand.
Er mußte sich einen anderen Weg ausdenken, um Šamu vor dem Überfall auf Dion zu warnen. Drei Tage noch, und der Philosoph würde vor dem Senat sprechen.
Nicht einmal Geld besaß er, dachte Philippos verzweifelt. An

Bestechung war also nicht zu denken. Vielleicht sollte er seinen Weinkrug zerschlagen, eine kurze Nachricht in eine der Scherben ritzen und sie aus dem Fenster auf die Straße vor dem Haus werfen. Doch wer würde in den Tagen nach den *Saturnalien* auf die Scherben eines Weinkrugs achten? Und selbst wenn sie bemerkt wurden, waren nur die allerwenigsten in der Lage, sie zu lesen. Nein, so ging es nicht! Er mußte einen besseren Plan ausbrüten.
Ein Geräusch an der Tür ließ den Griechen mißtrauisch verharren. Jemand machte sich draußen am Riegel zu schaffen. Ob sie ihn jetzt holen kamen?
Philippos stellte sich breitbeinig vor den Schemel, bereit, jederzeit das Sitzmöbel zu packen und sich wenigstens zu wehren, wenn sie ihn wegschleppen wollten.
Die Tür schwang auf, und Caelius trat ein. Wie schon bei ihrem letzten Zusammentreffen, schien der Patrizier leicht angetrunken zu sein.
»Ich grüße dich, Schrecken der *Isis*!«
Philippos reckte den Hals und versuchte zu erkennen, ob er vielleicht entkommen könnte, wenn er Caelius einfach zur Seite stieß und auf den Gang hinauslief. Doch er konnte den Schatten von mindestens einem Wächter hinter der Tür erkennen. Solange er unbewaffnet war, brauchte er eine Flucht nicht ernsthaft in Erwägung ziehen, dachte der Arzt resignierend.
»Was bist du denn heute für ein Griesgram, Philippos? Fehlt es dir, jemanden mit dem Messer zu traktieren?« Caelius lachte gehässig. »Hab' noch ein bißchen Geduld! Du mußt nicht mehr lange warten.« Der junge Patrizier trug heute nur eine schlichte *tunica*, auf deren Brust bereits mehrere dunkle Weinflecken prangten. Ein wenig ungeschickt hielt er eine flache Ledertasche unter den Arm geklemmt.
»Es freut mich, dich so gut gelaunt zu sehen. Wenigstens genießt einer von uns beiden das Fest.«
»Aber, aber! Du mußt Milo verstehen. Er kennt dich nicht. Wenn du dich erst einmal bewährt hast, wird er dir schon

trauen. Und was das angeht, habe ich ein Geschenk für dich.« Caelius legte die Ledertasche auf den Tisch und begann, ungeschickt an den Verschlußriemen herumzufingern. »Weißt du«, lallte er, »wenn du dein Chirurgenbesteck immer liegenläßt, wird es langsam teuer. Paß also auf, daß du den Kram diesmal nicht wieder verlierst.«

Endlich gelang es dem jungen Römer, die Tasche zu öffnen. In kleinen Schlaufen war an der Innenseite des Deckels ein ganzes Sortiment blitzender Messer befestigt. Auch gab es Klemmen, Messingsonden, Spatel und Pinzetten. Sogar eine Zwinge, um den After eines Patienten für einen Einlauf zu weiten, war vorhanden. Wer auch immer das gekauft hatte, mußte dafür eine Menge Geld angelegt haben.

Staunend untersuchte Philippos die Schätze. In der Tasche selbst waren etliche Binden aus feinem Leinen verstaut. Auch gab es einige Tiegel mit Salben und getrockneten Kräutern.

»Du machst mich verlegen, Caelius. Ich weiß gar nicht, was ich dir schenken soll. Ich hatte leider keine Gelegenheit, auch dir ein Geschenk zu den *Saturnalien* zu besorgen.«

»Nun sei mal nicht so verbittert! Ein paar Tage noch, dann bist du frei. Außerdem hat Milo einen Freund, für den Geld keine Rolle spielt. Wegen eines Geschenks brauchst du dir also keine Gedanken zu machen. Du wirst es dir schon redlich verdienen. Unser Auftraggeber hat einen Sonderwunsch geäußert, und so wie es aussieht, wirst du in drei Tagen eine verdammt lange Nacht vor dir haben.«

»Was erwartet mich denn?«

»Nun, du sollst …« Caelius stockte. Dann grinste er breit und legte mit verschwörerischem Grinsen einen Finger auf seine Lippen. »Das werde ich dir nicht sagen. Mach dich nur darauf gefaßt, daß deine ganz speziellen Fähigkeiten gefragt sein werden.«

»Aber …«

Der junge Patrizier schüttelte den Kopf. »Kein Aber. Von mir

erfährst du nichts! Ich werde dich nun verlassen. Vergnüg' dich nur mit deinem Geschenk. Vielleicht magst du ja einiges an dir selbst ausprobieren.« Caelius lachte laut auf. »Ich für meinen Teil habe jedenfalls noch einen anstrengenden Tag vor mir. Was hältst du von meiner Verkleidung als armer, aber aufrechter Bürger?«
»Sehr überzeugend«, brummte Philippos verdrossen.
»Siehst du, das finde ich auch. Ich bin sicher, ich werde heute noch einige Damenbekanntschaften machen. Clodia ist ja ganz nett, aber auf Dauer wird es doch ein bißchen fade, es nur mit ihr zu treiben. Außerdem wäre es doch ungerecht, mich all den anderen Frauen vorzuenthalten.«
»Geh nur, die Götter könnten es dir übelnehmen, wenn du länger bleibst.« Der Grieche griff nach dem Weinkrug und goß sich einen Becher ein. Das war das einzige, was ihn heute über den Tag bringen würde.
In der Tür drehte sich Caelius noch einmal um, hob in pathetischer Geste die Arme und rief so laut, daß man es gewiß bis auf die Straße hören konnte: »Auf die Götter!«
Dann wurde die massive Tür hinter ihm verriegelt.

* * *

Am Tag nach den *Saturnalien* gab Pompeius ein großes Fest, mit dem er die Rückkehr der normalen Verhältnisse feierte. Etliche einflußreiche Bürger aus Rom waren dazu angereist, und es war offensichtlich, daß Pompeius und Ptolemaios diese Gelegenheit nutzen wollten, um noch einmal für die Sache des *Pharao* zu werben.
Šamu war froh, als das Essen endlich beendet war. Sie hatte ihre Liege mit einem dicken Senator geteilt, der ihr während des ganzen Essens wollüstig in den Nacken geatmet hatte und sich offenbar für einen unwiderstehlichen Liebhaber hielt.
Am liebsten hätte sie sich in ihr kleines Gemach zurückgezogen, doch sie hatte Angst vor dem Alleinsein. Jede Nacht rechnete sie damit, von den leisen Schritten eines Meuchlers

geweckt zu werden. Daß ausgerechnet Batis den Auftrag hatte, sie zu bewachen, ließ sie sich nicht gerade sicherer fühlen. Sie sah den Nubier jetzt mit anderen Augen. Selbst der *Pharao* war ihr unheimlich. Er mußte mehr wissen, als er ihr eingestand, und daß er ihr Batis als Wache überlassen hatte, war wohl kaum ein Zufall. Ihr Tod war gewollt! Es war nur noch eine Frage der Zeit, bis sie zu *Anubis* ging.
Šamu war zum Eingang des *triclinium* geschlendert und sah einigen Artisten zu, die ausgelassene Späße trieben. Nervös spielte die Priesterin mit ihrem schweren, goldenen Armreif. Ihr gegenüber stand Alexandros, einer der Leibdiener Potheinos'. Der Kerl schien sie zu beobachten. Ob er darauf wartete, daß sie das Gelage verließ, um ihr dann nachzuschleichen?
»Du bist doch die Isispriesterin?«
Erschrocken fuhr Šamu zusammen. Eine Frau war an ihre Seite getreten. Sie war ihr schon während des Gastmahls aufgefallen. Die Fremde war eine ausgesprochene Schönheit. Vielleicht in ihrem Auftreten ein wenig zu sehr darauf bedacht, Eindruck auf Männer zu machen, doch schön war sie, daran konnte es keinen Zweifel geben. Vor allem ihre großen, dunklen Augen waren faszinierend.
»Wer fragt das?« entgegnete die Priesterin mißtrauisch.
Die Fremde lächelte. »Ein Händler aus Pompeji, der dir, wie vereinbart, das Rosenöl bringen möchte.«
»Was …« Šamu musterte die Fremde noch einmal. Das konnte doch nicht sein! Woher sollte Philippos eine solche Frau kennen? Flüchtig blickte sie zur gegenüberliegenden Wand, wo eben noch Alexandros gestanden hatte, doch der Mann war verschwunden.
»Du kennst Philippos?« fragte Šamu verunsichert.
Die Fremde lächelte noch immer. »Man könnte sagen, wir haben eine Nacht miteinander verbracht. Ich soll dir von dem Griechen ausrichten, daß Dion morgen zur Nacht ermordet werden soll und daß ein Ägypter in die Sache ver-

wickelt ist. Ich konnte sogar herausfinden, wo sich dieser Dion befindet. Er ist im Haus des Lucius Lucceius untergekommen, eines Patriziers, der sich leidenschaftlich für Philosophie interessiert.«
»Und wie geht es Philippos? Warum kommt er nicht selbst?«
Šamu war immer noch nicht sicher, ob sie der Frau trauen konnte. »Wer bist du überhaupt?«
Die Fremde schüttelte den Kopf. »Das tut nichts zur Sache. Ich bin sicher, daß jeder der anwesenden Senatoren dir meinen Namen nennen kann und dir etliche erfundene und vielleicht sogar ein paar wahre Geschichten über mein ›lasterhaftes‹ Leben erzählen könnte. Dein Spitzel Philippos ist bislang noch wohlauf. Er ist Gast im Haus des Milo. Doch er fürchtet, daß man ihn in den Mord an Dion hineinziehen will. Das ist alles, was ich dir zu sagen habe. Nun sieh zu, wie du allein zurechtkommst ... Und folge mir nicht. Ich denke, es ist für uns beide nicht gut, wenn man uns zu lange beisammenstehen sieht.«
»Aber ...«
Ohne sich weiter um sie zu kümmern, wandte sich die Fremde ab und ging auf eine Gruppe von Senatoren zu, die sich um Pompeius geschart hatte. Dort wurde sie mit Begeisterung aufgenommen.
»Willst du dich nicht lieber zur Ruhe begeben, Priesterin, statt deinen guten Ruf zu gefährden und mit der bekanntesten Hure Roms zu plaudern?« Wie aus dem Nichts war Potheinos aufgetaucht. »Soll ich vielleicht einen meiner Diener beauftragen, dir dein Gemach zu bereiten? Er könnte dir ein paar warme Steine ins Bett legen und auch auf andere Weise für Annehmlichkeiten sorgen.«
Šamu schluckte. »Danke! Ich bin noch nicht müde.«
»Dabei erscheinst du mir so blaß ...«
»Vielleicht bin ich schon zu alt, um noch zu erröten, wenn mir ein Eunuch vorschlägt, mir seinen Diener auszuleihen, damit er mir Annehmlichkeiten bereitet.«

Einen Atemzug lang zeigte sich eine steile Zornesfalte zwischen den Augenbrauen des Verschnittenen. Dann hatte Potheinos sich wieder in der Gewalt. »Wie du meinst. Wenn du mein freundliches Angebot zurückweist, bleibt mir wohl nichts, als dir noch eine angenehme Nacht zu wünschen.«
Heuchlerischer Verräter, dachte Šamu bei sich und verbeugte sich vor dem Berater des *Pharao*, so wie es das Hofzeremoniell verlangte.

* * *

Nach dem Gespräch mit Potheinos war Šamu sicher, daß sie diese Nacht nicht überleben würde, wenn es ihr nicht gelang, aus der Villa zu fliehen.
»Titus und Gaius Coponius.« Wie eine magische Formel murmelte sie immer wieder die Namen der Römer. Sie mußte deren Haus finden und Dion warnen, sonst hatten all ihre Bemühungen der letzten Wochen keinen Sinn gehabt. Wenn es ihr aber glückte, den Mord zu verhindern und Dion auf ihre Seite zu ziehen, dann vermochte sie den *Pharao* vielleicht davon zu überzeugen, wie gefährlich Potheinos war.
Hastig kramte sie in ihrem Zimmer das Notwendigste für ihre Flucht zusammen und tauschte ihr Festgewand gegen ein wärmeres Leinenkleid und einen schweren, wollenen Umhang. Außerdem nahm sie ihr Messer, einen Geldbeutel und die Puppe mit den Briefen an sich. Würde sie die Briefe zurücklassen, hatte es der Eunuch zu leicht, sie als Verschwörerin auszugeben. Wenn sie hingegen einfach verschwand, würde man ihn vielleicht sogar verdächtigen, ihr ein Leid angetan zu haben.
Jetzt, wo das Haus voller Gäste war und ein ständiges Kommen und Gehen herrschte, wäre es leicht, sich davonzuschleichen. Die Wachen des Pompeius kannten sie und würden sie sicher passieren lassen.
Noch einmal blickte sich die Priesterin in ihrer kleinen

Kammer um. Ob sie jemals zurückkehren würde? Sie verließ das Haus ohne die Zustimmung des göttlichen *Pharao*. Ob Ptolemaios ihr zürnen würde?
Unten im *triclinium* ertönte ausgelassenes Lärmen. Die Gäste feierten wohl irgendeinen Künstler oder ein Ringerpaar. Einen Augenblick lang zögerte Šamu.
Doch zu bleiben, hieße sterben! So leicht würde sie es Potheinos nicht machen!

***

Seit Sonnenaufgang hatte Šamu das Gefühl, verfolgt zu werden. Zum wiederholten Male blickte sie über die Schulter, musterte die Straße und die flachen Ausläufer der Hügel, doch es war nichts Verdächtiges zu sehen. Gewiß bildete sie sich ihren Verfolger nur ein!
Mit langen Schritten eilte sie weiter die Straße hinauf. Eine halbe Stunde war es wohl her, seit sie die gepflasterte *via appia* erreicht und die schlammigen Wege, die aus den Bergen hinabführten, hinter sich gelassen hatte.
Immer wieder hatte es in der Nacht geregnet, und manchmal war sie auf den unsicheren Wegen ausgerutscht und gestürzt. Ihr prächtiger Umhang war inzwischen mit Schlamm besudelt und so durchnäßt, daß er nicht mehr wärmte. Die Haare hingen ihr in nassen Strähnen ins Gesicht. Sie mußte zum Fürchten aussehen, dachte Šamu.
Der eisige Nordwind zerrte an ihren Kleidern. Sehnsüchtig blickte die Priesterin zu dem großen Rasthaus, das höchstens eine Viertelmeile entfernt lag. Es war ein langgestrecktes Gebäude mit Pferdeställen. Etliche große Karren standen dort dicht neben der Straße. Offensichtlich war das Rasthaus gut besucht.
Mit klammen Fingern zog die Priesterin ihren Umhang enger um die Schultern. Ein Feuer, an dem sie ihre Kleider trocknen könnte, und eine Schüssel mit warmer Suppe! Was würde sie dafür geben!

Wieder blickte sie über die Schulter. Abgesehen von einem Wagen, der hoch mit Reisig und Brennholz beladen war, war die Straße hinter ihr leer.
Sollte sie sich die Rast gönnen? Sie mußte Rom unbedingt vor Einbruch der Dunkelheit erreichen, sonst würden die Stadttore geschlossen sein. Wenn sie ihre Kräfte nicht vernünftig einteilte, würde sie jedoch die Stadt erst gar nicht erreichen.
Nur eine Stunde Rast! Das müßte genügen, um ihren Umhang wenigstens halbwegs zu trocknen und sich aufzuwärmen. Außerdem hatte sie so Gelegenheit, ihrem Verfolger eine Falle zu stellen. Sie war sich sicher, ihn zu erkennen, sobald er das Rasthaus betrat, gleichgültig, wer er auch sein mochte oder wie gut er sich verkleidet hatte.

* * *

Philippos war überrascht, mit welcher Präzision Milos Männer ihr tödliches Geschäft betrieben. Diesmal war es anders als am Strand von Puteoli. Nichts wurde dem Zufall überlassen, und das Unternehmen schien genauso gut geplant wie der Angriff einer ganzen Legion.
Publius Asicius hieß der junge Mann, der in dieser Nacht das Kommando führte. Er behauptete von sich, noch bis vor drei Monaten mit Caesar in Gallien gekämpft zu haben und gab sich militärisch zackig. Doch um seinen schmalen Lippen lag ein grausamer Zug. Von ihm war nichts Gutes zu erwarten!
Schon am Nachmittag hatte er einen Trupp von sechs Mann losgeschickt, die das Haus beobachten sollten. Am frühen Abend brachten diese Spitzel die Nachricht, daß Lucius Lucceius die Nacht über nicht im Haus sein würde. Er wollte bei einem Festessen, das Publius Sestius gab, als Gast weilen. Auch die Sklaven seines Hauses waren bestochen. Caelius hatte ihnen reichlich Gold gegeben und dafür gesorgt, daß sie nach Einbruch der Dunkelheit heimlich das Haus verlas-

sen würden, so daß Dion und seine drei ägyptischen Gefährten allein zurückblieben.
Kurz bevor die Meuchler aufbrachen, wurden zwei Männer losgeschickt, die die weitere Umgebung des Hauses beobachten sollten. Asicius schien aus dem Dilemma von Puteoli gelernt zu haben! Jedenfalls schloß er jegliches Risiko aus, bei dem Überfall überrascht zu werden.
Philippos fand diese Vorsicht vollkommen unbegreiflich. Um ihr blutiges Geschäft zu erledigen, würden sie höchstens eine Viertelstunde brauchen. Wer sollte sie da schon überraschen?
Für die Morde waren sieben Männer abgestellt. Um weniger Aufsehen zu erregen, teilte Asicius den Trupp in zwei kleine Gruppen. Er selbst ging gemeinsam mit Philippos und einem Ägypter, der erst am Abend zu ihnen gestoßen war. Ein hübscher, aber schweigsamer Jüngling. Die zweite Gruppe bestand aus vier ehemaligen Gladiatoren, unter ihnen Cornelius, der Philippos noch ein Leben schuldig war.
Es war gerade erst dunkel geworden, als sie das Haus verließen. Wolken waren vor den Mond gezogen, und es war so finster, daß Asicius eine Fackel tragen mußte, damit sie sich auf ihrem Weg ins Innere der Stadt nicht verirrten.
Nur selten trafen sie auf Passanten. Ansonsten waren die Straßen wie ausgestorben. Die Fenster der Häuser waren mit schweren Läden verschlossen, durch die hier und dort das warme Licht von Öllämpchen hindurchschimmerte. Eisige Böen fegten um die Häuserecken, und Philippos war sicher, daß es bald anfangen würde zu regnen.
Ohne ein Wort miteinander zu sprechen, schlichen die drei durch die Nacht ihrem Ziel entgegen. Der Grieche betete stumm. In der Legion hatte er sich nie Gedanken gemacht, wenn sie gegen einen Feind zogen. Es war irgendwie etwas anderes, wenn man gegen Barbaren ins Feld zog, die den Zorn Roms herausgefordert hatten. Diese Kriege waren stets gerecht gewesen! Aber das hier …
Philippos hoffte, daß er irgendwie davonkommen würde und

daß diese Nacht ihn nicht zum Mörder werden ließ. Ob Clodia wohl seine Nachricht an Šamu weitergegeben hatte? Und was würde die Priesterin unternehmen, um Dion zu retten? Vielleicht war der Philosoph ja schon gar nicht mehr im Haus?

Der Arzt fragte sich auch, welche Rolle der Ägypter spielte, der sie begleitete. Sicher stammte er aus dem Gefolge des Ptolemaios. War *er* der Verräter am Hofe des Königs?

Rechts von ihnen löste sich plötzlich eine massige Gestalt aus dem Schatten eines Türbogens.

»Dort drüben ist es.« Der Fremde wies mit ausgestrecktem Arm auf einen schmalen Eingang, der ganz am Ende der *insula* zu ihrer Linken lag. »Sie sind noch immer allein. Niemand Verdächtiges hat sich in der Nähe des Hauses gezeigt.«

Asicius nickte kurz. »Gut. Bleib' du hier auf deinem Posten. Du weißt, wir werden ein bißchen Zeit brauchen.«

Stumm zog sich der Mann unter den Türbogen zurück und verschmolz erneut mit den Schatten.

Wofür zum Henker sollten sie nur so lange brauchen? Nervös fingerte Philippos an der flachen Ledertasche herum, die er unter den Arm geklemmt trug. Was hatte Asicius vor?

18. KAPITEL

Es war niemand ins Rasthaus gekommen. Über eine Stunde hatte Šamu in der stickigen Schankstube gestanden und die Tür beobachtet, doch niemand, den sie aus dem Gefolge des *Pharao* kannte, war eingetreten. Schließlich war sie zu der Überzeugung gekommen, daß sie sich ihren Verfolger nur einbildete.

Halbwegs aufgewärmt, war ihr das Glück wieder hold. Sie fand einen Ochsenkarren, auf dem sie ein paar Meilen mitfahren konnte, bevor das Fuhrwerk von der *via appia* abbog. So erreichte sie die Stadt fast eine Stunde vor Einbruch der Dämmerung. Ohne angehalten zu werden, passierte sie die Tore und fragte in der ersten *taberna* am Straßenrand nach dem Haus des Lucius Lucceius. Alles, was sie wußte, war, daß das Haus des Patriziers irgendwo in der Nähe des *Palatin* liegen sollte.

Doch in der kleinen, verräucherten Schenke konnte ihr niemand weiterhelfen. Nach dem fünften Versuch, eine Auskunft über das Haus des Lucceius zu bekommen, gab sie auf. Immerhin hatte sie eine Beschreibung, wie sie zum *Palatin* kam. Dort konnte es eigentlich nur besser werden! Einen reichen Mann aus guter Familie würde man dort schon kennen.

Entschlossen, sich nicht entmutigen zu lassen, wandte sie sich nach Westen und betrat das Labyrinth aus verwinkelten, engen Gassen, das Rom so sehr von Alexandria unterschied. Alle Welt bewunderte das planvolle Vorgehen der Römer. Ihre schnurgeraden Heerstraßen, die bis in die entferntesten Provinzen führten, die Stadtneugründungen, die auf dem Zeichenbrett entworfen wurden, ihre gewaltigen Aquädukte ... doch das Herz dieses Imperiums war nichts als ein Durcheinander, das dem Fremden ebenso verschlungen und undurchsichtig erschien wie Alexander einst der Knoten von Gordon.

Es dauerte nicht lange, und Šamu hatte sich in dem Gewirr aus Gäßchen hoffnungslos verlaufen. Als es dunkel wurde, hätte sie nicht einmal mehr sagen können, ob sie sich gerade nach Osten oder nach Westen bewegte. Unter all den Männern und Frauen, die sie auf ihrem Weg nach dem Haus des Lucceius gefragt hatte, konnte ihr niemand weiterhelfen, ja sie erhielt nicht einmal zwei gleichlautende Beschreibungen, wie sie am besten zum *Palatin* gelangen konnte.

Sobald es finster war, wurden die Straßen fast schlagartig leer. Die wenigen, die noch unterwegs waren, hielten nicht an, wenn sie versuchte, sie nach dem Weg zu fragen. Hastig und ohne ein Wort eilten sie dahin, offenbar aus Angst, in einen Hinterhalt zu geraten.

Tastend suchte Šamu unter ihrem Umhang nach ihrem Messer. Erst als ihre Finger den kühlen, glattpolierten Elfenbeingriff umschlossen, fühlte sie sich besser. Einen Moment lang hatte sie dafür innegehalten und wollte gerade weitergehen,

als sie hinter sich Schritte hörte. Ängstlich blickte sie sich um, doch die dunkle Straße war leer.
Ob ihr Diebe folgten? Jetzt war alles ruhig. Wenn es einen Verfolger gab, so hatte auch er angehalten und sich irgendwo im Schatten verborgen.
Šamu begann zu laufen. Sie mußte weg von hier. Die Schritte folgten ihr. Die schlammige Straße dämpfte das Geräusch zwar zu einem leisen Schmatzen, doch Šamu erschien es so laut und eindringlich, als sei ihr der Verfolger schon so nah wie ihr eigener Schatten.
Ein Stück die Straße hinauf leuchtete die blasse Laterne einer Weinschenke. Der Weg war ein wenig abschüssig, und man mußte achtgeben, um beim Laufen nicht auszugleiten. Einen Moment lang überlegte die Priesterin, ob sie nicht in die Schenke fliehen sollte. Doch sich dort zu verstecken, hieße, Dion preiszugeben. Ihr blieb nicht mehr viel Zeit, den Philosophen zu finden. Wahrscheinlich waren seine Mörder bereits auf dem Weg zu ihm.
Entschlossen rannte Šamu weiter. Als sie die Laterne ein paar Schritt hinter sich gelassen hatte, warf sie einen Blick zurück. Einen Atemzug lang sah sie den Schatten eines riesigen Mannes in einem Kapuzenmantel, der augenblicklich in einem finsteren Hauseingang Deckung suchte.
Šamu keuchte. Dieser Koloß würde sie mit bloßen Händen erwürgen können. Ihre einzige Hoffnung war, ihm vielleicht im Labyrinth der Gassen zu entfliehen. Halb rutschend lief sie in eine Seitengasse, aus der das Blöken von Schafen erklang.
Ob Potheinos ihr den Riesen nachgeschickt hatte? Doch wie war es dem Kerl möglich gewesen, sie hier in Rom zu finden? Oder war er ihr schon den ganzen Weg über gefolgt? Wie hatte sie ihn auf der *via appia* übersehen können?
Unmittelbar vor ihr öffnete sich eine schmale Tür, und jemand leerte mit Schwung einen Holzeimer auf die Straße, so daß ihr ein Teil des Inhalts auf die Füße spritzte. Ein gedrun-

gener Mann mit blutverschmierter Lederschürze stand auf der Schwelle und wischte sich mit dem Arm über die Stirn. Hinter ihm erklang das jämmerliche Blöken eines Schafes. Der Mann bedachte Šamu mit einem flüchtigen Blick und murmelte halblaut: »'tschuldigung.«

Jetzt erst erkannte die Priesterin, was er ihr vor die Füße geschüttet hatte. Im Lichtschein, der durch die Tür fiel, sah sie, wie sich der bräunliche Schlamm mit einer zähen, roten Flüssigkeit vermengte. Halbgeronnenes Blut!

Erschrocken wich die Priesterin einen Schritt zurück und blickte die Gasse hinauf. Ihr Verfolger war nicht zu sehen.

»Nu' stell' dich mal nich' so an, Kleine. Von so 'nem bißchen Blut is' noch keiner gestorben.«

Šamu wollte etwas sagen, doch die Worte blieben ihr im Halse stecken.

»Na komm mal rein. Kriegst 'n Stück Wurst. Soll mir keiner sagen, Marcus hätt' kein Benimm.«

Bei dem Gedanken an Wurst wurde der Priesterin speiübel. Der Metzger war wieder hineingegangen, und Šamu konnte in seinen Laden sehen. Auf dem Boden lagen blutige Lammviertel. An der Rückwand der Kammer war an einem Eisenring ein Schaf angebunden, das blökend versuchte, sich loszureißen.

»Kommste, Kleine?« Der Fleischhauer blickte abermals aus der Tür.

»Ich …« Am liebsten wäre Šamu weggelaufen, doch allein die Götter mochten wissen, wann sie wieder jemanden fand, den sie nach dem Weg fragen konnte. »Kennst du das Haus des Patriziers Lucceius?«

Der Mann blickte sie einen Augenblick lang verwundert an. In der Rechten hielt er eine riesige Wurst, mit deren Ende er sich nachdenklich über das Kinn fuhr. »Lucceius? Lucius Lucceius?«

»Ja, genau der. Er soll am *Palatin* wohnen. Wie finde ich dorthin?«

Der Metzger lachte breit. »Bis' wohl nich' von hier. Den *Palatin* haste schon längst jefunden, oder was meinste, wo de hier bis'? Die Sklaven von dem Kerl kaufen bei mir ihr Fleisch. Manchmal bring ich's auch vorbei. Das Haus is' ganz einfach zu find'n. Du gehst die Gasse runter bis zur übernächsten Kreuzung, hältst dich da nach rechts und gehst dann noch hundert Schritt. Das Eckhaus auf der linken Seite, das 'hört dem Lucceius. Aber was is denn nu' mit der Wurst?«
»Später, mein Freund. Später.« Šamu blickte noch einmal die Gasse hinauf, doch nirgends rührte sich etwas. Wenn sie liefe, mochte sie das Haus vielleicht vor ihm erreichen. Dort, unter den Sklaven und den Gesandten, wäre sie vorerst sicher. Ein einzelner Meuchler würde es sicher nicht wagen, einzudringen oder sie zu überfallen, wenn sie alle gemeinsam das Haus verließen.

* * *

»Los, sieh zu, daß du die Blutung zum Stillstand bringst! Wir sind noch lange nicht fertig mit ihm«, kommandierte Asicius barsch.
Phillipos preßte die Lippen zusammen und trat neben Dion. Die Meuchler hatten den Philosophen auf einen Stuhl gefesselt und ihm einen Knebel in den Mund geschoben.
Nachdenklich musterte der Arzt Dions rechte Hand. Der Ägypter, den die anderen Meuchler mit Narkissos ansprachen, hatte Dion, nachdem er ihm bereits einen Fuß verstümmelt hatte, jetzt den Daumen und den Zeigefinger abgeschnitten. Dabei mußte er eines der größeren Blutgefäße durchtrennt haben. Am besten wäre es, die Blutung durch Ausbrennen der Wunde zu stoppen, doch Philippos wollte den Philosophen nicht auch noch quälen. Er würde ohnehin die Nacht nicht überleben.
Also nahm der Arzt einen Streifen festen Leinens und ein kleines Holzstäbchen und legte Dion eine Aderpresse dicht

über dem Handgelenk an. Philippos zog den Holzstab durch eine Tuchlasche und drehte ihn so lange, bis der Verband tief ins Fleisch einschnitt und die Wunde aufhörte zu bluten. Wenn er nur ein bißchen mutiger wäre! Der Grieche warf den Männern hinter ihm einen verstohlenen Blick zu. Die Folterung des Philosophen schien ihnen nicht das mindeste auszumachen. Die Art, wie sie das Haus gestürmt hatten, zeigte, daß sie in solchen Verbrechen bewandert waren. Einer von ihnen war irgendwo an der Fassade hinaufgeklettert und hatte von innen das Tor geöffnet. Binnen weniger Augenblicke hatten sie die Gesandten aufgespürt, geknebelt und in einem Zimmer, das weit von der Straße entfernt lag, zusammengetrieben.
Dort warteten sie darauf, daß der Ägypter Dion unter den Gefangenen heraussuchte. Als das geschehen war, schnitten die Gladiatoren den anderen die Kehlen durch. Philippos hatte immer noch nicht begriffen, warum sie den Philosophen hingegen langsam zu Tode quälten, und er würde gewiß auch nicht fragen. Wenn sie glaubten, er habe Mitleid, würden sie vielleicht auch ihn … Er mochte den Gedanken gar nicht zu Ende bringen. Nein, er würde seine Aufgabe hier erfüllen. Er hatte alles getan, was in seiner Macht stand, um Šamu zu benachrichtigen, damit sie den Mord verhinderte. Ihn traf keine Schuld an dem, was geschah. Wer hatte schon wissen können, daß man ihn im Haus von Milo gefangensetzte und es keine Gelegenheit gab, Šamu eine Nachricht zukommen zu lassen! Vielleicht war er sogar durch Clodia verraten worden? Dann würden sie ihn vielleicht auch …
»Bist du endlich fertig, Grieche? Du sollst ihn nicht wieder zusammenflicken. Deine Aufgabe ist allein, dafür zu sorgen, daß er mir nicht verreckt, bist du den letzten Streich führst.«
»Ich – den letzten Streich?« Philippos war aufgestanden und hatte dem Ägypter Platz gemacht.
»Hat dir denn Caelius nicht erzählt, was dich hier erwartet?«

Narkissos lächelte zynisch. »Milo traut dir nicht. Um von ihm akzeptiert zu werden, mußt du unter Beweis stellen, daß du wirklich auf seiner Seite stehst. Deshalb wirst du den Philosophen töten. Wenn ich mit ihm fertig bin, wirst du ihm das Herz herausschneiden. So tötest du ihn sogar gleich zweimal. Als Arzt wirst du ja wohl wissen, wie du einem Menschen die Brust aufbrichst, oder?«

Der Grieche nickte stumm. Wütend hatte er die Hände zu Fäusten geballt. Am liebsten würde er den Ägypter … Er mußte sich beherrschen! Die anderen durften nicht merken, wie er fühlte. Schließlich ging es hier auch um sein Leben. Er war ein Feigling! Aber lieber war er ein lebender Feigling als ein toter Held.

Narkissos war neben Dion in die Hocke gegangen. Er schob dem Philosophen die Faust unters Kinn und hob dessen Kopf an. »Ich bin wieder zurück, Alter. Freust du dich?« Er hob sein Messer und führte es dicht an Dions Augen vorbei.

»Ein Schnitt und es wäre mit dir vorbei, doch wir werden erst noch eine Menge Spaß miteinander haben. Die Nacht ist jung. Was glaubst du, wie lange du noch leben wirst? Eine Stunde? Zwei? Wenn ich mit dir fertig bin, wird man dich kaum mehr als menschliches Wesen erkennen. Einen blutigen Fleischklumpen wird dein Freund Lucius Lucceius hier finden, wenn er von seinem Festgelage zurückkehrt. Ich hoffe, dem Armen wird nicht übel, wenn er Blut sieht. Du hast dir die falschen Freunde ausgesucht! Zum Beispiel Titus und Gaius Coponius. Ich habe gehört, sie waren bei dir in Alexandria, um Philosophie zu studieren. Zu dumm, daß sie über deine Anwesenheit in Rom so erfreut waren, daß sie meinem Freund Caelius gegenüber erwähnten, wo du Unterschlupf gefunden hast. Ohne ihre Hilfe hätten wir dich wohl nicht rechtzeitig gefunden, um deine Rede im Senat zu verhindern. Was meinst du, was die beiden sagen würden, wenn sie es wüßten? Sind sie sehr sensibel? Würde es ihnen gar das Herz brechen und sie …«

»Hör auf zu quatschen, Narkissos. So viel Zeit bleibt uns auch wieder nicht. Sieh zu, daß du mit ihm fertig wirst!«
Der Ägypter warf Asicius einen bösen Blick zu. Dann widmete er sich wieder Dion. »Zwei Zehen und zwei Finger fehlen dir schon. Was meinst du, was soll ich dir als nächstes abschneiden?«
Der Philosoph stöhnte leise. Er hatte nicht mehr die Kraft, sich in seinen Fesseln aufzubäumen. Narkissos hatte ihm, bevor er mit der Folter anfing, einen schwärzlichen Kräutersud eingeflößt und behauptet, das Zaubermittel würde verhindern, daß Dion während der Folter ohnmächtig würde. Bislang hatte er damit recht behalten.
»Du sprichst nicht mit mir, Dion?« Narkissos lachte leise. »Nun gut, dann muß ich wohl selbst entscheiden. Übrigens, was dein Herz angeht und all die anderen Fleischstückchen, die wir von dir mitnehmen, gibst du dich besser nicht der Hoffnung hin, daß ich den Fehler, der mir bei Rechmire unterlaufen ist, noch einmal wiederholen werde. Wir werden die Reste deines Kadavers an irgendwelche Straßenköter verfüttern. Wie gefällt dir die Vorstellung?«
»Mach' endlich! Ich will hier wieder raus«, knurrte Asicius ungeduldig.
»Du weißt, daß sie sich ausdrücklich gewünscht hat, daß er leidet. Außerdem hat sie Nikomedes befohlen, dafür zu sorgen, daß Dion den zweifachen Tod stirbt. Ich werde meinen Auftrag hier zu Ende bringen, auch wenn du Hasenherz inzwischen das Weite suchen solltest.«
Unten im Haus ertönte Lärm. Narkissos und Asicius tauschten einen kurzen Blick, dann zog der Römer sein Kurzschwert und verließ den Raum.
Der Ägypter setzte Dion drohend die Klinge an den Hals. »Glaube nicht, du würdest vielleicht doch noch mit dem Leben davonkommen.«
Philippos musterte die beiden Gladiatoren, die zurückgeblieben waren und rechts und links von der Tür Wache standen.

Wenn sie Asicius gefolgt wären, hätte er versucht, Dion zu befreien. Aber so bestand nicht die geringste Aussicht auf Erfolg. Unten im Haus waren eine Frauenstimme und rauhes Lachen zu hören. Dann folgten laute Schritte auf der hölzernen Treppe, die ins erste Geschoß führte.
Einer der beiden Gladiatoren spielte unruhig mit seiner eisenbeschlagenen Keule. Alle starrten in gespannter Erwartung auf die Tür. Die Schritte kamen näher …
Philippos glaubte, das Herz müßte ihm im Leib stillstehen. Šamu wurde durch die Tür gestoßen. Man hatte ihr die Hände auf den Rücken gebunden. Sie blickte zu Boden.
Der Grieche schluckte. Sie hatte ihr Leben offensichtlich verspielt, und ein einziges falsches Wort von ihr würde auch seinen Tod bedeuten.
»Sieh mal an, wen wir da erwischt haben.« Asicius war hinter der Priesterin durch die Tür getreten. »Die Wachen auf der Straße haben sie aufgegriffen, als sie um das Haus herumschlich. Kennst du sie, Narkissos? Sie sieht aus wie eine Ägypterin!«
Der Meuchler preßte seine Lippen zu einem schmalen Lächeln zusammen, verneigte sich kurz und zeigte dann mit dem Messer auf die Gefangene. »Darf ich vorstellen! Šamu, ihres Zeichens Priesterin der *Isis* und Heilerin am Hof des Ptolemaios. Manche sagen ihr nach, daß sie eine kalte Frau sei. Andere nennen sie gar herzlos. Vielleicht sollten wir das überprüfen, bevor wir gehen.«
»Du willst sie umbringen?« Asicius hatte sein Schwert gehoben. »Dann lass' es uns gleich tun. Mir reichen deine Spielereien.«
Philippos fingerte nervös an seiner Ledertasche. Ein Griff und er hätte ein Messer in der Hand. Er konnte doch nicht einfach zusehen, wie der Römer Šamu ermordete!
»Laß sie in Ruhe!« zischte Narkissos und machte einen Schritt auf Asicius zu. »Sie gehört mir. Wir werden sie mitnehmen. Potheinos wird uns ihr Herz in Gold aufwiegen!«

»So, wird er das?« Der Römer grinste böse. »Dann solltest du großzügig schneiden, und ...«
Asicius hielt mitten im Satz inne. Unten im Haus war ein lautes Klopfsignal zu hören gewesen. Drei kurz aufeinanderfolgende Schläge, dann drei mit größeren Abständen. Der Lärm kam vom Haustor.
Asicius und der Ägypter tauschten einen eigenartigen Blick. Dann zuckte der Römer mit den Schultern. Kannte er das Signal? Vorsichtig schob sich Philippos ein Stück näher an Šamu heran. Er sollte die Verwirrung ausnutzen!
Die beiden Gladiatoren, die immer noch rechts und links von der Tür postiert waren, spielten unruhig mit ihren schweren Knüppeln. Es war totenstill im Raum.
Ein zweites Mal ertönte das Klopfsignal am Tor. Dann konnte man das leise Scharren des hölzernen Torbalkens hören. Quietschend wurde die Tür geöffnet. Ein paar Wortfetzen, die wie ein Gruß klangen, waren zu hören. Dann wurde es wieder still.
Selbst draußen auf den Straßen ertönte kein Laut. Philippos spürte, wie sich die feinen Härchen auf seinen Handrücken aufrichteten. Der Arzt griff in die Ledertasche und tastete darin herum, bis sich seine Finger um den Elfenbeingriff eines der Messer schlossen.
Im Erdgeschoß waren jetzt schwere Schritte zu hören.

* * *

»Wer da?« rief der Römer, der offensichtlich das Kommando führte, die Treppe hinunter. Deutlich konnte Šamu die Angst in seiner Stimme hören. Dabei klangen seine Worte nicht unsicher oder gar schrill. Eher im Gegenteil. Seine Stimme war so fest, als wolle er sich selbst Mut machen.
Aus den Augenwinkeln sah die Priesterin, daß Philippos in seine Ledertasche griff. Der Verräter Narkissos war hinter den Stuhl getreten, auf dem Dion gefesselt saß. Dem Philosophen war der Kopf auf die Brust gesunken. Er schien nicht

mehr viel von dem zu bemerken, was um ihn herum geschah. Mit einem Fuß scharrte er unruhig über den blutbesudelten Boden unter dem Stuhl.

Die Schritte hatten nun die Treppe erreicht. Die hölzernen Dielen knarrten, als sich der Fremde langsam die Stufen hinaufbewegte. Seine Schrittgeräusche klangen unnatürlich laut. So als ob er ganz bewußt fest auftrat, daß man ihn auch deutlich hören konnte.

»Wer dort?« Jetzt schwang ein schriller Unterton in der Stimme des Römers mit. Das blanke Schwert in der Hand stand er mitten im Raum und blickte zur Tür.

Langsam kamen die Schritte den Gang hinauf. Die beiden Männer rechts und links der Tür hatten ihre schweren Knüppel halb erhoben, bereit, jeden Augenblick zuzuschlagen.

Ein mächtiger Schatten malte sich unter der Tür ab. Ein Mann in einem dunkelgrauen Umhang, der bis fast auf den Boden reichte. Es war dieselbe Gestalt, die Šamu in der Gasse nahe dem Metzgerladen gesehen hatte. Der Priesterin stockte der Atem, als sie erkannte, wer ihr gefolgt war.

»Nicht zuschlagen! Halt!« schrie Narkissos, als der Fremde über die Schwelle treten wollte. Dann fragte er etwas ruhiger: »Was machst du hier, Batis?« Der Ägypter sprach jetzt griechisch, damit der Nubier ihn verstehen konnte.

»Ich bin der Priesterin gefolgt.« Batis bedachte Šamu mit einem kurzen Blick. Wie ein dunkler Fels sah er in seinem weiten Umhang aus, unter dem seine Arme verborgen blieben. Er stand völlig reglos da. Nur seine Augen huschten flink hin und her, und Šamu war sicher, daß dem Nubier nicht die kleinste Bewegung im Raum entging.

»Wer ist der Kerl?« Der Anführer der Römer hatte sein Schwert zwar sinken lassen, doch machte er keinerlei Anstalten, es in die Scheide zurückzustoßen.

»Du kannst ihm trauen, Asicius. Er gehört zu uns. Er hat sogar schon im Namen meines Herren getötet. Batis war es, der den lästigen Palastschreiber aus dem Weg geräumt hat.«

Šamu hatte das Gefühl, als ramme man ihr eine Faust in den Leib. Batis war der Mörder, und sie hatte mit ihm … Ihr wurde schlecht. Der Verdacht des Griechen hatte sich also bestätigt! Es war, als würde man ihr den Boden unter den Füßen hinwegziehen. Sie starrte den Nubier ungläubig an. *Er* war …

Batis blickte sie an, und Šamu hatte das Gefühl, er wolle sich stumm bei ihr entschuldigen, sie um Vergebung bitten, aber …

Auch der Römer starrte Batis an. Noch immer hielt er sein Schwert in den Händen, und mißtrauisch wanderte sein Blick am Leib des Nubiers hinab, bis sich plötzlich sein Mund in jähem Entsetzen öffnete.

Šamu folgte seinem Blick, und dann sah auch sie, was den Römer erschreckt hatte. Unter dem Umhang des Nubiers tropfte Blut auf den Boden.

»Macht ihn …«

Noch bevor der Römer seinen Befehl beenden konnte, warf Batis mit einem Schwung den weiten Umhang zurück. In der gleichen Bewegung schlug er mit seiner blutbesudelten Axt nach dem Wächter auf der rechten Türseite, während er dem zweiten Krieger seinen linken Ellbogen in den Magen rammte.

Šamu stand wie unter einem Bann. Unfähig, sich zu bewegen oder auch nur abzuwenden, wurde sie Zeugin, wie gut der Nubier sein blutiges Handwerk beherrschte. Die Axt hatte den Mann an der Tür in die Brust getroffen, und mit einem gurgelnden Schrei taumelte er unter der Wucht des Treffers gegen die Wand. Mit einem Ruck löste der Nubier seine Waffe aus der schrecklichen Wunde.

Der zweite Wächter hatte sich sofort vom Schlag in den Magen erholt und versuchte, noch zusammengekrümmt, Batis mit einem Keulenschlag die Kniescheibe zu zertrümmern. Doch der Nubier war schneller. Er versetzte dem Mann einen Tritt, und wieder senkte sich die tödliche Axt.

Der Römer hatte inzwischen sein Schwert fallen lassen und versuchte in Panik, sich durch ein enges Fenster zu zwängen. In der Ecke bei Dion waren Philippos und Narkissos in ein Handgemenge verstrickt. Es schien, als würde der Ägypter triumphieren. Er hatte den Griechen zu Boden geschlagen und wollte mit seinem Messer auf ihn einstechen, als Batis mit einem grellen Aufschrei seine Axt schleuderte. Sich träge drehend wirbelte die tödliche Waffe durch den Raum. Narkissos versuchte, sich mit einem Sprung außer Reichweite zu bringen. Vergebens.

Šamu begann zu schreien. Es war, als löse sich etwas Unnennbares in ihrer Brust. Sie glaubte, die Anwesenheit von *Seth* und *Sachmet* geradezu körperlich spüren zu können. Sie waren vielleicht mit dem Leben davongekommen, doch Haß und Gewalt hatten dennoch triumphiert.

Der Nubier kam auf sie zu. Seine Hände waren blutverschmiert. Er öffnete die Arme, so als wolle er sie an sich drücken. Noch immer schreiend wich Šamu zurück. Sie konnte den Anblick des Kriegers nicht ertragen.

Batis blieb stehen und ließ sich dann langsam auf die Knie nieder. »Bitte, vergib mir, meine zarte Blüte. Ich … ich bin hier, um dich zu retten! Es tut mir leid, wenn ich dich getäuscht habe. Ich hatte keine Wahl. Es war der Wunsch des *Neuen Osiris*. Der Wunsch eines Gottes! Er wollte, daß ich das Vertrauen der Verschwörer um Potheinos gewinne. Als sie von mir verlangten, Rechmire als Zeichen meiner Verbundenheit zu ihnen zu töten, blieb mir nichts anderes übrig. Bitte, versteh mich doch!«

Šamu hatte das Gefühl, sich erbrechen zu müssen. Ihr Magen revoltierte in Krämpfen. Sie war bis zur Wand zurückgetaumelt und glitt nun mit dem Rücken langsam zu Boden. Alles begann sich zu drehen. Mitten im Schrei erstickte ihre Stimme. Das ganze Zimmer schien voller Blut zu sein. Es tropfte von der Decke, es quoll durch die Fenster, und inmitten all des Blutes erhob sich die hohe Gestalt des schakal-

köpfigen Gottes. *Anubis* war gekommen, die Toten zu *Osiris* zu geleiten! Er wandte sich zu ihr um, trat durch Batis hindurch und blickte sie mit seinen schwarzen Augen an.
»Wußtest du nicht, daß die Wahrheit im Blute liegt?«

19. KAPITEL

Philippos hatte sich mit einem Stück Leinen den Arm verbunden. Er hatte Glück gehabt, auch wenn es ihn ärgerte, daß er ausgerechnet dem Nubier sein Leben zu verdanken hatte. Narkissos hatte dem Arzt nur eine leichte Schnittwunde beigebracht. Nichts, was nicht in ein oder zwei Wochen gänzlich ausgeheilt sein würde.

Fassungslos blickte der Grieche sich in dem kleinen Zimmer um. Gut, daß er Batis nicht zum Feind hatte!

Die Isispriesterin war zusammengebrochen. Würgend kauerte sie vor der Wand. Dicht vor ihr der Nubier, der unentwegt in einer fremden Sprache auf sie einredete. Einen Moment lang überlegte Philippos, ob er sich einmischen sollte. Doch er hatte Angst, Batis zu reizen. Sie waren zwar offensichtlich keine Feinde, aber auch alles andere als Freunde.

Resigniert stand der Arzt auf und beugte sich über Dion. Er

hätte nicht so lange zögern dürfen, Narkissos anzugreifen, warf er sich vor. Ein breiter Schnitt lief über den Hals des Philosophen.
Narkissos hatte ihm sein Messer über die Kehle gezogen. Und was hatte *er* getan? Zugesehen! Philippos fluchte leise. Dann fuhr er mit der Hand über Dions Gesicht und drückte dem Mann die Augen zu. Woher hatte der Philosoph nur den Mut genommen, hierher nach Rom zu kommen? Nach dem Massaker in Puteoli hätte er doch wissen müssen, in welche Gefahr er sich begab! War er so sehr von der Sache der Königin überzeugt gewesen?
Šamu hatte einmal behauptet, Dion sei ursprünglich sogar einer der Feinde der neuen Herrscherin gewesen. Was mochte ihn nur dazu bewogen haben, in ihren Diensten eine so gefährliche Reise anzutreten? Was für eine Frau mußte Berenike sein, daß sie über solche Männer gebieten konnte?
Ein leises Stöhnen schreckte den Arzt aus seinen Gedanken auf. Narkissos! Er lebte noch! Ungläubig starrte er den Ägypter an. Batis' Axt hatte ihn in der linken Schulter getroffen, das Schlüsselbein durchschlagen und war eine Handbreit in die Brust eingedrungen. Der Verschwörer hatte die Augen zur Decke verdreht. Seine Lippen bewegten sich, als versuche er, etwas zu sagen. Einen Moment lang überlegte Philippos, ob er ihn einfach ignorieren sollte. Immerhin hatte der Kerl ihn umbringen wollen, und wenn es ihm geglückt und er der Axt des Nubiers entgangen wäre, dann würde er sich jetzt bestimmt nach keinem Sterbenden umdrehen …
Der Arzt musterte noch einmal die Verletzung des Ägypters. Die Axt steckte noch in der Wunde. Es war ein Wunder, daß er überhaupt noch lebte. Viel Zeit würde ihm nicht mehr bleiben. Vielleicht eine Stunde … Wenn er Pech hatte und stark war, vielleicht auch ein wenig länger.
Womöglich wollte Narkissos vor seinem Tod sein Gewissen

erleichtern? Schaden konnte es jedenfalls nicht, wenn er sich ein wenig um ihn kümmerte.
So ließ sich Philippos auf die Knie nieder und brachte sein Ohr dicht vor den Mund des Ägypters.
»... Schmerzen ... bitte!« Ein Zittern durchlief den Verletzten. »Bitte ... hilf mir.«
Der Arzt drückte ihm die Hand. »Ich müßte ein Gott sein, um dich noch retten zu können. Sag mir, wer deinen Herrn beauftragt hat, all die Morde zu begehen, und ich werde dir etwas geben, was dir die Schmerzen nimmt und dich schlafen läßt.«
Der Ägypter stöhnte leise, doch er antwortete nicht. Philippos wollte sich gerade wieder erheben, als sein Blick auf den Lederbeutel fiel, den Narkissos am Gürtel trug. Darin war das Fläschchen, aus dem er Dion den seltsamen schwarzen Trunk eingeflößt hatte, der verhinderte, daß der Philosoph bei der Folter ohnmächtig wurde.
Mit spitzen Fingern zog der Grieche das Fläschchen aus der Tasche und hielt es so, daß Narkissos es sehen konnte.
»Soll ich dir vielleicht hiervon zu trinken geben? Du weißt ja, es hilft, deine Sinne beisammen zu halten, damit du den Schmerz richtig auskosten kannst.«
Philippos zog den feinen hölzernen Stöpsel von der Flasche.
»Bitte ... nicht.«
»Ich will den Namen.«
»Es ist Be ...«
»Berenike?«
Der Ägypter nickte schwach. »Poth ... einos ist ihr ... ergeben. Er ... und die Tochter des ... *Seth* ... haben die Intrige ersonnen. Nik ... Nikomedes war der Mittelsmann ... zwischen ihnen ...« Narkissos hielt keuchend inne. Ein dünner Faden Blut lief ihm aus dem Mundwinkel.
»Und was weiter?« Philippos hätte ihn am liebsten geschüttelt. Nicht mehr lange und der Schurke würde an den Gestaden des *Styx* stehen.

»Sie hat … nie gewollt … daß Dion vor dem Senat … spricht. Noch bevor sie … Alexandria verließen, war … beschlossen, daß sie … sterben würden. Berenike war sicher … daß ihr Tod … der Tod von unschuldigen Gesandten … mehr Wirkung hätte … als alle Worte und … daß die Römer glauben würden … der *Neue Osiris* … habe ihre Ermordung befohlen. Darum hat … sie nur Männer auserwählt … die einmal gegen sie gesprochen haben … Das Volk von Alexandria … sollte das als versöhnliche Geste ansehen … doch in Wahrheit plante sie nur deren Verderben … Berenike hat die Macht … Sie ist die Tochter des *Seth* … Jetzt halte dein Wort! Hilf mir … Gib mir den Trunk … der mir die Schmerzen nimmt …«
Philippos erhob sich, um aus seiner Tasche den kleinen Tiegel mit dem klebrigen Maekonossaft zu holen, den die Lyriker unter den Ärzten auch *Tränen des Mondes* nannten. Sein Blick fiel wieder auf den toten Philosophen. Ob Dion zuletzt wohl geahnt hatte, welch böses Spiel die Königin mit ihm und seinen Gefährten trieb? Der Grieche mußte an die Drohungen denken, mit denen Narkissos versucht hatte, Dion einzuschüchtern. Hatte er nicht auch irgend etwas von einem Fehler gesagt, den er mit Rechmire begangen hatte?
Den Tiegel in der Hand, ließ sich der Arzt wieder neben dem Sterbenden nieder. »Was hat Batis mit dem Schreiber des Pharaos gemacht? Beantworte mir diese letzte Frage, und ich werde dir helfen!«
Ein schwaches Lächeln spielte um die Lippen des Ägypters. »Batis? Er … hat ihn getötet.«
»Das meine ich nicht! Was hat er mit seinem Herzen gemacht?«
»Gar … nichts.« Der Ägypter fing an zu husten. Ein dicker Schwall Blut quoll über seine Lippen.
»So kalt … Es ist so kalt …«
»Los, antworte mir!« Philippos schüttelte den Mann sanft. Er

konnte seine Ungeduld unmöglich länger zügeln. »Wo ist das Herz?«
»Es war nicht ... Batis.« Wieder schüttelte ein Hustenkrampf den Ägypter. »Alexandros ... Wir haben den Leichnam ... nach seinem Tod ... geschändet. Batis ... wußte nichts davon. Rechmire ... sollte den zweiten Tod sterben ... Potheinos wollte es so ...«
»Und das Herz? Verdammt noch mal, du elender Bastard, sag mir, wo ihr das Herz gelassen habt!«
»Keine Zeit ... Die Himmelsbarke ... versteckt ...« Die Stimme des Ägypters wurde immer schwächer.
»Wo zum Henker habt ihr es versteckt? Wo?«
»*Atrium* ... das Becken ... hinter dem Stein ...«
»Was für ein Stein? Komm, halte durch! Sieh her, ich habe hier den Maekonossaft. Sag mir, wo ihr das Herz gelassen habt.«
Ein Zittern durchlief den Körper des Ägypters. Seine blassen Lippen bewegten sich fast lautlos. » ... Becken ... Stein ...«
Narkissos Hand verkrampfte sich um Philippos Arm. »Das Herz ... der Stein ... rette ...« Kraftlos sank der Ägypter zurück.
»Das wirst du nicht tun!« Der Grieche schlug ihm sanft mit der flachen Hand ins Gesicht. »Komm wieder zu dir! Los! Du kannst jetzt nicht einfach sterben!«
Wütend tastete er nach dem Hals des Meuchlers. »Du wirst mich nicht täuschen ...« Seine Finger glitten über die dicken Adern, die sich unter der dunklen Haut abzeichneten. Das Fleisch fühlte sich kalt an. Der Grieche konnte kein Leben mehr fühlen. Narkissos war tot.
Wie ein Schurke hatte er sich benommen, dachte Philippos erschrocken. Er hatte einem Sterbenden seine Hilfe verweigert, ihn erpreßt und zum Schluß sogar geschlagen. Was war nur in ihn gefahren?
Verlegen strich er einige Falten an seinem Gewand glatt. Dann erhob er sich und blickte scheu zu Šamu und Batis.

Was der Nubier dachte, war ihm egal, aber hatte die Priesterin mitangesehen, wie er sich verhalten hatte?
Šamu schien sich wieder beruhigt zu haben. Still stand sie an der Wand und ließ ihren Blick durch das Zimmer schweifen, so als suche sie etwas. Der Nubier kauerte noch immer vor ihr auf dem Boden. Als er merkte, daß Philippos ihn beobachtete, drehte er sich um. Einen Moment lang maßen sie sich mit Blicken, dann erhob er sich.
»Es ist Zeit zu gehen. Der Mann, der durch das Fenster gesprungen ist, wird sicher Verstärkung holen.« Batis kam, während er sprach, drohend auf den Griechen zu.
Philippos hob abwehrend die Hände. Er wünschte, er hätte sein Messer noch in der Hand. Die Szene im Garten von Pompeji kam ihm wieder in den Sinn, wo Batis gedroht hatte, ihn im Zweifelsfall auch mit bloßen Händen zu ermorden. Hätte er sich damals nicht mehr zusammenreißen können? Es war dumm gewesen, den riesigen Nubier zu provozieren.
»Tut mir nichts, ich …«
Der Krieger bedeutete ihm mit einer herrischen Geste, zur Seite zu treten. »Ich werde dich in Frieden lassen, kleiner Mann. Die Göttin hat dich zu sich genommen und wieder zurückkehren lassen. Du bist voller Magie. Ich mag dich nicht, aber du brauchst mich nicht zu fürchten.«
Der Leibwächter war neben den toten Ägypter getreten, setzte ihm einen Fuß auf die Brust und packte mit der Rechten nach dem langen Stiel der Axt. Dann riß er mit einem Ruck die Waffe aus der Schulter und putzte das stählerne Blatt mit einem Fetzen von Narkissos' Gewand.
Philippos bildete sich ein, nicht gerade zart besaitet zu sein, doch die Art, wie der Nubier mit dem Toten umging, ließ ihn erschaudern. Angeekelt wandte er sich ab und verstaute den Tiegel, den er immer noch in der Hand hielt, in der Ledertasche. Die Tasche lehnte an einem der Beine des Stuhls, auf dem die Mörder den unglücklichen Dion festgebunden hat-

ten. Blutspritzer malten sich dunkel auf dem neuen Leder ab. Und auch der ganze Boden rund um den Stuhl war voller Blut. Narkissos hatte ganze Arbeit geleistet.
Philippos verschloß seine Tasche und wollte gerade aufstehen, als sein Blick an einigen seltsamen Zeichen inmitten der Blutlache hängenblieb. Dion mußte versucht haben, mit dem Fuß irgend etwas auf den Boden zu malen.
Der Grieche legte den Kopf schief und musterte die eigenartigen Zeichen. Es waren drei Symbole, umgeben von einer Ellipse, doch Philippos konnte mit ihnen nichts anfangen. Das mittlere sah aus wie ein Quadrat, doch die anderen … Vielleicht wußte die Priesterin, was sie bedeuteten. Er blickte zu Šamu. Sie stand noch immer an derselben Stelle und starrte ausdruckslos auf die Leichen. Ob sie betete?
»Laß uns gehen!« Der Nubier war jetzt neben der Tür und drehte sich nach ihnen um. »Es wäre dumm, noch länger hier zu bleiben.«
»Einen Moment noch. Šamu?«
In den Augen der Priesterin lag ein seltsamer Ausdruck, und Philippos hatte das unheimliche Gefühl, daß sie aus weiter Ferne zurückkehrte, obwohl sie doch die ganze Zeit mit ihm im gleichen Raum gewesen war.
»Ja …« Sie klang ein wenig verwirrt, so als habe sie noch nicht ganz zu sich gefunden.
»Hast du das hier gesehen?« Der Grieche zeigte auf die Zeichen am Boden.
»Blut …«
»Die Schrift! Dion hat mit seinem Fuß irgend etwas in das Blut gemalt. Ich bin sicher, er wollte etwas über die Mörder verraten, aber ich kann die Zeichen nicht deuten.«
Die Priesterin kam herüber, betrachtete die Symbole und begann leise vor sich hinzumurmeln. »Bapek … Bepok … Das ergibt keinen Sinn.«
»Was ist das?« Der Grieche hatte sich neugierig vorgebeugt und knabberte nervös auf seiner Unterlippe.

»Siehst du das erste Zeichen? Es zeigt ein Bein und steht für den Laut B. Das kleine Quadrat dahinter ist ein P, und den flachen Korb spricht man wie K.«
Philippos hatte einige Mühe, in den merkwürdigen Zeichen am Boden ein Bein und einen Korb zu erkennen, aber die Priesterin wußte sicher, wovon sie sprach. Wahrscheinlich waren es irgendwelche ägyptischen Zauberzeichen. Er hatte davon gehört, daß sie ganze Tempel damit ausmalten. »Und was heißt BPK?«
Die Priesterin zuckte mit den Schultern. »Ich weiß es nicht. Das Problem bei dieser Schrift ist, daß du dir die klingenden Laute hinzudenken mußt. Die Buchstaben könnten Bapek oder Bopok oder Bupek oder noch etwas anderes bedeuten. Leider gibt es aber solch ein Wort nicht.«
Philippos verkniff es sich, Šamu seine Meinung zu dieser unklaren Art des Schreibens zu sagen. Was sollte man von Tempelzauberern auch anders erwarten, als eine Schrift zu ersinnen, die so umständlich war, daß sie kein vernünftiger Mensch begreifen konnte! »Und die große Ellipse, die um die Buchstaben gezogen ist? Was bedeutet sie?«
»Das ist das Merkwürdigste. Es ist schon seltsam genug, daß ein Mann wie Dion die alte Tempelschrift kennt. Die Philosophen aus Alexandria beschäftigen sich für gewöhnlich nicht damit, und kein Eingeweihter, der seine Sinne beieinander hat, würde einem solchen Mann die Zeichen der geheimen Schrift verraten. Dion scheint sie auch nicht recht begriffen zu haben. Die Ellipse, wie du es nennst, ist ein *Šn-Ring*. Nur die Namen derer, die von göttlichem Blut sind, dürfen mit einem *Šn-Ring* umgeben werden. Es gibt aber keinen *Pharao*, der Bapuk oder auch nur so ähnlich heißt. Der Grieche hat den *Šn-Ring* ja nicht einmal geschlossen. Dort hinter dem K hätte er einen senkrechten Strich ziehen müssen, der die offenen Enden des *Šn-Ringes* miteinander verbindet.«
»Und wenn er nur einen halben Namen geschrieben hat?

Vielleicht ist er nicht fertig geworden?« Philippos wollte einfach nicht akzeptieren, daß ein Mann mit klassischer, griechischer Bildung irgendwelchen Unsinn schrieb. Das war völlig undenkbar! Wahrscheinlicher war, daß die Priesterin zu dumm war, um die tiefere Bedeutung zu erkennen!

»Es gibt auch keinen Namen, der mit Bapuk *anfängt* ... Obwohl ...« Šamu schüttelte den Kopf. »Du hast recht! Es sind Namen! Deshalb benutzt er den *Šn-Ring*, um uns das zu zeigen! Eigentlich dürfen nur die Namen der Göttlichen darin eingefaßt sein. Deshalb fängt er mit B an. B wie Berenike!«

»Und P steht für Potheinos!« Das war es! So und nicht anders mußte Dion seine Nachricht gemeint haben. Er verriet ihnen die Namen der Verschwörer, oder vielleicht sollte man vorsichtiger sagen, derjenigen, die er für die Verschwörer hielt.

»Aber wofür steht das K?« Šamu strich sich nachdenklich übers Kinn.

»Für Kleopatra?« mutmaßte Philippos.

Die Priesterin verdrehte die Augen. »Ein kleines Mädchen von zwölf Jahren? Das ist nicht dein Ernst.«

»Wen kennen wir denn sonst, dessen Name mit K beginnt? Niemand! Es kann nur Kleopatra heißen.«

»Nein! Ich denke, Dion hat die Reihenfolge nicht willkürlich gewählt, und ich glaube auch nicht, daß eine verzogene Kleine in so etwas hier verwickelt ist.« Šamu deutete mit einer knappen Kopfbewegung zu den Leichen. »Berenike steht am Anfang, weil sie von königlichem Blut ist und allein ihr Name in einem *Šn-Ring* stehen darf. Sie ist der Kopf der Verschwörung. Potheinos ist ihr Mittler. Er hat zwar ihre Befehle ausgeführt, doch er muß auch Verbindungen zu jemand anderem haben, der hier in Rom über Macht verfügt. Ein Senator womöglich ...«

»Schöne These. Nur leider gibt es keine Römer, deren Namen mit einem K beginnen würden. Zumindest kenne ich keinen. Vergiß es also gleich wieder.«

»Und wenn das K gar nicht K bedeutet?«
Philippos stieß einen leisen Seufzer aus. Das war wieder einmal typisch ägyptisch. Nur nicht logisch denken! Mystisch, verschlungen, das war ihr Weg. Aber was sollte man schon von einer Isispriesterin erwarten ... »Du hast doch gerade erst behauptet, daß der flache Korb in dieser ... Wie heißt sie gleich? Alte Tempelschrift? Du hast doch gesagt, er sei ein K.«
»Ich sagte, es hat den Klang eines K. Genauso wie das C in Caesar wie ein K gesprochen wird. Das muß es sein. Ich bin sicher, das K steht für einen Römer, dessen Name mit C anfängt.«
Philippos mußte sich eingestehen, daß dieses Argument nicht ganz von der Hand zu weisen war. Doch eine wirkliche Hilfe war es nicht. »Wen soll Dion denn gemeint haben? Caelius, der das Massaker am Strand von Puteoli organisiert hat? Oder Cicero, der im Senat gegen die Rückführung des Ptolemaios gesprochen hat? Auch ihn kann man nicht gerade einen Freund deines Königs nennen.«
Šamu wiegte nachdenklich den Kopf. »Du mußt anders denken. Dion fängt mit dem Namen der göttlichen Berenike an. Potheinos ist nur ein Mittler. Aber der dritte im Bunde, das muß wieder jemand mit fast göttlicher Macht sein, wenn die Namensringe gerechtfertigt sein sollen. Caesar vielleicht oder Crassus?«
Dieser ägyptische Mystizismus! Ein vergöttlichter Römer! So ein Quatsch. Philippos war sicher, daß Dion seine Botschaft nicht so gemeint hatte. Sicher stand das K für Caelius. »Caesar ist in Gallien. Der schlägt sich mit aufständischen Barbaren herum. Was sollte er mit Berenike zu schaffen haben?«
»Und Crassus? Ist er nicht der Gegenspieler des Pompeius? Könnte er nicht der Verschwörer sein?«
Philippos schüttelte den Kopf. »Das glaube ich nicht. Die beiden tun sich nichts. Man sagt, sie hätten einen Bund mit Caesar geschlossen. Außerdem haben Crassus und Pompeius

gemeinsam im Krieg gegen Spartacus gekämpft. So etwas verbindet. Sie waren auch im gleichen Jahr Konsuln. Ich glaube nicht, daß sie sich befehden würden.«

»Und ich glaube, daß wir nicht mehr lange leben werden, wenn wir nicht schnellstens dieses fluchbeladene Haus verlassen«, mischte sich Batis ein. »Es kann nicht mehr lange dauern, bis der kleine Römer zurückkehrt, der uns entkommen ist. Und diesmal wird er gewiß nicht noch einmal seinen Fehler wiederholen und mit zu wenigen Männern kommen.«

Philippos und Šamu tauschten einen kurzen Blick. Es ließ sich nicht leugnen, daß der Nubier recht hatte. Sie würden ein andermal das Geheimnis um den dritten Verschwörer lösen müssen.

* * *

Während sie eilig das Haus verließen, erzählte Philippos Šamu davon, was Narkissos über das Becken, den Stein und das Herz von Rechmire gesagt hatte. Das war ein Fehler! Obwohl sie ein gutes Stück Weges vom Marsfeld entfernt waren, bestand die Priesterin darauf, das prächtige neue Haus des Pompeius zu besuchen, wo bis vor kurzem der geflohene *Pharao* Unterkunft gefunden hatte.

Philippos war von der Idee nicht gerade begeistert. Für ihn sah dies ganz so aus, als würde es neuen Ärger geben. Nicht mehr lang und Lucius Lucceius oder zumindest seine Sklaven würden in das Haus zurückkehren und ein Zimmer voller Leichen vorfinden. Pompeius würde es wahrscheinlich nicht schätzen, wenn man in derselben Nacht einige der Verdächtigen in seinem Haus gesehen hätte! Doch Šamu war für solche Argumente nicht zugänglich. Römische Machtpolitik interessierte sie nicht im mindesten. Alles, was sie wollte, war das Herz von Rechmire, um ihren alten Mentor so vor dem zweiten Tod zu erretten.

Auf der anderen Seite galt es zu bedenken, daß sie Rom vor

Sonnenaufgang ohnehin nicht verlassen konnten, weil die Stadttore geschlossen waren. Doch Pompeius in Verlegenheit zu bringen war ein Gedanke, der dem Griechen nicht gefiel. Der Feldherr war einfach zu mächtig. Philippos mußte an das denken, was Šamu über Götter gesagt hatte. Männer wie Pompeius und Crassus mochten sich vielleicht tatsächlich als über allen Menschen stehend empfinden. Deshalb akzeptierten sie auch nicht mehr die Gesetze, die die römische Republik für Jahrhunderte zusammengehalten und mächtig gemacht hatten. Vielleicht brach mit Männern wie ihnen wirklich eine neue Zeit an.
Mit Batis als Führer fanden sie leicht ihren Weg, obwohl es so finster war, daß sie die Hand kaum vor Augen sehen konnten. Mißtrauisch fragte sich Philippos, welche Sinne es dem Hünen erlaubten, sich so leicht in der Dunkelheit zu bewegen.
Manchmal, wenn in der Ferne Schritte zu hören waren oder das Licht von Fackeln oder Laternen die Nacht erhellte, zog der Nubier sie in den Schatten eines Hauseingangs oder eines niedrigen Torbogens und wartete gespannt, ob es sich um Verfolger handelte.
Philippos schätzte, daß es auf diese Weise ungefähr eine Stunde dauerte, bis sie das Haus des Pompeius erreichten. Auf dem letzten Stück des Weges hatte es angefangen zu regnen, und es dauerte lange, bis sich, trotz ihres energischen Klopfens, hinter dem hohen Tor der Stadtvilla ein Lebenszeichen regte.
Der alte *janitor*, der schließlich die kleine Luke in der Tür öffnete, um zu sehen, wer es wagte, mitten in der Nacht Einlaß zu begehren, musterte sie eine Weile mißtrauisch, bevor er in Šamu endlich eine der Dienerinnen des Ptolemaios erkannte. Doch statt sie hereinzulassen, versuchte er, sie mit der Auskunft abzuwimmeln, daß sein Herr in dieser Nacht nicht im Hause weile.
Philippos hatte schon alle Hoffnung aufgegeben, als es der

Priesterin doch noch gelang, den Sklaven von der Wichtigkeit ihres Besuches zu überzeugen. Bei dem Lärm des prasselnden Regens konnte er nicht alles verstehen, was sie dem Mann sagte, doch schien es so, als behaupte sie, daß eine etruskische *striga* einen Fluch auf das Haus gelegt habe, aus dem Pompeius großes Unglück erwachsen könne, wenn sie nicht vor Morgengrauen noch einen Gegenzauber sprach.
Was auch immer Šamu im Detail gesagt haben mochte, es wirkte! Das Tor wurde geöffnet, und der *janitor* sorgte dafür, daß binnen kürzester Zeit eine ganze Reihe von Haussklaven mit Fackeln ins *atrium* eilte, um den Innenhof auszuleuchten.
»Du bist sicher, daß es hier ist?« Šamu hatte dunkle Ränder unter den Augen, und das regennasse Haar hing ihr in breiten Strähnen ins Gesicht.
»Er hat etwas von einem Becken und einem Stein gesagt. Hinter dem Stein soll das Herz liegen. Er faselte auch irgendwelches wirre Zeug davon, daß er und Narkissos wegen einer Barke kein besseres Versteck mehr hatten suchen können.«
»Die Barke der Millionen Jahre! Es war wohl kurz vor Sonnenaufgang, als sie den Leichnam geschändet haben.« Die Priesterin warf Batis einen kalten Blick zu. »Wann hast du Rechmire ermordet?«
»Es muß um die mittlere Nachtstunde gewesen sein. Ich weiß es nicht mehr genau.«
Darum war also so wenig Blut um die Leiche, überlegte Philippos. Der Arzt wußte, daß die Säfte des Körpers mit dem Tod aufhören zu zirkulieren und binnen weniger Stunden völlig erstarrten, so daß ein Toter nicht mehr blutete. Der Grieche ließ seinen Blick über den weiten Hof schweifen. Das *atrium* war groß, so wie alles in diesem Haus, mit dem Pompeius seine Macht zum Ausdruck bringen wollte.
Anders als in kleineren Bauten bildete das *compluvium* hier kein Quadrat, sondern ein langgezogenes Rechteck. Auch das *impluvium* war entsprechend groß. Durch die Öffnung im

Dach prasselte Regen in das Becken, und vier bronzene Löwen in den Ecken des *compluvium* spieen breite Fontänen von Regenwasser hinab.
Rechts und links des Beckens waren prächtige Mosaiken mit Szenen aus dem Leben Alexanders verlegt. Schräg gegenüber dem Eingang erhob sich ein marmornes *lararium*, in dem kleinen Öllampen brannten und die Statuen der Hausgötter in ein unstetes, zuckendes Licht tauchten.
Šamu war an den Rand des Beckens getreten und starrte in das Wasser. Was, wenn Narkissos gelogen hatte, schoß es Philippos durch den Kopf. Ob ein Sterbender es wagen würde, mit einer Lüge auf den Lippen dahinzugehen?
»Was ist das?« Šamu hatte einen der Sklaven herbeigewunken und zeigte in das aufgewühlte Wasser des Beckens. Auch Philippos war jetzt zu ihr getreten. Unmittelbar vor ihm hatte sich im *impluvium* ein kleiner Strudel gebildet.
»Dort fließt das Wasser zu den Zisternen ab, Herrin«, antwortete der Sklave ergeben.
»Und wie viele Zisternen gibt es?«
»Wir haben vier. Sie sind durch Rohre mit dem Becken verbunden. In jeder der vier Ecken gibt es einen Ausfluß. Ist eine Zisterne voll, verschließen wir den Ausfluß und öffnen einen anderen. Die letzte der Zisternen ist mit einem unterirdischen Tunnel verbunden. Wenn sich dort zuviel Wasser sammelt, wird es auf diesem Wege in einen Kanal abgeleitet.«
»Und womit verschließt ihr die Abflüsse aus dem Becken?«
»Mit genau eingepaßten Zylindern aus Marmor, Herrin.«
Šamu warf Philippos einen triumphierenden Blick zu. »Die Steine! Hinter einem der Zylinder werden sie das Herz verborgen haben.«
Der Grieche nickte. Er mußte daran denken, wie nach fast vier Wochen das Herz des Schreibers aussehen mußte, falls es denn überhaupt noch etwas zu finden gab. Vielleicht hatten auch längst schon Ratten …
»Geh' du zum anderen Ende und überprüfe die Verschlüsse.

Und du hilfst mir, den Stein dort vorne herauszuziehen!«
Šamu hatte einen Sklaven mit einer Fackel herbeigewunken und stieg dann mit dem Hausverwalter in das eisige Wasser des flachen Beckens.
Unwillig trottete Philippos, von einem weiteren Fackelträger gefolgt, das *impluvium* entlang, bis er das gegenüberliegende Ende des Beckens erreichte.
»Wo soll denn dieser Verschlußstein sein?«
Der Sklave hielt die Fackel über den Beckenrand und leuchtete in die Ecke. »Dort unten ist ein Bronzegriff. Wenn du daran ziehst, kannst du den Stein herausbekommen, Herr.«
Schaudernd blickte der Grieche auf das Wasser. Es war zwar nur knietief, aber das reichte. Wenn er sich nach dem Verschluß am Boden des Beckens bückte, würde er keinen trockenen Faden mehr am Leib haben. Er blickte den Sklaven an.
»Gib mir deine Fackel. Hol' du den Stein da raus. Ich leuchte dir so lange.«
Der junge Mann blickte ihn einen Moment lang erschrocken an. Dann schüttelte er energisch den Kopf. »Die anderen haben gesagt, es liege ein Fluch auf dem Haus. Ich werde nicht für dich ins Becken steigen. Du kannst mir nichts befehlen ... Du bist nicht mein Gebieter.«
»Wenn du mir nicht gehorchst, kann ich dafür sorgen, daß dein Herr den Knüppel auf deinem Rücken tanzen läßt. Also stell dich nicht an wie eine Memme und steig ins Becken.«
»Nein, Herr. Lieber verprügelt als verflucht!«
Philippos überlegte, ob er dem Aufseher der Sklaven die Arbeit des Verprügelns abnehmen sollte. Kurz maß er den jungen Mann mit Blicken. Wenn der Trottel in seiner Angst auf die Idee käme, sich zu wehren, würde er wahrscheinlich den kürzeren ziehen, dachte der Grieche. Also war es an ihm, ins Becken zu steigen!
»Na schön, Hasenherz. Dann leuchte mir jetzt und paß auf, daß du mir mit deiner Fackel nicht die Haare abflämmst.«

Das Wasser war noch kälter, als er befürchtet hatte. Schlotternd und mit klammen Fingern tastete er nach dem Griff des Marmorverschlusses und zog den Stein heraus. Hätte er doch nur seinen Mund gehalten und der Priesterin nichts von den letzten Worten des elenden Meuchlers erzählt!

Bald hatte er den Stein auf dem Rand des Beckens abgesetzt. Wenn er den Abfluß untersuchen wollte, würde ihm jetzt nichts anderes übrigbleiben, als sich niederzuknien.

Warum nur hatte er in diesem verfluchten Isistempel vor der Priesterin ausspucken müssen? Hätte er sich damals beherrscht, wäre ihm das hier erspart geblieben. Er hätte irgendwo in Pompeji ein gemütliches, warmes Zimmer und ...

Es nützte nichts! Fluchend ließ sich der Grieche auf die Knie nieder und tastete mit der Rechten nach der Öffnung. Die Abflußröhre war nicht sonderlich groß. Gerade breit genug, um eine Hand hineinzuschieben. Eigenartigerweise hatte sich gar kein Strudel gebildet, als er den Verschlußstein entfernt hatte. Entweder war die Zisterne, zu der das Rohr führte, völlig überfüllt, oder ...

Seine Finger streiften etwas Weiches, Glitschiges. Erschrocken zog er die Hand zurück. Zum Henker ... Philippos warf einen Blick auf Šamu. Sie schien nichts gefunden zu haben. Sollte es sein Schicksal sein, das Herz des Schreibers zu entdecken? Er dachte an das Versprechen, das ihm die Priesterin gegeben hatte. Sie würde den Fluch von ihm nehmen und ihn ziehen lassen müssen, wenn es ihm gelang, Rechmire vor dem zweiten Tod zu bewahren.

Er hatte das, was den Abfluß verstopfte, nur gerade eben mit den Fingerspitzen berühren können. Wenn er es herausholen wollte, müßte er sich noch tiefer bücken. Mit einem Seufzer ließ sich der Grieche ein zweites Mal auf die Knie nieder, holte tief Luft und tauchte dann mit dem Gesicht in das eisige Wasser ein.

Wieder griff er nach dem glitschigen Etwas, das in dem Rohr

steckte und den Abfluß zur Zisterne verstopfte. Dann endlich konnte er es herausziehen.

»Los, halt mir die Fackel her!«

Er hatte einen armdicken, länglichen Lederbeutel geborgen. Wasser und Schimmel hatten die Tierhaut glitschig gemacht. Ein süßlicher Geruch, so wie er ihn in der Nacht auf dem *Esquilin* zu riechen bekommen hatte, hing plötzlich in der Luft. Was auch immer in diesem Beutel sein mochte, *er* würde ihn nicht öffnen!

20. KAPITEL

Als Šamu das Landgut in den Albaner Bergen erreichte, war sie am Rande eines Zusammenbruchs. Allein der Gedanke, jetzt endlich Anklage gegen Potheinos erheben und den Eunuchen für seinen Verrat und die schändlichen Morde zur Rechenschaft ziehen zu können, hatten ihr die Kraft gegeben, noch durchzuhalten.
Nachdem Philippos den Lederbeutel mit dem Herzen Rechmires gefunden hatte, waren sie für den Rest der Nacht in der Villa auf dem Marsfeld geblieben, aus Angst, Milos Männer könnten sie aufgespürt haben. Außerdem brauchten sie trockene Kleidung und ein wenig Wärme und Ruhe.
Früh am Morgen hatten sie dann mit einer Eskorte von zehn starken Sklaven die Stadt verlassen, um zum Landgut zurückzukehren. Abgesehen davon, daß es wieder einmal regnete, gab es keine Zwischenfälle.

Fast noch mehr als die Erschöpfung machte der Priesterin zu schaffen, Batis um sich zu haben. Er hatte gestanden, der Mörder Rechmires zu sein, und sogar behauptet, daß der *Pharao* in das Komplott um den Mord verwickelt sei. Wie hatte der *Neue Osiris* ein solches Unrecht zulassen können? Und wie hatte sie sich mit dem Mörder des Schreibers einlassen können? Wenn sie an die Nacht im *caldarium* dachte, wurde ihr speiübel. Noch nie hatte sie sich von einem Mann derart mißbraucht gefühlt. Immer wieder wollte sie sich einreden, daß Batis sie wirklich liebte. Die Art, wie er sie anschaute und die Tatsache, daß er sein Leben riskiert hatte, um sie zu retten, schienen Beweis genug zu sein, und doch konnte sie seinen Anblick nicht mehr ertragen ... Selbst die Gesellschaft des zynischen griechischen Arztes war ihr da noch lieber. Bei ihm wußte sie wenigstens, woran sie war!

Noch in Rom hatte Šamu das Herz und die Mannheit Rechmires – oder besser gesagt das, was davon noch übrig war – in Salz eingelegt, um es vor weiterem Zerfall zu schützen und dann in ein kleines Schmuckkästchen gebettet. Den ganzen Weg über hatte sie das Kästchen nicht einen Augenblick lang aus der Hand gelegt. Sie wollte, daß der *Neue Osiris* sah, was aus jenem Herz geworden war, das ihm einst in Treue ergeben gewesen war!

Auf dem Landgut des Pompeius herrschte große Aufregung, als sie dort eine Stunde nach Einbruch der Dämmerung eintrafen. Mehrere große Reisekutschen waren vor der Villa aufgefahren, dutzende Sklaven liefen durcheinander und trugen schwere Truhen aus dem Haus.

Šamu konnte auch etliche Diener aus dem Gefolge des Ptolemaios unter den Männern entdecken. Bei den Wagen standen sogar mehrere hochgestellte Hofbeamte und zwei der Leibwächter des *Pharao*, um die Sklaven zu überwachen. Als diese die Priesterin bemerkten, kam einer der Männer auf sie zu.

»Mein Herz schlägt laut vor Freude, dich zu sehen, Sendbotin der *Isis*. Der *Neue Osiris* hat nach dir gefragt. Du darfst ihn in seinen privaten Gemächern besuchen. Gestattest du, daß ich dich zu ihm geleite?«

»Möge das Licht des *Re* dir immer deinen Weg weisen«, erwiderte Šamu höflich. »Ist es mir erlaubt, meine Weggefährten mit in die Gemächer des Göttlichen zu nehmen? Wir bringen wichtige Nachricht aus Rom.«

Der kahlgeschorene Beamte schüttelte den Kopf. »Nein, ich glaube nicht, daß der *Neue Osiris* im Moment wünscht, jemand anderen als dich zu empfangen. Würdest du mir nun folgen?«

Zu erschöpft, noch länger Widerstand zu leisten, fügte sich die Priesterin.

* * *

Der *Pharao* empfing Šamu in seinem Schlafgemach. Er lag halbnackt mit drei seiner Hofdamen in einem riesigen Bett und war so abgelenkt, daß er Šamu erst bemerkte, als die Priesterin sich lautstark räusperte. Es fiel ihr schwer, in diesem fetten Mann, der die Hilfe einer seiner Gespielinnen brauchte, um sich aufzurichten, noch einen Gott zu sehen.

»Du bist zu uns gekommen, um uns Bericht über dein Verschwinden aus unserer Residenz zu erstatten? Sprich!« Ptolemaios war noch kurzatmig vom Liebesspiel. Mit einer knappen Kopfbewegung gab er den Hofdamen ein Zeichen, Bett und Zimmer zu verlassen.

Šamu wartete, bis sie mit dem *Pharao* allein war. Dann erzählte sie, was sich am Vortag in Rom ereignet hatte. Als sie mit ihrem Bericht fertig war, schüttelte Ptolemaios unwillig den Kopf.

»Du hättest nicht gehen sollen, Priesterin. Die Götter hatten Dions Tod beschlossen. Und wer bist du, daß du gegen die Götter aufzubegehren versuchst?«

»Aber ich weiß jetzt mit Sicherheit, daß Potheinos auf Euer

Verderben sinnt, Göttlicher. Batis ist mein Zeuge! Ihr müßt den Eunuchen hinrichten lassen. Er hat Euch verraten.«
Ptolemaios hatte irgendwo zwischen den Falten des Bettüberwurfs seine Flöte gefunden und begann, das filigrane Instrument zwischen den Fingern zu drehen. »Du solltest dich nicht in unsere Hofpolitik einmischen, Priesterin. Du bist eine gute Heilerin, und du stehst *Isis* sicher näher als wir, aber was weißt du schon über die Macht? Wir wissen schon sehr lange, daß Potheinos gegen uns intrigiert. Er ist ein starker und ehrgeiziger Mann. In gewisser Weise können wir uns aber selbst jetzt noch auf ihn verlassen. Er wird alle Verräter um sich sammeln oder aber vernichten, denn er ist von der Gier nach Macht besessen und wird niemanden neben sich dulden, der ihm in seinen Bestrebungen gefährlich werden könnte. So wissen wir also immer, wo wir unseren Feind zu suchen haben und wer am Hof das Herz aller Verschwörungen gegen uns ist. Würden wir Potheinos seiner gerechten Strafe überantworten und ihn richten lassen, so wäre dies gewiß für ein paar Wochen, vielleicht sogar für einige Monate abschreckend, doch allzubald schon gäbe es neue Verschwörer. Dann wüßten wir nicht mehr, wer gegen uns steht. Aus diesem Grunde haben wir ihn, seinen Diener Alexandros und auch Nikomedes vor einer Stunde nach Neapolis geschickt, damit er uns dort Schiffe für die Überfahrt nach Ephesos besorgt. Daß dieser verliebte Narr Batis dir gefolgt ist, um dich zu retten, macht leider etliche unserer Pläne zunichte. Ja, es macht sogar den Tod des von dir so sehr geliebten Rechmire sinnlos. Wie du vielleicht schon ahntest, waren wir es, der Batis darin bestärkte, den Mord an Rechmire zu begehen. Er mußte es tun, um Potheinos in dem Glauben zu bestärken, daß man dem Nubier trauen konnte. Leider werden wir unseren Leibwächter nun nicht mehr als Spitzel bei Potheinos einsetzen können. Auch wenn unser Eunuch niemals erfahren sollte, wer dich in Rom gerettet hat, so wird er dem Nubier wohl künftig nicht mehr vertrau-

en.« Der *Pharao* strich nachdenklich mit dem Mundstück der Flöte über seine Stirn.

Šamu konnte nicht fassen, was der Monarch ihr eröffnet hatte. Der Tod des Rechmire sinnlos! Und die Verschwörung des Potheinos war Ptolemaios bekannt! Einen Moment lang wurde ihr schwindlig. Wütend und verzweifelt blickte sie auf das kleine Holzkästchen, das sie noch immer in ihren zitternden Händen hielt. Sie schlug den Deckel auf und trat einen Schritt näher an das Bett heran.

»Nimm das Ding weg!« Der *Pharao* verzog angeekelt das Gesicht.

»Das Ding ist das Herz eines Mannes, der Euch immer treu gedient hat, Göttlicher, und dessen Tod laut Euren Worten sinnlos war.«

»Wir haben nicht befohlen, ihn zu verstümmeln. An dem Morgen, als er gefunden wurde, waren wir ehrlich bestürzt. Wir wußten nicht, was die Diener des Potheinos ihm angetan hatten … Und was seinen Tod angeht: Der Eunuch hätte ihn ohnehin eines Tages umbringen lassen. Potheinos hat Rechmire schon immer gehaßt, und der alte Narr hat den Fehler gemacht, sich in das Intrigenspiel um unsere Vertreibung einzumischen. Damit war es nur noch eine Frage der Zeit, wann er sterben würde, denn der Eunuch duldet keine Verschwörer neben sich.«

»Aber Rechmire hat doch nur zu Eurem Besten handeln wollen. Er wollte Potheinos entlarven und …«

»Und wenn er uns ein wenig besser gekannt hätte, dann hätte er auch gewußt, daß wir kein Interesse an der Entlarvung des Verräters hatten. Wir sind es müde, noch weiter über diese leidige Angelegenheit zu sprechen.«

»Aber was ist mit der Nachricht des Dion, Göttlicher? Mit den drei Buchstaben, die der Philosoph auf den Boden gemalt hat? Das K! Es muß einen Römer geben, der auf Euren Tod sinnt und der sich mit Eurer Tochter Berenike verbündet hat. Fürchtet Ihr ihn denn nicht?«

Der *Pharao* schüttelte matt den Kopf. »Wer herrscht, hat immer Feinde. Sollen wir deshalb unser ganzes Leben in Furcht verbringen? Uns ist egal, ob Cicero, Caesar, Crassus, oder wie sie auch immer heißen mögen, mit der Verräterin paktieren. Was zählt ist allein, daß sie nicht zu triumphieren vermögen. Wir haben in unserem Kampf um die Macht zwar nicht gewonnen, doch haben wir auch nicht verloren. Kennst du schon die neuesten Nachrichten aus Rom? Schon eine ganze Weile vor dir ist ein reitender Bote aus der Stadt eingetroffen, um uns im Auftrag des Pompeius vom Ausgang der Senatsversammlung zu unterrichten. Der Mob auf den Straßen fordert, uns umzubringen, weil man in der Kammer des ermordeten Dion Zeichen der alten Tempelschrift und einen toten Ägypter gefunden hat. Es war unbedacht von dir und Batis, nicht wenigstens die Schriftzeichen zu verwischen, bevor ihr geflohen seid. Man wertet die Schrift als Beweis, daß wir die Ermordung von Dion befohlen haben. Es gibt sogar schon eine zweite Geschichte, laut der ich den Befehl gegeben habe, Dion zu vergiften. Wie dem auch sei ... Ein gewisser Milo und seine Männer hetzen den Pöbel auf der Straße gegen uns auf. Deshalb hat uns Pompeius dringend geraten, Italien zu verlassen. Noch in dieser Nacht werden wir und unser Hofstaat nach Neapolis aufbrechen. Trotzdem war unserer Sache vor dem Senat Erfolg beschieden. Unsere Feinde konnten zwar verhindern, daß Pompeius den Auftrag erhielt, uns nach Ägypten zurückzuführen, doch waren sie nicht stark genug, um auch den alten Beschluß zurückzunehmen, uns durch den Konsul Publius Lentulus Spinther zu unserem Recht verhelfen zu lassen.« Der *Pharao* lächelte hintergründig. »Wir schulden mittlerweile außer Pompeius auch so vielen anderen Römern Geld, daß es nur eine Frage von Zeit sein konnte, bis die Senatoren, deren Schuldner wir sind, dafür sorgen, daß wir wieder nach Ägypten zurückkehren. Doch jetzt noch ganz etwas anderes. Hast du jenen Griechen mitgebracht, der dir geholfen hat, die Wunden des Römers Paulus zu schließen?«

Šamu nickte. »Ja, Herr.« Sie war am Ende ihrer Kräfte. Der Geist des *Seth* war also auch schon in den *Pharao* gefahren, auch wenn sich Ptolemaios der *Neue Osiris* nannte. Er dachte nicht an das Wohl seines Landes, sondern nur an sich selbst. War das göttlich? Sollte sie einem solchen Mann dienen?

»Sorge dafür, daß er mit uns nach Neapolis reist. Wir möchten ihn künftig als Leibarzt in unserer Nähe wissen. Er scheint als Wundarzt über wirklich bemerkenswerte Fähigkeiten zu verfügen. Und nun darfst du dich zurückziehen, Šamu. Wir sind deiner überdrüssig. Sobald wir das Landgut verlassen, wird man dich holen und dir einen Platz in einer unserer Kutschen anweisen. Wenn wir Neapolis erreicht haben, magst du uns verlassen und das Herz des Rechmire nach Pompeji bringen. Schließlich wollen wir nicht, daß unser glückloser Diener den zweiten Tod stirbt.«

»Wie Ihr befehlt, Göttlicher.« Verbittert neigte Šamu ihr Haupt und trat rückwärts bis zu der Tür, die aus dem Gemach führte. Ihr war übel. Die Anrede *Göttlicher* war ihr kaum über die Lippen gegangen. Die Erkenntnis, daß er von Anfang an alles gewußt hatte, wollte sie einfach nicht akzeptieren. Er hätte all das Morden verhindern können, wenn er nur gewollt hätte. Statt dessen ließ er es geschehen, und die Verschwörer ahnten nicht einmal, daß nichts ohne seinen Willen geschah. Wenn es stimmte, was er über das Geld gesagt hatte, welches er mittlerweile vielen mächtigen Römern schuldete, dann bewahrte er auf seine Art vielleicht sogar das Land davor, erobert und dem römischen Weltreich einverleibt zu werden. Falls ein Feldherr Ägypten unterwarf, würden sie ihr Geld nie mehr zurückerhalten. Nur wenn Ptolemaios wieder in Ägypten herrschte, bestand Hoffnung, daß sie ihr Geld noch einmal wiedersahen. Der Mann, den alle Welt spöttisch Auletes, den Flötenspieler, nannte und den man für einen fetten, verweichlichten Narren hielt, hatte alle getäuscht. Sogar Pompeius, dessen Gastfreundschaft er genossen hatte! Wäre er daran interessiert gewesen, allein mit Hilfe des Feldherren nach Alexandria zurückzukehren, hätte Ptolemaios die Morde an den Gesandten verhindern müssen. So hätte sich der Römer vielleicht im Senat durchsetzen können. Doch das Resultat wäre gewesen, daß der *Pharao* zu tief in der Schuld eines einzelnen Mannes gestanden hätte. Durch den Skandal war Pompeius heute gescheitert, und ein anderer, weniger mächtiger Mann, der obendrein der Senatsversammlung Rechenschaft schuldete, würde den Feldzug leiten.

Auch wenn Šamu nicht umhin konnte, das feine Netz aus Intrigen, das der *Pharao* gesponnen hatte, zu bewundern, so war sie zugleich über alle Maßen angewidert von dem blutigen Spiel um die Macht.

Erschöpft blickte sie die schmale hölzerne Stiege hinauf, die zu den oberen Gemächern führte. Sie hatte Leibschmerzen. Die Stufen tanzten auf und nieder und schienen ihr entgegenstürzen zu wollen …

* * *

Der Hofstaat hatte die Villa in den Albaner Bergen ohne Šamu verlassen. Drei Tage lag die Priesterin mit Fieber im Bett. Philippos war zurückgeblieben, um sie zu pflegen. Mit Fleischbrühe und hellem Brot fütterte er sie, bis sie wieder in der Lage war, aus eigener Kraft zu essen. Während des Fiebers hatten die Tage des Blutes eingesetzt, eine Woche zu früh und in einer Heftigkeit, in der sie Šamu bislang noch nicht erlebt hatte.

Am dritten Tag hatte sie ein wenig von dem Blut aufgefangen und in einem kleinen, tönernen Gefäß unter ihrem Bett versteckt. Sie war entschlossen, all das, was in den letzten Wochen geschehen war, nicht einfach hinzunehmen. Erst hatte sie überlegt, ob sie den Hof verlassen sollte, um sich in

einen Tempel zurückzuziehen. Doch dann kam sie zu dem Schluß, daß es wichtig war, an Kleopatras Seite zu sein. Eines Tages würde sie den Thron besteigen. Von den Kindern, die nicht gegen Ptolemaios rebelliert hatten, war sie die älteste, und sie sollte mit ihrem sieben Jahre jüngeren Bruder Ptolemaios XIII. herrschen, wenn der *Pharao* einst sterben würde. Sie würde es vielleicht besser verstehen, ihre Macht zu gebrauchen.
Šamu wollte Kleopatra lehren, das Land und seine uralten Götter zu verstehen. Sie sollte dann für Ägypten und nicht nur für den Erhalt ihrer Macht streiten. Vielleicht war dies lediglich ein Traum, doch die Priesterin war fest entschlossen, zu wagen, diesen Traum zu leben, auch wenn das hieß, an den Hof und in die Nähe von Potheinos zurückzukehren, der fortan ihr Todfeind sein würde.
Als sie nach drei Tagen von dem Fieber genas, verließ Philippos das Landhaus und folgte dem *Pharao* nach Neapolis. Der Arzt war in seinem Wesen wie ausgewechselt. Seine mürrischen Launen hatte er abgelegt, und einmal, als Šamu aus einem Fiebertraum erwachte, hörte sie ihn leise ein ausgelassenes Tanzlied vor sich hinsummen.
Daß er bei ihr geblieben war, obwohl man ihn zum Hofarzt ernannt hatte, rechnete sie dem Griechen hoch an. Sie war allerdings nicht ganz sicher, ob er dies nur deshalb tat, weil er glaubte, sie habe ihm diesen Posten verschafft …
Sein Abschied von ihr war so warmherzig, wie sie es ihm niemals zugetraut hätte, und sie stand lange am Fenster und schaute dem kleinen bärtigen Mann nach, als er auf einem klapprigen Maultier den mit goldenem Laub bedeckten Weg zum Meer nahm.

21. KAPITEL

Šamu blieb noch fast zehn Tage auf dem Landgut des Pompeius, um sich zu erholen, ehe sie allein ihre Reise antrat. Doch ihr Weg führte sie zunächst nicht nach Süden, sondern in den Norden zum *Mons Albanus*, dem ältesten jener heiligen Plätze des Volkes der Latiner. Es war schon dunkel, als sie die Anhöhe des Berges erreichte, auf dessen Gipfel eine prächtige Statue des *Jupiter* thronte.
Sie war ganz allein auf dem kahlen Berg, von dem aus man an klaren Tagen bis Rom und noch weiter sehen konnte. Es schien, als habe der eisige Nordwind alle Besucher der heiligen Stätte davongetrieben, und so, als ahnten die Götter Latinums ihre Absicht, zerrte der Wind wie mit eisigen Fingern an ihren wollenen Gewändern, um auch sie zu vertreiben.
Doch Šamu war entschlossen, sich zu rächen. An die wirklich Mächtigen würde sie nicht herankommen, doch ihren

Gott, der all das repräsentierte, was Rom war – ihn würde sie verfluchen! Und *Isis*, die Zaubermächtige, die selbst die Macht des *Re* zu überwinden gewußt hatte, sie würde ihr dabei helfen.
Das tönerne Gefäß mit dem Blut, das von ihr geflossen war, in der Hand schlich sie bis dicht an die Statue heran. Mond und Sterne waren hinter dunklen Wolken verschwunden, und irgendwo in der Ferne war ein Donnern zu hören, so als wolle der Blitzeschleuderer sie warnen, nicht näher zu kommen.

»Isis, Mutter des Lebens,
Herrin der sieben Skorpione,
Verderberin der Verderber
und Hoffnung der Hoffnungslosen,
erhöre meinen Fluch!
Schütze dein Land am Nil
vor dem Schatten fremder Götter.
Lass' den Zorn auf den Zornigen zurückfallen,
so wie mein Blut zur Erde fließt,
wohin auch ich wieder gehen werde,
um vor deinen göttlichen Gemahl zu treten,
der voller Scham mitansehen muß,
wie der falsche Osiris
die Frucht seiner Erde verschenkt.«

Voller Wut packte sie den tönernen Krug und schleuderte ihn gegen den Sockel der Statue. Dann begann sie zu laufen. Der Wind hatte noch weiter aufgefrischt, und es schien, als wollten die Sturmböen sie wieder vor das Antlitz des Jupiter zerren. Sie hatte das Standbild des Gottes schon mehr als hundert Schritt hinter sich gelassen, als ein gleißender Blitz die Finsternis zerriß und die Nacht einen Augenblick lang in kaltes Licht tauchte. Das Donnergrollen, das dem Blitzschlag folgte, schien ihr den Kopf zerplatzen zu lassen.

Mit einem Schrei ging sie in die Knie und preßte sich die Hände auf die Ohren. Sie hatte die Macht des Gottes durch ihren Leib fahren spüren. Šamu war sich sicher, daß er versucht hatte, sie mit einem Blitzkeil zu töten, doch *Isis* hatte sie beschützt.

Schwankend kam die Priesterin wieder auf die Beine. Blinzelnd blickte sie den Hügel hinauf. Doch sie war zu geblendet, um zu erkennen, wo der Blitz eingeschlagen war.

Noch einmal zu der Statue des Gottes hinaufzusteigen, wagte sie nicht. Als sie den Fuß des Berges erreichte, schlugen ihr dicke Regentropfen ins Gesicht.

Fünf Tage lang blieb der Himmel verhüllt, und es regnete ohne Unterlaß, so als wollten die Himmlischen das Blut von der Erde waschen, das in den letzten Wochen vergossen worden war.

Šamu aber reiste nach Süden gen Pompeji, um ihrem toten Mentor das geraubte Herz zurückzubringen.

EPILOG

In den ersten Januartagen des Jahres, in dem Gnaius Cornelius Lentulus Marcellinus und Lucius Marcius Philippus Konsuln waren, schlug ein Blitz in die Jupiterstatue auf dem *Mons Albanus* ein, woraufhin das *Kollegium der fünfzehn Männer* in den *sibyllinischen Büchern* Rat über die Bedeutung dieses bösen Omens suchte. Dort fanden sie folgenden Orakelspruch:

»Wenn der König um Hilfe kommt und bittet, soll man ihm Freundschaft nicht versagen, aber ihm nicht mit einer Menge zu Hilfe eilen; anderenfalls werdet ihr Gefahren und Leiden erdulden.«

Am 13. und 14. Januar versammelte sich der Senat, um die Rückführung des Ptolemaios neu zu verhandeln, vor dem

Hintergrund des vor der Öffentlichkeit geheimgehaltenen Orakelspruchs aus den *sibyllinischen Büchern.* Infolge einer Senatsdebatte kam es auch am 14. zu keinem Beschluß.
Am 6. Februar gab der Volkstribun Clodius, vermutlich auf Veranlassung von Crassus, den Orakelspruch vor der Volksversammlung bekannt und hielt eine flammende Rede gegen Pompeius, der immer noch als einer der möglichen Kandidaten für den Feldzug nach Ägypten im Gespräch war.
Wenig später kam es zu einem Senatsbeschluß, der Pompeius ausdrücklich untersagte, zugunsten des Ptolemaios einzugreifen. Jegliche Intervention in Ägypten wurde verboten, womit die Macht der Königin Berenike zumindest vorläufig gefestigt war.
Zwischen Februar und März wurde Publius Sestius angeklagt, in das Massaker in Puteoli verwickelt zu sein, doch Cicero erreichte, daß der Tribun freigesprochen wurde. Ende März verteidigte Cicero ebenso erfolgreich Publius Asicius gegen den Vorwurf, an der Ermordung des Gesandten Dion beteiligt gewesen zu sein.

* * *

Der 25. März war einer der ersten warmen Tage des neuen Jahres. Selbstzufrieden lehnte sich Crassus auf seinem Sitzkissen zurück und betrachtete seine alten, roten Sandalen, an denen an dünnen Lederriemchen zwei kleine Füße aus Elfenbein hingen. Wie immer seit jenem fernen Tag, an dem er sie zum ersten Mal angelegt und in der Schlacht über Spartacus triumphiert hatte, trug er sie auch diesmal, weil eine wichtige Entscheidung bevorstand.
Er hatte vor Gericht eine Rede gehalten, in der er Marcus Caelius Rufius gegen die üblen Verleumdungen der Parteigänger des Pompeius verteidigte. Natürlich wußte Crassus genau, daß Caelius in die Morde von Puteoli verwickelt und daß er es gewesen war, der dafür gesorgt hatte, daß die Sklaven das Haus des Lucius Lucceius verlassen hatten. Doch

darum ging es in diesem Prozeß eigentlich gar nicht. Wenn Caelius freigesprochen wurde, war das für Pompeius eine weitere Niederlage, und allein das zählte!
Amüsiert lauschte der Senator den letzten Worten Ciceros, der ebenfalls zur Verteidigung von Caelius gesprochen hatte. Cicero hatte es, wie bereits in den vorangegangenen Verhandlungen, wieder einmal blendend verstanden, von den eigentlichen Anklagepunkten abzulenken. Statt dessen geißelte der Rhetor das zügellose Leben der Clodia, die Caelius vom rechten Weg abgebracht hatte und angeblich nun, da ihr Geliebter sie endgültig verlassen hatte, versuchte, ihm mit falschen Anschuldigungen den Prozeß zu machen.
Crassus konnte sehen, wie gut die wohlgesetzten Worte Ciceros bei den Richtern ankamen. Einige schmunzelten immer noch, als sie sich zur Beratung zurückzogen.
Eine halbe Stunde später wurde Caelius freigesprochen.

GLOSSAR

Aedil Die Aufgaben der jährlich neu zu wählenden *Aedilen* waren vielfältig. Sie umfaßten polizeiliche Verwaltungsbefugnisse, die Überwachung von Begräbnissen und der Wasserversorgung, die Aufsicht über Straßen und Marktverkehr sowie über Bäder und Bordelle. Ebenso waren sie für das Festsetzen von Lebensmittelpreisen und die Versorgung Roms mit Getreide zuständig. Ihre zum Erreichen weiterer Wahlämter wichtigste Aufgabe war aber das Ausrichten öffentlicher Spiele. Nicht nur Caesar stürzte sich dabei auf Jahre hinaus in Schulden.

Aidoneus (= *Der nicht Sichtbare*) ist einer der Beinamen des *Hades*.

Alveus Badebecken oder auch Bassin.

Alasia Der altägyptische Name für Zypern.

Amun Der »König der Götter« ist die Verkörperung aller göttlichen Eigenschaften. Er gilt als göttlicher Vater des *Pharao* und ist der Reichsgott Ägyptens. *Amun* wird in Menschengestalt mit

Doppelfederkrone, in Widdergestalt oder als Gans dargestellt. Oft findet man ihn auch als Fruchtbarkeitsgott mit erigiertem Phallus.

Anubis Schakalköpfiger Schutzgott der Mumifizierung und Wegbegleiter zum Totengericht.

Aphrodite Göttin der Liebe, von den Römern mit *Venus* gleichgesetzt.

Arcae Geldtruhen, wie sie im *atrium* reicher Patrizier zu finden waren. Häufig waren diese reichverzierten und mit komplizierten Schlössern versehenen Truhen so groß, daß sich ein Mensch darin hätte verstecken können.

Argentarus In Rom gab es zwar noch kein Bankwesen, doch konnte man bei den *argentari* (Silberwechslern) Geld hinterlegen und sich darüber eine Quittung ausstellen lassen, gegen die man bei einem befreundeten Geldwechsler in einer anderen Stadt den Barbetrag eintauschen konnte.

Asklepios Der Gott der Heilkunst war zunächst ein Sterblicher, der dann wie Herakles in den Olymp gehoben wurde. Sein Vater ist *Apollon.*

Ass Kleine Kupfermünze. Der Kaufwert von einem *Ass* war zum Beispiel identisch mit dem Wert eines Pfundes Brot. Genaue Aufzeichnungen über das Preisniveau von Gebrauchsgütern in der Spätzeit der römischen Republik gibt es nicht. Als Orientierung mag dienen, daß hundert Jahre später eine *tunica* sechzig *Asse* kostete, ein halber Liter Landwein nur ein *Ass*, ein Maultier aber 2800 *Asse.*

Atrium Hofähnlicher Mittelraum eines italischen Hauses. In der Regel war das *atrium* mit einem nach innen geneigten Dach abgedeckt, in dessen Mitte eine große rechteckige Öffnung *(compluvium)* ausgespart wurde. Typische für das *atrium* ist auch das *impluvium*, ein rechteckiges Becken unterhalb der Dachöffnung, unter dem meist eine Zisterne liegt, in der Regenwasser gesammelt wird.

Auge des Horus Das linke Auge des *Horus* gilt den Ägyptern als Mond, das rechte als Sonne.

Caldarium Der Heißbaderaum in römischen *thermen.* Er wurde mit heißer Luft beheizt, die man durch Hohlräume im Boden und in den Wänden leitete.

caliga (caligae pl.) Bezeichnung für die ledernen Halbstiefel römischer Soldaten.

Carruca Dormitoria Vierrädrige Reisekutsche mit geschlossenen Wänden und einem Dach aus Leder oder Leinwand. Durch eine elastische Konstruktion aus Metallbügeln und Lederriemen war die Karrosserie des Wagens abgefedert, ein Komfort, der die Kutsche für weite Überlandreisen beliebt machte.

Centurie Theoretisch eine Hundertschaft in einer Legion. Oft aber waren *Centurien* meist nicht mehr als fünfzig bis sechzig Mann stark. Der kommandierende Offizier einer *Centurie* ist der *Centurion.*

Charybdis Strudel an der Westseite der nördlichen Einfahrt in die Straße von Messina. Diesen Strudel stellte man sich in der Antike als weibliches Ungeheuer vor, das dreimal täglich das Wasser in seiner Umgebung verschluckte und später wieder ausspie.

Circus Maximus Die älteste Rennbahn Roms. Das riesige, ovale Bauwerk war in spätrepublikanischer Zeit noch überwiegend aus Holz gebaut. Der *circus maximus* liegt zwischen den Hügeln Aventin und Palatin.

Conductor Ein Mieter oder Pächter.

Curia Bezeichnung des Versammlungsgebäudes des Senats auf dem *forum.* Zum Teil wurden Senatsversammlungen allerdings auch in anderen Gebäuden, wie dem Theater des Pompeius, abgehalten.

Daimon Von den Griechen als Sammelbegriff genutzte Bezeichnung für übernatürliche Wesen wie *Nymphen, Satyrn* oder *Harpyien.*

Decurionen Stadtratsmitglieder, die nicht gewählt wurden, sondern bestimmte Voraussetzungen erfüllen mußten, um ihr Amt zu erhalten. Ein Weg, unter die *decurionen* aufgenommen zu werden, war zum Beispiel, die Restaurierung oder den Neubau eines Tempels zu finanzieren.

Denar Silbermünze von rund vier Gramm Gewicht. Seit 89 v. Chr. war der Wert eines *Denar* auf sechzehn *Asse* (Kupfermünzen) festgelegt.

Erinnyen Die *Erinnyen,* bei den Römern auch *Furien* genannt, galten als erdgeborene Rachegöttinen. Sie wurden oft in Verfluchungen angerufen. Dabei schlugen die Gekränkten auf den Boden, offensichtlich, um die Aufmerksamkeit der *Erinnyen* zu erregen.

Esquilin Einer der Hügel Roms. Auf ihm lagen die *puticuli* (Verrottungsgruben). Hierher wurden die Leichen der Ärmsten gebracht. Auch Tierkadaver und Müll wurden in die Gruben geworfen. Erst in augusteischer Zeit wurde der Armenfriedhof auf dem *Esquilin* beseitigt und statt dessen ein Park angelegt.

Fortuna Römische Göttin, die als Glücksbringerin angesehen wurde, aber auch als Göttin des Zufalls gilt.

Forum Öffentlicher Versammlungsort und Marktplatz. Um das *forum* einer römischen Stadt gruppierten sich gewöhnlich die wichtigsten öffentlichen Gebäude und Tempel.

Garum Beliebte Fischsauce und häufigstes »Gewürz« der Römer. Hergestellt wurde die Sauce aus Fischabfällen, die mit sehr viel Salz versetzt wurden.

Gladiator Der Gladiator war ein Schwertkämpfer, der bei den *munerae* (ursprüngl. Spiele zu einer Begräbnisfeier) mit anderen Kriegern auf Leben und Tod kämpfte.

Gladius Das kurze, zweischneidige Schwert, mit dem die römischen Legionäre bewaffnet waren.

Hades Nach griechischer Mythologie der Gott der Unterwelt. Die Griechen zögerten, *Hades* bei seinem wahren Namen zu nennen, aus Furcht, die Aufmerksamkeit des »schrecklichen Herrn der Toten« auf sich zu ziehen. Statt dessen benutzten sie Beinamen wie *Aidoneus* (Der nicht Sichtbare) oder auch *Plouton*, was eine Anspielung auf seinen Reichtum war, denn einige Mythen bringen ihn auch mit der Fruchtbarkeit der Erde in Zusammenhang. Außer als Göttername kann *Hades* auch einfach nur als Bezeichnung der Unterwelt gelten.

Hetaire Griechischer Begriff für eine Prostituierte.

Homo novus So nannte man den ersten aus einer Familie, der das Konsulat innehatte und seine Familie damit zu *nobiles* machte.

Horus Der falkenköpfige Sohn der *Isis* und des *Osiris*. In vorptolemaischer Zeit galt der regierende Pharao als Inkarnation des *Horus*.

Imhotep Wesir des *Pharao* Djoser. Er galt als Architekt der Stufenpyramide von Sakkara. Nach seinem Tod wurde der große Baumeister als Weiser verehrt, schließlich mit dem Gott *Ptah* in Verbindung gebracht und selbst vergöttlicht. In später Zeit wurde *Imhotep* auch als ein Gott der Heilkunst verehrt und von den Griechen mit *Asklepios* gleichgesetzt.

Impluvium Rechteckiges Bassin, meist in der Mitte des *atriums* gelegen.

Insula (pl. insulae) Meist rechteckige Wohnblocks mit einer Grundfläche zwischen 850 und 5500 Quadratmetern. In Rom sind schon in spätrepublikanischer Zeit Häuserblocks mit bis zu sieben Stockwerken gebaut worden, die durch die Verwendung minderwertiger Baumaterialien häufig von Brand- und Einsturzkatastrophen heimgesucht wurden. Die *insulae* in den Provinzstädten waren niedriger und sicherer. In den Jahren 48/47 v. Chr. legte Caesar in Rom die Mietpreise auf maximal zweitausend Sesterzen je Wohnung fest. Der zulässige Höchstpreis in anderen Städten betrug hingegen nur fünfhundert Sesterzen. Die Unkosten für die Miete waren der mit Abstand höchste Posten im monatlichen Budget des durchschnittlichen stadtrömischen Bürgers.

Insularius Meist unfreier Hausmeister und Agent des Hausbesitzers. Er war unter anderem für das vierteljährliche Eintreiben der Miete zuständig.

Isis *Isis* verkörperte die Weiblichkeit schlechthin. Darüber hinaus galt sie auch als Schutzgöttin der Magie oder auch als Erfinderin des Segels. Sie war die Gemahlin des *Osiris* und Mutter des *Horus*.

Janitor Ein Sklave, der ausschließlich die Aufgabe hatte, den Hauseingang zu bewachen. Er war nach *Janus* benannt, dem römischen Gott der Türen und Tore sowie des Anfangs.

Janus Römischer Gott aller Durchgänge und des Anfangs. Er wird in der Kunst mit zwei in entgegengesetzte Richtungen gewendeten Gesichtern dargestellt.

Jupiter Der Hauptgott der Römer, von ihnen mit *Zeus* gleichgesetzt.

Kollegium der fünfzehn Männer (Flamines) Die *Flamines* waren hohe Priester der verschiedenen römischen Staatsgötter.

Sie waren für die täglichen Opfer verantwortlich und von vielen Tabus umgeben. Ihnen oblag es auch, die Sprüche der *sibyllinischen Bücher* zu deuten.

Konsul Auf Jahresfrist gewählter, höchster Beamter der Republik, der seine Macht mit einem gleichberechtigten Kollegen teilte.

Lararium Ein meist hölzerner Altar, der manchmal die Form eines Tempels imitierte. In ihm wurden die Hausgötter verwahrt. Das *lararium* befand sich für gewöhnlich im *atrium.*

Lectus Das römische »Bett« war von seinem Aussehen her eher eine Liege oder Couch. Man bestieg es über einen Fußschemel. Es konnte sowohl Seiten- als auch Rückenlehnen aufweisen.

Maekonossaft Der weißliche Saft, der nach dem Anschnitt aus unreifen Samenkapseln der Mohnpflanze austritt. Der Mohnsaft wurde auch *Tränen des Mondes* oder *Saft vom Kraut des Vergessens* (Ovid) genannt. Er fand während der gesamten Antike als Zauber-, Schlaf- und Schmerzmittel Verwendung.

Melteni ist ein herbstlicher Wind im Mittelmeerraum, der unbeständig aus nordwestlichen bis nordöstlichen Richtungen bläst.

Navigium Isidis Mit diesem Fest zu Ehren der *Isis* als Schützerin der Seefahrt wird am 5. März die Wiederaufnahme der Schiffahrt nach den Winterstürmen gefeiert.

Nereiden Meernymphen. Sie galten als die Töchter des Meeresgottes *Nereus* und der *Doris*, einer Tochter des *Okeanos.*

Osiris Der Gott der Auferstehung. Einst war *Osiris* König auf Erden, doch dann wurde er durch seinen Bruder *Seth* getötet. *Osiris* überwand den Tod und wurde gemeinsam mit *Re* zum Richter der Toten.

Palatin Einer der sieben Hügel, auf denen Rom errichtet wurde.

Patrizier Die Nachfahren der Gründerväter Roms. In der frühen Republik konnten nur Patrizier Priester werden oder im Senat sitzen. In spätrepublikanischer Zeit galt dieses Privileg nur noch für sehr wenige Priesterämter.

Pluto Euphemistischer Name für *Hades*. Dieser Beiname bezieht sich auf den Reichtum (gr. ploutos) des Unterweltgottes, der so wie der ägyptische *Osiris* auch mit der Erdfruchtbarkeit in Verbindung gebracht wurde.

Pomerium Das *Pomerium* war das laut Legende von Romulus mit dem Pflug gekennzeichnete Kerngebiet Roms. Es entsprach dem Verlauf der alten Stadtmauern. Die freie Fläche diesseits und jenseits der Mauern galt als heilig. Es war verboten, innerhalb des *Pomeriums* Waffen zu tragen.

Pontifex maximus Oberster der römischen Staatspriester. Theoretisch führte er die Aufsicht über sämtliche öffentlichen und privaten Opferungen sowie über den Kalender. In der Zeit, in der der Roman spielt, bekleidete Julius Caesar dieses Amt.

Poseidon Gott des Meeres, der Erdbeben und der Pferde, von den Römern mit *Neptun* gleichgesetzt.

Porticus Eine Säulenhalle mit geschlossener Rückwand.

Praefectus Equitum Oberkommandierender der Reiterei.

Proconsul Das Prokonsulat wurde in der Regel im Anschluß an ein Konsulat vergeben. Gelegentlich wurde es auch auf Volks- oder Senatsbeschluß verliehen. Der *proconsul* übernahm seit spätrepublikanischer Zeit das Kommando in besonders wichtigen Provinzen. Er war dort oberster Entscheidungsträger in Armee und Verwaltung. Theoretisch war der *proconsul* dem Senat Rechenschaft schuldig. Praktisch machte die weite Distanz zwischen der Provinz und Rom eine Absprache unmöglich.

Quinquereme Die *quinquereme* war der verbreitetste Schlachtschifftyp in der späten Republik. Sie war eine Galeere mit drei übereinanderliegenden Ruderbänken, wobei die Ruder des untersten Decks von einem, die der beiden höhergelegenen Decks von jeweils zwei Seeleuten bedient wurden. Bei voller Besatzung verfügte die *quinquereme* über dreihundert Seeleute und hundertzwanzig Seesoldaten. Wie die *trireme*, so verfügte auch die *quinquereme* über ein quadratisches Segel. Manche dieser Kriegsschiffe hatten im vorderen Drittel des Rumpfes einen hölzernen Gefechtsturm.

Re *Re* wird als falkenköpfig mit einer Sonnenscheibe auf dem Haupt dargestellt. Er war Sonnengott, wurde aber auch mit anderen großen Göttern wie *Amun* zur Allgottheit verbunden. Tag für Tag zog er mit der »Barke der Millionen Jahre« über den Himmel und wurde dabei von *Seth* beschützt.

Sachmet Die löwenköpfige Göttin brachte Krieg und Vernichtung auf die Welt. Ihr Name bedeutet soviel wie »die Mächtige«. Als *Re* über die Menschen erzürnt war, wurde *Sachmet* zum Werkzeug seiner Rache.

Saturnalien Ursprünglich waren die *Saturnalien* die Feiern zu Ehren des Saturn, des Gottes des Ackerbaus. Hervorstechendes Merkmal des Festes war die *licentia* (Zügellosigkeit). So war den Sklaven an diesem Tag zum Beispiel Redefreiheit gewährt. Sie durften ihren Herren ungestraft die Meinung sagen. In spätrepublikanischer Zeit beschränkten sich die *Saturnalien* ausschließlich auf den 17. Dezember. Schon unter Augustus wurde das Fest auf drei Tage verlängert.

Serapis Dieser Gott wurde erst während der Zeit der ptolemaischen Herrschaft »erschaffen«. Er sollte eine Verschmelzung von *Osiris* und *Apis* darstellen, indem er Altägyptisches und Hellenistisches miteinander verband. Das Experiment der Götterschöpfung vor politischem Hintergrund wurde nur teilweise ein Erfolg, denn *Serapis* erfreute sich außerhalb Ägyptens stets größerer Beliebtheit als im Land der *Pharaonen*.

Sesterz Bronzemünze, die in der Spätzeit der Republik dem Wert von vier *Assen* entsprach. Vier *Sesterze* hingegen bildeten den Gegenwert eines *Denars*.

Seth Der Kopf des *Seth* gleicht einem Fabeltier mit langen Ohren und rüsselartiger Schnauze. Der Gott kann aber auch in der Gestalt eines Nilpferdes oder eines Krokodils dargestellt werden. Er war einer der ältesten Gottheiten Ägyptens und galt als die Verkörperung des Bösen. Trotzdem war er auch der Beschützer *Res* und wurde von *Pharaonen* wie Sethos I. oder Ramses II. besonders verehrt.

Sibyllinische Bücher Drei von ursprünglich neun Büchern, die von der Sibylle von Cumae verfaßt wurden. In ihnen war in Orakelsprüchen das Schicksal Roms niedergeschrieben. Sie wurden im Tempel des *Jupiter Capitolinus* verwahrt.

Sistrum (pl. sistra) Eine metallene Gebetsrassel.

Skylla Meeresungeheuer mit sechs Köpfen auf langen Hälsen, das gegenüber dem *Charybdis*-Wirbels auf einem Felsen lauerte.

Šn-Ring Der Šn-Ring symbolisierte die Weltherrschaft des *Pharao*. Besser bekannt ist er heute als der Ring, der die ägyptischen Namenskartuschen bildete. Der ursprünglich kreisrunde *Šn-Ring* stellte den Lauf der Sonne um die Erde dar, denn der König beherrschte, was die Sonne umrundete. Die längliche Form des *Šn-Ringes* entstand dadurch, daß die Königsnamen immer länger wurden und in einem Kreis nicht mehr untergebracht werden konnten.

Somnus Römischer Gott des Schlafes, wurde mit dem griechischen *Hypnos* gleichgesetzt.

Stadion Griechische Maßeinheit; ca. 190 Meter.

Striga (pl. Strigae) Die römische Bezeichnung für Zauberinnen und Hexen.

Styx Hauptfluß im *Hades*. Wer in den *Hades* eintreten wollte, mußte vom Fährmann Charon über den *Styx* gesetzt werden.

Subura Ein Stadtviertel Roms, gelegen zwischen dem *Esquilin* und dem *Viminal*. Die *subura* bildete mit ihren Märkten und Läden eines der Geschäftszentren der Stadt, war zugleich aber auch für ihre Elendsquartiere berüchtigt. Trotzdem unterhielten Politiker, die auf die Gunst der Unterschicht angewiesen waren (Clodius, Milo), kleine Stadtwohnungen in der *subura*.

Taberna (pl. Tabernae) Bezeichnung sowohl für ein Ladenlokal als auch für eine Schenke.

Tablinum Empfangsraum für Gäste, der sich in der Regel an das *atrium* anschloß.

Thermen Öffentliche Bäder. Neben warmen und kalten Badebecken verfügten sie meist über einen Sportplatz auf dem Innenhof, Massageräume und manchmal sogar über eigene Bibliotheken. Die Eintrittspreise waren so niedrig, daß sich jeder den Besuch der Badehäuser leisten konnte.

Thoth *Thoth* wird als Ibis, ibisköpfiger Mensch oder Affe dargestellt. Er war der Gott der Weisheit und Wächter über Schrift und Kalender. Außerdem hatte er die Aufgabe, vor dem Totengericht zu notieren, ob die Waagschale mit dem Herzen sank. Trat dies nicht ein, durfte der Tote das Jenseits betreten.

Toga Die *toga* galt als das unübersehbare Ehrenzeichen des römischen Bürgerrechts. Sie war Staats- und Ehrenkleid während der gesamten römischen Republik – ein halbkreisförmig geschnittenes Tuch, das es in kunstvollen Falten zu drapieren galt. Die Oberschicht trug für gewöhnlich eine weiße *toga*. Die *toga* der ärmeren Bürger war meist weniger aufwendig gebleicht.

Toga praetexta Die *toga praetexta* war mit einem breiten Purpurstreifen gesäumt. Sie zu tragen, war allein freigeborenen, jungen Knaben sowie Beamten und Priestern vorbehalten. Wurde ein Knabe mannbar, was im allgemeinen zwischen dem fünfzehnten und siebzehnten Lebensjahr geschah, erhielt er das Recht, die ganz weiße *toga virilis* (Männertoga) zu tragen.

Triclinium Speisekammer des römischen Hauses. Es wurde nach den *Klinen* benannt, jenen Liegen, auf denen die vornehmen Römer ihr Essen einnahmen. In großen Häusern fanden sich im Speisezimmer natürlich wesentlich mehr als drei *Klinen*.

Trierarch Kommandant eines römischen Kriegsschiffes, so benannt nach den Kapitänen der ursprünglich griechischen *triremen*.

Trireme Circa vierzig Meter lange Galeere mit drei übereinanderliegenden Ruderbänken. Hundertsiebzig Ruderer wurden benötigt, um eine *trireme* zu bewegen. Bei günstigem Wind war es möglich, ein quadratisches Segel an einem Mast zu hissen, der so konstruiert war, daß er vor der Schlacht problemlos flachgelegt werden konnte.

Tunica Ein hemdartiges, ärmelloses oder kurzärmeliges Gewand, das als Unterkleidung zur *toga* oder unter Rüstungen, beim Militär getragen wurde. Während der Endphase der Republik erfreute es sich bei nicht offiziellen Anlässen ebenso wie andere schlichte Gewänder größerer Beliebtheit als die *toga*, die man als unbequem empfand.

Venus Römische Göttin der Gartenfruchtbarkeit, die später mit *Aphrodite* gleichgesetzt wurde.

Vestalinnen Zur Jungfräulichkeit verpflichtete Priesterinnen der latinischen Feuergöttin *Vesta*.

Zeus Herrscher über die olympischen Götter, der von den Römern mit *Jupiter* gleichgesetzt wurde.

NAMENSREGISTER

Die »Rufnamen« der aufgeführten Personen erscheinen fettgedruckt. Nicht historische Personen erscheinen in Kursivschrift.

Alexandros	Leibdiener des Potheinos
Arivovist	germanischer Feldherr
Aristobulos	Hohepriester; führt antirömischen Aufstand in Judäa
Publius **Asicius**	Freund des Caelius
Batis	Nubischer Leibwächter des Ptolemaios
Berenike IV.	Zweitälteste Tochter des Ptolemaios, Thronräuberin
Marcus **Caelius** Rufus	junger, aufstrebender Politiker

Gaius Julius **Caesar**	Triumvir, zur Zeit der Romanhandlung als Proconsul in Gallien
Lucius Sergius **Catilina**	gescheiterter Verschwörer gegen den römischen Staat
Gaius Valerius **Catullus**	Berühmter Dichter, Geliebter der Clodia
Marcus Tullius **Cicero**	Politiker und Jurist
Clodia	Mächtige Patrizierin aus dem Geschlecht der Claudier, Schwester des Clodius
Publius **Clodius** Pulcher	Volkstribun mit zweifelhaftem Ruf
Cornelius	Gladiator in Diensten Milos
Marcus Licinius **Crassus**	Triumvir, einer der mächtigsten Männer Roms
Demosthenes	Vorsteher des Isistempels in Pompeji
Dion	Philosoph aus Alexandria, Leiter der ägyptischen Gesandtschaft
Aulus **Gabinius**	Römischer Proconsul in Syrien
Gaius Sabinius	conductor der Forumsthermen in Pompeji
Kleopatra VII. Philopator	Tochter des Ptolemaios; später berühmt für ihre Liebesaffären mit Caesar und Marcus Antonius
Kleopatra VI. **Tryphaina**	vermutlich älteste Tochter des Ptolemaios; Thronräuberin
Lucius Licinius **Lucullus**	Feldherr und Politiker, berühmt für seine extravaganten Gastmähler
Lucius Lucceius	Gastgeber Dions in Rom
Marcus	Metzger auf dem Palatin
Marcus Antonius	praefectus equitum des Proconsuls Gabinius
Titus Annius **Milo**	aufstrebender Politiker von zweifelhaftem Ruf

Narkissos	Leibdiener ders Potheinos
Nikomedes	Tuchhändler aus Alexandria, Mitglied der ägyptischen Gesandtschaft
Paulus	Handlanger in Diensten von Caelius und Milo
Philippos	ehemaliger Legionsarzt
Gnaeus **Pompeius** Magnus	Triumvir, Feldherr und Politiker; einer der mächtigsten Männer Roms
Potheinos	erster Eunuch und einflußreicher Berater am Hof des Ptolemaios
Ptolemaios XII. Theos	Philopator Philadelphos Neos Dioysos
Auletes	vom Thron vertriebener Pharao
Quintus Aurelianus	alter Legionskamerad des Philippos
Rechmire	Schreiber am Hof des Ptolemaios
Šamu	Isispriesterin und Heilerin am Hof des Ptolemaios
Septimus	Insularius des Crassus
Publius **Sestius**	Freund des Caelius
Spartacus	Anführer des größten Sklavenaufstandes in der römischen Geschichte

QUELLEN

S. 99 Frei zitiert nach dem Papyrus Harris 500
S. 144 Zitiert nach: Gaius Suetonius Tranquilius; De vita Caesarum, Buch I
S. 181 Zitiert nach: Papyrus Edwin Smith, 5. »Instruktion für klaffende Wunde in seinem Kopf …«
S. 191 Zitiert nach: Gaius Valerius Catullus; Gedicht V
S. 192 Zitiert nach: Ostrakon Kairo 25218
S. 244 Zitiert nach: Gaius Valerius Catullus; Gedicht II

DIE KINDER DES PTOLEMAIOS

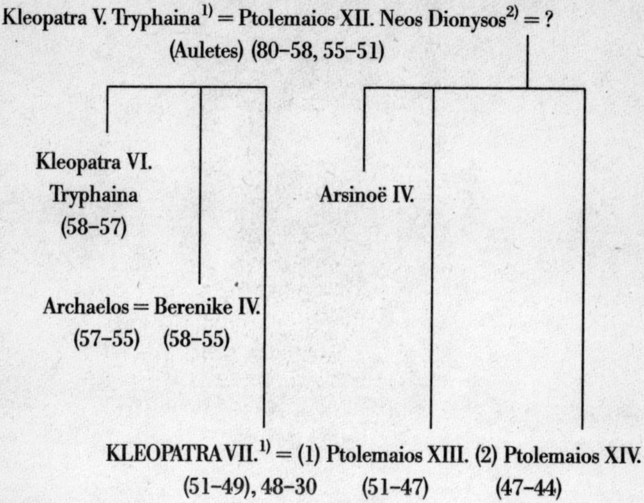

[1] Die Historiker streiten sich darüber, ob Kleopatra V. Tryphaina und Kleopatra VI. Tryphaina nicht in Wirklichkeit ein und dieselbe Person sind.

[2] Nach ägyptischer Terminologie wird aus Neos Dionysos der Neue Osiris.